ゆきてかへらぬ

田中陽造
自選シナリオ集

国書刊行会

目次

ゆきてかへらぬ　田中陽造自選シナリオ集

凡例

一、シナリオ内の略記号について――Ⓣはタイトル（画面に表示される文字）、〈×　×　×〉は同一場面での時間経過や異なる場面への切り替えを表す。

一、各作品の扉裏に主要スタッフ・キャスト名と作品情報（製作会社・配給会社・上映時間・封切年月日の順）を記した。

一、底本として基本的に著者が最終確認した決定稿を使用し、適宜著者所蔵シナリオなどの別稿を参照した。いずれも採録シナリオではないので完成した映画とは異なる部分がある。

一、今日の人権意識に照らしあわせて不適当と思われる語句・表現については、時代背景を鑑み、また文学作品の原文を尊重する立場からそのままとした。

「妻たちの午後は」より　官能の檻

日活／七二分／一九七六年五月一日

スタッフ

プロデューサー　伊地智　啓
企画　栗林　茂
原作　中山あい子
監督　西村昭五郎

キャスト

佐倉静江　宮下　順子
佐倉周作　山田　克朗
斉木正子　北斗レミカ
瀬木明　古川　義範
原　花上　晃
原直子　渡辺外久子
橋田　島村　謙次
斉木　織田　俊彦

1　佐倉静江の家（夜）

周作と静江、夕食。
テレビ、七時のニュース。
声「今日、午後五時半頃、山手線に飛びこみ自殺があり、丁度帰宅するサラリーマンのラッシュと重なり……」
ブラウン管に現場写真。
周作「あ、これ見たよ。ひでえもんだった。首はちぎれちゃうし、内臓なんか線路じゅうにバラバラ」
静江「やめて。気持悪い」
静江、眼をそらして箸を使う。
声「なお自殺した人は、持っていた定期券から瀬木明さん、二十八歳と判明」
静江「あら」
周作「ん」
静江「まさか」
周作「どうしたんだ」
ブラウン管、瀬木明二十八歳とテロップが出ている。
静江「瀬木明。この人、同級生、高校の」
周作「同名異人って事もあるぜ」
静江「二十八歳でしょ。私と同い年だもの。間違いないわ」
静江、顔色を青くして箸を置いてしまう。
静江「信じられない。あの瀬木さんが、自殺なんて」
周作「ボーイフレンドだったのか」
静江「違うわ」
周作「イイ仲だったんじゃないか、その顔色じゃ」
静江「あなたが気味の悪いこと仰有るからよ。首がちぎれちゃったとか」
周作「おまけに片脚車輪にからまっちゃってさ、体なんかまるで挽肉そっくりに」
静江、口を押えて立ち上る。

2　同・トイレ

静江、駈けこんで吐く。

×　　×　　×

線路上に置かれた瀬木の生首。

×　　×　　×

静江「オエッ」
静江、またあげる。
涙と鼻水と一杯に流れている。
トイレット・ペーパーで拭う。
水を流す。
音――歓声にW《ダブ》る。
瀬木！　瀬木！

走る瀬木のスローモーション。

×　×　×

女生徒の声「十年に一度の天才ランナーなんだって」
同・声「大学から引っ張りだこらしいわ」
瀬木、汗の玉をほとばしらせ、日焼けした皮膚が若々しい。

3　同・寝室

静江、周作の欲望に抗っている。
静江「イヤ。今夜は、私……したくない」
周作「ボーイフレンドが死んじゃったからか。お通夜でもしようってのか」
静江「気分が。そんな気になれない」
周作「なれないって、ホラ、こっちの方はその気になってるじゃないか」
周作、静江の股間を強引にひろげて指先を使う。
静江「ああ」
感じる。
広々と脚を開く。
周作「(のしかかりながら) どんな奴だったんだ、瀬木って。紅顔の美少年か」
静江、激しく首を振る。
静江「陸上競技部の選手。千五百米の高校記録を持っていて。アッ」
のけぞる。
周作「高校№1か。大したもんだ。……それから?」
静江「城北大学にスカウトされて、ああ!」
静江、しがみつく。
周作「どうした」
静江「か、感じる。凄く!」
静江、喘ぎ、自ら腰を使いだす。

4　翌日の昼間

静江、昼間に電気掃除機をかける。

分厚い印刷物が眼につく。

同窓会名簿である。

静江、取り出して開き、指先でたどる。

瀬木明——城北大学西洋哲学科研究室。

その横に近況報告欄。

瀬木の声「小生、城北大学にスカウトされたものの、胸部疾患で陸上競技部を退部。何というか、走る事が生きる事だったそれまでの人生に、ザセツしたわけで——」

電話、キッチンで鳴っている。

5　同・キッチン

静江、来て電話を取る。

静江「ハイ。佐倉でございます」

声「やあ、静江か」

静江「は？　失礼ですけど……」

声「ハットリシズエだろ、旧姓。俺だよ。瀬木」

静江「（ショック）」

瀬木の声「瀬木明だよ、同級生だった。忘れちゃったのか」

静江「いえ、ハイ……覚えてます。ちょっと、吃驚したもので」

瀬木、電話の向うで笑う。

瀬木「突然の電話だったからな。すまん。ちょっと会いたいんだ。今、新宿。出て来れないか」

静江「はあ」

静江、まだ衝撃の余韻がある。

6　新宿・街頭

歩く静江の着物姿。

瀬木の声「千五百米、×分××秒。それが人生のすべてでありました。その×分××秒が、永遠に届かないものとなってしまった。ズッコケました。困りました。困った挙句、西洋哲学科などという変テコな学科に転入し、いまだ在籍して——」

7　喫茶店

混み合っている。

静江、入ってきて見渡す。

「ここ、ここ」

隅の方で斉木正子が手を挙げる。

静江「あらア、正子。いつ出て来たの、名古屋から」

正子「昨日」

静江「ホント。連絡してくれればよかったのに」

静江、坐りながら、もう一度店内を見渡す。

ウエイトレス、オーダーをとってゆく。

正子「瀬木さん、都合で来れないんよ」

静江「あら、正子も瀬木さんと？」

正子、曖昧に笑う。

正子「本当は、私が瀬木さんに頼んで呼び出して貰ったんよ、あなたを」

静江「どうして。直接、電話くれればよかったのに」

正子「そうね。でも、なんとなく具合悪くて。無理なお願いしなきゃならないから」

正子、気配が重苦しい。

静江のコーヒーがくる。

正子「こんなお願いするの、厚かましくて、ずいぶん迷ったんやけど、あなたしか居ないから、頼れる人が」
正子、伺うように静江を見やる。
静江「何よ。はっきり言ってよ」
正子「浮気。バレちゃったらしいんよ、亭主に」
静江「浮気?!」
静江の声に周囲の客、見返る。
静江「(声を低める)いつから。浮気」
正子「もう、七年になるかな」
静江「七年。つったら、あんた斉木さんと結婚した年じゃない」
正子「そ」
静江「結婚と同時に浮気を始めたって事になるじゃない」
正子「そ。でもない」
静江「?」
正子「微妙に違うんだな、そこんとこ」
静江「何が」
正子「浮気が先で、結婚が後なんよ。ホントのところ」
静江、わけが分らない。
正子「斉木と結婚したからタマタマ浮気になっちゃったけど、その男とは斉木より長いわけ。つまり男と女としてのおつき合いが」
静江「――」
正子「こういうのも浮気っていうんやろか、やっぱり」
静江「だって、あんた斉木さんとの間に、二人も子供つくってんじゃない」
正子「当然でしょ。夫婦なんだから」
静江、食われて言葉がない。
静江「誰よ、相手の男って」
正子、ふふっと笑う。
静江「私の知ってる人?」
正子「もちろん。高校の同級生やもん」
静江「同級生?」
と考えて、あッとなる。
静江「瀬木さん。瀬木明」
正子「当った」
正子、ケロリと笑っている。
静江「そうだったの」
正子「そういうわけ」
静江、妙に不愉快になる。
静江「で、どうするのよ。どうしろっていうのよ」
正子「あなたの家に泊めてほしいんよ、今夜」
静江「それは構わないけど、どうして?」
正子「今まで、東京に出てくるたびに、あなたの家に泊めて貰ってた事にしてあるン」
静江「まあ」
正子「それで亭主、今夜、電話してくるわけ。名古屋からあなたのおウチに」
静江「――」
正子「私が居ないとまずいじゃない。つまりアリバイづくり」
静江、唖然とする。

8　静江の家・浴室（夜）

正子、鼻唄で体を流す。

9　同・洋間

周作、不気嫌にビールを煽る。
周作「名古屋と東京を往復の浮気か。そんなのバレて当り前だ」
静江「大きな声出さないで、正子に聞こえるじゃない」
正子の鼻唄と湯を浴びる音、きこえる。
周作「まったく、人の家を何だと思ってんだ」
電話、鳴る。

10　キッチン

静江、来る。
静江「（とって）ハイ。あ、斉木さん、お久しぶり。――ええ、来てるわよ正子。――それが、お風呂に入ってんだけど」
正子の声「斉木から？」
静江「そう」
正子の声「切らないで、すぐ行くから」
声と共に正子、バスタオル一枚の姿で走りこんでくる。
洋間から眺めて、ドキッと眼を見張る周作。
正子「ハイ、私。今お風呂上ったところ。すっかり静江にヤッカイかけちゃって。――ええ。今夜も泊めて頂いて、あした夕方に帰るから。――子供たち、どう？　元気にしてる？――そう。えッ？」
正子、通話口をふさいで周作に、
正子「あの」
周作「ハッ?!」
周作、バスタオルから露出した正子の太腿あたりを盗み見ていたのである。
正子「主人が、お礼を申したいって」
周作「あ、ハイ」
周作、立って来て、受話器を取る。
正子「（囁く）すいません、よろしく」
片目をつぶる。
周作「（ドギマギ）あ、ハイ、佐倉です。――イヤ、いつも迷惑だなんて、そんなア」
正子、拝むように眼にモノ言わせる。
周作「（度胸きめる）いやいや、ウチは子供が居りませんもんで、来客はいつでも歓迎でして、ハア。とくに正子さんのような」
周作、チラリと正子の胸元に視線を走らせる。
周作「はあ。今度はご夫婦お揃いで是非。——ハイ。それじゃ」
電話、切る。
周作「ふえーッ」
周作、滲んだ汗を拭う。
正子「すいません」
静江「何ですって、斉木さん」
周作「どうやらアリバイ成立らしい」
正子「うわッ、助かった」
正子、バスタオルの端で周作の汗を拭いてやる。

11　浴室
静江、浴槽に体を沈める。

12　洋間
ナイトガウンを羽織った正子と周作。
正子「静江、相変らずお風呂ながいんでしょう」
周作「綺麗好きっていうのか、潔癖症だから」
正子「体じゅう隅から隅まで磨かないと、気が済まないタチなんです」
周作「よくご存知ですな」
正子「高校のとき、一緒にお風呂に入って、比べ合ったりしましたから、体を」
周作「ほう」
周作、好色そうな眼を正子に走らせる。
正子「どっちがグラマーだったと思います？」
周作「さあ。見たことありませんのでね、あなたの裸を」
正子「見せてもよくってよ」
周作「は」
正子「さっきのお礼」
周作、ゴクッと生唾のむ。
周作「お礼だなんて、そんな」
正子「見たくありません？」
周作「い、いや……見たい」
正子「（笑う）ハッキリしてはる」
正子、ローブの前をほどく。
下は素裸で周作、思わず手を伸ばして触れる。
正子「見るだけって言ったのに」
正子、周作の手を押え、下の方へ誘う。
周作「（探り当てる）——好きだな、奥さん」
正子「（喘ぐ）浮気の予定が狂っちゃって、先刻からモヤモヤしてたんよ」
正子、剝き出しの胸乳をすり寄せる。

正子「(囁く) 急いで」
周作「う、うむ」
二人、もつれてソファに倒れこむ。
正子「静江に悪い」
言いながら正子、ソファの背に片脚かけて大股開き。
正子「早く」
周作「奥さん!」
正子「急いで」
周作「あ、ああ」
正子「どうなさったの」
周作「それが、静江が気になって」
振い立たないらしい。
正子、いきなり顔を周作の股間に埋める。
周作「(呻く) 好きだな。本当に好きだな、奥さん」
周作、交接を果し、遮二無二突き進む。
周作「急がなくちゃ。急がなくっちゃ!」
うわ言のように繰り返しながら、極まってゆく。

13 朝の玄関

出勤する周作を送る静江と正子。
正子「お世話になりました」
周作「イヤ。これをご縁に、いつでもお泊り下さい。楽しみにしてますから」
正子「有難うございます」
周作「(静江に) ひょっとすると今夜は遅くなる」
静江「お仕事?」
周作「仕事のうちだ」
静江「マージャンね」
周作「ああ」
と出て行く。
静江「行ってらっしゃい」
静江、ドア閉める。
静江「変だわ。ゆうべはあんなに気嫌悪かったのに」
正子「楽しい夢でも見たんじゃない、ソファの上で」
静江「ソファ?」
正子「じゃない、ベッドか」
正子、先に立って奥へ戻る。

14 キッチン

食卓用の白いテーブル。

静江と正子、紅茶など啜ってボケッと坐っている。

正子「瀬木と待ち合せてるんよ。昨日の喫茶店で、三時に」

静江「そう」

正子「サヨナラ言おうと思うんよ。これっ切りにするって、引導渡す積り。そう思ったのがこれが初めてじゃないんだけど。そのたびに言いそびれちゃって。私って、セックスに脆い女だから」
朝の光線の中で正子、子供二人を生んだ女の疲れが浮き立つ。
正子「それに引導渡したって、傷つくようなタマじゃないしね、あの男。かえって喜ばれちゃう。それがシャクの種」
静江「どっち」
正子「え」
静江「七年間も、どっちが引きずって来たの」
正子「さあ。どっちかと言えば、私かな。最初は遊びの筈だったんやけど」
静江「本気なのね、今は」
正子、気だるく首を振る。
正子「でもないんよ。本気と遊びの中間。そのあいだを頼りなく揺れてる感じ。ゆーらり、ゆーらり」
静江「分んないな、そういうの」
正子「分らんやろね、浮気したことない人には」
静江、ふと侮辱される思いがある。
静江「(意地悪く)それじゃ瀬木さんの方では完全に遊びね。単なるセックスめあての」
正子、素直に頷く。
正子「そやろね。——それでも瀬木がイイ。亭主の斉木よりは瀬木が恋しい」
正子、切ない眼差しになっている。
正子「困ったもんや。浮気いうもん、世間が言うほど、それほど簡単なもんやない」
電話、鳴る。
静江「(とる)ハイ。あ、斉木さん。——え? お子さんが病気?」
正子、ひったくるように受話器を掴む。
正子「もしもし、私。——ミチ子が?——ええ、ええ、分ったわ。すぐ帰る」
電話、切る。
正子「下の子がひどい熱出したんだって」
静江「それじゃ」
正子「悪いけど、代りに瀬木に会ってくれない。事情話して。また連絡するからって」
静江「え、ええ」
正子「お願い」
正子、慌ただしく部屋に走ってゆく。

15　新宿・喫茶店

静江、入ってゆく。
見渡す。
隅のテーブルに瀬木、横文字の本を読んでいる。

静江、傍に立つ。
瀬木、顔を上げて一瞬、怪訝な表情になる。
静江「瀬木さんでしょ」
瀬木「はあ。そうですが」
瀬木、静江をみつめる。
瀬木「あッ。シズエ。ハットリシズエじゃないか！」
静江、坐る。
静江「ずいぶんねえ。昨日は図々しく電話してきたくせに、顔を見忘れちゃってるなんて」
瀬木「意外だったからさ。吃驚しちゃってさ。ふーん。シズエか。本当にシズエなんだなあ」
瀬木、感心したように改めて見直す。
ウエイトレス、オーダーをとってゆく。
静江「正子、急に都合が悪くなったの。名古屋へ帰ったわ」
瀬木「そうか。それを知らせに来てくれたってわけか」
静江、頷く。
瀬木「いろいろ迷惑かけて済まなかった」
瀬木、キチッと頭を下げる。
静江「いいのよ。でも、がっかりしたんじゃない？」
瀬木「正子と寝れなくてか」
静江、露骨な返答に思わず眼を伏せる。
コーヒーくる。
静江、気を鎮めるように啜る。
瀬木「そうだな。正直なところ、拍子抜けしたな。しかし……」
静江、眼を上げる。
瀬木「丁度よかったのかも知れない。二人とも、そろそろやめる積りだったたし。アイツのマイホームぶち壊してまでって、それほど熱イ関係じゃなかった、俺たち。ただずるずると七年間」
静江「瀬木さん、変った」
瀬木、長髪にコートをひっかけ、倦怠じみた気配を漂わす。
瀬木「あんたもな」
静江「そうかしら」
瀬木「変った。高校の時もよかったが、今は女そのものって感じだ。――旦那と、うまく行ってんだな」
静江「平穏無事な生活」
瀬木「それは結構。ところで」
瀬木、いたずらっぽく笑う。
瀬木「久しぶりに会ったんだ。面白い事して遊ばねえか」
瀬木、静江の手首をすいと握る。

16　町なかの小公園

瀬木と静江、ぎっこんばったんシーソーに乗っている。

静江「面白い事って、これ？」
瀬木「そうさ。他にどんな面白い事を想像してたんだ」
　瀬木、ニヤニヤする。
静江「だって、あんまり子供っぽいんだもの」
瀬木「そうかね。そんなに子供っぽいかね」
　言いながら瀬木、地面に足を着け、静江を宙にとどめる。
静江「――」
　風が吹く。
　裾がはためいて、膝頭がのぞく。
　静江、慌てて押える。
静江「降ろしてよ」
　瀬木、ゆるく首を振る。
瀬木「しばらく休憩しようや」
　ポケットからタバコを出して、吹かす。
瀬木「男と女が上になったり下になったり。シーソーってな、エロチックな遊びだと思うがなあ」
　笑いながら、静江を見上げる。
静江「降ろしてってば」
　静江、腰をバタつかせる。
　草履が片方飛び、瀬木危うく浮きかける。
瀬木「あんがい重たいな。きっと気痩せするタチなんだな、あんたって」

静江「知らない」
　原、ぶらぶら公園に入ってくる。
　一流商社マンらしいイデタチである。
　原、落ちている草履を拾って、静江の足にはめてやる。
静江「すいません」
原「いや」
瀬木「(原に) コンニチわ」
原「やあ」
瀬木「奥さん、授業中のようですね」
原「ええ。待ちますよ、いつものように」
　原、はしっこの二人乗りブランコにのり、ゆっくり漕ぎ始める。
静江「恥かしい。見てるんだもん」
　原、ブランコを揺らしながら、木造アパートの窓と静江の方を、交互に見やる。
　瀬木、腰を浮かし、静江を着地させてやる。
瀬木「あれ、俺のねぐら」
　木造アパートの二階を指す。
瀬木「それから英語教えますって、ペンキで書いてあるだろ」
静江「ええ」
瀬木「あそこが彼 (原) の女房の部屋。正確には、もと女房と言うべきかな。逃げられちゃったんだから」

静江「奥さんに?」
瀬木「そう」
静江「ふーん」
　静江、そっと見やる。
　孤独にブランコを漕ぐ原の姿。
静江「立派な人みたいだけど」
瀬木「あの若さで丸菱物産の営業部長だ。大変な切れ者らしい」
静江「そんな人の奥さんが?」
瀬木「だから世の中は面白えのよ」

17　アパート・直子の部屋

　畳に投げ出された洋書。
　その横で直子と生徒の橋田(四十五歳)、息をひそめて交接。
橋田「(喘ぐ)プッシー、プッシー。チャーミング。ベリー、ベリー!」
　直子、ボカッと眼を開く。
直子「来たわ」
橋田「え」
直子「あの音」
　二人、動きを止める。
　ブランコのきしむ音が微かに聴こえてくる。
橋田「旦那さんですね」
直子「違うわ。もう別れたんだから」
橋田「向うはそうは思っちゃいない。あなたに未練たっぷりだ。だから恥も外聞もなく訪ねてくる」
　橋田、熱っぽく攻め立てる。
橋田「ね、そうなんでしょ。え、先生」
直子「もう遅いわよ。今更……手遅れよ」
橋田「しかし、ファックなさってるんでしょ、今でも。メイク・ラブなさってんでしょ、そんな事いいながら」
直子「時々」
橋田「やっぱり。ああ。アイ・アム、デスペレートや」
直子「デスパレート」
橋田「はあ?」
直子「発音が違います。デスパレート。絶望」
橋田「デスパレートや!」
　デスパレートと口走りながら、ねちっこくからみ合う。

18　公園

　向い合せでブランコに乗る原と静江。
原「ケイオーの英文出てるんですわ、女房。一応の洋書は読みこなす。そんな教養を切り売りして、何とか暮らしを立てているらしい。いや、切り売りしてるのは教養だけかどうか」

原、自嘲めいて、直子の窓を見やる。
原「（呟く）暮れかかってるのに、電気も点けやしない。変だと思いませんか」
原、わざとのようにブランコをきしませる。
静江「なぜ」
原「え？」
静江「奥様に」
原「ああ。私に女が出来ましてね。マンションに囲った。それが女房に知れて――女とは切れると言ったんだが――離婚してくれの一点張りで。もともと気の強い方だったんですが、うちの女房」
静江「はあ」
原「頭も悪くない。それにカラダだって……」
原、また直子の窓を見上げる。

19　アパート・直子の部屋

夕陽の斜光。
直子、盛大に股をひろげ、豊かな胸乳に男の頭を抱いて、のけぞる。

20　公園のブランコ

原と静江、揺れている。
原「逃げられたと思うと、妙な未練が出るもんでしてね」
ブランコ、キーキー。
原「嫉妬という感情を生れて初めて味わった。こう喉がひりつくほど直子の体が欲しくなった。……直子っていうんです、女房」
瀬木、自室の窓を開けて顔を出す。
瀬木「静江、まだ居たのか。イイモン見せるから上って来いよ」
静江「やめとくわ」
瀬木「どうしてさ。こわいのか」
静江「こわくなんかないけど」
瀬木「じゃ、来いよ」
静江「何、イイモンて」
瀬木「来れば分るから、さ」
静江、躊躇する。
原、伺うように見ている。
静江、その視線を振り切るように、アパートへ歩きだす。

21　アパート・階段

静江、上ってくる。
瀬木の部屋、ドアが開いている。
静江、覗きこむ。
静江「なあに、イイモンて」

瀬木、部屋の奥でダンボールの箱を蹴る。
キーッという鳴き声。
瀬木「可愛いいぜ」
静江、部屋に上ってダンボールを覗きこむ。
静江「きゃッ！」
ダンボールの内側。捕獲器に捉われた巨大などぶ鼠がチイチイ歯を剝いている。
瀬木「ねずみ、嫌いか」
静江「嫌い。ぞっとする」
静江、廊下に逃げかける。
瀬木「シズエ」
静江、ふり返る。
瀬木、捕獲器ごとどぶ鼠を吊り上げて、ゆらゆらさせる。
瀬木「殺しちゃおうか、こいつ」
静江「――」
瀬木「殺しちゃおう。それがいいや」
台所から水を張ったポリバケツを運びこむ。
静江「何するの」
瀬木「死刑にする」
瀬木、捕獲器をつまみ上げ、
瀬木「（ねずみに）この奥さんが、お前のこと嫌いだってよ。死んでくれよな」

瀬木、ボチャッと捕獲器を水中に沈める。
瀬木「苦しいんだろうな。水の中でオドリ踊ってやがる」
静江、みる。
水の中でドブ鼠、苦悶し、捕獲器の金網に爪を立て、くるくる転げ回る。
静江、見ている。
やがてドブ鼠、肺中の最後の気泡を吐いて痙攣する。
静江「やめて！」
瀬木、捕獲器を引き上げる。
ドブ鼠、死の恐怖で狂乱し、金網を嚙み、周囲を切なげに見回す。
瀬木「帯を解けよ」
静江「？」
瀬木「こいつを助けたいんだろう。だったら帯を解けよ」
静江、驚愕して立ち尽す。
瀬木、再び捕獲器を沈める。
ドブ鼠、死の乱舞。
静江、――息苦しく、胸を喘がせる。
静江「やめて。殺さないで」
瀬木「脱げ。全部脱げ」
言いながら瀬木、妙に光りを帯びた眼で水中のドブ鼠を凝視している。
静江、手早く帯を解いてゆく。

瀬木、捕獲器を引き上げて、見返る。

静江、長襦袢で立っている。

静江「これがあなたのやり方なのね。……汚い」

瀬木、静江の細腰を抱き寄せる。

静江、いきなり平手打ち。

静江「汚い。見損なったわ。昔のあなたは何処へ行っちゃったのよ。走るたびに高校記録を書き変えてった天才ランナーは、いったい誰だったのよ！」

静江、激して、泣きそうになる。

静江「瀬木さん。あなた、本当に瀬木さんなの？　嘘だわ。あんたなんか、汚れた、ゴロツキの……」

瀬木「ドブ鼠だ」

静江、ハッと見る。

瀬木、眼が底無しに暗い。

瀬木「汚れた、ゴロツキの、ドブ鼠だ」

瀬木、静江をベッドに押し倒し、抱きすくめる。

静江「(眼を見開いて) ――」

瀬木「あんた、やさしいんだな。感動したよ。それから……この部屋に女を入れるのは、あんたが初めてだ」

剝き出される静江の裸身。

瀬木「正子とは、いつもホテルだった。あいつはここへ来たがったが……」

静江「黙って。……話さないで」

静江、裸身を縮めようとする。

瀬木、それを押し拡げ、唇を這わせ、ゆっくりのしかかってゆく。

静江「あ」

静江、微かに声を洩らし、応え始める。

×　×　×

事後。
ぐだっと仰臥する瀬木と静江。
瀬木、のろのろ起き上り、チーズのかけらをネズミに与える。
瀬木「見てくれよ。生きてるって事をしみじみ味わってるような眼だろう」
静江、瀬木の肩越しに眺める。
ドブ鼠、ケロリとチーズを食っている。
瀬木「こいつは、俺の生甲斐だ」
静江「(意外で) 先刻は殺そうとしたじゃない」
瀬木「なかなか死にはしねえよ。一度なんか心臓が止って一時間もしてから、ひょっくり息を吹きかえしやがった。強えもんだよ。大したもんだ」
静江「騙したのね。殺す気なんかなかったくせに」
瀬木「本気だったさ、半分は」
静江「いつもやってるの、あんな遊び」

瀬木「タマにな。気が滅入って、どうにもやり切れねえ時、やる」
ネズミ、濡れそぼった体を舐めている。
瀬木「こいつは芝居が達者でな。近頃じゃ、水の中で死んだ真似して、慌てて外に出すと、ショボショボ薄目を開けたりしやがる。生きるための勢一杯の知恵なんだ。それまでして生きたいのかと思うと、俺は妙に勇気づけられちゃってなあ」
瀬木、チーズをちぎって与える。
静江、みている。
瀬木とネズミの間に、なにがなし感情の交流があるようでもある。
静江「可哀そう」
瀬木「こいつか」
静江「瀬木さん」
瀬木「ふん」
瀬木、捕獲器を夕陽の当る場所へ出してやる。
瀬木「可哀そってこたア、惚れたって事だぜ。俺の匂いの染みついた体を、旦那さんに何て言いわけする積りなんだ。え？」
瀬木、皮肉に笑いかける。
静江「あッ、その顔。昔の瀬木さん」
瀬木「（ムカッと）よしてくれ。帰れよ。あんた、もう用済みだ」
静江、ベッドから降り立つ。
静江「あ」
妙な具合に腰をよじる。
瀬木「どうした」
静江「こぼれてきたわ、あなたのモノ」
瀬木、すっぱい顔になる。
静江「おトイレは？」
瀬木「廊下の突き当り」
静江、瀬木のコートを羽織り、ハンドバックを持って出てゆく。

22 同・共同トイレ

静江、くる。
女便所の扉を開けて、直子出てくる。
静江と直子、なんとなく目礼を交す。

23 同・内部

静江、蹲《うずくま》ってチリ紙を使う。
立ち上る。
ふと、窓から外を見る。
眼の下に小公園。
原、ブランコをキーキーきしませて、こっちを眺めている。
静江、反射的にぴしゃっと窓を閉める。

24　ホテル・ロビー

直子、入ってくる。
見渡す。
原、手を挙げて合図する。
直子、寄る。
直子「ご用、承りましょうか」
原「用か。困ったな。用がなきゃ会えんのかね。俺たちはそんな仲になっちゃったのかね」
直子、腰を下ろす。
直子「なっちゃったんじゃなくて、あなたがそうなさったんでしょ」
原「まだこだわってるのか、女のこと」
直子「二年間よ。二年という時間、あなたはよその女に溺れこんでいた。私を愛してる。俺の妻らしく家庭を守ってくれなんて言いながら」
原「お前はよくやってくれたよ。理想の女房だ」
直子「理想の女房であることにくたびれちゃったのよ。喉、乾いたわ」
原、ボーイを呼ぶ。
原「ブランデー。お前は？」
直子、頷く。
原「ブランデー、二つ」
ボーイ、下る。
原「俺たちは十五年だぜ。二人でつくってきた十五年だ。それを今になってパーにする気か」
直子「パーじゃない。私の体に刻みこまれた十五年が、今更きれいに消せる筈がない。いっそ消えてくれればと思うけど」
原「消えないんだったら」
直子「我慢できないのよ。その間の二年間が。二年という空白が。……許せないのよ」
ブランデー、くる。
直子、ごくっと飲む。
原「なぜ空白だと思うんだね」
直子「仕方ないのよ。そう感じてしまったんだもの白けにシラけちゃったわけ」
原「分らんな」
直子「分らないでしょうね」
原、ブランデーを煽る。
原「女とは、切れたよ」
直子「そう。そうやって幾人もの女を切り捨ててきたのね、この十五年」
原、さすがにムッと黙りこむ。

間。
直子「お部屋に上りましょうか」
原「あ」
直子「その積りで私を呼んだんでしょ」

25　同・一室

原、ぼんやりタバコを吹かして待つ。

×　×　×

直子、シャワーを浴びる。

×　×　×

バスタオルを巻いた直子、出てくる。

原、立ってカーテンを閉める。

原「見せてくれ」

直子「――」

原「からだを見たいんだ」

直子「比べたいのね、若い女と」

原、首を振る。

原「懐かしいものを確かめたい。それだけだ」

直子、タオルを落とす。

原、みつめる。

嘆息を漏らす。

原「好きだよ。一番ぴったりくる女房なんだ」

原、直子を抱く。

ベッド。

原と直子、お互いの肉体を確かめるように、まさぐり合う。

原「あの男との事はなかったことにする。もう一度やり直そうじゃないか」

直子「あの男」

原「お前が英語を教えてる白豚みたいな男だ」

直子「調べたのね」

原「ああ、太平銀行の総務課長。旧制中学を出ただけで、若い奴等の使うアメリカン、スラングが理解できない。それでお前に習いにきた。もっとも習ったのは英語だけかどうか……」

直子、唇で原の口をふさぐ。

二人、かつてのように燃え上る。

電話、鳴る。

原、舌打ちして、とる。

原「はい。――うむ、原だ。え？（直子に）専務からだ」

立つ。

原「ア、原でございます。は？　イヤ、女なんか居りませんよ。一人ぼっち。（無理に笑う）ご存知でございましょう。家に帰っても女房は居りませんし、たまにはホテル泊りも気がまぎれて、ハア」
　原、とってつけたように笑う。
　直子、起き直って瞶ている。
原「ハ？　まさか。──たぶん何かの間違いだと──ハイッ。ではわたくし、すぐ先方に出向いて、ハア、承知致しました」
　原、電話を切り、着衣し始める。
原「取り引きに手違いが起ったらしい」
　直子、睨むように見る。
直子「行かないで」
原「無理を言うな」
直子「行かないで。私を愛している証拠を見せて」
　原、嘆息つく。
原「男には仕事があるんだよ」
直子「仕事より私が大事だと言って」
原「我儘だな」
直子「我儘よ。分ってる。女は我儘なものなのよ」
　原、鏡に向ってネクタイをしめ、髪を整える。
原「何もこれが最後ってわけじゃない。いつでも会えるじゃないか」
　原、軽くくちづけし、行きかける。
直子「これが最後よ」
　原、足を止める。
原「俺は諦めないよ」
　直子、突然笑い出す。
直子「エコノミック・アニマルの正体暴露ね。女を取引きと同じように思ってる」
原「訪ねて行くよ、またアパートに」
　原、出てゆく。
　直子、ヒステリックに笑い続ける。
直子「これが最後よ！」
　直子、涙が頬をつたう。

26　静江の家（休日の昼下り）

　周作、狭い庭でゴルフのティ・ショットを繰り返す。
周作「ああ疲れた」
　周作、縁側に腰かける。
周作「おい。ちょっと肩揉んでくれ」
　静江、ジュースを運んでくる。
静江「日曜くらい体をやすめればいいのに」
周作「そうもいかんさ。あんまり下手糞じゃ接待ゴルフも勤まらん」
静江「（揉みながら）固い。コチコチ」
周作「俺も年だなあ。あっちの方も衰えてきたようだし」
静江「あっちって」
周作「きまってるだろ。ココ」

周作、うしろ手に静江の下腹を撫ぜる。
静江「キャ」
静江、大仰に身をくねらせて、笑う。
周作「（ふっと真顔で）静江。お前、変ったな」
静江「え」
周作「どこがどうと言うんじゃないが、何となく、お前、変ったよ」
静江「そうかしら」
周作「うむ。たとえばベッドの中でもさ。あんまり感度がイイんで、ギョッとする事がある。別な女を抱いてんじゃないかと思ってさ」
静江「あなた……」
周作「いや。悪いと言ってるんじゃない。ああいう変り方は大歓迎だがね」
周作、上気嫌に笑う。
玄関のチャイムが鳴る。

27　同・玄関

静江、ドアを開ける。
静江「あら。斉木さん」
斉木、ボストンバッグを下げ、こわばった顔つきで立っている。
斉木「女房。正子、お宅にお邪魔してへんやろか」
静江「いいえ」
斉木「やっぱり」
斉木、がっくりくる。
静江「どうなさったの。とにかくお上んなさいよ」
斉木「いや。そうもしてられへん」
静江「正子がどうしたっていうの」
斉木「実は、昨日……」
斉木、言い淀む。
静江「（不安で）どうしたの」
斉木「君、瀬木のアパート知ってるやろ」
静江「え？　ええ」
斉木「教えて欲しいのや、瀬木の所番地」
静江、咄嗟に返事ができない。
斉木「正子のヤツ、昨日、四日市の叔母さんの所へ行くって出たんやけど、電話したら行ってへんのや。それで……」
周作、顔を出す。
周作「（静江に）どなただ」
静江「斉木さん。ホラ、正子の旦那様の」
斉木「斉木です。正子がえらいお世話になりまして」
周作「ア、イヤ。こちらこそ。どうも。失礼しちゃって」
周作、会釈しながら、うしろめたい。

28　走る私鉄電車

29　同・車内

空いている。

静江と斉木、並んで坐る。

静江「どうして瀬木さんに見当つけたの」

斉木「確信あるわけやない。ただ、子供の口から瀬木の名が出たさかい。それも二度、三度と」

静江「(探るように)でも浮気の確証を摑んでるわけじゃないんでしょ」

斉木「そら証拠摑んどったら、こないオロオロしてへんがな。アイツ極楽トンボやよって、やってる事が浮気か家出か気まぐれか、さっぱり分らん。——なにしろ高校ん時、アイツのほうが勉強できたやろ。それで俺のこと舐めとんのや。あんな女の亭主も楽なことないで、ホンマ」

斉木、汗を拭う。

30　瀬木のアパート・入口

斉木と静江、来る。

斉木「ここやな?」

静江「ええ」

斉木「入ろうか」

静江「待って」

静江、入ってゆくのが怖ろしい。

斉木「どないしたん。顔色真ッ青やないか」

静江、胸苦しく、喘ぐ。

静江「もし、瀬木さんの部屋に正子が居たら、どうするの」

斉木「どうするって、そりゃあ……」

瀬木の声「オイ。斉木じゃないか」

二人、振り向くと、トレーニング姿の瀬木が公園で柔軟体操している。

静江「瀬木さん!」

静江、パッと明るくなる。

瀬木、軽くジョッキングしながら近ずく。

斉木「暫くやったな」

瀬木「(斉木に)オッス」

瀬木、じろりと静江に眼をやり、

瀬木「(斉木に)お前、女房どうしたんだ」

斉木「あ?」

瀬木「女房のかわりに静江つれてくるとは、取り合せが妙じゃねえか」

斉木「あ。いや」

瀬木「正子、どうしたんだ」

斉木「実は……その事なんやけど」

斉木、出鼻を完全にくじかれている。

31　瀬木の部屋

瀬木、大笑い。

瀬木「浮気？　正子？　そりゃ、お前がだらしないからだ」

斉木「うーん」

斉木、しょげ返っている。

静江「（斉木に）浮気と決まったわけじゃないのよ、ね？」

斉木「うむ。なんせ、高校ん時からアイツ男にもてたやろ」

瀬木「ああ。俺だって満更じゃなかったぜ。もっとも、お前がさらっちまったけどよ」

静江、嘘つき！　と瀬木を見やる。

瀬木、ふてぶてしく落着き払っている。

斉木「（気弱に）興信所に頼めば一発なんやけどな。そこまで正子を疑う気になれんし」

斉木、ちらりと上眼使いに瀬木を見る。

瀬木「疑う気になれんて、現に疑ってんだろ。俺との事だってよ。血相変えて名古屋から素っ飛んでくるなんて、只事じゃねえぜ」

斉木「イヤ。それは、正子がここに居ないと分れば、また探しようもあるし」

静江「案外、今頃お家に戻ってるかも知れなくてよ」

斉木「そやな」

斉木、坐り直して瀬木に手をつく。

斉木「疑って済まなかった。謝まるよ」

頭を下げる。

瀬木、静江と眼を合せて、何とも言えない顔になる。

斉木「ところで」

瀬木「あ？」

斉木「トイレ、どこや」

瀬木「ああ、廊下の突き当り」

斉木、立ちながら、

斉木「緊張が緩んだら、急にトイレに行きとうなった」

斉木、あたふた出て行く。

取り残される瀬木に静江。

瀬木、いきなり静江の手首を摑む。

静江「痛い」

瀬木「疑ったんだろう。俺が正子を引き入れてると、お前も疑ったんだろう」

静江「（頷く）ごめんなさい」

瀬木、ずるっと引き寄せる。

瀬木「許さねえ」

静江の襟元から、ぐいと腕を挿しこみ、胸乳を摑む。

静江「あ」

瀬木、飢えたように静江の唇をむさぼる。
静江「(喘ぐ) いけない。斉木さんが……」
瀬木「構わねえ。見せてやる」
太腿の奥をまさぐる。
静江「か、堪忍」
瀬木、静江の耳を噛み、息を吹きこむ。
瀬木「戻ってこいよ。斉木を駅まで送ったら、ここへ戻ってこい。いいな」
静江、ガクガク頷く。
静江「約束するわ」
瀬木、再び静江の唇をむさぼる。
静江、燃えて応える。
部屋の外、斉木の足音。
二人、離れる。

32 駅近くの道

静江と斉木、歩く。
斉木「えらい迷惑かけてもうて」
静江「いいえ」
静江、思い詰めた眼差し。
斉木「あ、車きた」
斉木、手を挙げる。
タクシー、止る。
斉木「新宿まで送るわ」
静江「ア、私。あの……」
斉木「遠慮する事あらへん。ササ」
斉木、静江をタクシーに押しこむ。
タクシー、走りだす。

33 国道

交通渋滞。

34 タクシーの中

斉木、のんびりタバコを吸う。
斉木「なるほど。聞きしに勝る混みようやな」
静江、焦立ち、腕時計を見やる。

35 新宿・街路

タクシー、滑りこむ。
静江、降り立つ。
斉木「(車の中から) どうもどうも。旦那さんによろしいに」
静江「ええ」
タクシー、走り去る。
静江、手を挙げてタクシーを呼ぶ。

36　**公園近くの道**

夕陽になっている。

静江、タクシーから降り、小走りに公園へ向う。

37　**公園**

ほぼ中央あたり。警官が出動し、人だかりがしている。

静江、通り過ぎようとし、ふと気にかかり、覗きこむ。


静江「――！」

砂場の中。

うつ伏せに倒れ、血に染んでねじけた顔。

瀬木である。

静江、野次馬をかき分け、前へ出る。

静江「（小さく）死んでる」

警官の一人、気配に見返る。

警官「被害者と関係のある方ですか？」

静江「――」

警官「関係のない方は後ろへさがって下さい」

静江「死んだんですか、この人？」

警官、頷いて、静江を押し戻す。

静江、人だかりの外へ泳ぎ出る。

キーキーという音。

静江、視線をさまよわす。

はしっこのブランコ、原漕いでいる。

静江、蹌踉《そうろう》とそちらへ向う。

38　**ブランコ**

原と静江、向い合って揺れる。

原「内ゲバのとばっちりを喰らったらしい。運が悪かった。たまたま公園に出ていたのが命とりになってしまった」

静江「私を迎えに出てたんです。私が、いつまでも戻らないから」

静江、嗚咽するが、涙にならない。

原「どっかの派の幹部と間違えられたという話だが、あんがい彼自身、過激な思想の持主だったのかも知れない」

アパートから刑事二、三人と管理人、出てくる。

瀬木の死体、救急車に運びこまれ、人だかり散り始める。

静江、虚ろに眺めている。

原「愛してたんですか、彼を」

静江、ゆるく首を振る。

静江「分らない。愛なんて。でも……」

静江、激しくブランコを揺らす。

静江「あの人が欲しかった。あの人と……したかった」

原、やさしく頷いてやる。

原「分りますよ」

原、直子の窓を見上げる。

薄暗く、静まっている。
静江、ひょろりとブランコを降りる。
原「どこへ行くんです」
静江、無言でアパートへ向う。

39　**アパート・二階**
静江、階段を上ってくる。
瀬木の部屋の前に立つ。
ドアを開ける。
中へ入る。

40　**瀬木の部屋・内部**
静江、見回す。
捜査の跡で乱れている。
チイチイと鳴き声がする。
静江、ハッと走り寄る。
ベッドの下。
捕獲器の中でドブ鼠が歯を剝いている。

41　**アパート・入口**
静江、捕獲器をネッカチーフに包みこんで出てくる。

42　**公園・ブランコ**
静江、捕獲器を地面に置き、背後から原のブランコを押しやる。
静江、その作業に熱中する。
原「聞きましたか」
静江「何ですか」
原「彼はね、死に際に×分××秒って呟いたそうですよ。×分××秒。意味不明の言葉だ。刑事が首をひねっていた」
静江「意味、わかる。……私にだけ、分る」
原「ほう」
静江「千五百米の日本記録。十年も前のだけど」
原「そうか。そうだったのか」
静江「瀬木さんの生きる目標だった記録。そのタイムを出していれば、大学もちゃんと卒業して、別な瀬木さんになっていたかも知れない×分××秒」
静江、原の襟首に顔を埋めるように押し続ける。
静江「あ、見てる。……ホラ、奥様」
原、見上げると直子の窓、白い顔がよぎって消える。
原「(呟く) 見られたって、やましい事してるわけじゃない」
静江、不意にブランコを止める。
静江「やましい事しましょうよ」

原「え？」
原、仰ぎ見る。
静江、欲情で眼がギラギラしている。
静江「（かすれる）キスして」
原、躊躇する。
静江「キスして。奥さんの見ている前で」
原「見ちゃいない。あいつは今頃、男の体の下だ」
二人の唇、重なる。
静江、むさぼるように舌をからめてゆく。

43　夕暮の道

原と静江、歩く。
ぶら下げたネッカチーフの中でドブ鼠、チイチイ鳴く。
原「何ですか、それ」
静江「ネズミ」
原「ネズミ？」
静江「瀬木さんが飼ってたの。×分××秒に代る、あの人の生甲斐」
静江、くすくす笑う。

44　アパート・直子の部屋

直子と橋田、畳の上で気だるく裸身をからめている。
橋田「聴こえませんな、ブランコの音」
直子、じっと耳を澄ます。
橋田「何か、いつも聴こえている音が消えてしまうと、気合が入らんもんですな、セックスも」
直子「──聴こえる」
橋田「どれ」
耳を澄ます。
直子「私の耳の中で鳴っている。あの音。あの男の立てる音」
直子、橋田の肩に歯を立てる。
橋田「ア、痛タッ」
直子「橋田さん、やって。もう一度、やって。私の中からあの音を消してしまって」
橋田「奥さん！」
橋田、馬乗りになる。
橋田「盛大にやりましょうや。誰に遠慮する事もない。責任は私、とりますよ」
直子「責任なんて」
橋田「とらして下さい！」
橋田、直子の脚を引き裂くように開き、顔を埋める。
「ああ」
橋田「そう。その声」
橋田、のしかかり、突き立てる。
直子「ああ！」

直子、あたりに憚らぬ声を挙げ、しがみついてゆく。

45　ラブ・ホテル

46　同・一室

床の上に置かれた捕獲器。
ドブ鼠、くるくる旋回し、金網を嚙む。
ベッドの上。
原、仰臥した静江の腹部に唇を這わす。
原「サカリがついてんだ、あのネズミ」
静江「（喘ぐ）」
原「いずれにしろイイ趣味じゃないな。私たちのセックスをネズミに見せるなんて」
静江の股間に埋没している原の指、微妙に運動する。
静江「ああ」
静江、熱い息を吐き、股間を盛大にひろげて反り返る。
原、一物を構え、ちらりとネズミに眼をくれ、挿入する。
静江「あ」
原「見てやがる、糞！」
激しく腰を使う。
静江「か、感じる。凄く！」
静江、陶酔し、笑う。
原「（喘ぐ）イイ。あんた具合イイ」
静江、淫らなよがり声を挙げ、全身でからみつく。
静江「もっと。もっとよ！」
汗みどろでのた打つ原と静江。
静江「ああ！」
静江、髪振り乱して絶叫する。
静江「殺して！」
原「殺してやるとも」
原、必死で攻め立てる。
静江「殺してよ、ネズミ」
原「あ……」
静江、欲情の果てた、どんよりした視線を捕獲器に向ける。
静江「あのネズミ、怖い」
原「（勢いで）いいとも。殺してやる！」
原、静江の中に深々と突き立って、終る。
同前に、捕獲器の止め具が飛び、走り出すドブ鼠。
静江「あ」
静江、ベッドから飛び降り、素っ裸で追い回す。
静江「怖い！　怖い！」
原、ベッドの上から呆然と眺める。
静江、追う。
ドブ鼠、部屋の隅に追い詰められる。

静江の股間を睨んで、キイーッと歯を剝く。
ストップモーション。

―完―

青い獣　ひそかな愉しみ

日活／七五分／一九七八年九月九日

スタッフ

プロデューサー　結城　良熙
監督　武田　一成

キャスト

羽島秀一　加納　省吾
羽島安治　三谷　昇
羽島里子　秋野美弥子
竹部ミヤコ　水島美奈子
理恵　稲川　順子
山尾　伊藤　弘一
寺田　沢田　情児
警官　多田　幸男
刑事　高橋　明
中年の医師　井上　博一
教師　吉原　正浩

1　**大京高校・正門**

Ⓣ――私立大京高校は東大合格者日本一を誇る名門校である。

2　**同・教室**

数学の授業。黒板の前で複雑な数式を生徒の一人が解いている。

教師「よく出来た。（と全員に）いいか。これは三年前の東大の問題だ」

教室、ざわめく。

教師「解けなかった者は東大赤信号だと思え」

ざわめき、大きくなる。

その中に、ノートを隠すように両腕で囲った羽島秀一の青い顔がある。

昼休みのベルが鳴る。

秀一のノート、解問が途中で放棄されている。

起立に送られて教師、出てゆく。

秀一、脂汗べっとり、坐りこんだままである。

周囲で陽気な声が挙る。

「やった。バッチリ正解だもんね」

「軽い軽い」

「キミ、常識ですよ、この程度は」

笑い。

秀一、バタッとノートを閉じ、急に引吊った笑声を発する。

秀一「出来たの出来ないのと騒ぐ程の事ではないと思いますけどね」

みんな「……」

秀一「たかが三年前の古びた問題じゃないの。それもひじょーにレベルの低い」

秀一、歪んだ薄笑いで周囲を見回す。

その隙に一人が、秀一のノートを開く。

生徒「（見て）アレ、羽島君。キミ解答が出てないじゃない？」

秀一「（ひったくる）出さなかったんだ、わざと！」

秀一、必死の形相になる。

秀一「易しすぎて、途中で答えが分っちゃったから……」

みんな、ニヤニヤ顔を見合せる。

秀一「本当だぞ！」

声が悲鳴に近い。

秀一「本当なんだ」

みんな、黙殺してぞろぞろ出て行く。

3　**校庭**

片隅で秀一、数学の参考書に顔を埋めるようにして袋入りのハンバーガーを噛じる。

秀一「(見る)……!」

ハンバーガーの肉、薄血の滲む生焼けである。

秀一、オエッと吐く。

4　羽島肉店

表に冷凍車が停り、運転手の寺田が開いた後扉から牛の脚のついたままの肉塊を引き出す。

安治、背中に受けとめて、ぐらっとなる。

寺田「手伝おうか、ヨ」

安治、答えず肉塊を腰に乗せ、店の奥の貯蔵室へよろよろ運んでゆく。

寺田、舌打ちで見送って、視線をケースの陰で口紅をひいている里子に移す。

寺田「あんまり無理させねえ方がいいぜ、オヤジさん」

里子、ニッと笑う。眼が熱っぽい。

寺田「受取りくれねえか」

里子、証紙に印を押して、渡す。

里子「(喘ぐ)……」

寺田、里子の手を握っている。

寺田「いいな」

里子、何か言いかけて、すっと手を引く。

奥から安治、腰を伸ばしながら出て来る。

寺田「(運転台に戻りながら)オヤジさん、無理しねえで若い者やといなよ」

安治「いらねえ。……お前で懲りた」

じろりと里子を見やる。

寺田、声を出して笑い、スタートする。

5　同・居間

テレビの音声が耳ざわりに、じとっと暑い。

安治、肘枕で寝そべり、眼は台所に据わっている。

シュミーズ姿の里子が昼食の支度する。

汗ばんだ軀に薄物をべっとり貼りつかせたまま、けだるく動く。

かがみこむと尻の割れ目が浮かび、胸乳が重たく震える。

安治、血走った眼で這ってゆく。

里子「ひゃっ」

安治が、いきなり背後から腰を抱いたのである。

里子「何よ」

安治「脱げ」

安治、薄物の裾を捲り、パンティ引き下げる。

里子「バカ!」

激しく腰を振る。

里子「真っ昼間だってのに」

安治、里子の尻丘にかぶりついている。

安治「昼間しか出来ねえじゃねえか。夜は秀一が朝まで勉強で……」
安治、そのまま後ろ抱えに里子を居間に引きずる。
安治「サト……」
安治のごつい手が薄物を濡れた肌から引き剝ごうとして、もたつく。
里子「外から見えるじゃないか！」
安治「見えたっていい」
安治、力まかせに里子の両腿を押し開く。
安治「（見る）糞！」
のしかかり、性急に腰を動かす。
里子、急に静まって、下から冷えた眼で安治を伺っている。
安治「ああ……ああ！」
安治、焦っている。
里子「……どうせ駄目なくせに」
安治「黙れ」
眼が合う。
安治「見るな！」
安治、シュミーズの裾をめくり上げて里子の顔を覆う。
里子「うう……！」
安治、剝き出しになった里子の首から下を嬲るように愛撫し、改めて行為に移ろうとして、うっとなる。
凝脂に光るような里子の下腹に白いものが滴る。

×　×　×

安治と里子、押し黙ってめしを頰ばる。
安治「俺はろくすっぽ中学も出てねえんだ」
安治、ぼそっと言う。
安治「肉屋の仕込みから始まって、この年まで働きづめだったんだ」
安治、燃え上らぬ怒りを燻らせて、皿の焼肉をみつめる。
安治「一所懸命だったんだよ。必死で頑張ったんだ、お前と秀一のために」
里子、うんざりした顔になる。
里子「また？」
安治「……」
里子「それなのにお前はって言いたいんでしょ。堪忍してよ、寺田との事は。もう時効じゃない。まだあの時のあやまちを蒸し返して、私をいじめたいの？」
安治、依怙地に思い詰めた気色で箸を止め、眼を据えている。
安治「よりによって目をかけていた店の者と女房がくっついちまうなんてな、しかも俺が入院している間に」
里子、音を立てて汁を啜る。

安治「（焦立《いらだ》つ）俺が腰骨折って入院したのは、冷凍肉の下敷きになったためだ。肉屋として、名誉の負傷なんだ」
里子「分ってる」
安治「分ってたら、なんで退院するまで我慢できなかった。そんなに男が欲しかったのか、オイ」
里子「（言い淀むが）退院したって、まともじゃないじゃない」
安治、暗く眼が光る。
安治「お前のせいだ」
里子「……」
安治「軀の調子が狂っちまったのは、お前の浮気が原因なんだぞ」
里子、ふっと鼻に皺を寄せる。
安治「何だ。何が可笑しい！」
里子「（外す）腰の神経がまだちゃんと療ってないのよね。それが原因よね。そのうち、ちゃんと出来るようになるわよ、ね」
里子、けろっとして自分の茶碗にお代りを盛る。
安治、怒りのやり場を失い、めしをかきこむ。

6　モテル・一室

汗みどろでからみ合う裸身。里子と寺田である。

寺田「（改めながら）俺よ、オヤジさんに殺されんじゃねえかな」
里子「え？」
寺田「だってよ、あんたこんないい軀してるし、それを俺が頂いちゃってんだもん」
里子「（陶酔で）いいのよ、いいのよ、全部あげる」
里子、全身でそり返り、のた打つ。

×　　×　　×

二人、ぐたっと仰臥する。
寺田「度胸いいな」
里子「なに？」
寺田「昼日中から店を抜け出してよ、オヤジにバレねえのか」
里子、ふふっと笑う。床に買物籠が置いてある。
寺田「好きだなあ」
里子の腹にタバコを吹きつける。
寺田「とても高校生の息子がいるとは思えねえよ。若い男を雇わねえオヤジの気持が分るぜ」
里子「（つねる）ひとごとみたいに」
寺田「初めに誘ったのは誰なんだよ。真面目な店員だったんだぞ、俺あ。オヤジともうまく行ってたし。一人立ちする資金を借りる約束になってたんだ。……それを……」

寺田、里子の胸乳に顔を埋め、荒っぽく組み敷いてゆく。

寺田「畜生！」

寺田、猛然と腰を使う。

7　羽島肉店・居間

安治、鼾を立てて眠りこんでいる。その頭をまたぐように学校帰りの秀一、見下ろす。

秀一「豚」

店から客の声がする。

8　店

秀一、出て来る。

若い女（理恵）、立っている。

理恵「ステーキ用のお肉頂きたいんだけど、三百グラム」

秀一「ハイ」

秀一、ケースから肉塊を抱え出し、包丁を入れながら、ちらっと上眼使いになる。

理恵、翳のある横顔。羽毛をむしられ、丸焼きになって納っている小鳥を見ている。

秀一「お待たせしました」

理恵「有難う」

理恵、札を渡し、行きかけて、もう一度小鳥に眼をやる。

理恵「それ、×××じゃないの」

秀一「雀です」

理恵「そう」

理恵、妙に気にかかる風情で、眼が離せない。

秀一「×××の筈ありませんよ。保護鳥なんだから、××××は」

理恵「そうね」

理恵、笑いかける。

理恵「ごめんなさい。怒らないでね」

秀一、理恵の微笑が眩しい。

9　秀一の部屋（夜）――二階

時間刻みのスケジュール表が貼ってある。表の末尾は〝東大合格〟である。

秀一、問題集をひろげた机に向ってコンコン頭を殴っている。

秀一「からっぽだ。空気の音がする。頭の中で風が吹いてる」

秀一、床に倒れこみ、頭を抱えて呻く。

秀一「限界だ！」

言いつつ、血走った眼がスケジュール表の〝東大合格〟を睨み上げる。

10　寝室（階下）

薄闇の中で安治、里子の軀をまさぐる。
里子「嫌だって言うのに」
里子、背中を向ける。
安治、執拗に追って里子の寝巻を肩口まで剝ぐ。
安治「（感触を味わう）脂の乗り具合といい、上等な松坂肉にそっくりだ」
里子「よしてよ、気持悪い」
払いのける。
里子「いい加減にしてよ。上で秀一が勉強してんだから」
安治「それがどうした」
安治、力ずくで押えにかかる。
里子、抗って、もみ合いになる。
突然、明りが点く。
安治と里子、ギョッと跳ね起きる。
秀一が立っている。
秀一「お前ら、何やってんだ」
安治「な、何って……」
絶句する。
秀一、突っ立ったまま、寝乱れた両親の姿をじろじろ眺める。
安治「べつに悪い事してたわけじゃないんだ、な？」
里子「そ、そう」
里子、安治の陰で慌てて身繕いする。
里子「変な事してたんじゃないの。何だか、ひどく暑苦しくって」
とってつけたように寝巻の袖で喉元を拭う。
安治「お前も勉強大変だろ。冷たい物こしらえてやろうか」
安治、立とうとする前に秀一、立塞がる。
秀一「悪い事じゃないんなら、僕の見ている前でやってみろ」
安治と里子、ポカンと顔を見合せる。
秀一「お前たちが今やろうとしていた行為をもう一度、最後までやってみせろ。悪い事じゃないんなら、正々堂々とやれる筈だ」
安治と里子、言葉の意味が分って、動転する。
安治「そ、そんなあ……」
里子「秀一、人に見せるものじゃないんだよ、これは」
秀一「僕は母さんの子だ。子供にも見せられないような変な事なのか。そういう恥かしい行為をあんた達はやってたのか、僕が死物狂いで勉強している脚の下で」
安治「ア。イヤ、それは……」
里子「許しとくれよ。父さんがしつこくて」

秀一「許さない！」
　秀一、凄い形相になる。
秀一「僕は苦しんでるんだぞ。東大に入るか落ちるか、今が瀬戸際なんだ。夜も眠らずに苦しんで、自分を鞭打ってんだ。分ってるのか」
安治「……分ってる」
秀一「分ってたら何だ、その態度は。それが子供を東大に入れようという親のする事か」
里子「ごめんよ」
秀一「ごめんじゃない！」
　秀一、足元の扇風機つかんで投げつける。化粧鏡が割れて倒れ、障子を突き破る。次いでポットを投げ、アイスボックスを投げ、ウイスキー瓶を壁に叩きつける。
秀一「反省が足りないんだ」
　秀一、眼を血走らせ、割れた破片を踏んでイライラ歩き回る。
　安治と里子、秀一の突然の狂暴性に度胆を抜かれ、呆然とへたりこんでいる。
秀一「謝れ。勉強の邪魔した事を謝れ！」
　安治と里子、並んで膝を揃える。
安治「父さんが悪かった。許してくれ」
里子「すいませんでした」
　畳に頭をすりつける。
　秀一、ギラギラする眼で睨み下ろしている。

11　店（朝）

　秀一、筆記具を鞄に押しこみながら土間に降りてきて、オヤッとなる。
　離れた所で異様に籠った音が響く。

12　同・貯蔵室・内部

　天井の鉄カギに吊られた冷凍肉の巨大な塊。
　安治、その前に仁王立ち、固めた拳を全身で打ちこむ。
安治「アイ・アム・ア・チャンピオン。……アイ・アム・ア……」
　安治、熱中し、懸命に打ち続ける。
秀一の声「ロッキーかよ」
　安治、どきっと動きを止める。
　秀一、ニヤニヤ笑いながら入って来る。
秀一「カッコいいじゃん」
安治「ああ」
　安治、肉塊を静止させながら、秀一の気配を伺う。
　秀一、昨夜の狂暴ぶりが嘘みたいに明るい顔である。
秀一「どうしたの、急に張切っちゃって」
安治「どうしてだかな。こいつを見てたら、無性に殴りたくなった。……べつに張切ってるわけじゃない」
　安治、肩を落し、弱く喘ぐ。
安治「塾へ行くのか」
秀一「予備校。模擬試験うけてくる」
安治「そうか。頑張れよ」
　安治、脚を重たく引きずって出てゆく。
　秀一、見送って振り向きざま、一発打つ。
秀一「チャンピオン！」

13　予備校・模擬会場

　数百人の浪人、現役がひしめいて、テスト用紙に筆を走らせる。
　窓際の席で秀一、奇妙に落着かない。
　ぼんやり周囲を見回しながら、コツンコツン頭を殴る。
秀一「からっぽだ。……がらんどうだ」
　コツン、コツン。
　試験官が変な眼で見ている。
　秀一、窓外に眼を移す。
　窓の下を大きな鳥籠下げて、理恵が歩く。
　理恵、歩道の端に立ち、タクシーを待つ。
　秀一、ガタンと突っ立ち、そのまま会場を出て行く。
　テスト用紙——白紙である。
秀一「……！」

14　走るタクシー・内部

　鳥籠を脇に置いて理恵、乗っている。
　その後ろをもう一台、走る。
　秀一が乗っている。

15　上野動物園

　世界中の鳥を集めた広大な鉄網のドームが聳える。
　ベンチに腰かけて理恵、飛び交う鳥の動きに見入る。
　離れた所から秀一、眺めている。
秀一「（呟く）これが動物園か」
　秀一、視線をめぐらす。
　木立ちの向うにキリンの長い首が覗き、その隣りはライオンの居住区である。
秀一「一度も来たことなかったな。……死んだ肉しか見た事なかったな」
　秀一、視線を鳥園に戻す。
　理恵の姿、消えて、ベンチにぽつんと鳥籠が残されている。
秀一「……？」

16　羽島肉店・居間（夜）

　秀一が拾ってきた鳥籠を覗きこんで安治と里子、声を挙げる。

安治「こりゃ凄え。黄帽子インコじゃねえか」

里子「大きな鳥だねえ」

安治「大きいだけじゃねえ。世界で一番頭がいいんだ。九官鳥より喋るんだぞ」

里子「ホント？（と秀一に）頭がいいんだって。やっぱりお前に縁があったんだよ。類は友を呼ぶって言うじゃないか」

安治「まったくな。俺たちはカラスだが、秀一は頭のいいインコだ」

秀一、満更でもなく、ニヤッと笑う。

里子、鳥籠をつついて、コンニチワ・オハヨと話しかける。

インコ、反応がない。

安治「おかしいな」

里子「啞じゃないの？」

秀一、笑いがこわばる。

安治、コンニチワと突つく。

インコ、突然グエーッと奇声を発する。

安治「バカ！」

里子、笑いだす。

安治「(舌打ち）馬鹿だ、こりゃ」

インコ、再びギャーッと喚く。

秀一、びくっと震える。

里子「初めから変だと思ったのよ。そんな頭のいい鳥を捨てる筈ないもん。啞なんだよ、やっぱり」

インコ、昂奮して、羽根をばたつかせる。

秀一、べっとり脂汗、じっとインコを睨んでいる。

17 マンション・理恵の室

ベッドの上。二つの裸身がからみ合い、緩慢に蠢《うごめ》く。
理恵と山尾である。
山尾、理恵の若い軀をむさぼるような精力的な動き。
山尾「(耳を嚙む）インコ、居なくなったな」
理恵「ええ」
山尾「どうしたんだ」
理恵「……捨てた」
山尾「どうして」
山尾、理恵の胸乳を摑み上げる。
山尾「どうしてだ。折角俺がプレゼントしたのに」
山尾、答えを理恵の軀から聞き出そうとするように、攻める。
理恵「あ」
山尾「どうしてだ」
腰を激しく使う。
理恵、あ、あと応えてゆく。

18　羽島肉店・居間

鳥籠が物凄い力で飾り戸棚に投げつけられる。

秀一「殺してやる！」

砕け散るガラス片を浴びながら秀一、蹴る。

鳥籠の中でインコ、恐怖の声をギャーと挙げ、羽をばたつかせる。

秀一「啞のインコなんて意味ないんだ。生きてる値打ちがないんだよ！」

秀一、裁ち鋏を摑み、鳥籠に突き入れる。

安治「やめろ！」

安治、抱きとめる。

安治「何も殺す事ねえじゃねえか、な」

秀一「離せ！　こいつはカラスなんだ。インコの羽根をつけたカラスじゃないか。愚劣だ！」

秀一、鋏を両手で握り、頭上に振り上げる。

里子「やめてえ！」

安治「秀一！」

思わず突き飛ばす。

安治「可哀そうじゃねえか。生きてるんだぞ！」

秀一、尻もちついたなり、ギラッと形相が変る。

秀一「今、何て言った？」

安治「い、生きてるんだよ、こいつだって」

秀一「黙れ！」

秀一、突っ立つ。

秀一「お前、そんなこと言えるのか。殺されて肉を売られる牛や豚は可愛相じゃないのか」

安治「そ、そりゃ、商売……」

秀一「こいつが可哀そうだなんて、よくも図々しく言えたもんだな。それじゃお前が代りに死ねよ。なあ、死ねよ、お前。似た者同志だ。カラスのくせに、えらそうに指図しようってのか」

安治「ア、イヤ……」

秀一「そういう愚劣な存在は許せないんだよ！」

秀一、憎悪を剝き出しに安治に躍りかかる。

里子「(悲鳴) 秀一！」

逃げようとする安治の肩口を裁ち鋏の刃先が切裂く。

「ギャッ」

インコが叫んだのである。

19　理恵のマンション

事後。

山尾と理恵、汗に濡れた軀をベッドに投げ出している。

理恵「何百羽、何千羽という保護鳥が私のために殺されてる。鳥籠を見ているだけでそれが思い出されて、たまらないのよ」

山尾「だから捨てたのか」

理恵「(頷く) 初めから無理だったのよ。捕獲を禁じられている保護鳥を殺すことで成立してる、こんな暮らし」
山尾「禁じられてるから高く売れるんだ。世の中には××××や×××を一度食ってみてえって金持が幾らでもいるからな」
雀や山ガラ等の羽根を無惨にからめたかすみ網が、たたまれ、床の隅に蹲っている。
密猟の名残りである。
理恵「(見て) そのお金で私は養われてる」
山尾「そうだよ。この室の家賃も、このベッドも、お前の衣裳も、ぜんぶ鳥を殺した金でまかなってんだ。それでなきゃ町場のしがない小鳥屋が、女をマンションに囲えるわけがねえ」
山尾の掌がいとしげに理恵の胸をさまよう。
山尾「可愛いなあ。生れたての×××みてえに柔い」
理恵「(押える) いつまでもこんな暮らしが続けられる筈ないわ。まるで鳥の死骸の上に寝ているみたいで……」
山尾「俺が嫌いになったのか」
理恵、首を振る。
理恵「嫌いなら、とっくに逃げ出してるわ、こんな部屋」
山尾「理恵」
抱く。再び求め合おうとする。
その時、下の道路からけたたましいパトカーのサイレンが沸く。
理恵、びくっと軀を硬くする。
山尾「心配するな。捕まるようなヘマはしてねえよ」
パトカー、走り過ぎて、とまる。
理恵「近いわ」
理恵、起きて、窓から覗く。
大通りを横手に折れた商店街のあたり、回転するパトカーの赤ランプで染まっている。
理恵「何かしら」
理恵、手早くガウンを羽織り、ドアへ向う。
山尾「理恵」
理恵「すぐ戻ってきます」
理恵、出てゆく。

20 羽島肉店・表

パトカーが駐っている。

シャッターの上った店先に頭から肩先かけて血に染まった安治が、居間から逃げ出して来たそのままの裸足、ステテコ姿、しがみつくように鳥籠抱いてへたりこんでいる。

安治「(喘ぐ) 殺される。お巡りさん、俺あ倅《せがれ》に殺されかかったんだよ」

警官二人、顔を見合せる。

中年の警官「(傍の里子に) 事情を説明して貰えませんか」
里子「インコなんです、原因は」
　鳥籠の中でインコ、静まっている。
里子「秀一が、息子が急に殺すって言い出して」
若い警官「インコを?」
里子「(頷く) 父さんがとめたんです。それがきっかけで……」
中年警官「ま、単純な親子喧嘩だな。近頃多いんだ、こういうの」
若い警官「体力あるから、若いのは」
　そういう警官自身、はち切れそうな体軀である。
安治「(呟く) 殺される所だったんだ。あいつはインコの代りに俺を殺すって言ったんだ、父親を」
　安治、うわ言みたいに繰り返す。
　秀一が奥から出て来て、警官に笑いかける。
秀一「ご苦労様です。すいません、つまらない事で母が110番なんかしちゃって」
中年警官「君が息子さんか」
秀一「ハイ。大京高校に行ってます」
　秀一、折目正しい態度である。
　若い警官、素朴に驚きを表わす。
若い警官「へえ。凄えな。あの東大一直線の?」
秀一「僕も来年は東大です」
　警官たち、畏敬に近い眼で秀一を眺める。
　秀一、猫撫で声、気味が悪いほど優しく安治に話しかける。
秀一「お父さん、傷口早く消毒した方がいいですよ。僕が手当してあげるから、中へ入りましょうよ、ね」
　肩に手をかける。
　安治、ぞっと身震いする。
安治「(縋るように) お巡りさん!」
中年警官「出来のいい息子さんじゃないの。羨ましいくらいだ。私にも中学いってる倅がいるんだけど、これが……」
安治「お巡りさん!」
　安治、泣いている。
秀一「(警官に) 酔ってるんです、父」
　警官たち、納得するが、
中年警官「親子ゲンカもほどほどに頼むよ。ずいぶん出血してるじゃないか、お父さん」
秀一「(あどけなく頭をかく) ついはずみがついちゃって。今後気をつけますから。本当にご迷惑おかけしました」
　秀一、最敬礼みたいなお辞儀をする。
　中年警官、すっかり感心する。
中年警官「親子なんだから仲良く暮らしましょうよ、ねえお父さん」

　安治を抱え起してやる。

安治「殺される。……俺あ殺される」

　警官たち、じゃあ、と挙手してパトカーに戻ってゆく。

　道路の向う側にガウン姿の理恵、立っている。

　走り去るパトカー。

　理恵、歩み寄り、鳥籠を覗きこむ。

理恵「（呼ぶ）レオン」

里子「何ですか」

理恵「あの、これ私のインコなんです。いえ、私が捨てた」

　里子、変な顔で秀一を見やる。

秀一「そうだよ」

　秀一、安治から鳥籠をひったくり、理恵につきつける。

秀一「あんたが捨てたインコ。可哀そうだから拾ってきたんだ、動物園から。……返すよ」

　理恵、よく事情がのみこめない。

理恵「でも、どうして、あなた……」

秀一「持ってってくれよ。喋らないインコなんて、置いといてもイライラするだけだ」

　秀一、理恵に鳥籠を押しつけると、くるりと背を向けて店の中へ戻ってゆく。

　店内、居間は障子が裂け、テーブル、食器棚は引っくり返ってガラス片が散乱、まるで大地震の後を思わせる惨状である。

里子「引取って下さいな。その鳥のお陰で大変だったんですから、うち」

　里子、タオルで安治の頭、肩口など拭ってやる。

理恵「はあ」

　理恵、躊躇するが、黙って会釈し、鳥籠を下げて歩きだす。

21　同・居間（翌日）

　大工、経師屋などが入って、壊れた家具、襖、障子を入れ替える。
　安治と里子、台所に坐りこんで作業を重苦しく見守る。
安治「あいつは狂ってる。勉強のし過ぎで頭がどうかしちまったんだ」
　安治、頭に包帯、顔に絆創膏、左の肩から二の腕を布で締めている。
里子「ゆうべのあの子を見てたら、とても自分の子供とは思えない。中学までは親思いのやさしい子だったのに」
　里子、流れる涙をタオルで拭い、ついでに大きな音を立てて鼻をかむ。
安治「一度、精神病院で診て貰おう」
里子「精神病院？（キッとなる）あんた、秀一がきちがいだって言うの？」

安治「分らねえ。そいつを調べて貰う。急がなくちゃ。殺されちまってからじゃ、遅いんだ」

安治、骨身にしみて脅えている様子。

店の電話が鳴る。

里子、出る。

里子「ハイ。羽島肉店です」

22 公衆電話

寺田、電話している。
寺田「会いてえんだよ」

23 店

里子「相憎ですけど、今日は臨時休業で……」
寺田の声「買物ぐらい出れんだろ。待ってるよ、いつもの所で……」
里子「ア、でも、困る……」
電話、切れる。
里子、受話器を置きながら安治を伺う。
安治、疲れの滲む背中を見せて、床に伸びている。

24 書店

混雑している。

コーナーの隅で秀一、隠れるようにしてポルノ雑誌を開く。

秀一「(見る)……!」

金髪美女、大股開きのポーズ集。

秀一、生唾のみ、眼が吸い着いて離れない。

遠くから女高生(ミヤコ)、眺める。

秀一、震える指で頁をめくる。

ポーズは更にどぎつい。

秀一、うろたえて周りを見回す。

立読みの人々で狭いコーナーは押し合いである。

秀一、横から押される勢いで、ポルノ誌を鞄の陰に隠す。

秀一「(心臓が飛び出しそうで)……」

鞄の蓋を開き、雑誌を滑りこませる。

秀一、鞄を小脇に抱え、出口に急ぐ。

「ちょっと学生さん」

出口附近で秀一、追ってきた店員に腕を摑まれる。

店員「困るんだな、そういう事されちゃ」

秀一「何ですか」

店員「とぼけんじゃないよ。ちゃんと見てたんだから。万引きの現行犯だよ」

万引きという声に人が寄ってくる。

秀一、恥辱と恐怖で卒倒しそうである。

店員「鞄あけろよ。な学生さん」

手をかける。
秀一、必死に抱えこむ。
秀一「許して下さい」
へたりこみそうになる。
店員「許してくれで済みゃ、警察はいらないんだよ」
店員、犯人扱いで秀一を小突く、
そこへ、
「何すんだよ、テメ」
ミヤコが割って入る。横に仲間の女高生二人がついている。
店員「何だ、あんたたち」
ミヤコ「何だじゃないだろ。シトに濡衣きせといて、謝まんなよ、テメ」
ミヤコ、体当りで店員にぶつかる。
店員がよろめく隙に仲間の一人、秀一の鞄と自分の鞄を取りかえる。
仲間の女高生「そんな疑うんなら鞄の中しらべたらいいじゃん、ホラ」
店員、秀一の手から鞄を取り、開けて見る。
店員「(首をひねる) おかしいな。確かに入れるとこ見たんだが」
ミヤコ「ふーざけんじゃねえ。テメ、オトシマエどうつけてくれんの、エ?」
脅しといてミヤコ、秀一にニッとウインクする。

25 喫茶店

ミヤコと向い合って秀一、固くなっている。
ミヤコ「(上目使いに見上げて) 恥かしくて買えなかったわけ? すれてないよね。中学ん時とまるで変ってないんじゃない」
秀一「中学?」
ミヤコ「ヤーダ、覚えてないの、私のこと?」
秀一、ミヤコを眺めて首をかしげる。
ミヤコ、襟の開いたセーラー服、薄いアイシャドウに口紅塗っている。
ミヤコ「クラス同じだったじゃん。ホラ、竹部、竹部ミヤコ」
秀一、ああとなる。
秀一「ゴボウかあ」
ミヤコ「(笑う) そう。色が黒くて痩せっぽちの」
秀一「しかし……見違えちゃったなあ」
ミヤコ、襟元から胸のふくらみがはち切れそうなLサイズである。
ミヤコ「いつも遠くから見てたんよ、羽島君のこと。こっちは落ちこぼれの商業高校じゃん。声をかけられないのよね。ひけ目感じちゃって」

秀一、満更でもない。
秀一「さっきは有難う。助かったよ」
ミヤコ「どうして助けたか、分る?」
秀一「いや……」
ミヤコ「分らせてあげる」
立つ。

26 公園

秀一「ラ、ラブ・ホテル?!」
秀一、ベンチから転げ落ちそうになる。
樹立の向うはホテル街である。
秀一「そんなア。そりゃ、まずいよ。行き過ぎだよ。そりゃ」
ミヤコ「アラ、震えちゃって、マア」
ミヤコ笑う。喫茶店でワンピースに着替えて来ている。
秀一「でも、僕なんかと、どうしてさ」
ミヤコ「羽島君は大京高校の童貞クンじゃない。いわば無菌培養されたエリートだし。……ぶっちゃけた話が箔がつくわけよ、商業高校としては。大京高校の童貞頂いちゃえば」
秀一、食われる。
秀一「どうして僕が童貞だって断定できるのよ」
ミヤコ「同窓会の会報に書いてたじゃん。僕の青春は東大に入る事です。そのためには合格までの勉強スケジュールをこなすコンピューターでありたいって」
秀一「その頃は調子良かったんだ」
秀一、不意に思い詰めた眼になる。
ミヤコ「行こ。コンピューター君」
秀一「駄目だ!」
秀一、取られた腕を振り払う。
秀一「故障しちゃったんだ、コンピューター」
頭を抱えこむ。

27 ホテル街

ミヤコに腕を取られて秀一、くる。
秀一「キミ、くわしいの、こういう所」
ミヤコ「そうでもない」
ミヤコ、余裕がある。
秀一「僕、金もってないぞ」
ミヤコ「ホテル代も?」
秀一「いや。たぶん、それくらいはあると思うけど」
ミヤコ「なに?」
秀一、脚をとめる。
秀一「さっきから考えてたんだけど、君、アレじゃないの」
ミヤコ「アレって?」

秀一「ホラ、三面記事なんかによく出てるだろう、女高生の……」
ミヤコ「女高生の、何よ」
秀一「……売春」
ミヤコ、急にひっそり黙りこむ。
秀一「(図星だと思う) そうなんだろ。な、金がめあてなんだろ」
ミヤコ、眼を伏せて、唇を噛む。
秀一「週刊誌でも読んだことある。ディスコなんかで遊ぶ金欲しさに軀を売るんだってな。……やっぱり、そうだったのか」
秀一、唇を歪め、侮蔑を露わにする。
ミヤコ、いきなり平手打ちする。
秀一「ひゃッ!」
秀一、ポカンとなる。
ミヤコ「変ったね、羽島君」
ミヤコ、口惜し涙で眼が光る。
ミヤコ「シトの気持を真っ直ぐ受けとめられなくなっちゃったんだもんね」
秀一「……」
ミヤコ「私は羽島君が好きで、憧れてたから、それで誘っただけなのに。(唇が震える) ……好きなら寝るのアッタリマエだろ。お互いおとななんだからさ、肉体的には」
ミヤコ、涙を拭う。
秀一、言葉がない。
ミヤコ「あそこに行こうと思ってたんだよ」
指さすホテルの入口、〝再会〟とある。
秀一「あ」
棒立ちになる。
〝再会〟からアベックが出てくる。里子と寺田である。
秀一、ミヤコを引っ張って、手前のホテルの植込みにひそむ。
その前を里子と寺田、情事の余韻を引いて歩き過ぎる。
寺田、素早く里子の首筋にキスする。里子、声を立てて笑う。
ミヤコ「誰よ。知ってる人?」
秀一「いや」
秀一、気だるく立ち上る。
秀一「やめた」
ミヤコ「どうしたのよ」
秀一「気が変っちゃった」
秀一、里子の方角と反対にスタスタ歩きだす。

28 羽島肉店・居間（夜）

親子三人、押し黙って夜食を摂る。

安治と里子、神経が震えるような気遣いで、秀一の気配を窺う。
秀一、突然すっと里子の首筋に指を触れる。
里子「(びくっとなる) なに?」
秀一「虫に刺されたんじゃない? 赤くなってる」
安治、じろっと里子を見やる。
里子「今年の夏、なんだか蚊が多いみたい」
里子、眼を伏せて、めしを頬ばる。
安治「(咳払いなどする) あのな秀一、お前ここんとこ成績下ってんだろ」
秀一「……」
安治「それで父さん考えたんだが、一度お医者さんに診て貰ったらどうかな」
秀一「軀、悪くないよ」
安治「いや、そうじゃなくて、精神分析つうか、頭の具合をさ」
里子「ホラ、時々ひどく頭が痛むって言ってたじゃない」
秀一、箸をとめて、じっと考えている。
安治「成績下った原因が、ひょっとすると分るかも知れねえ」
秀一「そうだね」
秀一、あっさり言う。
秀一「僕も気にしてた所だし、診て貰ってもいいよ」
安治と里子、ほっと顔を合せる。

29 **秀一の部屋**
机の上にひろげられたポルノ・グラフ。

秀一、黒く塗り潰された女の股間を執拗に指先でこする。

30 **一階の寝室**
安治と里子、深く寝入っている。

31 **貯蔵室**
扉の隙間から、内部の灯りが細く洩れる。

32 **同・内部**
秀一、吊された肉塊の前に立ち、ナイフの刃先をぐさぐさ突き入れる。

秀一、ズボンを下ろす。そのままの姿勢で肉塊を抱く。一物を擦りつける。やがて刃先でえぐった肉の穴に根元深く埋没する。

秀一「冷めてえ」

腰を動かす。

秀一「あ」

快感があるらしい。

体熱で溶けた赤い水が太腿を濡らし、床に滴り始める。
秀一、それが女体であるかのように肉塊を両腕で抱き、腰を突き入れる。
秀一「あ、あ」
果てる。
秀一「（みつめる）……」
性器に似て口を開いた肉塊の裂け目。白いものが、とろりと沸れ出てくる。

33 **綜合病院・精神科診察室**
秀一、ロールシャッハテスト等を受ける。

×　　×　　×

入れ替って里子、医師の説明を聞く。
医師「息子さんは病気じゃありません」
里子「ハア」
里子、幾らかほっとする。
医師「心因反応です。平たく言えばヒステリー」
里子「ヒステリー？」
医師「若い頃にはよく起りがちなんですが、少年から大人に成長してゆく過程で、性格形成に何らかの歪みが生じる。つまり受験競争とか、既に確立されていて個人の力では動かしようもない社会の仕組み。そういった諸々の抑圧が内面に投影されて、秀一君の精神的自立を損っている。そのイライラを最も身近な存在である家族に向けて爆発させる。一般的には家庭内暴力と言われてるんですが、この十年くらい急激に増えてるんです、中高校生の家庭内暴力ってやつが」
里子「（よく分らず）ハア。それで療るんでしょうか、秀一」
医師「精神病ではありませんからね、放っといてもいつかは療ります」
里子「いつかは……」
医師「ま、何といっても御両親がしっかりなさる事ですな」
里子「はあ」
里子、まったく自信ない。

34 **羽島肉店・表**
里子と秀一、タクシーから降り立つ。
秀一「……！」
理恵、ケースの前で肉を買っている。

35 **同・店内**
里子と秀一、入ってくる。
里子「只今」

安治「お帰り」
安治、秀一と眼が合わないようにして、ステーキ用の肉を斬り下ろす。
秀一「(見る)！」
昨夜、秀一が抱いた肉塊の部分である。
秀一「(確かめる)それ、貯蔵室から新しく出してきたやつ？」
安治「そうだ。上等ンとこ食べて貰おうと思ってな、お顧客さんだから」
安治、理恵に愛想笑いする。
安治「(計って)ヘイ。脂が乗って、いい肉ですよ」
理恵「有難う」
札を渡す。
安治「毎度」
レジスターに行く。
秀一、すっと寄る。
安治「(ドキッとなる)な、何だ」
秀一「僕が包むよ」
秀一、肉片を眼の前に持ち上げて、しげしげ眺める。
心なし、端の方に白いものが附着しているようである。
秀一「これ、食べるんですか」
理恵「え？」
秀一「食べるんですよね」
理恵「ええ」
秀一、包装する。

36 **通り**

理恵、買物籠を下げて歩く。
秀一、離れてついてゆく。

37 **羽島肉店・店の中**

安治、椅子にかけて一服する。
安治「心因反応？」
里子、うろ覚えで喋る。
里子「いろんな社会的抑圧が内面を歪めて、精神的自立をさまたげてるんだって」
安治「よく分んねえ」
里子「とにかく親がしっかりするしかないんだって」
安治「ふーん」
安治、割り切れない。

38 **理恵のマンション・廊下**

秀一、ブザーを押す。
ドアが細目に開いて理恵、顔を覗かせる。
理恵「何かご用？」
秀一「あの、インコどうしてるかと思って」

理恵「元気よ。入ってごらんなさい」
　チェーン錠を外す。
理恵「どうぞ、お入んなさい」
秀一「ハイ」
　秀一、入る。

39　**同・室の中**

　入ったすぐが広い絨毯敷きの居間になっていて、ソファ、クッション、テーブル類がセンス良く置かれてある。
理恵「あそこよ」
　窓際の鳥籠でインコ、元気にお喋りする。
秀一「あれ、唖じゃなかったのか、こいつ」
　覗きこむ。インコ、黙りこむ。
理恵「(笑う) レオンはあなたが嫌いみたいね」
秀一「レオンていうんですか」
理恵「フランス語でライオン」
秀一「牡か。綺麗だから牝かと思ってた」
理恵「日本には牡しか輸入されないのよ。牝がいると輸入した国で繁殖しちゃうでしょ」
秀一「残酷」
理恵「レオンはだから死ぬまで童貞」
　秀一、改めてインコを眺める。

　電話、鳴る。
理恵「(とる) ハイ」
山尾の声「俺だ。急用で行けなくなった」
理恵「どうしたの」
山尾の声「密猟してる所を監視人に見つかっちまってな」
理恵「(息を引く) ……!」
山尾の声「捉まりやしなかった。顔も見られてねえし、大丈夫だ。ただ店を出るわけに行かねえんだ。警察が訊きこみに来るかも知れねえし」
理恵「(呟く) いつかはこうなると思ってた」
山尾の声「何? 何て言ったんだ?」
理恵「だから無理なのよ、こんな生活」
山尾の声「……また電話するよ」
　切れる。
　理恵、受話器を握ったまま、暗く眼を泳がせる。
理恵「無理なのよ、やっぱり」
　インコ、けたたましい声を立てる。
　秀一が顔を近ずけたのである。
理恵「お腹すいてない?」
秀一「いいえ」
理恵「困ったわ。ステーキ食べる人が来れないんだって。……折角買っといたのに」
秀一「僕、肉は好きじゃないんです」

理恵「私も」
と顔を見合せて、
理恵「半分ずつ食べない。勿体ないから」
秀一、頷く。

× × ×

キッチン。

冷蔵庫から取り出される肉片。

焼けたフライパンに乗せられる。

秀一「(見る) 熱ッ……!」

秀一、思わず両手で股間を押え、腰を揺する。

理恵「どうかして?」

秀一「いえ、暑いですね」

理恵「クーラー強くしてもいいわよ」

肉片、ジュージュー脂を弾いて焼けてゆく。

× × ×

居間。

テーブルの上にワイン、サラダ、そして各々の前に二つ切りされたステーキの皿。

理恵「乾杯」

グラスを合せ、一口のんで理恵、ステーキにナイフを入れる。

秀一「(見ている) ……」

切り口から滲み出る肉汁。気のせいか白い体液が光って淀むようである。——(実際はマヨネーズ合えのサラダオイルなのだが)。秀一、ステーキにフォークを突き刺し、大きな切身ごと頬ばる。

二人の眼が合う。

理恵、丹念に肉を噛んでいる。噛む行為を繰り返すうちに理恵、ふと瞳に欲情が宿る。

唇の端を肉汁が流れる。

秀一、躰を熱くしてみつめる。

理恵「ああ」

理恵、眼を閉じる。

× × ×

インサート。

ベッド。仰臥した山尾の下腹から首を起す理恵。唇の端を白い液がどろりと流れる。

× × ×

秀一、ふらっと立ち上り、理恵に近づく。

理恵「……」

秀一、理恵の肩を押え、かがみこむと舌の先で肉汁を舐めとる。

理恵「あ」

理恵、唇を開く。秀一の舌が滑りこむ。

二つの唇が深く重なり合う。

×　　×　　×

寝室。

ベッドに仰臥した秀一にまたがり理恵、黒髪を肩にほどき、ゆるやかに腰を使う。

理恵「(喘ぐ) 初めて？　あなた初めてなの」

秀一、歯を嚙みしめて、快美な苦痛に耐える。

秀一「(呻く) 同じだ。牛肉の塊りに突っこむのと変りゃしないんだ」

理恵「え？」

秀一、猛然と理恵を組み敷き、激しく、しかしぎこちなく動く。

秀一「ゆうべ牛肉の塊りに穴ボコ作って、オナニーしたんだ」

理恵、ふっと陶酔から醒める。

秀一「貯蔵室にぶら下ってる肉の塊り相手に、これと同じ事したんだよ」

理恵「(意味が分る) 何ですって?!」

秀一「さっきのステーキは、その時の肉だよ。俺の躰から出したものがくっついてたもん」

理恵「嘘！」

理恵、悲鳴に似た声を挙げて、下から秀一を打つ。

秀一、押えつけ強姦じみた荒々しさで動きつつ、登りつめる。

理恵、押えつけられたまま両掌を口にあて、吐く。

理恵「帰ってよ」

秀一、のろのろ着衣する。

秀一「変りないよ。……牛肉の中に突っこむのと、変りないよ」

秀一、理恵を見返って、ニヤッと歯を出す。

泣き笑いのような、ぞっとするほど陰惨な顔である。

40　羽島肉店・居間（昼）

安治と里子、脅えた眼を天井に向ける。

秀一の部屋からボリュームを最大に上げた〝鉄人マジンガー〟の声のテープ録音が響き、それに合せて床を踏み抜かんばかりに足踏みを続けている。

安治「パ、パトカーを呼ぼう」

安治、電話に手をかける。とたん、二階の音はパタッと止み、そのまま静まり返る。

安治と里子、かえって気味悪く顔を合せる。

里子「ひきつけ起したんじゃないかしら。小さい時から癖だったもの、あの子」

安治「今いくつだと思ってんだ」
里子「あんた、見てきてよ」
安治は、ギョッと腰を引く。

41 階段

安治、四つん這いになり、上ってくる。
安治「(呼ぶ) 秀一」
秀一の部屋、静まっている。
安治「(不安になる) 寝てんのか」
そろっとドアを開ける。
秀一、床に寝ころんで、一葉の写真を眼の上にかざしている。
安治「秀一、学校の先生から電話があったぞ。どうして登校しないのかって」
秀一、妙にどんよりした眼を安治にめぐらす。
秀一「父さんに頼みがあるんだ」
安治「ん」
秀一「これを届けてくれないか。あげる約束してたんだ」
――秀一が高校入学の時の記念写真である。
秀一「待ってるんだ、竹部ミヤコって女の子。僕のことボーイフレンドだって、その写真を見せびらかしたいんだってさ」
秀一、言い終ると気だるく眼を閉じる。

42 公園

ベンチにミヤコ、ぽつんといる。
安治、歩み寄る。
安治「あの、私、秀一の父ですが」
写真を差し出す。
安治「秀一、ちょっと具合が悪くて来れないもので」
ミヤコ「(写真を見る) 可愛い！」
安治「秀一が大京高校に入った時、私が記念に写したんですよ。……それじゃ」
安治、行きかける。
ミヤコ「待ってよ」
安治、振返る。
ミヤコ「助けて貰いたいんだけど」
安治「……？」
ミヤコ「授業料使いこんじゃってさ、ピンチなのよね、私」
ミヤコ、ニッと成熟した笑いを浮かべる。

43 ホテル・再会・一室

ミヤコ、安治の眼の前で着衣を脱ぎ落し、裸身をベッドに躍りこませる。
安治、思いがけない成行きに混乱している。

44　羽島肉店・居間

秀一、ぼんやりテレビを眺める。
店から声がする。

45　同・店

秀一、出て来て、脚をとめる。
買物籠下げた理恵が立っている。
理恵「お肉買いに来たのよ。ステーキ用、三百グラム」
秀一、疑わしげに理恵を見る。
秀一「何ですか」
秀一「本当に買うの」
理恵「汚らしいものの着いてない所をね」
秀一、肉片を斬り下ろし、計量する。
秀一「(視線が気になる) 何を見てんですか」
理恵「あなたを見てると前に飼っていた鳥を思い出すわ」
秀一「……」
理恵「死んだのよ、糞づまりで」
秀一「糞づまり?」
理恵「鳥が飛び続けるには、食べた物をすぐ排泄しなくちゃならないの。そうしないと体重のバランスが狂って空から落ちてしまうわけ」
秀一、初めて聞く話である。
理恵「その鳥は生れた時から籠の中で育ったもので、飛ぶ事を知らなかったのね。そのうち排泄機能が狂ってきて……」
理恵、じっと秀一を見る。
理恵「糞づまりで死ぬ時になって、初めて羽根をバタつかせたわ。飛ぼうと思ったのね。……でも遅かった」
理恵、秀一を正面から見据えて、もう一度言う。
理恵「あなた糞づまりよ」
秀一、歪んで笑う。
秀一「今朝、ちゃんと排泄しましたよ」
理恵、勘定を置き、去ってゆく。
秀一「(見送っている) ……」
秀一、突然身を翻すと、慌ててトイレに走りこむ。

46　ホテル再会・一室

ベッド。
安治、ああ、ああと声を挙げながら動く。
ミヤコ、痛々しく軀を開いたまま、指先でつまんだ秀一の写真をひらひら眺めている。
ミヤコ「羽島君が悪いのよ」
安治「あ?」
ミヤコ「シトのこと、女高生売春だって」
安治「ああ」
安治、動きがせわしくなる。

ミヤコ「オジさん、分る？」
安治「あ、あ？」
ミヤコ「私、……処女」
安治、あっと果てる。
ミヤコ、ベッドから飛び下り、手早く着衣する。
ミヤコ「羽島君に写真有難うって」
ミヤコ、テーブルの万円札をポケットに押しこみ、手を振って出てゆく。
安治「(呆然)……処女って言ったのか？」

47　同・フロント

安治、出ようとして、足音に振返る。
安治「(見る)……里子！」
反対側の廊下から寺田と里子、並んで出てきた所である。
安治「里子……お前！」
安治、片足に靴をつっかけたまま摑みかかる。
その前に寺田、立ちふさがる。
寺田「誘ったのは俺なんだ。男同志で話つけようじゃないの」
寺田、太い腕で、殴りかかろうと悶掻く安治を、ねじ伏せるように押えつける。

48　焼鳥の屋台（夜）

長椅子で安治と寺田、焼酎を飲む。
安治「ずっと続いてたのか、里子とは」
安治、コップを握った手が震える。
寺田「(頷いて、煽る)殴って下さいよ。オヤジさんの気の済むようにして下さいよ」
寺田、下手に出ているが、眼が据わっている。酒乱なのだ。
安治「寺田」
寺田「ハイ」
安治「あいつとは、これっきりにしてくれ」
寺田「(睨んでる)」
安治「飼犬に手を嚙まれるのは二度とごめんだ」
寺田「飼犬？（ムカッとなる）いったい誰のこと言ってるんスか」
安治「……」
寺田「そりゃ以前は飼犬だったさ。羽島肉店の使用人だったんだから、俺ア。けど今は対等の立場じゃないの。俺あオヤジさんにクビ切られた人間だし、その事についちゃ言いてえ事もあるけど……」
安治「済んだことだろが、それは」
安治、嫌な顔で焼酎を煽る。
寺田「(からむ)済んでねえよ、オカミさんとのことは。

だから男同志で話をつけようって……」
寺田、嫌味に慣れ慣れしく安治の肩を摑む。
安治「しつこいんだ、お前は」
安治、振り払う。はずみに拳が寺田の顔面を打つ。
寺田「野郎！」
寺田、カーッと血走る。
安治「ま、待て、寺田」
言った時には安治、路上にぶっ飛ばされている。
安治「畜生！」
安治、必死に起きて来ようとする。そこへ回し蹴り一発、二発。
寺田「手前が甲斐性ねえから女房に浮気されんじゃねえか。バーロー！」
更に一撃。寺田、去ってゆく。

49　羽島肉店・表（夜）

シャッターが下りている。
安治、ガンガン叩く。
安治「開けろ！」
内から里子、潜り戸を開く。

50　同・居間

安治、泳ぐように上りこみ、大の字に倒れる。
安治「水」
里子、コップに水を運んでくる。
安治、いきなり里子の胸乳を摑む。
安治「いったい何度裏切りゃ気が済むんだ」
ギリギリ力を加える。
里子、鈍重なしぶとさで耐える。
安治「俺あ、お前と秀一のために必死で頑張ってきた。その二人から裏切られて、俺の一生は何だったんだ」
安治、コップを投げつける。
安治「畜生！」
二階から秀一、降りてくる。
秀一「うるさいなあ。勉強してるんだぞ」
安治「それがどうした」
安治、酒で濁った眼がギラついている。
里子「（とりなす）お父さん、酔ってんだから」
秀一を階段に押しやる。
安治「何が東大だ。俺がお前の年には一人前に稼いでたんだぞ、重たい肉かついでよ」
秀一、向き直る。
秀一「じゃ何か、僕が東大へ入れなくてもいいって言うのか」
安治「ああ」
秀一「それは、命令か」

安治「ああ」

　秀一、みるみる形相が変る。

秀一「命令だと？　お前たちに僕を指図する権利があるのか！」

　秀一、土間に飛び下り、野球バットを握って戻ってくる。

里子「秀一！」

　言いながら里子、恐怖で後ずさる。

　秀一、バットを一閃。仏壇が粉々に砕けてぶっ飛ぶ。

安治「よせ、秀一！」

　安治、酔いも消え、恐怖に青ざめている。

　秀一、唸りを立ててバットを振り回し、狂気のような凄まじさで襖を粉砕し、ガラス戸障子をへし折り、次々に新しい家具を襲い始める。

秀一「お前らみたいに無学で恥知らずの夫婦が俺を生んだのが間違ってる！　お前らが俺の一生を台無しにしたんだぞ！　死ね。死んで謝まれ！」

　部屋の蛍光灯が砕け、一瞬の闇。台所からの薄明りの中で秀一、バットを振りかざし、逃げる安治を追う。

秀一「死ね！」

　振り下ろす。が柱に当ってバット折れる。

安治「やめろ！　やめてくれ！」

　安治、必死に押えにかかる。

　秀一、台所へ突っ走ってゆく。

安治「大丈夫か。オイ！」

　安治、突っ伏している里子を抱き起す。

里子「怖い。……怖いよう！」

　里子、泣きじゃくり、安治の胸にしがみつく。

　そこへ、
秀一「死ね！」

　秀一、台所から抱えてきた大皿を安治の脳天に叩きつける。

安治「ギャッ」

　安治、顔面から畳に崩れこむ。

秀一「僕は生れる場所を間違った。こんな家に生れる筈じゃなかったんだ！」

　秀一、悪魔の形相、鉢植えを頭上に差し上げ、安治の頭に叩き落そうとする。

里子「やめてえ！」

　里子、秀一の脚に縋りつく。

安治「秀一！」

　安治、反射的に秀一の胸に体当りする。

秀一「あ」

　秀一、鉢植えを頭上に保持したまま、よろっと後ずさり、一段低い土間に後頭部から倒れてゆく。

　跪く鉢植えの砕ける音が響く。

里子「秀一！」

　里子、店のスイッチを点灯する。

里子「（見る）……！」

　秀一、コンクリートの床に頭を打ちつけたまま、くしゃっと長くなっている。

安治「秀一！　しっかりしろ！」

　安治、抱き起す。

安治「秀坊！」

　秀一、蒼白になって硬直している。

安治「死んじゃった」

　里子、悲鳴と共に抱きつく。

里子「死んじゃ駄目。母さん代りに死ぬから、生き返っとくれ！」

秀一「やったな」

　秀一、うっすら眼を開く。

　体を起す。

秀一「お前ら殺人未遂だぞ」

　秀一、店の隅に放置されてある水道の鉛管に手をのばす。

秀一「実の息子を殺そうなんて、怖ろしい親だよ」

安治「違う。そ、そりゃあんまりだ。父さんはな、お前を殺すくらいなら、ひと思いに自分が死んでるよ。分ってくれ、なあ」

　安治、四つン這いになり、哀願する。

　その肩口に鉛管の一振り。

　「何を分れって言うんだ。分ったら僕の苦しみが消えてなくなるのか。答えろ！　答えろ！」

　容赦なく打ち続ける。

里子「あんた！」

　たまりかねて里子、安治の背にかぶさる。

里子「やめて、父さん死んじゃう」

秀一「それじゃ、お前が代りに死ね。僕のためなら死んでもいいって言ったな。死ねよ。死ね！」

　打つ。

　打ち続ける。

秀一「豚どもが！　人なみに夫婦だの、親だのと。迷惑なんだよ、こっちは！」

　安治と里子、正坐の姿勢のまま着衣が裂け、肉が弾け、血を噴く。

安治「（半ば意識ない）秀一。父さん、お前が可愛いんだ。……たった一人の子供なんだよ」

秀一「黙れ！」

　打ち据える。

　安治と里子、肉の割れた背中をさらして、前のめりに崩れてゆく。

里子「（かすれる）秀ちゃん、あんた母さんを殴って、それで気持が晴れるなら、幾らでも……母さんね……」

里子、何か言おうとして、眼が白くなる。

秀一、鉛管振り上げたまま、一面血を滲ませ、ささらのように割れ弾けた二人の背中を見下ろしている。

秀一「(ふっと脱力する) 肉だ。ただの塊りじゃないか。こんな物を殴ったって……」

秀一、鉛管を投げ出す。

秀一「エネルギーの損失だ」

秀一、ふらふら店先のシャッターへ歩きだす。

51 理恵のマンション・寝室

薄闇の中、理恵の喘ぎが洩れる。

ベッド。理恵と山尾の躰が密着して揺れる。下の道路を救急車のサイレンが走り抜ける。

山尾、びくっと動きを止める。

理恵「パトカーじゃないわ。救急車」

山尾「そうか。……そうだな」

山尾、行為を続けようとして、萎えてゆく。

山尾「すまん。……ちょっと休もう」

躰を離す。

理恵「そんなに気になるの、パトカー」

山尾「うむ」

山尾、脅えたような眼を闇に開いている。

山尾「こないだから、ずっと尾けられてるような気がする」

理恵「警察に?」

山尾、頷いて隅の方に眼をやる。

置かれてある、かすみ網。

山尾「早いとこ、そいつを始末しなくちゃな」

今度はパトカーのホーンが過ぎて行き、いつかの夜と同じ所で停止する。

理恵、体を起し、裸身のまま窓に立つ。

理恵「……!」

羽島肉店のあたり、救急車とパトカーのランプで赤い。

52 羽島肉店・表

人だかりしている。

ワンピースの理恵、来る。

店の中から血みどろの安治と里子が担架で運び出され、理恵の傍を過ぎ、救急車へ向う。

理恵「(追って、救護員に) 死んだんですか」

救護員「生きてますよ!」

救急車の後扉が閉まり、走り去る。

立ちすくむ理恵の後ろで近所の主婦が話す。

主婦A「酷い息子だねえ」

同B「殺してやるって声がウチにまで聴こえたんだから」

主婦A「本気で殺す気だったんだよ、きっと」
主婦二人、大げさに身震いする。
理恵「息子さん、どうなったんですか」
主婦A「消えちゃったのよ」
理恵「……?」
主婦B「親を半殺しにして、何処かへ飛び出してっちゃったんだって」
主婦二人、もう一度顔を見合せて、嘆息つく。

53 理恵のマンション・表

理恵、戻ってくる。

道に覆面パトカーが駐っている。

理恵、嫌な予感で窓を見上げる。

消えている筈の灯が点き、人影がもつれる。

理恵、ドキッと息を引く。

同時に入口から刑事らしい男が飛び出してきて、パトカーの無線マイクを掴む。

刑事「こちらパトカー××号。只今、山尾治を逮捕しました。証拠物件として、密猟に使用したと思われるかすみ網を押収」

続いて手錠のかかった両腕を警察に抱えられ、山尾が引きずり出されてくる。

刑事「(山尾に)一人で寝てたわけじゃないんだろ。女を何処へ逃がした」

山尾「(首を振る)関係ありませんよ。あいつは何も知らなかったんだから」

山尾、離れた所に立ちすくんでいる理恵に眼をやり、パトカーの中に消える。

理恵「(見ている)……」

パトカー、走り去る。

54 同・理恵の室

理恵、入ってきて、灯りを点ける。

理恵「(呼ぶ)レオン。……レオン」

窓際の鳥籠、扉が開いて、インコの姿ない。

理恵「レオン……」

視線をめぐらす。

開いた窓。レースのカーテンが風に揺れている。

55 多摩動物園・内部

夜明け。東の空が赤い。

鳥園の巨大な網ドームは既にめざめて、鳥たちの声々が鋭い。

理恵、歩いてきて脚をとめ、どんより視線をさまよわす。

理恵「(呟く)レオン、飛んだのね」

そのとき背後で異様な呻きが上る。
理恵、ギョッと見やる。
理恵「……！」
ベンチの上、苦悶する海老みたいに丸まって秀一、全身を波打たせている。
秀一「助けて。……助けてくれえ！」
理恵、歩み寄る。
理恵「誰に向って言ってるの」
秀一、声にハッと顔を起す。
秀一「（みつめる）鳥を捨てに来たんですか」
理恵「（首を振る）レオンは飛んだわ、私たちを捨てて」
秀一「私たち？」
理恵「（頷く）どうしてここに来たの。生き物は嫌いじゃなかったの」
秀一「他に行き場所がなかったんだ」
秀一、露に濡れ、夜明けの寒気に、みじめに震える。
理恵「同じね。行き場所を失くした私たち」
秀一、頭を抱え、のた打つ。
秀一「とうとうやっちゃった。殺しちゃったんだ、父さんと母さんを！」
理恵「死刑ね」
秀一、びくっとなる。
理恵「死刑になればいいのよ、あんたみたいな子」
秀一「未成年なんだぞ、僕は！」
理恵「アメリカで死刑になったわ、十七歳の子が。……あなた、いくつ？」
秀一「十七！」
秀一、絞り出すような悲鳴を発する。
秀一「嫌だ。死にたくない。助けて！」
秀一、今は虚勢もプライドもない。涙で顔を濡らし、全身で理恵に武者振りついてゆく。
秀一「助けて下さい！ 生まれてから十七年しか生きてないんです。まだ死ねない。お願いです、生きさせて下さい。お願いです！」
秀一と理恵、折り重なって地面を転る。
秀一「死にたくないよ！」
秀一、理恵のぬくもりに縋るように襟を開き、胸乳に顔を埋める。
秀一「ああ、暖ったかい」
理恵「肉の塊りと同じじゃなかったの」
秀一「（激しく首を振る）心臓の鼓動が聴こえる」
秀一、理恵の肉体を求めて、切なく動く。
秀一「生きたいよ！……生きていたいよ！」
秀一、泣きながら動く。
理恵、下から優しく秀一を抱き取っている。
ドームの彼方に、昇る夏の陽が眩しい。

完

ツィゴイネルワイゼン

シネマ・プラセット／一四四分／一九八〇年四月一日

スタッフ

製作　荒戸源次郎
企画　伊藤　謙二
監督　鈴木　清順

キャスト

青地豊二郎　藤田　敏八
中砂糺　原田　芳雄
中砂園・小稲　大谷　直子
青地周子　大楠　道代
妙子　真喜志きさ子
キミ　樹木　希林
先達　麿　赤児
若い男　玉寄　長政
若い女　木村　有希
女中　佐々木すみ江
豊子　米倉　ゆき
巡査　山谷　初男
漁師　中沢　青六
看護婦　紅沢ひかる
盲目のこども　米倉　ゆき
〃　渡辺　忠臣
〃　間　崇史
当番兵　渡辺　孝好
女給　江の島るび

来客　相倉　久人
甘木　玉川伊佐男

1　**チゴイネルワイゼン流れる**

画面は真っくら、何も映っていない。バイオリンの弦が踊るように響く。

突然ガサガサした人間の声が演奏に重なる。

私の声「う？　……君、何か云ったかね」

中砂の声「いや……」

私の声「変だな、……君には聞こえなかったかね。何処かで人の声がしたんだが」

中砂の声「サラサーテが喋ったんだ」

レコードがもう一度そこの処にバックする――やがて、

私の声「何て云ったんだろ」

中砂の声「君にも分らないか」

×　　×　　×

画面にメイン・タイトル、スタッフ、キャストが出る。

チゴイネルワイゼンが続いている。

2　**汽車・走る**

3　**汽車の中**

私、空いた車輛の真ん中あたりに坐って、タバコを吹かしている。

時々、水筒から酒を注いで旨そうに飲む。

気楽な一人旅だが、先刻から斜め前方にいる三人連れに興味をひかれている。

三人、垢じみた着物に色目も判然せぬ帯をしめ、汚れた手拭いに包んだにぎり飯を膝にひろげて食う。

盲目である。

いや、なかで年嵩の中年男が濁った眼を通路へめぐらしたりするのを見ると、微かに物体の識別がつくらしい。

若い女と男の澄んだ瞳はガラス細工のように美しいだけで、何物も映さない。

その盲人三人の取合せと、窓際に立てかけられた三棹の琵琶に私は興味をひかれている。

4　**海**

冬の荒れた怒濤が青黒く不気味に押し寄せる。

その波打際を私が歩く。

風に吹き飛ばされる山高帽子。

私、慌てて追いかける。

「おーい、仏が上ったぞオ」という声が、ちぎれて耳に届く。

5　**岩場**

私、危なっかしい足どりでやってくる。

すでに浜の住人たちが集っている。

その背中から私は覗きこむ。

ムシロを被された水死体が横たわる。

海草のように長い黒髪に生白い足、腰から太腿にかけてぐっしょりまつわりついた着衣の色で、女であることが知れる。

「おひさに違いね」「こんな姿になっちまって」と数人が口にする。

私はいつの間にか一番前に押し出されている。

私「………！」

死体を裾から幾匹もの小蟹が這い出して、岩の上を進む。

私はその列を眼でたどって、黒衣の裾が風に翻っているのにぶつかる。

私「……中砂！」

死体を挟んで私と向い合せに中砂の黒いトンビの姿が立っている。

私はもう一度声をかけようとして躊躇《ためら》う。

暗い眼で死体を見下ろしたまま中砂がふっと笑ったのである。

それからくるりと背を向け、人をかきのけて歩きだす。

それを待っていたように漁師たちが囁きかわす。

「あいつでねえのか、おひさを誘い出したんは」

「あのヤロに違いねえ。あのヤロが殺したんだ」

私は思わず聴き耳を立てる。

私「この仏は殺されたのかね」

と、傍の老婆に尋ねる。

老婆「おひさはこの浜の漁師の嬶だども、旅の男に気をひかれての、駆落ちしたんだ、昨夜。だども足手まといにされての、海ン中さ突き落されたんだと。……トンビを着た男とおひさが岩場でもつれてるのを、月の光りで見た者がいるんだ」

私、驚く。

改めて立ち去ってゆく中砂のうしろ姿に眼を移す。

その前方から漁師に引っ張られて駐在の巡査が走ってくる。

漁師「この男だ。こいつが犯人だ！」

巡査、有無を言わせず中砂を引っ立てる。

6　駐在所

威丈高に尋問する巡査。

巡査「姓名及び住所」

中砂、悠然とタバコを吹かしている。

巡査「オイ、貴様、ツンボか！」

中砂、巡査の耳を近づけ、不意にワッ！　と大声を発する。

巡査、素っ飛び上り、イスから転げ落ちる。
中砂「ちゃんと聞こえてるよ」
巡査「き、貴様、本官を愚弄するか！」
中砂「愚弄してるのは本官の方じゃないの。理由も言わずに連行するなんてよ」
巡査「理由はおのれが一番よく知ってるじゃろうが」
中砂「さあ、分らんな。説明願おうか」
巡査「お前なあ、今更あがいても詮ないぞ。観念せいよ、観念」
中砂「ほう。観念ねえ」
中砂、ニヤッと白い歯を見せる。
巡査「貴様ァ！」
巡査、カーッと突っ立ち、腰のサーベルに手をかける。
「ごめん」と私が入ってくる。
巡査「あんた、何だね」
私「こういう者です」
名刺を出す。
陸軍士官学校独逸語教授、青地豊二郎とある。
巡査「士官学校……教授？」
私「さよう。それからこの男は中砂といって私の友人で、身分は同じく士官学校の元教授です」
巡査「教授……ふーん？」
巡査は改めて中砂の風体を見やる。
中砂は乱れた長髪に眼光が強く、不穏な面構え、どうみても学者には見えない。
私「お疑いなら、しかるべき筋まで問い合せて頂いてもよろしいが」
巡査「ア、イヤ、結構」
と、巡査は名刺を恭々しく胸のポケットに納め、
巡査「（中砂に）し、失礼致しました！」
机に両手をつく。

7　私の山高帽子と中砂のトンビ姿が風に逆らって大きな川の土手を進む

私「相変らずヘソ曲りだね。僕が誘った時には断わっといて、こっそり一人で旅行するとは」
中砂「お互いだろうが」
私「違うね。僕は君を相棒に弥次喜多をきめこみたかったのさ。君につれなくされて、仕方なく一人旅というわけだ」
私は、飛びそうになる山高帽子を押える。
私「（さりげなく）それにしても妙な所で出会ったもんだ」
中砂、黙っている。
そして、そのことをずっと考えていたように、
中砂「全部で六匹だったな」
私「………」

中砂「死んだ女の股から出てきた蟹の数よ。……甲羅も脚も妙に赤い色をしやがって。やつら、死体を食ってやがったんだ。だからあんなに赤く染まってやがったんだ」
中砂、不意に私の眼を覗きこむ。
中砂「どう思ってんだ」
私「何が」
中砂「俺が殺したと思ってんじゃないのか」
中砂、笑いだす。
中砂「心配するな。殺しちゃいない。あいつは勝手に海に飛びこんだんだ。邪魔だからついてくるなと言ったら、気が違ったようになって……」
中砂、ぶらぶらと歩きだす。
中砂「勝手に死にやがった」
私は、突っ立ったまま、口の中で言う。
私「しかし……半分は君が殺したようなもんだ」
その声は、中砂の耳に届かない。
中砂「鰻が食いてえな」
中砂が無邪気なほど屈託のない調子で言う。
そのとき背後から低い琵琶の音がする。
振向くと汽車の中の盲目の三人が、中年男を先頭に若い女、若い男と連って、胸に琵琶を抱き、風を避けるように前かがみに進んでくる。

8 旅館の調理場

薄暗い土間の一隅、大笊のなかに山盛りになって、鰻の黒い頭と白い腹が動く。
中砂「これがいい。こいつを食ってやろう」
中砂が器用に一匹を摑み出す。
控えている女が笊で受ける。
キミ「そちら様は？」
私「僕はどれでもいい」
女、会釈して調理台の方に立ってゆく。
私「（女中に）あの人が裂くのかね」
女中「はい。あれで腕のいい職人ずら」
キミは皮膚の青白い、陰気な顔立ちである。
中砂「芸者を呼んで貰おうか。器量も芸もいらない、パーッと陽気なのがいい」
女中「ハイハイ」
と、座敷の方へ案内する。

9 同・二階の座敷

私と中砂、焼いた鰻を食い、酒を呑む。
女中が酒を運んでくる。
女中「あのすみません。芸者さん、よそのお座敷さ出払っちゃって」
私「一人も居らんのか」

女中「すみません」
　と、太い指で酌をする。
女中「県の議会の宴会やってんのよ、今。みんなそっちさ呼ばれちゃって……すみませんね」
　私と中砂、拍子抜けした感じで箸を動かす。
私「それにしても大きな鰻だね」
女中「ハイ。この辺の名物でごぜえますだ」
　と、忙がしく立って、
女中「(見る) あらァ、小稲ちゃん」
　黒っぽい着物の女が門を入ってくるとこである。
私「嘘をついちゃいかんな。芸者はいるじゃないか」
女中「違うんだ、あの妓」
中砂「芸者じゃないのか」
女中「芸者だけんど、今日は駄目なの」
私「なぜ」
女中「……死んだんよ、小稲ちゃんの弟」
　私と中砂、顔を見合せる。
女中「お葬い済まして、いま帰ってきたところだから」
中砂「葬式帰りの芸者か。面白えな。呼んでくれ」
女中「でも……」
中砂「呼んでくれ」
　中砂、無理にチップを女中の胸に押しこむ。

×　×　×

　中砂の弾く三味線に合せて小稲が踊る。

　中砂の三味線はデタラメである。

　小稲はそのデタラメに乗ってちゃんと踊ってみせる。

　よほどの達者らしい。

　私は感心して眺める。

×　×　×

　小稲、中砂と私に酌をする。

中砂「骨が紅い？」

　小稲、頷く。

　気のせいか顔が青ざめて見える。

小稲「××旅館で薬を飲んだんです、弟」

　小稲、のむ。

小稲「普通、毒薬を飲んだら胃も腸も破れて、七転八倒して血を吐くそうです。それを弟は旅館の部屋を汚すまいとして、体の中に血を溜めたまま、一滴もこぼさずに死んだんです。それは怖ろしいような死顔で……」

　小稲は話すうち、胸苦しいようになる。

　中砂が注いでやる。

小稲「……すぐ焼場に運んで、骨になった時には変りなかったんです。普通の白い骨。それが……」

小稲、のむ。
私と中砂、話に引きこまれている。
小稲「壺に納めて家に持って帰って、ひょいと蓋を開けてみると……」
中砂「紅くなっていたのか」
小稲「ほんのりと薄い、桜の花びらみたいな色が骨の内側から滲み出していて……」
私「不思議だねえ」
小稲「年寄りの話では、外にこぼさなかった血が骨の中に染みこんだんだろうって。この仏は成仏できないから、毎日大切に拝んでやれって……」
中砂、すっと小稲の手をとる。
中砂「紅い骨なあ」
と手首から二の腕の奥まで、調べるみたいに撫で上げる。
中砂「細い綺麗な骨だよ、お前さんのも」
小稲、睨むように見返す。
小稲「骨は細くても、私は薬をのむほど弱くはございません」
切りつけるように言って、パッと花やかな笑顔になる。
小稲「ごめんなさい、変な話しちゃって」
と、三味線を持ち直して、一つ弾く。
その音にからまるように、外から琵琶が響く。

窓障子を開けてみると、下に三人の盲人が門付けして立っている。

中砂、銀貨を投げる。

中砂「何かやってくれ」

中年男が地面に落ちた銀貨を手探りで拾いとり、卑屈に腰をかがめ、琵琶の撥を一つ鳴らす。

それが合図のように、あとの二人も琵琶を弾き、女が唄う。

〽　ここはお江戸を何百里　はなれて遠きチンポコの
赤いオソソに照らされて　女は男の腹の下
〽　思えばうれし去年まで　かたいと言われた人妻が
どうしてこうも簡単に　我にだかれて眠れるか
〽　ああ戦いの最中に　となりの部屋のわが友が
にわかに声をたてたので　女は思わずよがり声
〽　フスマ一つの中なれば　これが見捨てておかりょうか
女もそっと起きあがり　細目にあけてのぞき見る
〽　折からおこる息づかい　友はようよう顔あげて
俺の女だかまわずに　お前を貸すぞと目に涙
〽　あとに心は残れども　残しちゃならねわが息子
それじゃ換えてやろうかと　喜び勇んで乗ろうとは

私が小稲に尋ねる。

私「弟さんはなぜ自殺したのかね」

小稲「よく分らないんですけど、亭主のいる女に惚れて、捨てられたらしいって。……バカな話」

〽 戦いすんでちり紙で　股倉ぬぐう人妻は
もう一度だいてくださいと　息子をたてよとねごうたに

〽 空しくしぼんでしまっては　そんなに早く立つものか
時計ばかりがコチコチと　せかせる心も情なや

中砂は手すりにもたれて、じっと門付けを見下ろしている。

中砂「男二人に女が一人か。考えようによっちゃ危なっかしい関係だな」

私「親子じゃないのか。若い二人が子供でさ」

若い女を挟んで男二人は無表情に琵琶を弾いている。

小稲「夫婦ですよ」

小稲、座を動かないまま言う。

小稲「年嵩の男と若い女が夫婦で、若い男は弟子ですよ」

中砂「どうして分る」

小稲「毎年この辺を門付けして歩いてるから、分るんです」

女の唄う、くどきが終り、三人は二階に向って頭を下げ、中年男を先頭に女、若い男と連って門の外へ去ってゆく。

私はふと、女の腰に眼がとまる。

そこにつかまった若い男の手が、連絡を保つという必要をこえて、愛撫のように動いている。

10　朝の土手

私、中砂、小稲が歩く。

小稲、地味な普段着にかわっている。

小稲「キミちゃん！」

小稲、川の小舟に声をかける。

鰻を捕る仕掛けを上げていたらしいキミが、笠の下の顔を上げる。

小稲「ご亭主、具合どう？」

キミ「お陰様で」

キミは口数少く答え、私と中砂に目礼し、また作業に戻る。

私「昨夜の鰻はここで捕ったのか」

小稲「鰻を召し上ったんですか」

小稲が歩きながら訊く。

小稲「胆《きも》がついてなかったでしょう」

中砂「よく分るな」
小稲「胆はみんなキミちゃんが持って帰っちゃうんですよ。持って帰ってご亭主に食べさせるの。肺病だから、ご亭主」
私「そりゃあよく効くだろう」
小稲「ええ。生きた胆をね、口移しに食べさせるんですって……」
中砂「惚れてんだな」
小稲「医者にも診せずにね、一つ蒲団に寝てるんですって」
　中砂、さすがに一寸驚いたように小稲の顔を見る。
小稲「……惚れてるんですよ」
中砂「………」
私「一つ蒲団にねえ」
　私は振返って見る。
　川の上を小舟が危うげに漂っている。

11　冬の海

　荒れた波が打ち寄せる絶壁の頂上が展望所になっていて、茶店がある。

12　茶店

　緋毛氈《ひもうせん》の縁台に腰かけて、私と中砂と小稲が熱い酒を飲む。
小稲「ああ美味しい」
　と小稲は中砂に酌をする。
中砂「妙だな」
小稲「え」
中砂「おまえ、土地者にしては喋る言葉が江戸前だな」
小稲「分ります？」
中砂「ああ」
小稲「私、子供の時分に深川に貰われて行ったから」
中砂「深川。辰巳芸者というわけか」
小稲「父親の借金のカタにね、貰われて行ったの。それとも買われて行ったというのが正しいのかしら」
　小稲、ふふっと笑う。
　むしろ明るい。
中砂「どうして、また舞い戻った」
小稲「深川に居られないような事をしでかして」
中砂「男か」
小稲「さあ……」
　と笑ってる。
中砂「男殺しか」
　と中砂はしつこい。
中砂「男を死ぬほどの破滅に突き落したか。男殺しの金看板を背負って田舎へ流れたってわけか」

小稲「殺しゃしませんよ」

　小稲、強い眼で中砂を見返す。

小稲「見損ったわ。これっぱかしのお酒でからむんですか」

中砂「俺は女を殺したよ」

小稲「……………」

中砂「一昨日の夜殺して、昨日ポリ公に捕まって、すんでの所をこの男に救われて、逃げてきたのさ。スタコラサッサ」

小稲「悪い冗談」

　小稲は、妙に真剣な中砂の調子にとまどって、私を見る。

小稲「……冗談でしょ？」

私「さあ、ひょっとすると……」

　中砂、ゲラゲラ笑いだす。

　私は立ち上って断崖の際の方へ歩く。

　中砂と小稲の間に濃密な感情が通い始めている。

　それが私には息苦しい。

　私は絶壁の淵に立って、大きく息を吸う。

　そのとき〝突き落したんだ〟と中砂の声が耳元でする。

　振返る私の顔、恐怖で青い。

私「……！」

　茶店の縁台で中砂と小稲がくちづけしている。

私「(見る) ……！」

　小稲の赤い唇から、鰻の生胆が血の色でぬらつきながら、中砂の口の中に吸いこまれてゆく。

　私は、白昼夢を眼前で眺めるみたいに立ち尽している。

私の声「私には、小稲の生胆を中砂が吸いとっているように見えた」

13　駅・待合室

　私と中砂が入ってくる。

　粗末なベンチに腰を下ろして私、オヤッとなる。

　向うの端のベンチに例の三人の門付けがいる。

　私と中砂は自然に観察するかたちになる。

　盲目の若い男と女は綾とりをしながら無邪気なほど明るい声を立てる。

　傍で中年男が半濁した眼を見開いたまま身じろぎもせず、虚空を見据える。

私「関係が変ったようだな」

中砂「いっぺんに老けこんじまったじゃねえか、あのとっつあん」

　そういえば中年男は急に全身の張りが失せて、小さくしぼんだようである。

　若い女は若い男に飴玉を与える。

　若い男は女の指ごと、それを口に含む。

若い女「痛い、痛い……」

　若い女は大仰にはしゃいで、抜き出した指をくわえ、身をよじってくすくす笑う。

　中年男がのそっと立つ。

中年男「行ぐど」

　「アイヨ」と若い男が答える。

　中年男を先頭に、若い男そしてその腰につかまって若い女という順に連って、門付けたちは待合室から外の通りへ出てゆく。

　中砂も立つ。

中砂「ここで別れよう」

私「一緒に帰らないのか」

中砂「あの三人の後を追ってみたくなった。面白い事が起りそうだ」

　中砂は新しい遊びを発見した子供みたいに浮き立っている。

私「君はいいな。いつも自由で、身勝手で」

　中砂、見返る。

中砂「羨むくらいなら、おまえも自由になれ、身勝手になれ。軍人養成学校の教師なんか辞めて、自由になったらどうだ」

　私、何か答えようとして、気押される。

　眼を伏せる。

　寒い風が吹きこんでくる。

私「中砂……」

　中砂の姿、すでに消えている。

14　鎌倉の町（一年後）

　古ぼけた外套に山高帽子の私が歩く。
私の声「中砂はその翌年、結婚した。細君はなんでも山陰の方の名家の出であるという話であった」

15　中砂の邸

　私が入ってゆく。

16　同・茶の間

　肉鍋がぐつぐつ煮えている。

　私と中砂と細君（園）。

　園の白い美しい手が糸コンニャクを寸法で計ったように手際よくちぎって、鍋に入れる。

　その横顔から私は眼が離せない。

中砂「似ているだろう」

　中砂、盃を口に運びながらニヤニヤする。

私「驚いたね」

　私は正直な嘆声をあげる。

　園は小稲にうり二つである。

園「イヤですわ、二人だけで面白がって。ねえ、私がどなたに似ているんですの」
園は私に尋ねる。
私「ええ、それがねえ……」
と私は中砂をみる。
中砂「いいから教えてやれよ」
中砂は平然としている。
園「教えて下さい、ねえ」
園は一生懸命で、私の膝に手をかける。
そのシグサは小稲と違って、まだ娘の名残りがある。
私「イヤ、やめときましょう」
園「なあぜ?」
私「なぜと言われてもねえ」
私は少し困って鍋の肉を口に放り込む。
私「ウム、こりゃ旨い。上等ですね、この牛は」
と更に一切れ口に入れようとして、見ると園が身を硬くして、じっと俯向いている。
今にも涙をこぼしそうにみえる。
私「あ、イヤ、べつに意地悪で隠してるんじゃないんですよ。(中砂に)なあ?」
中砂は、興の醒めた顔つきで、肉を食っている。
中砂「芸者だよ。小稲という田舎芸者にそっくりなんだ、おまえ」
園「!」
中砂「もっともあっちはそんなに器用にコンニャクをちぎれはせんがな。……芸者だからな」
園は白い顔になって、黙ってコンニャクをちぎっている。
コンニャクで鍋の中は一杯になる。
私は無性にいじらしい気持になって、コンニャクを懸命に食う。
中砂「……酒!」
園「はい」
園はびくっとしたように立って、台所へ下る。

17 同・書斎

中砂と私がグラスを傾ける。
チゴイネルワイゼンのレコードを聴き終えたところである。
私「変だな……君には聞こえなかったかね。何処かで人の声がしたんだが」
中砂「サラサーテが喋ってるんだ」
私「……?」
中砂「このレコードは、サラサーテ自ら演奏したものなんだがね。中途で何か言ったらしい。その声がそのままプレスされてしまったということだ」

私「ほう?」
中砂「まあ、レコードとしては出来損いだが、そういうわけで一種の珍品というか、貴重品として有名なんだ」
私「何と言ってるんだね、サラサーテは」
中砂「それが何度聴いても分らない。君ならひょっとして聴きとれるかと思ったんだが」
私「いや、とても駄目だ。もう少し発音がはっきりしていればね」
とグラスを傾けて、
私「……声といえばね」
私がポツンと言う。
私「今日は不思議な声を耳にしたよ」

18 病院の大きな門を私と妻の周子が出てくる。

私の声「今日の午後、病院に女房の妹を見舞ったんだがね……」

19 蕎麦屋の二階

私と周子が蕎麦を食べながら話す。
周子「あの娘ったら変なこと言うの。お台所の戸棚に鱈の子があるから、兄さんに上げて下さいって」
私「兄さんて己《おれ》の事かい」
周子「そうらしいの。そう言ったきり眠ってしまって……うちに鱈の子なんかあったかしら」
私「あるじゃないか」
周子、妙な顔で私をみる。
私「なかったか?」
周子「ありませんけど」
私「どうしたんだろう。ちゃんとあるような気がしたんだが……」
私は箸を持ったまま、ぼんやりしてしまう。
周子「神経衰弱じゃないんですか」
私、急に食欲がない。
それでものろのろ蕎麦を啜っている。
私「……しかし、本当にもういけないのかね」
周子「今日はお午過ぎから目に光沢がなくなっています」
私「見える事は見えるんだろう」
周子「どうですか。私たちを見てるようにも思うんですけれど、何だかよく分りませんのね」
チャブ台の上の電気が急に点く。
しかし、外には夕方の変に明るい光が漲っている。
周子「それに、小鼻の形が変ってきたように思うんですけど」
言いながら周子は、片手でそろそろ丼を重ねる。
私「十九で死んでは可哀想だな」
周子「でも事によると、もう一度は持ち直すかも知れないような気がして」

私「なぜ」

周子「なぜって……」

声「駄目だよ」

私、あッとなって周子の顔を見る。

周子は真蒼になって私を見て、あれ、という悲鳴に似た声と共に息を引く。

手の下で丼が二つに破《わ》れている。

20　中砂の書斎

中砂が恐怖の露わになった顔で私を見ている。

中砂「君が言ったんじゃないのかね、駄目だよって」

私「僕は言わない。第一、僕が言ったんなら家内が驚く筈がない」

中砂「ふーん」

中砂は疑い深そうに私の顔をじろじろ伺う。

その眼から恐怖の色がまだ消えていない。

中砂「そりゃあ矢っ張り君が言ったんだ。そうに違いない」

中砂は無理矢理、断定するように繰り返す。

中砂「オイ、危いぞ。思ってもいない事がひょいと口から飛び出したり、それが他人の声に聴こえたりするのは、そろそろだぞ。気違いの始まりは幻聴からだからな。神経衰弱もそろそろ本物になって来たわけだ、え？」

と、一息に捲し立てて、笑い飛ばそうとする。

が、笑い切れず、中砂は押し黙ってしまう。

中砂「怖っかねえな……気をつけなくちゃな」

中砂は自分に向って言っている。

私、すっと立つ。

中砂、ギョッと腰を浮かす。

私「どうしたの？」

中砂「そっちこそ、どうしたんだ」

私「帰るよ」

中砂は、ふん、と鼻を鳴らしたきり、ソファに深く埋ってしまう。

21　港町

港湾から町へ向って延び上る坂道を黒いトンビの中砂がぐんぐん登ってくる。

私の声「中砂はそれからまた旅へ出た。旅というよりもジプシーのように諸国をさすらうのである。……家には細君が一人残された」

22　切り通し

山ひとつくり抜いたような底深い道を、山高帽子に洋服の私が蝙蝠傘を片手に歩く。

空は曇って、水っぽい。

切り通しの暗い彼方から滲んだような色彩が近づいてくる。

着物の女である。

段々近づいてみると、それは園である。

私が気づいて山高帽子をとるより早く園は腰を折って丁寧にお辞儀をする。

やあ、と私も会釈を返す。

私「どちらまで？」

園「ハイ。ずっと歩いてまいりましたわ」

園は聞き違えたような返事をして、私と並んで歩き出す。

まるで私を迎えに来た様子である。

私「どこかへお出かけじゃないんですか」

園「いえ、構いませんの」

園は少し身を寄せる。

そのぶん私は道の端に寄る。

園「もうじき落ちてまいりますわ。早くまいりましょう」

と園は空を見上げて、私を引張るようにする。

私「どちらまで？　どこへ行かれるんですか」

私はくり返し訊ねる。

園は私の蝙蝠傘をひったくるようにして頭上に開く。

園「ホラ、こんなに暗くなって。もう日が暮れますから、すこし急いでまいりましょう」

私が見ると、そこだけ包まれたように切り通しの谷地が薄暗く、夜に入りかけている。

私「ああ、本当にもう夜ですねえ」

と私は何だか不思議な気持で言う。

23　雨が落ちていないのに蝙蝠傘が進む

その中で私は園に傘を奪われてしまって、困惑しながら肩を並べている。
足元の感触が変って、庭の飛び石につまずきそうになる。
前方がやや明るんで、長い廊下が見える。
その端から短い階段が地面に降りている。
そこまで辿りついて、私はほっとして、
私「やっと着きましたね」
と園から傘をとって、すぼめる。
私「それじゃ、これで」
私、会釈して、ハッとなる。
園が廊下の端に立って、私をみつめている。
目が涙でキラキラ輝いて見える。
私もじっと見返したなり、眼が離せない。
園の体が、すうっとうしろへ下る。
私は思わず、追う。

24　邸内の廊下

奥まって長いうえに、灯がない。
ほとんど漆黒の闇。
小脇に蝙蝠傘を抱えて私は手探り同然に歩く。
角を折れて曲る。
その先も闇。
私は広い邸の迷路をさまよっている錯覚に襲われる。
不意に背後から、
「危のうございます」
手が出て、私の腕を押える。
閉じた板戸にぶつかる寸前である。
「お帰りですか」
声の気配は園のようである。
園の声「私の傍に居て下さいませんの？」
私「ええ、帰らせて貰います」
私は出口を求めて前へ進む。
園の声「どうぞ、そこをお曲りになって……」
園はうしろからそっと私を支えるだけで、前へ出ようとしない。
息使いだけが私の首筋にかかっている。
歩くうち私は奇妙な恐怖にとらわれてくる。
なにか異形の者に嬲られている気がする。
私はいきなり燐寸《マッチ》をすり、振り向きざま炎を背後のものに突きつける。
園「あ」
小さな火の中で園の吃驚した顔が揺れる。
私「失敬」
私は慌てて炎を吹き消す。
私「以前、夜道で狐に騙されたことがあったもので……」
園「私が狐ですの？」
私「いや、ふと、そんな気がして……失礼しました」
園「そうですわね。私は狐かも知れませんわね」
園、私の背後からくっくと笑っている。
園「狐の穴に落ちこんでしまったのですから、もうあと戻りはできませんわね」
園の息が更に近く私の首筋にかかる。

25　座敷

ぐつぐつと肉鍋が煮える。
向い合せに私と園。
外では風が吹き始めたらしく、電球が微かに揺れる。
二人は先刻から押し黙っている。
その時、頭の上の屋根の天辺で小さな固い音がする。
瓦の上を小石が転がっている。
ころころという響きが次第に早くなって庇《ひさし》に近づく。
私はドキッと縁側の方へ眼を向ける。

外の手水鉢の上で、手拭がひらひら舞っている。

小石はまだ転がっている。

そして廂を辷《すべ》って庭に落ちたのか、音は忽然とかき消える。

その刹那、私はぶるっと身ぶるいする。

園「イヤですわ、お化けでも見たような青い顔をなさって」

私「聞こえませんでしたか」

園「石が落ちたんですわ」

私「どこから」

園「……」

私「石はどこから降ってきたんですか。……誰かが屋根に投げ上げたんですか。庭に誰がいるんですか」

園「いいえ、誰も居りませんわ」

と園は糸コンニャクを計ったように正確に手でちぎっている。

ほつれ毛が一筋、頬にかかっている。

それをかき上げて、私の顔をじっと見る。

突然、ひと握りの糸コンニャクを投げつける。

園「お帰りにならないで下さい。……どうかもう少し私の傍に居て下さいませ」

そう言うと園は、涙を流す。

顔をすりつけるようにうつ伏せになって、肩の辺りを慄わせる。

私「……」

園のむき出しになった襟足が水々しく言い様もなく美しい。

私は吸いこまれるようにその襟足に見入り、視線をめぐらすと、縁の向うで手拭が先刻より激しく舞っている。

26 **汽車の線路**

中砂がトンビの裾を翻して歩く。

遅れて小稲、着物に襟巻、片手に旅行鞄を持って追う。

中砂はどんどん足を速め、駈け足になる。

小稲も喘いで走るが、へたりこむ。

小稲「畜生！　人でなし！」

泣きながら石を投げつける。

27 **ホテルの洋室（夜）**

純白のベッドに長襦袢の小稲が倒れている。

28 **同・別室**

テーブルを囲んでカードの勝負が進行する。

中砂の他は外国船の船長、貿易商といった異国人である。

全員年季の入ったカード捌きで、賭博マニアの集まりらしいが、なかでも中砂が強い。

一人勝ちする。

貿易商「(英語) ミスター中砂はバクチの天才だ」

船長「(英語) 私の船に乗らないか。私の国の人間はみんなバクチと音楽と女好きだ。きっと気に入ると思うがね」

みんな、笑う。

中砂「考えておこう。日本にも飽きたしな」

とウイスキーを煽る。

29 ベッドの室

中砂が入ってくる。

ベッドで小稲、横たわったまま天井を睨んでいる。

小稲「……私、お嫁に行きます」

中砂「………」

中砂、突っ立ったままグラスを煽る。

小稲「こんな所まで後を追って来てしまったけど、あなたにはご立派な奥様がおありなさるし……」

中砂「ふん」

中砂、長襦袢のしごきに手をかける。

中砂「嫁に行くか。結構な話じゃねえか」

言いながら無造作に長襦袢を剝ぎとり、小稲の体を熱心に指先で探りまわす。

医者が触診しているみたいである。

小稲「あなた、私の骨が好きなんでしょう」

小稲は燃えてきながら悲しげに言う。

小稲「私の体を焼いたら、透きとおった桜の花びらみたいな骨がとれるんじゃないかと思ってんでしょう?」

小稲は拒むように身もだえる。

小稲「分るわよ。いつだって骨をしゃぶるみたいな抱き方だもの。分るわよ……」

と、小稲は声をあげて中砂にしがみつく。

30 ほころびかけた梅の花

離れた所で苦しげに咳こむ女の声。

31 私の家

書斎で私は原書を傍らに翻訳の筆をすすめている。

周子の咳が近づいてくる。

周子「あなた……」

私、首だけ振り向く。

周子が両手で喉元を押えて崩れこんでくる。

私「どうしたんだ」

周子「先刻から急に胸が苦しくて……ホラ」

襟元をひろげて私にみせる。

喉首から胸にかけて斑な赤い湿疹が浮いている。

私「こりゃひどいな」

周子「あの梅の木のせいです。だから冬のうちに切り倒しておいて下さいってお願いしましたのに」

周子は、恨めしげに私を睨む。

周子「私の体のことはよくご存じでしょう。花粉が開き始める春先はとくに注意しなくちゃいけないって、お医者様からも言われてるんですから」

と、周子は喘息のように背中を波打たせる。

32　私の家の庭

私は脚立を持ち出して、咲きかけの梅の蕾を一つ一つむしり取る。

33　鎌倉の町を私が歩く

34　病院の門を私が入ってゆく

35　病室

ベッドにひっそりと仰臥している病人。

油気のない長い髪、青白い透き通るような皮膚、ひび割れた唇が熱のせいか薄く開いている。

私は傍のイスに坐ってじっと眺める。

ふと病人が眼を開く。

妙子「……兄さん？」

私「そうだよ」

妙子「姉さんは？」

私「周子は春先に出る例の病気でね」

妙子は確かめるように私の顔をみつめる。

妙子「……中砂さんかと思ったわ」

私「中砂が見舞いに来たのかね」

妙子「ええ、姉さんとご一緒に」

私「周子と？」

妙子は微かに頷いて、光る眼で私の反応を伺う。

私「本当かね？」

私は信じられない。

妙子「本当よ。その日はとても風の強い日でね……」

×　×　×

イスに腰かけた周子の横に中砂が立って妙子を覗きこんでいる。

中砂「それにしても、よく持ちこたえているもんだ」

周子「お医者様はとうに見放してらっしゃるんですけど、まだ体力が残っていて。……ポッキリ折れるみたいに逝ってしまえば、いっそ本人も楽なんでしょうが」

中砂と周子が低く囁くように話す。

中砂「見えるのかな」
中砂は見開いた妙子の眼の上に掌をかざす。
周子「見えないようですわ」
と周子は妹の瞼を閉じさせるが、眼はまた開いてしまう。
周子「どうかなさいまして？」
中砂が手巾でしきりに眼を拭っている。
中砂「イヤ、ゴミが入ったらしくて……」
中砂は眼をパチパチさせ、何度も拭うが、とれない。
周子「傷がつきますわよ」
周子は中砂を導いて自分が坐っていたイスに腰かけさせる。
周子「眼をつぶっていて下さいね。開けたらいけませんことよ」
周子は閉じた中砂の眼に顔を寄せ、いきなりゴミの入った片方の瞼を押し開く。
同時に濡れた舌先がひらめいて、眼球を舐める。
周子「もう少しですわ」
周子はかすれたような声で言い、今度は眼球の感触を味わうようにゆっくりと舐める。

× × ×

私が驚愕して妙子を見ている。
妙子「姉さんは私が衰弱していて見えないと思ったのね。だから秘密の積りで、あんな事をなさったのね」
私「………」
妙子「……兄さん」
私「ん」
妙子「怒っていらっしゃる？」
私「なぜ」
妙子「私がつまらないお喋りするから」
私「怒ってやしないさ。それだけ元気になってきたってことじゃないか」
私はベッドの端から垂れている妙子の腕を蒲団の中に戻してやる。
妙子「兄さん……」
私「何さ」
妙子「戸棚にしまっておいた鱈の子、召し上って下さって？」
私「ん？ うん、頂いたよ」
妙子「美味しかった？」
私「ああ、とても美味しかった」
妙子、唇をひきつるように動かす。
微笑したのである。
妙子「あれはね、兄さんに食べて頂こうと思って、姉さんにも隠してしまっておいたの」

私はもう返事ができない。

ほとんど嫉妬に近い感情を必死で噛み殺しながら、瀕死の病人を眺めている。

36　**私の家の玄関に中砂が立つ**

37　**同・庭**

中砂、入ってくる。

雨戸を閉じ回した母屋。

中砂は、雨戸をノックするみたいに叩く。

静まっている屋内。

38　**寝室**

夜同様の室内に電球を灯して、周子が婦人雑誌を眺めている。

部屋の湿度を高めるためか、火鉢の上で鉄瓶が湯気を吹く。

雨戸を叩く音は先刻から聴こえている。

周子は、焦立《いらだ》って、雑誌を伏せる。

39　**庭**

中砂がノックを続ける。

周子の声「どなた?」

中砂は答えず、叩く。

周子の声「青地は只今出かけております。……どちら様でございますか」

中砂、戸袋に近い端の雨戸に手をかけて、一気に開く。

ガラス戸の向こうに周子の驚愕した顔が浮かび、慄えるように首を振る。

周子「青地は留守なんです。おひきとり下さい!」

周子はガラス戸を必死に押さえている。

周子「帰って下さい!」

中砂はガラス戸の引き手に指をかけ、じりじりとこじ開けにかかる。

内側では周子が全身の力をかけて拒んでいる。

それもつかの間で、中砂の力に煽られたように周子の体が縁側に崩れ、ガラス戸は音立てて一杯に開く。

中砂がふわりと黒い鳥みたいに跳躍する。

40　**寝室**

大きく袖をひろげたトンビの下で、二つの体が動く。

周子は息も苦しいようなかたちで中砂に組み敷かれている。

周子「こんな時に、なぜ?　体がこんなに汚れている時に!」

周子は肩口から胸元にかけた湿疹を朱の色に染めて、

怨むように喘ぐ。
中砂「腐りかけがいいのよ。なんでも腐ってゆく時が一番旨えのさ」
　と中砂は周子の赤らんだ体に口をつける。

41　切り通しを抜けて私が走ってくる。山高帽子が飛ぶのも忘れて、一散に走ってくる。

42　私の家近く
　私は走ってきて、アッと立ちすくむ。
　向こうから中砂がやってくる。
中砂「よう！」
　と、中砂は手を上げる。

43　蕎麦屋の二階
　私と中砂が蕎麦をさかなに酒をのむ。
中砂「君の家に寄ったんだがね、細君が出てきて、留守だと言うんで、諦めて引き返してきたところだ」
私「そう」
　私は、虚ろな返事をして、何か別のことを考えている。
私「で、どうだった」
中砂「何が」
私「周子だよ。……女房と君は何を喋ったの」
中砂「べつに、何も」
私「ふーん」
　と、私は盃を乾す。
　中砂が酌をする。
中砂「まあ、君には申し訳ないんだが」
私「（ドキッとなる）」
中砂「どっちかというと俺は苦手だね、ああいう恋愛至上主義は」
私「ほう、ほんとかね」
　私はどうしても、探るような上眼使いになってしまう。
中砂「蒲団の中でも説教するんじゃねえか、あの人は？」
　中砂は露骨なことを大きな声で訊く。
　私はむっとなって見返す。
私「そういう君の細君はどうなんだね」
中砂「うちか、こいつは尚つまらねえ。あんまり取り澄ましてやがるから、一度台所に立ってるところを後ろから襲ってやった」
　中砂はニヤニヤ思い出すように笑う。
　私は盃を持つ手が震えてくる。
　それを隠すために一息に煽る。
私「で、どうだったの」
中砂「あ？」
私「イヤ、その、台所でさ……」

中砂「ああ、面白かったよ。ジタバタ暴れるうちに、急にしがみついてきやがってさ」
私「………」
中砂「終ってから声を出して泣いてやがんの。私は何とかいう田舎芸者とは違います、だとさ」
中砂、笑う。
私は自分が嘲笑われているような惨めな気持になってくる。
私「君は、いつでもそうなのか。……それじゃ女は只の玩具じゃないかね。玩具を弄ぶみたいに君は細君も小稲もそれから……」
私は言いかけて、淀む。
中砂「何だ。はっきり言えよ。その通りなんだから俺は怒りやしねえよ」
中砂は旨そうに盃を傾ける。
私は更に陰うつになってゆく。

44　トンネルの中

私と中砂が歩く。
中砂「とりかえっこしねえか」
と、突然、中砂が言う。
私「え?」
中砂「骸骨だよ、骸骨。人間いちばん美しいのは余分な肉と皮を剝ぎ落した骨だと俺は思う。お前さんもそれには賛成だったろうが」
私「確かに肉というか、肉体は信用できないがね」
中砂「その通り。俺は近頃、女の数をこなせばこなすほど、肉の海に溺れてるような気がしてな。その向こうにある骨が無性に清らかな、美しいものに思えてしようがねえ」
私「つまり骸骨が人間存在のもっとも純粋な形態であるということか」
中砂「まあ、そんなところだ」
中砂は本気ともつかず合槌を打ってから、暫く沈黙。
中砂「(ポッリ)俺が死んだら骨を君にやるよ」
私は思わず中砂の顔を見る。
中砂「焼かねえ前の生の骨をさ」
中砂、真剣である。
中砂「そのかわりだ。君が先に死んだら、その骨は俺が貰う」
私「………」
中砂「綺麗な骸骨にして俺の書斎に飾っといてやるよ。……嬉しいだろう?」
中砂はぞっとするほど優しい微笑で私を見る。
洋服を透して私の骸骨を鑑賞しているようである。
中砂「承知だな?」

私「イヤ、しかし、そりゃァ……」
　私は甚だしく混乱している。
私「君、気は確かかね」
中砂「狂ってるよ」
私「………？」
中砂「今更それはねえだろう。生れてから一度だって俺はマトモだったことはねえよ。それを承知でお前さんだってつき合ってきたんだろうが、え？」
私「ああ。そりゃ、ま、確かにその通りなんだがね……」
中砂「承知だな？」
　私は反射的に頷いてしまう。

45　切り通しを抜けて私が歩く

私の声「それから数ヶ月して中砂の細君は女の子を生んだ」

46　中砂の邸・玄関

私が立っている。
赤ん坊の泣き声と共に園が現れる。
私「このたびは、どうも……おめでとう」
　園は黙って、会釈する。
　そして、体を傾けて腕の中の赤ん坊を私に見せる。
私「（仕方なく）おお、可愛い顔して。……女の子だそうですね？」
園「豊子と名づけましたの」
　私は一瞬、聞き違いかと思う。
園「中砂がつけましたの。青地は俺の親友だから、名前を一字貰おうって」
私「………」
園「あの、ご存知じゃなかったんでございますか」
私「知りませんでした」
園「まあ、それはとんだ間違いをしてしまいました。どう致しましょう。さぞかしご迷惑でございましょうね？」
　園は本当に済まなそうに私を見る。
私「いや、迷惑だなんて、そんな事はありません。嬉しいですよ、私だって」
　園はすっと前へ出て、赤ん坊を差し出す。
　私、思わず両手で受ける。
園「重いでしょう？」
私「重いですね」
　と私は赤ん坊を急いで園に返す。
私「中砂は？」
園「さあ……」
　言ったきり園は顔を能面のように固くしてしまう。
私「また行方知れずですか。苦労しますね、あなたも」
　園、すっと眼を上げる。

それがキラッという光りかたに見えて、私はたじろぐ。

園「もうお帰りですの?」

私は玄関の戸口まであとずさっている。

私「ええ、今日はこれで」

私は持ってきた祝金を式台に置く。

それには目もくれず、園は私をみつめている。

私「失敬します。また来ます」

私はうしろ手に戸を開け、そのまま外へ出て、まわれ右して、またうしろ手に戸を閉める。

ふっと息をついて、眩しく空を見上げる。

太陽が異様に黄色く燃えている。

47　黄色い太陽が黒く濁って燃える

私の声「その翌年、首都を中心として悪性の西班牙《スペイン》風邪がはやった。病菌は中砂によって邸の中まで運ばれ、細君はたちまちそれに冒された」

48　中砂の邸・寝室

園が高熱に喘ぐ。

何かうわ言を喋っているが、ほとんど聞きとれない。

中砂は枕元に坐って黙って眺めている。

遠く赤ん坊の泣き声。

私の声「細君はまだ乳離れのしない女の子を遺して死んでしまった。中砂が細君を殺したのだと、私はなぜともなく思った」

49　同・座敷

通夜の席。

北に向いた園の遺体の傍に中砂と私。

泣いている赤ん坊を抱いて周子が入ってくる。

周子「お母様が亡くなったのが分るのかしら。いくらミルクをあげても泣きやまなくて」

と赤ん坊に死顔を見せるようにする。

周子「ホーラ、お母様にお別れのご挨拶なさい。お母様のぶんまで強い子になって長生きしますからって、さよならしましょうね」

とあやしながら周子は涙ぐんでいる。

私と結婚して以来、周子は子に恵まれていない。

私「やめなさい」

私が強い調子で言う。

周子のする事が変にあてつけがましく私には思われて、癇にさわる。

私「わざわざ赤ん坊に母親の死顔を見せることはないじゃないか」

周子「すいません」

周子は吃驚したように身を引いて、赤ん坊を胸の中に抱きこむようにする。
私は白布をとって園の顔にかける。
中砂「こいつがね」
と中砂がもの憂く言う。
中砂「さいごに言ったよ」
私「………？」
中砂「青地さんが見えたら、戸棚にちぎりコンニャクが入れてありますから……」
私「………」
中砂「それだけ言って死んじまったよ」
中砂の声は、淡々としているが、私はなぜか責められているようで、顔が上げられない。

50 私の家・茶の間

私が肘枕で原書を読んでいる。
私「中砂のヤツ、赤ん坊抱えて、大変だろうな」
周子「乳母がいるでしょう」
背後で周子が答える。
私「その乳母がね、逃げてしまったらしい」
周子「………？」
私「赤ん坊に乳を飲ませていたら、俺にも乳をくれ、母乳の味を思い出してみたいからと、急に乳に吸いついたそうだ」
周子「中砂さんが？」
私「ああ、中砂がね。……吃驚して逃げ出すの、無理ないな」
その時、何か軟いものを啜る音と共に、強い芳香が私の鼻をつく。
私は顔を上げて後ろを見て、ギョッとなる。
周子が両手指をねっとり濡らして桃を食べている。
私「何だ、それは」
周子「水蜜桃」
私「腐ってるじゃないか、それ」
桃は半ば以上、皮が剝げ落ちそうに変色している。
周子「腐ってはいませんのよ。腐りかけて身が全部蜜になってるんです。どうせあなたは気持悪がって召し上らないし。……蜜の中に毒のような苦味が混って、食べ慣れるととても美味しいものですよ」
周子は唇を光らせ、夢中になって味わっている。
私「おまえ、花の匂いや果物の熟した香りは禁物だった筈じゃないか」
周子「ええ、それが急に果物だけは平気になっちゃって。……平気どころか、大好き。体が変ったのかしらね」
と舌先で桃皮の裏に附着した果肉を丹念に舐めとる。
それが私には眼球を舐めているように思われて、
私「おまえ……」

周子「え？」
私「中砂と一緒に病院に行かなかったかね」
周子「病院て？」
私「妙子のさ」
周子「いいえ……中砂さんが仰有ったんですか、私と行ったって」
私「いや」
周子は気になる様子で私を見ている。
周子「妙子が言ったんですね」
私「……………」
周子「それ、幻覚ですわよ、きっと。あの娘、近頃では脳の働きまで衰弱して、ありもしない事を見たり、現に見ているものが見えなかったり、ずいぶんオカしいんですから」
私は黙っている。
周子の言葉が妙に言いわけめいて聞こえるのが、不快である。

51　病室

私が妙子に訊く。
私「近頃、中砂と周子は一緒に見舞いに現れないかね」
妙子は光りの失せた眼で、ぼんやり私を見ている。
私「中砂は来ないかね」
妙子「ナカサゴ……誰ですか、それ」
私、困惑する。
私「この前言ってたじゃないか。周子と中砂が連れ立って見舞に来て、中砂の眼に入ったゴミを周子が……」
妙子「兄さん……」
妙子は私の声が耳に入らない程の衰弱ぶりである。
私「何だね」
妙子「鱈の子、召し上って下さいまして？」
私「……ああ、頂いたよ」
と、私はうんざりする。

52　私が歩く

私の声「それから間もなく、新しい乳母を雇い入れたと、中砂から連絡があった」

53　中砂の邸

私は玄関に入って、案内を請う。遠くの方から赤ん坊の泣き声が近づいて、暗い式台の上にすっと女の姿が現われる。

私「（見る）…………！」

園が赤ん坊を抱いて、私の前に立っている。

園「青地さん。……お待ち致しておりました」

と、園は膝を折って会釈する。

私は立ち尽したまま、声が出ない。
襖の陰から笑い声がして、中砂がひょいと顔を覗かせる。
中砂「小稲だよ」
私はそう言われてから、改めて女をまじまじと見直して、
私「ああ……幽霊じゃなかったのか」
女は園の着物を身に着けた小稲である。
中砂「どうだ。驚いたろう」
中砂は悪戯が成功した子供みたいに、ニヤニヤする。
私は黙って頷いたまま、まだ疑うように小稲を眺めて、額に冷たい汗を滲ませている。

54

同・座敷

食膳に刺身や焼魚、そして酢の物、吸い物などが手際よく調えられ、小稲（イネ）が控え目な物腰で酌をする。
私「こうしていると、あの時に戻ったようだね。葬式帰りのこの人を君が無理矢理座敷に呼んでさ」
中砂「面白かったな、あの座敷は。めくらの門付けが飛び入りしたな」
中砂は機嫌よく盃を乾す。
私「そういえば君はあの門付けの後をついて行ったろう。結局どうなったんだね、三人の関係は」
中砂「なんにも起りゃしねえよ。三人ぞろぞろ繋がってどこまでも歩いてくばかりでな」

× × ×

海辺。砂の中に腰まで埋まって年嵩の先達と若い男が向い合う。
先刻から二人はスイカ割りのようにして、互いの頭を杖で叩き合っている。血の色の判然とせぬが、二人とも既に頭頂部の皮は破れ、露出した頭蓋骨を直接に叩き合っている風である。骨を打つ乾いた音が荒涼とした砂浜に鳴る。
その向う、大きなタライに乗った若い女が海に浮かんでいる。男たちの無惨な叩き合いの音を楽しむように、若い女は笑っている。笑いながら女は、離れた砂丘に立っている中砂を、ねっとり見開いた虚ろな眼で伺っている。

× × ×

中砂「やり方が面白いじゃないか……金輪際ぬけ出せないようにしてさ。あんな面白え見世物は久しぶりにお目にかかった」
と中砂は飲む。

私「ふーん」
　私は暫く声が出ない。
私「あの三人がね。……殺し合いをね……」
　中砂、楽しそうに飲んでいる。
イネ「あの人たち、三人で夫婦になりました」
　イネが突然、言う。
私「何の話？」
イネ「三人の門付けの話です」
　私は妙な顔で中砂を見やる。中砂、黙って飲んでいる。
私「(確かめるように）夫婦、三人で？」
イネ「一度は若い二人が一緒になって、年嵩の先達さんを追い出したんですけど、そうなると門付けするにも道順が分らないし、土地の人たちにも嫌われて、川に突き落されたりして……」
中砂「それで三人が夫婦か」
イネ「仕方なかったんです。そうしなくては生きて行けなかったんだし……」
　イネの口調には人ごとでない響きがある。
私「(中砂に）殺し合いをやったんじゃなかったのかね」
中砂「ああ、やった」
私「しかし、この人は……」
中砂「男二人は死ぬまで撲り合いよ。女は海へ流れちまった。俺ァちゃんと見たんだからな」
　私はイネを見やる。イネは澄ました顔をして、私に酌をする。
私「どっちが本当なのかね」
イネ「さあ」
　イネは笑う。私も拍子抜けして笑いだす。
私「しかし楽しいね。こうして三人で顔を合わせて酒を飲めるなんてね。やっぱり縁があったのかね」
　私が明るく言う。
イネ「そうですわね。こうしてこの人と夫婦になったんですから、やはり縁でございましょうね」
　夫婦と聞いて、私は驚いて中砂を見やる。
私「結婚したのかね。そうか、それじゃお祝いを持ってくるんだったたな」
中砂「結婚？　冗談じゃねえ。乳母を置いてるだけだ。乳母と女房と芸者を兼ねた調法な女を置いてるだけよ」
　中砂は怒ったように盃を乾す。
　イネ、慎ましく酌をする。
中砂「こいつは夫婦だと思ってるらしいがね。思いたきゃ勝手に思やいいのさ」
私「へえ。それは羨ましいね」
　と私はイネを見る。
イネ「よろしいのです。私は夫婦だと思ってますから」
　イネはどこまでも慎ましい。

中砂「三味線弾けよ」
　酔ってきた中砂が言う。
中砂「久し振りにお前の三味線を聴きたくなった。弾けよ」
イネ「子供が目を覚ましますから」
中砂「そんなもん泣かしときゃいい」
イネ「でも……」
　イネは困ったように言い淀む。
イネ「三味線は故郷へ置いてきましたから」
中砂「だったら深川に使いをやって取り寄せろ。それくらい気を利かせんのが芸者ってもんだ」
イネ「……」
中砂「オイ、聞こえなかったのか」
イネ「堪忍して下さい。私はもう芸者じゃないんですから。……三味線は捨てたんですから……」
　中砂は黙ってイネを睨んでいる。
　そして、すっと立つ。
中砂「(私に) オイ、行こう。気が滅入ってかなわねえ。どこか他処で芸者でも揚げようじゃねえか、な」
私「いや、しかし、君ねえ……」
　私はイネの立場も考えて、腰を上げるわけには行かない。
中砂「ヨシ、分った。俺一人で行く」
　中砂は突っ立って、そのまま座敷を出てゆく。
　イネは畳に両手をついたまま動かない。
　私はどうにも中途半端な具合で、仕方なく手酌でやろうとして、銚子に手をのばす。
イネ「すみません」
　イネが慌てて顔を上げ、私に酌をする。
　私は何と言葉をかけたらよいか分らないまま盃を乾している。
イネ「お恥かしい所をご覧に入れてしまいまして」
私「いや……」

55

鬼は外

　と、中砂が豆をまく。
　寺院を思わせる広大な建物の高床である。
　福は内、と周子が豆をまく。
　鬼は外、と私が豆をまく。
　イネは黙ってポリポリ豆を食べている。
周子「この間、ハイフェッツを聴きに日比谷の公会堂へ参りましたの」
　中砂の隣で、周子は上気したように弾んだ声で話す。
周子「福は内！」
中砂「鬼は外」
周子「チゴイネルワイゼンを弾くというので、それは楽しみにして参りましたの。そうしたら……」
福は内！　と叫んで、
周子「がっかりしてしまいましたわ。当日になって急にプログラムが変更になってしまって……」
中砂「ハイフェッツは弾かなかったんですか、チゴイネルワイゼン」
周子「ええ。やっぱりサラサーテだけですのね、あの曲を弾けるのは」
中砂、鬼は外、と怒鳴る。
私は先刻から板の上に膝が崩れたように坐っているイネが気にかかる。
私「福は内……」
私はイネの方に豆をまく。イネは膝元にころがる豆を、つまんで口に入れる。その動作がひどく鈍重に見えて、私は眼をそらす。
私「鬼は外！」
と私は力いっぱい豆を虚空に投げつける。
私の声「中砂は、それからまた旅へ出た」

56　山峡の道

黒いトンビの中砂が大きな白い風船を膨らませながら歩いている。

中砂は歩きながら風船の中の空気を深く吸いこむ。しぼみかけるのに、また息を吹きこんで膨張させる。風船の中には揮発性の液体が入っている。シンナーである。

峠を折れた所で三人の子供が山道を登ってくるのに出会う。子供たちは盲目である。

垢じみた着物に杖をつき、一人の女の子を間に挟んで、三人が連なって歩く。

〽　ここはお江戸を何百里　はなれて遠きチンポコの
赤いオソソに照らされて　女は男の腹の下
〽　思えばうれし去年まで　かたいと言われた人妻が
どうしてこうも簡単に　我にだかれて眠れるか

女の子が唄っている。いつか三人の門付け芸人が唄っていた、くどきである。

唄が、突然とまる。中砂とすれ違ったのである。女の子は全身をすくめるようにして、中砂が通り過ぎるのを待つ。

中砂が過ぎて行ったあと、女の子は再び唄いだす。

〽　戦いすんでちり紙で　股倉ぬぐう人妻は
もう一度だいてくださいと　息子をたてよとねごうたに

女の子「今、鬼とすれ違いましたよ」

女の子は、通りすがりの村人に訴えるように言う。

女の子「すれ違いざま喰べられた、と思ったワ」

女の子は恐怖で唇の色を失くしている。村人は意味が分らず、首をひねっている。

57　地平線まで拡った砂地の只中にポツンと黒い物が見える

中砂である。

中砂は風に向って軽やかに唄をうたっている。

〽そんな事になるんじゃないかと思っていたら　とうとう富士山が噴火した

轟々という地鳴りが聞こえてきた

道の真正面に大きな富士山の影法師がはっきり浮き出ていた

天辺が急に赤くなって　浮雲が燃え出した道を歩いてる人々には　もう珍らしくもないことで　誰も立ち停まらず　振り返りもせず

綺麗な芸者が二人歩いてきて　真赤になった富士山に二人揃って流し目をくれ

それから　それから今までの続きのお喋りを止めずに

横町へ曲って行った

声「もう駄目だよ」

中砂はギョッとなって、耳を澄ます。

声は更に近く、耳元で囁く。

声「駄目だよ」

58　桜の樹の下

風船を頭から被って中砂が死んでいる。

59　士官学校・教官室

私がのんびり新聞をひろげている。

電話が鳴る。

当番兵が出て、

「当番兵入ります、青地教官殿にお宅から電話であります」

私「ごくろう」

私は、うちから？　と首をひねりながら受話器をとる。

私「ハイ、私だ」

周子の声が悲鳴に似て、私の耳にとびこんでくる。

周子の声「あなた？　驚かないで下さいね。中砂さんが……中砂さんが、亡くなったんです！」

私、愕然。

60　近所の電話を借りて周子が押し殺した声で話す

周子「山の中で死んでる所を発見されたんですって」

×　×　×

私「自殺か」

×　×　×

周子「警察の調べでは麻酔みたいなものを吸って遊んでるうちに、酔っ払って、窒息してしまったらしいんですって。事故死ですって」

×　×　×

私「遺体はどうしたんだ」
周子の声「それはお宅に運ばれて、今夜がお通夜」
私「……」

×　×　×

周子「喪服を出しておきますから、すぐに戻って頂けません。おイネさん一人で心細がってると思いますし……あなた……あなた?」

61　カフェー

扉を押して私が入ってくる。狭い薄汚い店内を見廻して、カウンターの止り木に腰かける。
私「ビール」
女給が隣に来て、コップに注ぎながら、
女給「こちら初めてですわね。お待ち合せ?」
女「ああ、医学部の甘木くんを待っている」
女給「あら、甘木先生だったら、先程お電話があって、すこし遅れるからって……」
言ってる所へ、白い手術着の甘木がドアを破るようにして入ってくる。
甘木「酒」
甘木は私の隣に坐ると、出された水割りを一息に飲む。水割りを三杯たてつづけに飲んでしまうと、腕捲りして、
甘木「洗面器」
女給は甘木の要求に慣れているらしく、カウンターに洗面器を置き、その中にウイスキーの水割りを作る。その水割りで、甘木は神経質に手を洗うのである。
甘木「匂うか」
甘木は手水で拭った両手を私の鼻先へ持ってくる。
私「ウイスキーが少々ね」
甘木は胸から息を吐き、急にぐったりなって、コップの水割りを味わい始める。
甘木「解剖を一つ済ませてきたんだ」

私「自殺かね」
甘木「何が」
私「イヤ、その死体さ」
甘木「病死だよ。うちの病院で今日いけなくなったんだが、死因がもう一つはっきりせんのでね。……頭の中から腸の末端まで調べなくちゃならなくなってさ」
　とゴクゴク飲む。
甘木「ところで何だい、俺に訊きたいことって」
私「ああ」
　と私はためらうが、
私「人間の体から骸骨をとり出すことが出来るかね」
甘木「……」
私「死体が一つあるんだがね、その肉と皮を除いて、骸骨だけ残すのは可能かね」
　甘木はじろじろ暗い眼で私を眺める。
甘木「からかってんのか」
　私は首を振る。
私「どうなんだろう」
甘木「不可能だよ」
　甘木は侮辱されたように声を荒らげる。
甘木「たとえ可能としても、医学的には何の効用もない。ただの見世物だよ」
　甘木は飲み乾したグラスを叩きつけるように置くと、出て行ってしまう。
　私はとり残され、急に身のまわりが寒くなったように、グラスを煽る。
私「酒！」

62　中砂の邸（数日後）

　骨壺がひっそりと飾られてある。

　それに向って私が額ずく。

　それから傍のイネに向き直る。

私「許して下さい。どうしても葬式に参列する気になれませんでね。中砂が骨になって行くのを見届けるのが怖ろしくてね、逃げていたんです。……卑怯なものです。この通りです」

　と、私は頭を下げる。

イネ「あの人はそんなことで気を悪くしたり致しませんから……」

　イネは中砂が生きているみたいに話す。

イネ「青地さんのお気持はよく分っている筈でございますから」

私「……」

　遠くで赤ん坊が泣く。

　イネは会釈して立って行く。

　私は視線を骨壺に戻す。

眺めるうちに中を見たくなる。
私は立って、壺の蓋に手をかける。
ふと気配に振り返ると、イネが赤ん坊を抱いて戻ってきている。
イネ「どうぞご覧になって下さいまし。中砂もきっと喜ぶと思います」
そう言われてしまうと、私はもう見ることが出来ない。
私「いや、やめときましょう。私には見る資格がありませんよ」
私は席に戻る。
イネ「白い骨でした。……乾いた、ただの白い骨でした」
イネが赤ん坊を抱きしめて、呟くように言う。

63　病院への道を私が歩く

64　病院の廊下

私は看護婦と並んで妙子の病室へ向う。
私「家内は生憎外出しておりまして。家に書き付けを置いてきましたから、おっつけ……」
看護婦「一時はまったくの危篤状態でして。今は幾らか呼吸も楽になって、意識も戻っていらっしゃいます。でも、それも長くは保つまいと、先生が……」

65　病室

妙子は胸をせわしく喘がせながら、奇妙に潤んだ眼で私をじっとみつめる。
妙子「今しがた中砂さんがお見えでしたわ」
私「(気味悪く)……」
妙子「黒いトンビをお召しになって、長い髪が乱れたままで、私をみつめておいででした」
私「中砂が会いに来たのかね、いつかのように」
妙子「あの時は姉さんとご一緒。そのあと兄さんも同じ夢をご覧になったでしょう、私と同じ怖い夢」
私「夢?」
妙子「家の雨戸を無理にこじ開けて、中砂さんが姉さんをお抱きになった……」
私「夢?」
私は青ざめて繰り返す。
妙子「不思議ですわ。私の夢を兄さんが途中からお盗りになってしまって……」
妙子、瞳を見開いたまま、意識がうすれてゆくらしい。

×　×　×

妙子の網膜に、かつての情景が甦っている。
私の家。
――廊下に跳ね上った中砂が倒れている周子を引きず

って、寝室に踏みこむ。

周子「見ないで……見ないで！」

周子が湿疹の浮いている胸元を必死に押える。

その間に帯が解け、しごきが抜き取られている。

周子「こんな時に、なぜ……体がこんなに汚れている時に……！」

と周子が喘ぐ。

二人は素裸になって大きく袖をひろげたトンビの下で動いている。

その情景が次第に人工的な光を増し、ついで色彩が徐々に褪せ始め、ついにモノクロームに転じ、更に白く脱色して物体の輪郭を失い、それがふっと闇黒の中に溶け入る。

医師の声「ご臨終です」

× × ×

病室。

医師に脈をとられたまま、妙子が息絶えている。

駈けつけて来ていた周子がわっと泣き伏す。

その傍らで私は悪夢の続きを見るような眼で、妙子の死顔をみつめている。

66 切り通しへ続く道を私が歩く

私の声「それから五年経った」

三十代も後半になって私の顔は幾らか老成のかげりがみえる。

私は、ふと足をとめる。切り通しの入口に小さな黄色いものが立っている。近づくとそれは黄色い着物を着た女の子である。少女は大きな黒い眼で私を見ているが、くるりと身を翻《ひるがえ》して、切り通しの中へ駈けこんでしまう。

私がぼんやり佇んでいると、今度は少女はイネに手を引かれて切り通しから現れる。

私「ああ……おイネさん」

イネは私を認めると、丁寧に腰を折ってお辞儀する。全体に艶が失せ、着物も張りがなくなって、くすんだ様子に変っている。

私「どこかでお見かけしたように思ったんだが……お宅のお嬢ちゃんでしたか」

私が少女の頭を撫でようとすると、少女はするりとかわして、反対側のイネの手にぶら下るようにする。

イネ「豊ちゃん、ご挨拶なさい。青地さんのオジ様ですよ」

言われても少女は、なつかない眼で私を眺めて、黙っている。

イネ「お昼寝をさせておりましたら、急にひどくうなされ
　まして……」
私「この子が？」
イネ「（頷く）あまり怖ろしそうなので起して、散歩に出
　てきたところでございますの」
私「そうですか。子供が夢にうなされるのは、よくあるこ
　とですから……」
イネ「さようでございますか」
　とイネはやはり不安が残る感じである。
私「それじゃ私、来客があるもので」
イネ「さようでございますか」
私「気が向いたら家にもお出かけ下さい」
イネ「有難うございます」
　私は山高帽子を上げて会釈し、また道を戻り始める。
イネ「豊ちゃん、オジ様にサヨナラなさい」
　と、うしろでイネの声がする。
　私が見返ると、少女がじっと私をみつめている。

67 私の家・書斎

　机に原書を開いたまま私が頬杖をついている。
　世界が消えてしまった様に物音がない。
　その静寂の中で、私は目蓋がひどく重い。
　指先で目蓋を押し上げてみる。
　カチンと不断なら聞こえない程の小さな音が頭上で鳴
　る。屋根の棟の天辺から小石の転るような音が滑って
　くる。ころころ加速して廂に近づいた瞬間、私ははっ
　と身震いする。それはあの時聴いたような音である。
　その時と同じ廂を辷って、庭へ落ちるタイミングで、
　音は忽然とかき消える。
　私は思わず立ち上っている。しかし硬直したまま動け
　ない。
　襖が開く。振向いた私の顔を見て、周子が驚いたよう
　に言う。
周子「どうなさったんです。……真っ青なお顔」

68 同・居間

　私は若い来客を相手に酒を飲んでいる。
　飲みながら大きな欠伸がでて、とまらない。
客「先生は今日は寝不足ですか」
私「寝不足どころか、一日中寝て暮らしてるよ。いくら寝
　ても寝たりなくてね。中途で目がさめると枕許の水を飲
　んでまた眠る」
　と欠伸しかけて、ハッと止まる。
私「そう言えばね、枕許に置いた水が時々なくなる事があ
　る」
客「先生が飲まれたんでしょう」

私「そうじゃなくてさ、夜中に目がさめて、いつもの通り水を飲もうとすると、いっぱいあった筈のコップの水が半分足らずになっている」

客は怪訝な顔をするが、

客「寝呆けて、ご自分で飲んだのを忘れてるんじゃないですか」

私「初めは私もそう思ったんだがね。この間なんか眠っているうち、いきなり顔に水をかけられた様な気がして、飛び起きた」

客「……」

私「夢じゃないかと思って顔を撫でてみたら、ぐっしょり濡れてるんだ、顔が」

客は気味悪そうに私の顔を眺める。

客「夢じゃなかったんですね」

私「夢じゃなかったんだ」

私と客は、そのまま黙りこんで酒を飲む。

客が気になる様子で訊く。

客「誰が水をかけたんでしょうね」

私は黙っている。言葉にしても、どうせ相手には通じないと思っている。

客「風が吹いてきましたね」

と客が言う。

私「そうだよ、暗い所を風が吹いてるんだよ」

と答える。

その時、玄関の硝子戸をそろそろと開ける音がする。

周子が出て行って、応接するらしい音がする。

客「お客さんのようですね」

客が盃を置いて腰を上げそうになる。

私「いいんだ、ゆっくりして行き給え」

と私は、酌をしてやるが、玄関でのはっきりしないようなやりとりが気にかかる。

周子が廊下を戻ってきて、顔を出す。

周子「あの、おイネさんがみえているんですけど……」

私「おイネさんが？……上って貰ったらいいじゃないか」

周子「ええ、それが……」

と、周子もはっきりしない。

私「何の用だ」

周子「それが、あなたに直接にって」

私「ふーん」

私は立ってゆくのが面倒臭い気持である。

客「おイネさんて、あの中砂さんの……？」

私「うん」

客「それじゃ、上って貰って下さい、僕は失礼しますから」

と立ちかけるのに、

私「イヤ、いいんだ」

私はおさえつけるように言って、立ち上る。

69 **同・玄関**

薄明りの土間にイネが立っている。

私「どうしたんですす、そんな所では何だから、お上んなさい」

イネ「いいえ、じきに済む用事ですから」

イネはそこに生えたように立ったまま動かない。何かを陰気に思い詰めた風情で、私には息苦しい。開けたままの硝子戸の隙間から、寒い風が容赦なく吹きこんでいる。

私「用事というと？」

イネ「ハイ、あの、中砂がお貸し致しました本を……」

私「本？」

イネ「……××の字引がこちら様に来ている筈でございますから」

イネは難しいドイツ語字典の名を言う。

70 **書斎**

備えつけの書架いっぱいに並んだ原書を私は見回す。

暫く探して、一冊の分厚い字引を抜き出す。

裏表紙をめくると〝中砂〟の花押が押してある。

71 **玄関**

私が戻ってくる。

イネは前と変らず暗い所にじっと立っていて、周子が応接に困ったように何か話しかけている。

私「ついうっかりして、失礼しました。確かに中砂から借りたものです」

と字引をイネに渡す。

イネは風呂敷をとりだして、字引を包み、大切そうに胸に抱く。

周子「お淋しいでしょう、豊子ちゃん、どうしていらっしゃいますの、お元気ですか？」

イネ「お陰様で」

私「今日は置いてきたんですか」

イネ「いいえ、外に居ります」

周子が吃驚したように私の顔を見る。

そして慌てて下駄を突っかけて、外へ出る。

72 **玄関の外**

寒い風の吹く暗がりに少女が立っている。

出てきた周子は少女の体を包むようにして、

周子「まあ、こんな寒い所で。……中へおはいりなさい、さあ」

と押し入れるようにする。

　しかし少女は意外なほど頑強に抵抗する。
周子「風邪をひきますよ」
　と周子が叱るように言うが、少女は黙って立っている。
イネ「どうも夜分ご迷惑をおかけ致しました」
　私にお辞儀しながらイネが玄関から外に出てくる。
　そして周子にも会釈して、少女の肩を抱くようにする。
　少女は今までの気強さが嘘のように、イネに寄り添い、
　夜道を去って行く。

73　玄関

　周子が戻ってくる。
周子「何だか変ですわね、おイネさん」
　私は突っ立ったまま、遠ざかってゆく大小の影を見ている。
私の声「それから二、三日して、またおイネさんが訪ねてきた」

74　私の家の玄関（夜）

　薄明りの中にイネが生えたように立っている。
イネ「あの、中砂がお貸し致しました本を、お返し頂きたいのです」
私「まだ何か借りていましたかね」
　私は焦《いら》ついてくる気持を無理に押えている。

イネ「××の参考書が、確かにこちら様に……」
　私はきびすを返して書斎に向う。

75　書斎

　書架のあちこちを引っ掻きまわすようにして、私が探す。
　そうして四つン這いになって、一冊の原書を抜き出す。
　表紙を開くと〝中砂〟の花押がある。

76　玄関

　私が戻ってくる。
私「ありましたよ」
　と原書をイネの手に押しやるようにする。
私「これでもう中砂から借りた本は終りだと思いますがね」
　イネは頷くように会釈して玄関を出てゆく。
　私は土間に降りて硝子戸を細目に開けて、外を覗く。
　月あかりの下を、イネと少女の寂しい影が遠ざかってゆく。
周子「何だか怕《こわ》いようですわね」
　台所から出てきたらしい周子が、うしろで襟元を掻き合わせている。

77　茶の間

私と周子が晩い夕食を摂る。

私「おイネさんはどうして中砂の本がうちにあることを知ったんだろうね」

周子「中砂さんから聞いていらしたんじゃありません。亡くなる以前に」

私「中砂はそんな事を一々言うような几帳面な男じゃない、それに専門家しか知らない原書の名を、芸者上りのおイネさんがスラスラと言うのが変じゃないか」

周子「変ですわね」

周子は答えに詰ったように言う。

私「変だよ」

私はまだ何か言いたそうにするが、

私「酒をくれ」

と箸を投げ出す。

78　私の家・茶の間

電球の下で私が一人で出前の鰻重を旨そうに食べる。

私の声「その次、おイネさんが訪れた時、家内は何かの用事で出かけていた。おイネさんが現れるのは決まって、たそがれ時の、物の輪郭がぼんやり黒くなる時刻に限られていた」

玄関の硝子戸をそろそろ開ける音がする。

79　玄関

新しく点けた電球を避けるように、イネが俯向きがちに、しかし相変らず生えたように立っている。

イネ「一度、奥様にお伺いしてみたいと思っていたんですけど」

と切り出して、イネは口を噤んでしまう。

私「何ですか」

イネ「ええ」

私「さしつかえなければ、私から家内に伝えますがね」

イネは視線を足元に落している。

イネ「この頃毎晩、夜中の決まった時刻に目をさましますの」

イネは前後の脈絡なしに、自分の思いだけで話をすすめる。

イネ「目をさましても、こちらの言う事には受け答えしないで、なんですか一心に中砂と話してる様なんですの」

私「え？」

と私は訊き返す。

私「あの子が？」

イネ「ハイ」

とイネは顔を上げて私を見る。

イネ「亡くなったお父様の夢をみるのは無理もないと思って、可哀相になるのですけれど、考えてみれば、豊ちゃんが中砂を覚えているはずがございません」
私「……」
イネ「あの子が生まれた年に中砂は亡くなっているのですものね」
私は頷いて、玄関の外に眼をやる。
そこにいる筈の少女は、ひっそりと音も立てない。
イネ「あの子が中砂と話す言葉の中に、必ずお宅様の事を申します」
私「……何というんですか」
私は努めて平静に尋ねるが、脂汗が滲むように怖い。
イネ「それがよく聴きとれませんの。でもきっとお宅様に、あの子の気にする物がお預けしてあるような気がして……中砂が、そのことをあの子に教えているのではないかという気がして……奥様に伺えば、それが分るような気が致しまして……」
私「なぜ家内なら分るのです」
イネ「……」
私「子供の夢の中で中砂がそう言ったんですか」
イネ、ゆるく首を振る。
イネ「……そんな気がするのでございます」

80　私の家・茶の間（夜）

私が酒を飲みながら、周子に訊く。
私「俺の留守中に中砂が来た事があるかね」
周子「え？」
私「中砂が生きていた時分さ」
周子は一寸考えているが、いいえ、と首を振る。
周子「一度みえた事がありましたけれど、留守だとお断りすると、そのまま出て行かれて……ホラ、私の具合が悪くて、あなた一人で妙子の見舞いにいらっしゃった時」
私「ああ」
と私は頷く。
周子「でも、どうして急にそんなことお尋ねになるんです？」
私「訊かれて嫌かね」
周子「嫌という事はありませんけど、気持ちがしっくりしませんわ」
周子はすこし感情を悪くしたように言う。
周子「嘘もついていないのに疑われているようで、いい気持ではありませんわね」
私は黙って飲む。
私「子供の夢の中でね、中砂がおまえに何か渡したと言ったらしいんだ」
周子「……」
私「おイネさんはそれを信じこんでいてね、お前に尋ねれば預けた物が分る筈だと言うんだ」

周子「知りませんわ。私、覚えがありませんわ」
周子は身震いするような激しさで、声を高くする。
その時、玄関の硝子戸をそろそろ開ける音がする。

81 玄関
おイネが例のように立っている。
私も立ちふさがるように、式台の上に立っている。
イネ「あの、レコードが一枚、こちら様に来ているのですけれど」
私「レコード?」
イネ「サラサーテが演奏しているチゴイネルワイゼンでございます」

82 書斎
私、蓄音器の傍に積んであるレコードの山を崩して、一枚づつ見てゆく。しかし、ない。

83 玄関
私が戻ってくる。
私「生憎ですが、今はみつからんのです」
イネ「さようでございますか」
イネは動こうとしない。
私「……どうもね、借りた覚えがないんですがね」
イネ「確かにこちら様に参っているのでございますけれど」
と言って、疑うように私を見上げる。
イネ「ビクターの十吋盤なのでございますけれど」
私「分ってますよ。分っているけど、今は見当らんと言っているのです。みつかり次第にお宅の方へお届けしますから……」
イネは黙って私を見ている。私も意地になって見返す。

× × ×

台所の外。
周子が窓の下にしゃがみこんでいる。胸にレコードを抱いている。

× × ×

イネ「さようでございますか」
イネは落胆したように肩をすぼめ、丁寧にお辞儀をして出てゆく。
私は立ったまま、少女の足音が絡みついて遠ざかってゆく淋しい音を聴いている。

84 台所
私は入ってきて、水をコップでゴクゴク飲む。

戸が開いて周子が入ってくる。

周子は胸にサラサーテのレコードを抱いている。

私「(見る)……」

周子「……欲しかったんです」

私「中砂から貰ったのかね」

周子「(首を振る)中砂さんが一度だけ家にお寄りになった事があったでしょう。あの時、置いて行かれましたの」

私「なぜ隠してたんだね」

周子「……欲しかったんです」

私はじっと周子をみつめる。ひったくるようにレコードを奪う。

85　**夜の道**

夜の道をサラサーテの盤を抱えた私が歩く。

86　**中砂の邸・座敷**

私の前には、イネがあり合わせの物で調えたらしい酒肴がある。

イネ「中砂はきっと死んだ奥様の所へ行って居ります。そんな人なんでございますよ。私のことは後に残してきたなんて、これっぽっちも思ってやしないんでございますよ」

イネは酌をしながら、とりとめもなく言う。

イネ「私はそれが口惜しくて中砂が残して行った物を全部取り戻して、身の回りに置こうとしたんです。そうする事で中砂を私の傍に引きつけておけると思ったんでございます」

私「しかし、私の所へ来ている原書の名をどうして知っていたのか、それが不思議でね」

イネ「それは、豊ちゃんが夢の中で中砂と話す、切れぎれの言葉を聴きとって……」

私「ほう」

と私は気味が悪い。

イネ「そんなにしても中砂は前の奥様の所へ行ってしまって。結局私に残されたのは豊ちゃんだけ」

とイネも飲む。

イネ「中砂の血をついだあの子を私は本当に可愛がってるのですよ、わが身よりもあの子が可愛いのでございますよ」

イネは酔ってきたのか、くどいように言う。

イネ「あの子だけはきっと私の手で育てます。中砂には渡すものではございません」

イネは挑むような眼になって私を見る。

私は黙って、見返している。

イネは、急に思いついたように、横に置いたサラサーテの盤を持って、蓄音器にかける。
静かな座敷内に古風な弾き方のチゴイネルワイゼンが流れ出す。
そして中途までできてサラサーテのガサガサした声が混じる、と思う間に、
イネ「いえ。いえ」
とイネが言う。
私を拒む様な中腰になる。
イネ「違います」
と言い切って目の色を散らし、
イネ「豊ちゃん、おいで、早く！　ああ幼稚園に行っていないんだワ」
と叫ぶ。
私「え？　こんな時間に」
イネ「はい、はい」
と続けて口走りながら泣き出す。
私「……探して来ます」
と私は立ち上る。

87　切り通し

を抜けて私が走って来る。

88　八幡宮

私が来る。豊子がアヤとりをしている。

無邪気な顔付で豊子が云う。

豊子「おじさんのお骨を頂戴、今、すぐよ」

私「……」

豊子「他の事はどうあってもあれだけは許せないってお父さんが云ってるワ……何故そんな顔するの……お父さんは元気よ、おじさんこそ生きてるって勘違いしてるんだワ。さ、お骨を頂戴」

私、ぞっとしてあとずさりし、やがて豊子に背を向けて走り出す。

豊子が何か叫んでいる。

と、私の眼の前を嘗て汽車の中から遠く蛍火のように眺めた灯籠が無数に流れて――


―終―

女教師　汚れた放課後

にっかつ／六六分／一九八一年一月二三日

スタッフ

プロデューサー　岡田　裕
企画　進藤貴美男
監督　根岸吉太郎

キャスト

倉田咲子　風祭ゆき
野本スエ子　太田あや子
野本末吉　三谷　昇
野本サチ　藤　ひろ子
野本トモ子　鹿沼えり
小沢　小池雄介
阪東栄次郎　花上　晃
杉原　木島一郎
伊東　浜口竜哉
山川先生　粟津　號
三井　北見敏之
遠藤　影山英俊
掃除夫　水木京一
覆面の男　南部寅太
ヤクザ風の男　溝口　拳
協力＝松丸屋辯太郎一座

1　留置場の中に野本スエ子がポツンといる

膝を抱えてぼんやりして、あくびする。寒い。
遠く電話の音。

咲子の声「ハイ、倉田です」
刑事の声「倉田咲子先生ですか、××高校の」
咲子の声「ハイ、そうですが」
刑事の声「こちら××署の少年係ですが」
咲子の声「ハア？」
刑事の声「お宅の生徒の野本スエ子のことで……もしもし……」

2　倉田咲子の部屋

カーテンを引いてほの暗い中に、毛布をかぶって男と女がいる。
ストーブの火が赤い。二人の体は繋がっている。

咲子「あの、お話がよく分らないんですけど。私は担任ではありませんし、野本という生徒はまるで知らないんですけど……」

咲子は受話器に向って、ハア、ハアと返事をする。刑事はこみ入った話をしているらしい。男（小沢）、よじれた姿勢のまま、ゆるく腰を動かしている。

咲子「分りました。とにかく、そちらへ伺えばいいんですね」

切る。

小沢「何？」
咲子「警察」
小沢「え？」
咲子「うちの生徒がマリハナやアンパンやってるグループに混ってたんだって」
小沢「都立にもいるのかね、落ちこぼれ」

小沢、上になり、動きが激しくなる。喘ぎ始める咲子、ふと思いついたように、

咲子「どうして私の名前出したんだろう」
小沢「ん」
咲子「私は知らないのよ、その生徒のこと」

小沢、答えない。熱中している。

咲子「イヤだな。警察に行くの、ヤだな」

そしてしがみついて、なんだかオカシい、今日はニブいみたい、と言う。

咲子「あなたのが、どんどん小さくなって行くみたい」
小沢「そんな事はない」

咲子の体がしなって変形している。小沢は意地になって、責めるようなカタチになっている。

3　警察の玄関を咲子に伴われてスエ子が出てくる

スエ子は高校二年、十七歳である。

警察前の道路はヘッドライトを点け始めた車群が渋滞して、凄まじい喧騒である。
咲子「ご飯食べる？」
スエ子、聞き返す。耳に留置場のしこりが残っている。
咲子「三日も泊められていたんだから、何かお腹に入れたいでしょう？」

4　喫茶店

隅のテーブルに咲子とスエ子。
咲子「売春の疑いがあるっていうんだけど」
スエ子「……」
咲子「……ホント？」
スエ子、フォークでケーキを刺している。
スエ子「売春じゃありません……お金貰ってないから」
咲子「それじゃ、男の人とホテルへ行ったのは事実なのね」
スエ子「……ハイ」
スエ子、突っ張ってもいないし、いじけてもいない。さらっと乾いている。それが咲子には奇妙である。
咲子「街で声をかけられただけで、行ったわけ？」
スエ子「まさかァ」
スエ子、ちょっと怒る。
スエ子「刑事さんが言ったんでしょう、私が特別アレが好きなんじゃないかって」
咲子「……」
スエ子「そうじゃないの。……男の人が歓ぶから、体は幾度も与えたけど、私としては……べつにね……」
咲子「好きじゃないの」
スエ子、笑う。
スエ子「そんなに行ったわけじゃありませんよ、ホテル。……やさしい人って、なかなかいないもの」
咲子「マリハナ吸ってた人は、やさしかったわけ」
スエ子「六畳一間のアパートにね、男と女のフーテンみたいなのが同居してるの。変な感じだったな。その人達、一日中押し入れの中にとじこもってるんですよ。クスリで頭が弱くなっちゃって、ウサギみたいにおびえてるわけ。警察が恐怖の対象なのね。ポリに見つからないようにって、押し入れで生活して、シンナー吸ってるのね。……結局つかまっちゃったけど……やさしい人たちでしたよ」
咲子「やさしい人って、どういうの」
スエ子「先生みたくゥ、ちゃんと話をきいてくれる人」
咲子「……からかってるの？」
スエ子「どうしてですか」
スエ子、びっくりした顔になる。

5　咲子の部屋（夜）

咲子と小沢が裸の体をもつれ合せている。
行為はずっと前に終っていて、けだるい。
咲子「あの子、ヤマの分校で私に教わったことがあるんだって。私は覚えてないんだけど。……それで私の名前を出したのね」
小沢「ヤマ？」
咲子「秋田の坂田鉱山といってね、工業用の鉱石を掘り出すヤマ。大学の時、教育実習をそこの中学校でやらせて貰ったの。その時の生徒だったのね」
咲子、裸のまま立って、棚からアルバムを下ろしてくる。
写真。教育実習記念――坂田中学校にて、と記してある。鉱山を背景にして、二十人程の男女生徒に囲まれた咲子が映っている。
咲子「あ、この子」
咲子、眼鏡をかけて覗きこんで、指さす。
お下げのスエ子が眩しげに笑っている。
小沢「ふーん、この子が男とホテルへねえ」
咲子「田舎の高校から転校してきて半年にもならないのよ。分らない、近頃の子は」
とアルバムを閉じる。
咲子「なに見てるの？」
小沢「裸の女が眼鏡かけてるのって、エロチックだと思ってさ」
咲子「ヤだ」
と立つ。
小沢「逃げるなよ」
咲子「おトイレ」

6　トイレの中

咲子、しゃがむ。
小沢の声「君も秋田だろう、クニは」
咲子「そう。坂田鉱山の近く。私は町だったけど。それで強引に教育実習に押しかけちゃったの」
小沢の声「ヤマの中じゃ目立ったろうな、君は美人だから」
咲子、ふっと黙りこむ。

×　　×　　×

回想。分校の便所。放課後で静まっている。突然、バタンと大便所の扉が開く。泳ぎ出ようとする咲子を引き戻す男の腕。咲子、引き裂かれた着衣。汚れた板壁に押しつけられ、絞め上げられる喉首。悲鳴を挙げているが、声にならない。男の右の拳が剝き出しになった咲子の腹を凶暴に殴り続けている。嘔吐し、へたりこむ咲子。鼻先でナイフが光る。咲子は、やめて、やめて、と呟く。ストッキングの覆面の下で、男も荒い息を吐いている。切り裂かれるパンティ。男の腰がへばりついてくる。

咲子「……」

咲子、ぼんやり壁の落書を見ている。男の動きが激しくなる。咲子が声を挙げ始める。快感と正反対の、子供が泣いているような声を出す。男の行為は気が遠くなるほど長い。咲子は細い、悲しい声をあげている。

× × ×

小沢がアルバムから目を上げる。頭の上に、裸のまま咲子が立っている。

小沢「どうしたの」

咲子、無言で体を投げるみたいにかぶさってくる。口を吸う。

小沢「どうしたんだよ」

と見る。

小沢「泣いてるの？」

咲子、目が濡れている。

小沢「オイ」

咲子はしがみついて、寒いよ寒いよ、と言う。

咲子「なんとかしてよ」

小沢「オイ。サッコ、変だぞ」

もてあましながら、小沢が言う。

小沢「今日の倉田先生はオカシいぞ」

咲子、ウンウンと首を振る。

咲子「今日の私、狂ってますよ。スケベの虫が騒いでますよ」

全身をこすりつける。そしてセックスのカタチに移ってゆく。

咲子「体の中にヤマの風が吹いてます」

7　冬休みの校門を咲子が入ってゆく

8　教員室

ガランと冷えている。担任の山川先生と咲子。

山川「野本スエ子は向うの県立高校でも成績がよくてね。これが成績表です」

と咲子に渡す。

山川「家庭環境に問題があるんだな」

山川、資料を見ながら話す。

山川「父親は坂田鉱山という所で採掘夫をやっていたんだけど、事件を起して鉱山に居れんようになりましてね」

咲子「事件？」

山川「ええ」

と言い淀むが、
山川「婦女暴行です」
咲子、ハッとなる。
山川「それから秋田市内のアパートに移って、父親は東京の建築現場なんかに出稼ぎして、何とか暮らしていたようだけど、そのうちまた……」
咲子「……？」
山川「（苦笑）どうも困った父親だな、こりゃ」
咲子「何ですか？」
山川「飲み屋の女らしいんだけど、相手は。出稼ぎ先でトラブルを起しちゃって、そのまま蒸発」
咲子「……」
山川「でまあ、母親とスエ子は東京でＯＬをしている姉を頼って上京してきた。ま、そんなところですかね」
と資料を咲子に渡す。
咲子「（読む）……」
〝婦女暴行〟というタイプ文字から目が離れない。
山川「それね、教育実習に来ていた女子大生をやっちゃったらしいですよ」
咲子、ショックがある。

×　×　×

回想。市警察の取調室。

ストッキングで覆面した三人の容疑者が並んでいる。その前を歩く咲子。行き過ぎて、一人の前に戻る。

咲子「（刑事に）この男です。体からシンナーの匂いがしてたんです」

ストッキングがむしり取られる。野本末吉、気の弱そうな中年男である。

9　雑踏の中をスエ子が歩く

洋菓子のウインドの前に立つ。その店は奥がティー・ルームになっている。
男の声「チョコレート・ケーキか。旨そうだな」
横に勤め人風の男が立っている。
三井「食べようか」
とスエ子に笑いかける。スエ子は黙って見返している。
三井「ご馳走するよ」
スエ子「……」
三井「コーヒー飲んでさ、話をしたいな」
スエ子「話？」
スエ子、初めて反応する。

10　ティー・ルーム

スエ子と三井。

三井「ずっと君のことを見ていた。駅前の交差点を渡って

映画館のスチール写真を見て、ぶらぶら歩いてブチック
に入り、そこを出て長いこと時計屋を覗いていた」
スエ子「時計を見ていたわけじゃないの。鏡にあなたが映
ってたの。この人はきっと声をかけてくるなって思って、
それで待ってたの」
三井「へえ。じゃ、ひっかかったわけ、俺」
スエ子、笑う。
スエ子「何をやってる人ですか」
三井「何に見える？」
スエ子「ビニール本を作る人」
三井「ビニール本？」
スエ子「よく声かけられるから、モデルにならないかっ
て」
三井「ああ、なるほど。しかし俺はモデルになってくれな
んて言わないよ」
スエ子「本番やりたいんですか」
三井「……」
スエ子「からだ、目当てなわけ？」
スエ子、笑う。
三井「……シラけるな」
スエ子「そういう人が多いですよ」
三井、ムカッとなる。伝票もって立ちかけて、
三井「（かすれる）やりたいよ」
スエ子「……」
三井「……やりたいな」
スエ子「……」
三井「やらしてくれませんか」
二人の顔、息が通う近さになっている。
スエ子「話をきいてくれますか」

11 ラブホテルのベッドに重なって揺れる二つの体

スエ子「鉱石を掘り出した跡が谷間みたいになってて
ね、操業停止している間にゴミ捨て場になっちゃったのね。
町からダンプカーがゴミを運んでくるわけ」
三井「汚いな」
スエ子「それが楽しみだったのよ」
スエ子の体は柔い。男の欲望のままに従順なカタチを
示す。上等な娼婦みたいだ。しかも醒めている。
スエ子「町のゴミの中には人形とか、まだ使える電気製品
なんか混ってるからア……ヤマの子供たちはさ、ゴミ捨
てが始まると、わーッと歓声あげて迎えに走るわけよ」
男、動いている。
スエ子「宝物を見つけに走るわけよ。その時の嬉しい気持
なんかさ、都立の生徒さんに分る筈ないもんね」
男、動いている。体を汗に濡らして喘いでいる。
スエ子「私さ、その時拾った人形をまだ持ってるんだ。フ

ランス人形っていうの、アレ。目が青くて金髪で。……でもさ、片目が割れちゃってんのよね。ヒビが入って、泣いてるみたいな顔なのね。それで捨てられちゃったんだな、きっと。……あ、それからさ……」
三井「ちょっと……黙ってくれ」
スエ子「……」
三井「始まってから、ずっと喋り続けじゃないか」
スエ子「……」
三井「感じないの。……不感症？」
スエ子「感じるわ。感じるから、イイ気持になって、話をするんじゃない」
三井、ガックリくる。
三井「あのね、イクイクとか、シヌシヌとか、ヤメテエとか、そういう感じ方なんだけど。……ダメ？」
スエ子「……ダメみたい」
三井「嘘だろ。こんなイイ体しててさ。そんな筈ないだろ」
三井は勇気を振り起すような感じで、もう一度こころみるのである。

12 街を歩くスエ子と三井

三井「金、ホントにいらないの」
スエ子「春を売ってるわけじゃないのよ」
三井「いつもあの辺に行けば会えるのかな」
スエ子「今度会っても、ねるとは限らない」
三井「……」
スエ子「アナタ、思ったほどやさしくもないし……」
三井「……」
スエ子「ピーマンだもん。中味カラッポ」
三井、傷つく。笑って、離れてゆく。見送るスエ子、あてどない感じになる。

13 スーパーマーケットの食糧品売場

スエ子が牛肉、野菜、果物などを手早く籠に入れてゆく。

14 レヂ

サチのコーナーにくるスエ子。サチは品物一つぶんだけ計算する。
サチ「四十三円です」
サチはスエ子の母親である。
サチ「有難うございました」
スエ子、品物を袋に詰めて出てゆく。主任の杉原がぶらぶらとサチに歩み寄る。
杉原「(肩を叩く) 目に余るよ、いくら何でも」
サチ「ハイ？」

杉原「五千円は越えてるだろ、今の買物」
サチ「すいません、ついうっかりしちゃって」
杉原「うっかりした？　分ってんだよ。あの娘《こ》、あんたの娘さんだろ」
サチ「……」
杉原「あとで事務所に来てくれないか」

15　アパート

母親のサチと姉のトモ子、そしてスエ子がすき焼をつつく。
トモ子「上等じゃない、この肉。高かったんでしょ」
スエ子「そうでもないの」
ちらっとサチと目を合せる。
サチ「あれからバレちゃってさ、大変だったんだから」
サチ、一人言みたいに言って、おくれ毛をかき上げる。男の指が入ったみたいに、髪が不自然に崩れている。
トモ子「今月赤字なんだから、食費切りつめてよ」
と食う。
サチ「やっぱり東京の物は美味しいね。あっちじゃ、こんな肉口にしたことなかったもんね」
とビールを飲み、トモ子に注ぐ。一本のビールを大切に味わっている。
トモ子「（スエ子に）学校、友達できた？」
スエ子、首を振る。
トモ子「都立はレベル高いんだから、落ちこぼれにならないでよ」
スエ子、黙っている。トモ子もサチも黙りこんで、ひたすら食う。
トモ子「（ふと）アパート、探してくれてるんでしょうね」
サチ「あ？　ウン、探してる。けどねえ……」
トモ子「無理しても移ってくれない。すこしぐらいだったら私も援助するしさ」
サチ「そうだねえ」
トモ子「私だって限界なのよ。一間っきりない所に、半年も居候されちゃってさ。私には私の生活があるんだから」
サチ「分ってるよ。分ってたってどうにもならないんだから」
トモ子「とにかく出てって貰いたいのよ。このままずるずる居坐られちゃ、かなわないのよ」
サチ「分ったよ」
サチ、大きな声になる。
サチ「分りましたよ。自分だけイイ暮らしできりゃ、それでいいんだろ。スエ子や私が野垂れ死したって知ったこっちゃないんだろ。分りましたよ」
トモ子「なにも死ねなんて言ってないじゃない」

サチ、口の中でくどくど呟く。
サチ「一間の部屋にダブルベッドなんか置いちゃってさ……男でも引っ張りこんでたんだろ。それが出来なくなってヒステリー起してんじゃないか」
トモ子「(カーッとなる)母ちゃん！　何よ、それは？　私は売春婦じゃないんですからね。れっきとした紅丸物産の……」
電話が鳴っている。
スエ子「(とる)ハイ、野本です。……あ、先生。……ええ……ハイ、いいです……ハイ……」
切る。
トモ子「誰から」
スエ子「学校の先生」
トモ子「また何かやったの?!」
スエ子「関係ないでしょ」
と食器を持ってキッチンへ立ってゆく。

16　「犯人は東京からきたフーテンだったんですよ」とスエ子が言う

スエ子と咲子の顔が並んで、ゆっくり青い空に登ってゆく。二人は遊園地の空中観覧車に乗っている。
スエ子「先生を暴行したのはア、シンナー中毒のフーテンだったんです」
咲子「見えすいた嘘をつくのね」
スエ子「ホントです」
咲子「証拠があるの」
スエ子「……イヤな言い方するんですね」
スエ子、傷ついている。
咲子「私はね、あなたが引取人として私を指名してきたこと。そして私を暴行した野本末吉の娘であるという事実。それが気にかかるのよ」
スエ子「私の父は先生を暴行していません。秋田の警察に電話して確かめて下さい」

×　×　×

遊園地の中を黄色電話に向って歩く咲子。

スエ子が観覧車から見下ろしている。

×　×　×

公衆電話のボックス。百円玉を積んで咲子が話している。──

秋田市警の声「ああ、坂田中学校のアレね。野本末吉？　いやあ、それがア、真犯人が挙ったんですよね、半年後に。ええと、何つったかな、アイツ。……フーテンでねえ……。もしもし……お宅どちらさんですか」

出てくる咲子、ショックを受けている。

観覧車の中の咲子とスエ子。

×　×　×

スエ子「先生で味をしめて、またやったのね、しつこく。今度は未遂で、パクられちゃって……まあ、自白したわけですよ、すべてを」
咲子「……」
スエ子「父は非番の日には町のペンキ屋に手伝いに行ってたから、シンナーの匂いが体についてました。フーテンと同じ匂いがしたんですね」
咲子「とんでもない人違いをしちゃったわけね……」
　咲子、ショックに打ちのめされている。
スエ子「いいですよ。先生だって被害者なんだから」
　スエ子、あっさりしている。
咲子「お父さんにお詫びしたい」
スエ子「……」
咲子「会えないかしら」
スエ子「会ってもしょうがないと思いますけど」
　スエ子は面倒臭そうに言って、視線を下界にやる。

17　駅前広場のベンチに野本末吉とスエ子が坐っている

　末吉は掃除夫の制服を着ている。支給物のL判らしく、ぶかついているのが妙にみすぼらしい。背を丸めて両切りタバコを吸っている。
スエ子「シンナーやめなよ。……体に悪いよ」
　末吉、ああと言う。
スエ子「イカレちゃった人、知ってんだから。ヨダレとオシッコ垂れ流してさ。その先は精神病院だよ」
　末吉、ああと言う。
末吉「みんな元気か」
スエ子「うん元気。母ちゃん、ふとったみたい」
末吉「……」
スエ子「姉ちゃんは相変らず。一流商社のＯＬでございますってプライド、鼻先にぶら下げてる」
　末吉、そうか、とぼんやりしている。
スエ子「帰ってこない？」
末吉「……」
スエ子「母ちゃんと私、いずれは別なアパートに移んなきゃなんないし。戻ってくるなら、そん時がチャンスじゃないかな」
　……末吉、黙っている。
末吉「自信ねえもんな」
スエ子「……自信ないの？」
末吉「……自信ねえもんな」
スエ子「自信なくてもオ、なんとかなるんじゃない」
末吉「……自信ねえもんな、やっぱ」

スエ子は、そうか、自信ないのか、と呟く。

18　喫茶店

席についた咲子がぼんやりしている。「やあ、待たせちゃって」と小沢が席につく。

小沢「忙しくてね、会社」

と珈琲を注文して、

小沢「顔色が悪いな」

咲子「マイっちゃった」

小沢「なに？」

咲子、首を振る。

小沢「なんだよ。なにがあったんだ。話してみろよ」

咲子、目を伏せる。迷っている。

咲子「……ここでは話せない」

19　咲子の部屋（夜）

テレビが漫才大会をやっている。「驚いたね」とタバコを吸っていた小沢がポソンと言う。

小沢「君にそういう過去があったとはね」

と腕を伸ばしてテレビのボリュームを上げる。沈黙がおそろしい。

小沢「ちょっとショックだな」

咲子「野本スエ子の一家を巻き添えにしたことで、過去が二重になっちゃったみたい。被害者の筈が、気がついたら加害者になっていたわけね。なんか混乱しちゃってね……どうやって気持の整理をつけたらいいのか、分らなくて……」

小沢「それで話したのか秘密を。俺にも過去を分担させようってわけ」

咲子、テレビのボリュームを落す。

小沢「そりゃ、ないよ」

咲子「……」

小沢「そんな重たい荷物、とても俺には肩代りできないよ」

咲子、黙っている。タバコに火をつける。指がすこし震えている。

咲子「それは、この先私とは一緒にやって行けないということ」

小沢「……」

咲子「だって、そうでしょう。私の正体を見て、あなたは逃げ腰になる。それじゃ関係は続けられないでしょう」

小沢「ずいぶん思い詰めてるんだな。そんなに自分を追い詰めることはないんじゃないかな」

咲子「……」

小沢「そんなにシンドク考えるなよ、関係ってものを」

咲子「からだの関係ね。……からだだけの関係ね。それがお望みなのね」

咲子、じっと見ている。

咲子「ホントのこと言っちゃったみたいね。……（笑う）私も同じよ」

咲子、立って、スカートのホックに手をかける。

咲子「私だって、あなたの体が欲しいのよ……体だけ」

× × ×

咲子と小沢、激しい動きをしている。感情がひどく高ぶって、肉のきしむような行為を双方が欲している。

小沢「君は変ったよ。あの女生徒を引取りに行ってから、変った」

咲子は答えず、ひたすら行為に没頭する。

その情熱に引きこまれて、小沢も、どんな具合にやられたんだ、強姦された時のカッコだよ、ヨカッタカ、感じたのか、と溺れてゆく。

20　喫茶店のあるビル

咲子が入ってくる。階段の近くで制服の掃除夫が蹲ってガムを削っている。

咲子「（そっと歩み寄る）野本さん」

顔を起す掃除夫、老人である。

老人「野本は今日はここじゃないんだ」

21　地下街

掃除夫に咲子が訊ねている。

22　同・コイン・ロッカーのフロア

ここが野本末吉の受持らしい。

咲子、降りてくる。探す。奥の物陰で末吉は使い捨てのシンナーを吸っている。汚れたビニール袋に空気を送りながら、突っ立っている咲子を上目使いで見ている。

咲子「……覚えてます?」

末吉、どんより見ている。咲子、バッグから眼鏡を出しかけてみせる。

末吉「……」

咲子「倉田咲子です」

末吉、じっと見ている。モップを取って、ヨイショと腰を上げる。

23　地下のフロアにはヘドなんかがこびりついている

末吉が黙々とモップを使う。咲子が傍にくっついて歩く。

咲子「お金を持ってきました」

末吉「……」

咲子「大した額じゃありませんけど、精一杯のお金なんです」
末吉「……」
咲子「それで済むとは思ってませんけど、他に償いようがありませんから」
末吉「……」
咲子「うけ取って下さい」
咲子、銀行封筒に入った札束を出す。
末吉「そんなア、償いなんて、あんた……そんな大袈裟なア……困っちゃうよ」
と末吉は作業を続ける。
咲子「野本さん」
末吉「忘れちゃったもんね、昔の事は。こっちが忘れたんだから、お宅だってさ……」
咲子「そうは行かないんです。私の気持は、そんな簡単には……」
とついて歩く。
咲子「失礼ですけど、お金うけとって下さい」
末吉「受取ればいいの？」
咲子、頷く。末吉、封筒をとって無造作にポケットにつっこむ。
末吉、サヨナラと離れてゆく。咲子、あんまりアッケないので、ぼんやりする。
咲子「野本さん」
追ってゆく。

24 養老の滝

テーブルに向い合って咲子と末吉が鍋をつつく。
末吉「あの事件の時、スエ子は確か中学一年だったな」
と末吉はホッピーを飲む。咲子も日本酒をやっている。
二人、なんとなく打ちとけている。
末吉「山で捕えた野兎を大事に飼っておったですよ。それをね、私が料理してしまった」
咲子、えっとなる。
末吉「イタチにやられて死んだのを、捨てるの勿体ないし ね、すき焼の中に入れて皆んなで食ったですよ」
咲子「スエ子さんも？」
末吉「（頷く）後になって、それが飼っていた兎だと分ってね……胃痙攣起したっけ」
咲子「……」
末吉「それ以来、あれはおかしくなりましたよ。ゴミ捨場から拾ってきた人形と話をしたり。コミュニケーションていうの、他人との、それがうまく行かなくなっちゃったみたいでね」
と食う。咲子、胃のあたりが苦しくなる。
咲子「酷いじゃないですか、子供が大切にしている生き物を……」

末吉「しかしね、ただ捨てちゃうのは、もっと悪いんじゃないですか。あの頃は肉だってめったに口にできなかったんだから」
末吉、飲む。
末吉「証拠不十分てことで俺は家に帰されてたんだけど、世間から見りゃ、やっぱり婦女暴行の犯人だからね。肉なんか買いに行けませんでしたよ」
咲子、ズシンとくる。寒くなる。
咲子「……参ったな。やっぱり私が諸悪の根源みたい」
末吉「いや……いやア……」
末吉、慌てて手を振る。
末吉「そんなことないです。お互い、被害者。怨みっこなし……ね、先生？」
咲子、黙っている。ずどんと底まで落ちこんでいる。

25 アパートの廊下をスエ子が帰ってくる

奥の方に消火器が置いてある。その下に隠してある部屋のキーを取ろうとするが、ない。スエ子、部屋のドアを引っ張ってみる。内側からロックされている。耳を寄せると、トモ子の声が聴こえる。喘いでいる。

26 ダブルベッドにトモ子と遠藤

遠藤は折目正しい正常位で動いている。秀才のエリート社員なのだ。
トモ子「もっと……深く」
遠藤「深くって……どうするの？」
トモ子、脚をひろげる。
トモ子「恥かしい（と誘う）」
遠藤「（腰を寄せる）ア、いい」
と夢中になる。トモ子はオーバー気味に感じる表情になる。
トモ子「いいわ、遠藤さん。……深く入ってる」
遠藤「ウン。深いね、深いね」

×　×　×

廊下にスエ子蹲っている。室内の動きに合せて、喘ぐような顔をする。手が下腹に行く。
スエ子「もっちゃう……もっちゃう……」

×　×　×

トモ子と遠藤、登りつめている。
トモ子「（ふと）ハッキリしてくれない？」
遠藤「なに？」
トモ子「結婚するのかしないのか」
遠藤「しますよ。すりゃいいんでしょ。……どうせ君からは逃げられないんだから」

と遠藤はヤケみたいに動く。あ、と果てる。

×　　×　　×

アパート裏の樹の下にスエ子がしゃがんでいる。オシッコしている。

スエ子「あ……きた」

溢れ出た暖い水の中に、ポトっと赤い物が落ちる。

27　スーパーの倉庫（夜）

扉の隙間から、シンナーのビニール袋を片手に末吉が覗いている。

×　　×　　×

中ではトイレットペーパーの山に埋れるように、主任の杉原とサチがもつれている。

サチ「パートから格上げしてくれる？　準社員にしてくれる？　ねえ」

サチ、焦ってのしかかってくる杉原をじらしている。

サチ「玩具《おもちゃ》にして捨てたら、承知しないから」

杉原は、分った分った、今までだってかばって来たじゃないか、ウチの品物で食費浮かしてんの分ってんだから、俺だから大目に見てきたんだぜ、と一方的に喋りながら密着を果し、せわしく動く。

サチ「格上げしてくれるわね。生活苦しいんだから！」

と喘ぐ。

杉原「お互いさまだ。ちくしょう」

と荒っぽくなる。二人はもう夢中になっている。

×　　×　　×

眺めている末吉。

末吉「見イちゃった、見イちゃった」

と突然、大きな声を出す。中の二人、仰天して立ち上るはずみに、崩れたトイレットペーパーの下敷になる。

末吉はシンナー吸いながら立ち去ってゆく。

28　咲子のアパートの近くに児童公園がある

スエ子がブランコに揺れている。咲子がくる。

スエ子「すいません、わざわざ呼び出したりしちゃって」

咲子「いいのよ。用って？」

スエ子「ええ」

と揺れている。咲子もブランコに腰かける。

スエ子「男って不思議ですね」

咲子「え？」

スエ子「体を与えるだけで、どうしてあんなに親しくなれるのかな。一度与えてしまうとオ、全部を知り尽している相手みたいな気がするでしょう。与えることで見えてくるみたいなさア。……錯覚かも知れないけれど、それはやっぱり気持の安らぐことなんですよね、つかの間でも。……よいわア。……なんだか中毒になりそう。男中毒」

スエ子、へへと舌を出す。

スエ子「先生は？」
咲子「……」
スエ子「先生も私と同じ人種みたいな気がする。体を与えることでしか他人との道が開かれない人」
咲子「そんな事を言いにきたの？」
スエ子「いいえ」

スエ子、地面に下りて、封筒を出す。

スエ子「これ、お返しします」
咲子「……？」
スエ子「昨夜、父と会いました。お金をくれるって言うんです。そしたら、これでした」
咲子「……」
スエ子「貰う筋合ありませんから」

と封筒を咲子の膝に置く。

咲子「私の気持なのよ。気持はカタチにしなくちゃ通じないから」
スエ子「通じてますよ。私がこんなにお喋りできるのも先生だけだもの。怨んでなんかいませんよ。……ホントですよ」

咲子、頷く。スエ子、笑って走り去る。咲子、ブランコに揺れている。

29 喫茶店のあるビルに咲子が入ってくる

フロアの隅で老人の掃除夫がモップを使っている。

咲子「野本さん、今日はどこなんでしょう。……地下街にも姿見えないんですけど」
老人「野本はやめたよ」
咲子「え」
老人「使い捨てのシンナー集めて吸ってたのが、会社の人間に見つかって、クビ」
咲子「それで、あの……」

咲子、訊きかけて、やめる。老人は末吉とは関係ないのだ。

30 喫茶店のピンク電話で話す咲子

小沢の声「マージャンなんだ。おとくいさんの接待マージャン。終るのは二時か三時だな、夜中の」

咲子、黙っている。

小沢の声「もしもし、聞いてるのか」
咲子「なぜ私を避けるの」
小沢「なんだって？」

咲子「イヤになったんなら、はっきり言ってくれない。……あの晩から、何となく離れたがってるの、分るのよ、感じで」
小沢の声「オイ、ここは会社なんだぜ。そういう話はだな……」
咲子「思ったよりシンドイ女なんで、日和ってるんでしょう。このままつき合ってると、泥沼に入っちゃいそうで、二の足踏んでるんでしょう」
小沢の声「マージャンなんですよ、今夜は。仕事なんです。……分ってくれないかな」
咲子「……」
小沢の声「もしもし……オイ、サッコ……」
咲子、切る。終ったという感じがある。にわかに寒々となる。

31 咲子が街をさまよっている

ロードショーのスチールの前にぼんやり佇む。いつの間にか眼鏡をかけている。意識しないけれど、自衛のためのアクセサリーらしい。男が近づいてくる。
伊東「失礼ですけど、切符が余ってるんです。さし上げますよ、タダで」
咲子、首を振って歩きだす。
伊東「待ち合せた友だちにふられちゃって、困ってたところだから……」
とついてくる。
伊東「タイミングがぴったりだったもんで、声かけちゃった、図々しくも」
と恋人のように並んで歩く。
咲子、立ちどまる。
伊東「しつこいかな、ボク？」
咲子、眼鏡を外して、じっと見る。
伊東「(とまどう) あの……」
咲子「お茶のむ？」

32 個室喫茶

着衣の下から咲子のブラジャーを外しながら、伊東が、ずいぶん装備が厳重なんだね、と言う。咲子は、ふっと笑う。

咲子「私の教えてる女生徒が、街に出ては男を探すのね。それが私には分らなかったんだけど……気がついてみたら、やっぱり私だって……」

胸も腹もはだけた体を、咲子は男にゆだねている。

33 個室喫茶を出た咲子が国電の駅に向って歩く

咲子「(見る) ……！」
脇路からふらっと末吉が現れる。危っかしい足どりで進む。鼻血を出し、他に傷もあるらしい。右手にコンクリ片を握りしめている。前方を大きなヤクザ風の男が行く。末吉、いきなりコンクリ片で一撃する。男は、ギャッというような声を挙げ、頭を抱えてしゃがみこむ。末吉は更に一撃しようとして、急に恐怖に襲われたようにコンクリ片を投げ捨て、あとずさる。もう人が寄ってきている。殴られた男は凄い形相になって、コノヤロッと摑みかかろうとする。末吉、何か叫びながら走りだす。咲子の方に走ってくる。「逃がすな！」と誰かが怒鳴る。末吉は咲子の前を露地に曲ってゆく。血を見て逆上した野次馬があとを追う。咲子も走る。

34 ガード脇のゴミ置場

飲食店のゴミバケツが密集している。その奥に末吉はひそんでいる。咲子が見つけて、声をかける。

咲子「野本さん、逃げよう。……一緒に逃げよう」

末吉、おびえた目で咲子を見ている。

35 上野駅の待合室

咲子と末吉が人目を避けるように、ひっそりベンチの隅に坐っている。しかしコート姿の女教師と貧相な労務者の取り合せは奇妙で、どうしても目立ってしまう。見廻りの警官がじろじろ眺めて、何か言いたそうにしている。気配を察して咲子は、アンタ、あんまり飲みすぎちゃ駄目よ、と女房とも情婦ともつかぬ口をきいて、酒カップを手渡し、ついでに口元の汚れなんかを拭いてやるのである。若い警官が首をひねりながら去ってゆく。咲子、くすっと末吉に笑いかける。ちょっと、はしゃいだ気分になっている。

36 上野発の夜行列車が動き出す

常磐線である。

37 あまり混んでない車輛に咲子と末吉が向い合せに腰かけている

咲子「どこまで行きましょうか」

末吉「……分んね」

咲子「……秋田？」

末吉、だるそうに首を振る。ごろんと横になって、どこにも行きたくね、と呟く。咲子がコートをかけてやるが、いらない、アンタ着てろ、と拒絶する。咲子も末吉に合せて横になる。

咲子「どうしてあんな事したの。吃驚しちゃったわ」

末吉「理由なんかないの。あっちが荒れてたのね。昼酒飲んで。それで俺のこと、いきなり殴ったんだ。痛いって言ったら、今度はむちゃくちゃ殴ったのね」

咲子、へえと呆れている。
咲子「それで？」
末吉「ウン、それで、ちょっと頭さきたんだな、俺としても」
咲子「それで、やっちゃったわけ」
末吉、黙っている。
咲子「怖いとこあるのね」
末吉、答えない。鼾をかき始める。それから突然、全身をケイレンさせて嘔吐する。
咲子「野本さん！　野本さん！　大丈夫？」
末吉、ガクガク頷く。ぽっかり目を開いて、
末吉「スエ子はどこへ行った？」
と変なことを訊く。
咲子「スエ子さん、乗ってませんよ」
末吉、咲子をぼんやり見る。
末吉「スエ子は一緒じゃないの？」
とがっかりしたように言う。それから、じっと目を閉じてしまう。咲子、新聞紙とティッシュで汚物の処理する。

38　××ヘルスセンター

玄関前にタクシーが着いて、小さなバッグを下げたスエ子が降りてくる。

39　ヘルスセンターの大広間の舞台では剣劇一座の立ち回りがクライマックスで、声援が飛んでいる

スエ子、バッグを下げたまま、しばらく舞台を眺めている。広間で飲み食いしている客は近隣の農家の連中がほとんどである。

40　長い廊下を行くと六畳の部屋が並んでいて、それが宿泊所である

41　末吉の部屋

スエ子きて、そっと障子を開ける。咲子がいる。その向うの蒲団に末吉が仰臥している。
咲子「来てくれないかと思ってた」
スエ子、立ったまま末吉を覗きこむ。
咲子「いま眠ってるの」
スエ子「……死顔みたい」
と掌を末吉の額に置く。
咲子「熱はないけど、体全体が弱ってるって、お医者さんが」
スエ子「すみません。面倒かけちゃって」
スエ子、ちょっと頭を下げてから、
スエ子「それにしても変なカップルですね。いったいどうなってるんです？」

42　大浴場

咲子とスエ子。

スエ子「父ちゃんの体はガタガタです。ヤマの仕事もきつかったけど、出稼ぎで働かされた鉄橋工事とか建築現場が酷かったらしいの。そこで失格しちゃったわけ。そうなると酒と女なのね、転落のパターンは。……転落してエ、一人ぽっちでシンナーなんか吸ってたから、ボロボロですよ、もう」

咲子「せめて楽しく……」

スエ子「え?」

咲子「ここに一度きたことがあるんだって。そのとき楽しかったんだって。だから、もう一度きたいんだって……」

スエ子「父ちゃんが?」

咲子「(頷く)なんかクモの糸に縋るみたいで……悲しくなっちゃった」

と咲子、暗い目をしている。

43　大広間

咲子と末吉とスエ子が酒を飲んで、はしゃいで、手拍子をうつ。舞台では剣劇一座の歌謡ショー。末吉、出て行って演歌をうたう。咲子とスエ子、拍手。

44　大浴場

剣劇一座の役者たちがどやどやと湯に入る。

末吉「よがったなあ。……あんた方の芝居、とてもよがった」

末吉、洗い場でヒゲを剃っている。

45　剣劇一座の宿泊室(夜)

末吉とスエ子が遊びに来て、役者たちと馬鹿っ花なんかやっている。差し入れの寿司折りと一升瓶を持って、咲子が入ってくる。

咲子「あの、これ、つまらないものですけど」

栄次郎「すいませんねえ、気イ使って貰っちゃって」

阪東栄次郎は歌謡ショーの司会をやっていた役者で、一座の看板らしい。

栄次郎「すいませんねえ、御祝儀まで頂いちゃって」

末吉、適当に遊んで貰っているのに、大きく負ける。皺くちゃの一万円を払う。ツイてねえな、と呟く。咲子は寿司折を配給し、茶碗酒を人数ぶん注ぎながら、気になって末吉を見やる。末吉は性懲りもなくというか、憑かれたように馬鹿ッ花を続けている。

栄次郎「あ、やられた、やられた」

と栄次郎が笑う。ほどよく遊んでやっている。そして、ちらっとスエ子に目をやる。

スエ子は見返して、
スエ子「やさしいとこあるのね」
と低く言う。赤ん坊を抱いた女優さんが咲子に、
女優さん「お客さんたち、いつまで滞在されるんですか。
私たち、明日で打ち上げなんですよ、ここ」
咲子「明日?」
女優さん「次は常磐ハワイなの。大舞台ですよ」
聞いていたらしい末吉がポツリと言う。
末吉「あした行っちゃうの。……なんだ、行っちゃうの」
そして茶碗酒をゴクッと飲む。

×　×　×

舞台。民謡のテープで踊りの輪ができている。その中に末吉、咲子、スエ子がいる。
末吉、咲子とスエ子を見返って、笑う。初めて笑う。

×　×　×

大浴場への通路を咲子とスエ子がくる。
スエ子「あ、シャンプー忘れちゃった」
スエ子、引返す。

46 末吉の部屋

スエ子、入ってくる。アッとなる。鴨居に回した腰帯の輪に、末吉が首を突っこんだところである。
スエ子「父ちゃん……」
末吉「……」
スエ子「死ぬの?」
末吉の足が踏台の上で震えている。
末吉、何か言いかける。
スエ子「いいよ。とめないよ。……最後まで見ていてあげるよ」
末吉、踏台を蹴る。吊り下る。
スエ子「(見ている)……」
末吉の体が苦悶で踊り出す。スエ子、叫び出しそうになるが、声を嚙み殺して見ている。ギシギシ鴨居が揺れている。咲子が入ってくる。アッと立ちすくむが、次の瞬間には末吉の体を抱きとめている。イヤ! イヤ! と悲鳴に似た声を発しながら、全身で末吉の体重を支える。スエ子も夢中でしがみつく。父ちゃん! と叫ぶ。

×　×　×

蒲団の上で目を開く末吉。咲子とスエ子をどんより見ている。
末吉「ああ」
震える。死の恐怖が甦ってくる。

末吉「ああ……ああ……」

咲子にしがみつく。浴衣の胸を開いて、白いぬくもりに顔をすりつける。

末吉「怖い、怖い！」

咲子、細帯を解く。素肌に末吉を抱く。

スエ子、黙って部屋を出てゆく。

×　×　×

長い廊下をスエ子が歩く。前方から舞台化粧の男がくる。阪東栄次郎である。二人の視線が遠くから、からむ。からんだまま二人は近づいてゆく。

×　×　×

咲子と末吉が静かに動いている。咲子は欲情していて、苛めてもいいのよ、ひどいことしてもいいの、と誘うが、末吉はまるで女の体が珍らしいもののように、咲子の胸や腹をまさぐっている。

×　×　×

栄次郎の下でスエ子が喘ぐ。珍らしく声をあげている。栄次郎は熟達した技師のように女の体を扱う。スエ子が、イク、と小さな声で言って、のけぞる。

×　×　×

咲子と末吉の動きが続いている。末吉は命を絞るようにしてやっている。咲子はそれが嬉しい。スゴク感じる、と声に出して言う。末吉、夢中というか、必死になって動いている。生きる証しがそこにあるみたいにやっている。

47　高校の校庭に咲子がポツンといる

手紙を読んでいる。
スエ子の声「あれから、ずっと旅をしています。意外とハッピーです。父ちゃんはご気嫌がよくて、アンパンをやめました」

48　剣劇一座のミニバスが国道を走る

うしろの方に末吉とスエ子が坐っている。

カップ酒を飲む末吉の隣でスエ子は数学の教科書を開いている。

スエ子の声「私も父ちゃんといると気持がシッカリして、前みたいに揺れなくなりました。二人とも欠陥人間で、一緒にいるとお互いの欠陥を補い合うらしいのですよ。というわけで暫く面倒をみることになりそうです」

49　高校の庭

スエ子の声「追伸……休学願いはシッカリ出しておきました。私が今度復学する時、先生は……」

　咲子は手紙を畳んでポケットにしまう。ぶらぶら歩き出す。風が吹き抜けてゆく。

咲子「（呟く）……寒い」

―完―

セーラー服と機関銃

火葬場係員　奥村　公延
刑事　斉藤　洋介

角川春樹事務所　キティ・フィルム／東映／一一二分／一九八一年一二月一九日

スタッフ

製作　角川　春樹
　多賀　英典
プロデューサー　伊地智　啓
原作　赤川　次郎
監督　相米　慎二

キャスト

星泉　薬師丸ひろ子
佐久間真　渡瀬　恒彦
三大寺マユミ　風祭　ゆき
目高組トリオ・政　大門　正明
〃　ヒコ　林家しん平
〃　明　酒井　敏也
高校生トリオ・智生　柳澤　慎吾
〃　哲夫　岡　竜也
〃　周平　光石　研
黒木刑事　柄本　明
太っちょ・三大寺一　三國連太郎
松の木組組長・関根　佐藤　允
浜口物産社長・浜口　北村　和夫
星流志　藤原　釜足
萩原　寺田　農
尾田医師　円　広志

1　高原（夜明け）

白樺や松の林が墨絵に似た輪郭を現わそうとしている。

2　県道にガス状の濃霧が立ちこめている

奥の方からヘッドライトの光芒が近づいてきて、あっという間に走り去る。

3　車の中

しがみつくみたいにハンドルを握っている白衣の男、尾田医師。眼鏡の馬面が恐怖で引き吊っている。

尾田「神様！　神様！　ナムアミダ……」

助手席でリーゼントにサングラスの暴走族風がふんぞり返っている。

ヒコ「ちんたら走るな。飛ばせ！　ぶっ飛ばせえ！」

尾田「これ以上は無理です！」

ヒコ「冗談こくと、殺すぞ」

拳銃の筒先で尾田医師の脇腹をこづく。

尾田「こ、これが限界だア」

ヒコ「嘘つけ。百六十まであるだろうが、メーターは。ところが針は六十までしか行っとらんのだ」

尾田「（えっと見て）バカバカ、それはラジオじゃないか」

ヒコ「（えーッとサングラスを上げて）あ、ホントね。俺って、ド近眼だから、モッ」

尾田「ああ、助からん！」

と突っ走る。

4　林の奥に化物屋敷みたいな洋館が立っている

そのポーチに佐久間が立って、車の到着を待っている。

5　館の中の古色蒼然たる日本間

正面の壁いっぱいに仁義の二文字。古畳の中央に老人が臥っている。関東目高組三代目組長星流志である。枕頭には佐久間以下、明《メイ》、政、ヒコの組員が容態を見守る。

尾田医師が萎びた彫物に彩られた老人の胸に聴診器を当てている。

尾田「（佐久間に）ご家族を呼ばれたほうがよろしいと思いますが。たぶん間に合わんでしょうが」

佐久間「家族なんかありゃしねえですよ」

尾田「ご親戚は？」

佐久間、黙って唇を噛んでいる。

明「何とかならねえんスか」

ヒコ「オタク医者じゃねえの、え？」

ヒコ、膝の上で拳銃を弄んでいる。

尾田「（ギョッ）わ、私にできることは、何とか苦痛を柔らげるくらいで……」

佐久間「頼みます。楽にしてやって下さい」
尾田医師、診察鞄から注射器とアンプルを取り出す。
政「どうでもええけど、いやにぶっとい注射器やな」
尾田「人間用のは持ってないんだ」
佐久間「……？」
尾田「私は獣医ですからね」
佐久間、物凄い勢いでヒコを張り飛ばす。
ヒコ「スンマセン。看板に病院と書いてあったから……」
尾田「犬猫病院と書いてあった筈だがね」
と注射しようとする。その時、老人が、カッと両目を開ける。
星「佐久間……」
佐久間、顔を寄せる。老人は更に、政、明、ヒコと名を呼び、
星「め、目高組の跡目について、言っておくことがある」
老人は喘ぎながら四人の顔を見回す。
星「お、俺の跡目は……甥の奴に……」
佐久間「その方は、今どちらに」
星「名前は……星貴志。と、東京のどこかに生きている筈だ」
佐久間「へえ」
星「もし、甥の奴が駄目なら、その血筋の者を……」
佐久間「みんな、聞いたな」
政・明・ヒコ「へえ！」
星「いいか、目高組を絶やしちゃならねえ。……守り抜いて……くれよ……」
佐久間「オヤジさん、安心してください。俺たちの手で、必ず！」
星「そ、それから……ヤクザ者に墓はいらねえ。俺の死体は……」
佐久間、耳を寄せて聴きとる。
佐久間「分りやした」

6　青い沼

その真ん中あたり、目高組組長、星流志の遺体を乗せて、尾田医師の車がゆっくり沈んでゆく。
岸辺に整列して見送る四人。
明・ヒコ「サヨナラーッ」
政「オヤッさん！」
とすすり泣く。その傍で尾田医師も泣いている。
尾田「まだ月賦の払いが残ってるっつうのに、ク、ク……」

7　高い煙突から灰色の煙りが青空に昇ってゆく

火葬場である。

〽　涙じゃないのよ
　浮気な雨が

細い声が呟くみたいに唄っている。セーラー服の星泉が中庭にポツンと立って、煙の行方をじっと見つめている。

泉「(呟く) さよなら。……さよなら、パパ」

三人の高校生が競走みたいに走ってくる。

三人「イズミ！」
星「あら、どうしたの、オタクたち。授業中じゃない」
智生「それどころじゃないだろ。イズミのパパの葬式だっつうのに」
哲夫「ご焼香させて貰おうと思ってさ」
泉「……アリガト」
周平「アリ？　おめえさ、一人っきり？」
泉「ウン。親類縁者ひとりもなし。みなしごってわけ」
智生「でもさ、パパの会社の人とか、友人なんかは？」
泉「誰にも知らせなかった。私ひとりの手で送ってあげたかったから、天国へ」
哲夫「愛してたんだな」
泉「まあね。言わせて頂きますとオ、ママが死んでからってもの、私はパパの娘であり、妻であり、母親ですらあったんだから、一応は。最後の面倒までシッカリ見ておきたかったわけ」
周平「エライ！　惚れたぜ、改めて」
哲夫「バーカ。TPOを考えろ。火葬場で言うセリフか」

係員がやってくる。

係員「お骨が上りますので、皆さんどうぞ」

8 炉の前

泉たちが廊下を来る。
長身の男が炉の前に立っている。佐久間である。佐久間、軽く会釈して、泉とすれ違うように立ち去ってゆく。泉、妙な気になるが、

係員「お骨を出します。皆さん、合掌して下さい！」

パパが骨になって出てくると思うと、それどころではない。

9 マンションの廊下を泉が歩く

自室の前まで来て、足をとめる。女が一人、ドアに寄りかかって泉を待っている。

泉「(見ている) ……どなたですか」
マユミ「あなた、泉さんね？」
泉「ハイ。私、星泉ですけど……」
マユミ「私はマユミっていうの。よろしくね」
泉「ハア。あの、何かご用でしょうか」

マユミは、ええ、と言ったきり、ぼんやりしている。布のバッグを肩から下げ、コットンのシャツにすり切れたジーンズ。長い髪が埃りっぽい。
マユミ「室に入れて貰えない？」
泉「知らない人を入れちゃいけないって、父から……」
マユミ「知らない人じゃないの」
泉「……」
マユミ「タカシからあなたのことはよく聞かされていたのね」
泉「タカシ？」
マユミ「星貴志。あなたのパパから」
泉、じっと見る。キーを出し、ドアを開く。

× × ×

マユミ、フロアの中央に立って見回す。
マユミ「いい部屋じゃない」
泉、油断しない感じで黙っている。
泉「触らないで」
マユミが貴志の写真に手を伸ばした時、泉がハッキリ言う。
泉「触られたくないの、他人には」
泉はゆっくり振向いて、布袋から封筒を取り出す。
マユミ「……これ」
泉「何ですか」
マユミ「読んでほしいの」
泉、渡された封筒を見てドキッとなる。
泉「パパが？」
マユミ、黙っている。泉、中の便箋を出して読む。
〈マユミへ。――私は、商社員として海外旅行することが多いから、危険も多い。万一の場合には、私のマンションで、娘の泉と一緒に暮らしてほしい。泉はしっかりした、いい娘だが、人生の片側しか知らない。泉は君を知ることで物事の新しい見方を憶えるだろう。泉をたのむ。そして同時に、
君の幸福を祈る。貴志〉
泉、ショック。
泉「あの……失礼ですけどオ……父とは、どういうご関係……」
マユミ「……」
泉「何というか、その……たとえば……オトコとオンナの関係みたいな……」
マユミ「……」
泉「露骨に言っちゃうと、アイジン……父の愛人……？」
マユミが小さく頷く。泉、わーッと叫び出したい。

10　授業中の教室

泉、窓際の机。うしろから背中をつつかれる。

泉「何よ」

周平「見ろよ、校門のとこ」

泉、視線をやって、えっとなる。黒背広が十数人、校門の前にぞろっと並んでいる。

11　校舎出口

通学鞄を下げた泉がくる。怖いもの見たさの生徒たちが黒山のようになって揉み合っている。一番前に例のトリオがいる。

周平「押すなよ、危ねえじゃん、いつピストルの弾丸が飛んでくるか分んねんだぞ！」

「いいから、周平、射たれて死ね！」という野次。

ハンドマイクで教師が懸命に制止する。

教師「早く帰宅しなさい。裏門へ行けと言ってるだろうが！　言うことが聞けんのか！」

帰る生徒など一人もいない。みんな面白がって、昂奮している。泉、前の方へやってくる。

泉「(見る) あの人たち、何しに来たわけ?」

智生「それが分らないから不気味なんだよ、一層」

哲夫「帰ろうよ。何か起ってからじゃ遅いもん」

周平「よし、イズミをガードして帰るべえ」

泉「裏門から?」

周平「しょうがあんめえ?」

泉「私、イヤ」

周平「じゃ、どっから帰んのよ」

泉「正門から」

三人「イズミ！」

泉「ここは私たちの学校でしょ。何で裏門からコソコソ逃げ出さなきゃいけないの」

泉、スタスタ歩き出す。慌てて教師が怒鳴る。

マイク「星くん、戻りなさい！　戻ってください！――星泉くん！」

12　校庭

泉、校門へ向って歩く。静まり返って見守る全校生徒。

和子「イズミ！」

クラスメートの和子が悲鳴に近い声で叫ぶ。泉はもう校門にさしかかっている。

13　校門の外

黒背広の列から佐久間がゆっくり進み出て、泉を待つ。

泉、まっすぐ近づいてくる。

泉「(恐怖) ……！」

黒いソフトにサングラス、無表情に突っ立った佐久間の全身から殺気が漂う、と泉には思える。
佐久間「（シャッポをとり）星、泉さんですね」
泉「……（声にならず、コックリする）」
とたん、佐久間はビシッと直立不動になる。それに習って黒背広の列も、ビシッ。
佐久間「お迎えに参りました！」

× × ×

ロングで和子が泣きわめいている。
和子「誰かア！　一一〇番。誘拐よ！　泉が強姦されちゃうよ！」
その傍で智生、周平、哲夫が、ヤバイ、どうするオイ、ここは一一〇番頼るしかないんじゃないヤッパ、などとうろたえる。
和子「ドジ、アホ、間抜け！　すぐ追っかけなさい、男の子だったら！」

14　新宿の大通りをポンコツ車がロデオの暴れ馬みたいに跳びはねながら突っ走る。

15　歩道に乗り上げてポンコツ車が駐っている

16　その前に老朽ビルが半分傾いて立っていて、三階の窓に〝目高組〟と書いてあるが、ペンキが剝がれて読めない

17　ビルの中・三階

狭い廊下に裸電球が一つ揺れて、室のドアをぼんやり照らしている。目高組事務所という字が消えかかって、ドアの摺りガラスにこびりついている。
ヒコがパッと走ってドアを開ける。

18　事務所の中

ガーンという感じで泉が突っ立っている。
正面の壁に、目高組四代目襲名式と紙の垂れ幕。その隣に、組長星泉、とある。
泉「これ、どういう冗談ですか」
政「冗談と違うんやけど」
泉、改めて男たちの顔を見回す。みんな、ひどく真面目な顔をしている。
佐久間、イスを引いて泉にすすめる。
佐久間「話だけでも聞いて頂きたいと思いましてね」

19　校門の前にパトカーがきている

オロオロする校長をさし置いて、女先生が捲し立てる。

女先生「私、はっきり見ておりました。間違いなく誘拐ですわよ」
校長「そうなんです」
刑事（黒木）が眠そうに頷く。
黒木「（アクビで）失礼。他の殺人事件で徹夜続きでして。で、その誘拐されたと思われる女生徒、えーと……」
女先生「泉です。星泉」
黒木「その泉星くんはですね」
女先生「泉星ではなく、星泉です」
黒木「失礼。どうも徹夜明けなもんで」
黒木、またアクビしそうになる。

遠巻きに見物している智生、周平、哲夫、和子たち。

× × ×

20 目高組の事務所

佐久間「……というわけでしてね」
泉「……」
泉、話を聞き終えたまま、呆然としている。
泉「つまりイ、私の父は目高組の血を引いていて、組の後をつがせるように先代の組長が遺言した。ところが」
佐久間「やっと探し出した星貴志さんは、交通事故で死んじまう。で、火葬場へ行ってみると、セーラー服の可愛いお嬢さんが立ってるじゃねえですか」
泉「それが、私？」
佐久間「ハイイ」
佐久間、力強く頷く。
佐久間「甥が駄目な場合は、その子供に継がせろって、先代の遺言ですから」
政・明・ヒコ「お願いします！」
泉、ぼんやり、ハア、と答える。まるで現実感がない。最後に佐久間が、キチッと頭を下げる。
佐久間「お願いします」
泉「ハア」
泉、はずみで、ハア、と言ってから、目の前に垂れている四つの頭を改めて見回して、ギョッと我に返る。
泉「待ってください！　待って。ちょっと待って！」
泉、必死になる。
泉「こんなの無茶ですよ。いいですか。私は高校生なんですよ。しかも女の子で……」
佐久間「ご心配なく、組長に年令・性別の制限はありません」
泉「でも……でも、無理です。駄目です。環境が違いすぎます」
佐久間「何事も最初があるもんです。経験を積めばいいいんです」

泉「何の経験ですか。バクチとか、ケンカとか、人殺しとか、そういう経験ですか?!」
佐久間「……」
泉「イヤです。お断わりします。冗談やめてください！」
男たち、沈黙。長い――。佐久間が重い嘆息で、
佐久間「しょうがねえ、諦めよう」
明・ヒコ・政「（項垂れて）……」
佐久間「襲名式はやめて、解散式だ。ヒコ、酒をつげ」
ヒコ、用意してあった朱杯に酒を満たす。
佐久間「メイ、殴りこみの支度だ」
明「それじゃ、いよいよ松の木組へ？」
佐久間「（頷いて）せめて散りぎわぐれえ、パッとカッコよくな。（見回して）一緒に死んでくれるな」
明・ヒコ・政「へえ！」
明と政、急に張り切ってガタピシ戸棚を開け、拳銃だの日本刀だの、物騒なものをテーブルに並べる。
佐久間「（泉に）解散式ぐらい立ち会って頂けますね」
泉「ええ、でも……」
泉、物騒な成り行きにドキドキしている。
泉「解散するのに、どうして殴りこみに行って死ななくちゃならないんですか」
佐久間「こっちは四人、むこうは四十人ですからね」
泉「何十人もいたじゃありませんか、校門の所に」
政「あれは兄貴の顔で頭数だけ揃えたんや」
明「よその組からの借り物よ」
ヒコ「目高組は、この四人ぽっきり」
佐久間「それじゃ、ぼちぼち解散するか」
男たち、杯をとり、
佐久間「解散！」
ぐっとあけ、床に叩きつけて割る。
佐久間「行くぞ！」
明・政・ヒコ「おうッ！」
道具を持ち、出かかる。
泉「待って」
泉、両手をひろげて立ちふさがる。
泉「殴りこみに行くことは私が許しません！」
ヒコ「関係ねえだろ、組長でもねえのに」
泉「私、組長になります。だから殴りこみは許しません」
佐久間「お嬢さん……！」
泉「組長と呼んでください」
明・ヒコ・政「組長！」
明「組長、固めの盃です！」
明が酒を湯呑みに注いで差し出す。

21　泉とマユミが朝食のテーブルに向い合っている

マユミ「二日酔いね、完全な」

泉「（頭を抱える）大きな声出さないで、お願いだから」
マユミ「学校には病欠の電話しといたから」
泉「スイマセン」
マユミ「大騒ぎだったんだから、ギャングに誘拐されたんじゃないかって」
泉、ゴメンナサイ、と低姿勢。できるなら、もう一度ベッドにもぐりこみたい。
マユミ「食べなきゃ駄目よ。もりもり食べて栄養つけないと、胸も腰も発育しないわよ」
泉「あら、見かけよりずっとありますのよ、バスト」
マユミ「ごめん、お見それしちゃって」
カチャッとカップを置く。泉、オーッと頭を押える。そのまま、ちょっと上目使いでマユミを見る。
マユミ「何か、気に触った？」
泉「いいえ。父があなたのどこにひかれたのか、よく分んなくて」
マユミ、笑う。笑うと寂しい顔になる。
マユミ「とりたてて美人でもないし、頭がシャープなわけでもない。とするとオ、やっぱカラダかな、なんちゃって」
泉、目を伏せる。傷ついたカンジ――。
泉「（呟く）たしかに大きなオッパイですよ、オタクは」
目の前にマユミの女らしい胸のふくらみがある。
マユミ「オロカねえ。いったい何杯のんだの」
泉「これくらいの盃で五杯。飲まないわけに行かないでしょ、組長としては」
マユミ「ヤバイなあ。目高組って、本筋のヤクザなのよ」
泉「ア、そうですか。マユミさん、知ってたんですか」
マユミ「まあね。……昔、グレてたことがあったから、そん時ね」
泉、ちょっと吃驚してマユミを見ている。
マユミ「不安だなあ」
とくり返す。
電話が鳴る。泉、ギャッと耳をふさぐ。
マユミ「（とる）ハイ、星です。……ええ、おりますけど……ハア……ハア……（と泉に）目高組の佐久間って人。お迎えに参りましたって」

22 走るポンコツ車

佐久間が運転している。
佐久間「すいませんね、野暮なことにつき合せちゃって」
泉「挨拶回りって、どこ回るんですか」
佐久間「とりあえず浜口って組長の所へ。この辺一帯を仕切ってる大組織なんで」
泉「ヤダなあ。ヤクザの挨拶なんて分んないもの。やっぱり、お控えなすって、とかやるわけ？」

佐久間、マサカ、と笑っている。

23 超高層ビル

その下にポンコツがとまる。

泉「(見上げて) ここ?」

佐久間「このビルの三十五階、ワンフロアを買い切ってるんです」

24 エレベーターの中

佐久間「今どきのヤクザは、みんな堅気の仕事を持ってましてね。表向きはどこの組長でも会社社長です」

三十五階。とまる。

25 フロアに降り立つ泉と佐久間

目の前にドーンといかめしい大机。ファッションモデルみたいな受付嬢が坐っている。

× × ×

佐久間と泉、待っている。もう一時間以上経っている。その間にビジネスマン風やクラブのマダム風の訪問客がやって来ては、次々に廊下の奥へ通される。

泉「いつもこんなに待たされるの?」

佐久間「こらえて下さい。ここで怒っちゃ、私ら弱い者は生きて行けねえんです」

言ってる所へ、でっぷり貫禄のある男が、子分二、三人を従えてエレベーターから下りてくる。

関根「(受付に) 大将いるか」

受付「ハイ。少々お待ち下さい」

と電話をとる。

泉「怖そう。だれ、あの人」

佐久間「松の木組の組長で関根ってんです」

泉「松の木組? 殴りこみかけるって言ってた?」

佐久間「(頷く) 浜口物産の直系で、それをカサに、うちのシマをいいように食い荒らしやがったんで」

子分の一人が気付いて、関根に耳打ちする。

関根「(見る) おう、佐久間じゃねえか」

佐久間「ご無沙汰しております」

佐久間、一応立って挨拶する。

関根「どうだ景気は」

佐久間「まあまあで」

関根、鼻で笑う。

佐久間「こちらが四代目の……」

関根、ポカンと泉を見る。

関根「からかってんのか、オイ?」

泉「(立つ) 目高組組長、星泉です。よろしく」

関根「よろしくと来たもんだ」

子分、笑う。
関根「セーラー服の組長で学芸会でもやろうってのか、え、佐久間」
佐久間「……」
子分「こんなガキに一家を束ねられるわけねえじゃねえか」
違う子分「トルコにも売っとばせねえガキじゃねえの、家に帰ってオムツして寝ちまいな」
大笑い。佐久間、すっと血の気がひく。
佐久間「もう一度言ってみろ」
同時に、子分二人ぶっ飛んでいる。
他の子分「ヤロ!」
佐久間「(関根をジロリ)組長を笑い者にされてすっこんでるほど、目高組はトロくねえ」
関根「このヤロ!」
拳銃を引っこ抜く。
「待て」と声がする。
声はスピーカーから出ている。
関根「社長!」
浜口の声「関根、すぐ社長室へ来い」
関根「へえ」
浜口の声「目高組の二人も一緒にだ」

26 大仰な両開きの扉が廊下の突当りにあり、ガードマンが二人、仁王立ちしている

扉を開けると秘書室。社長室はまだ遠い。

27 社長室

運動会ができるほど広大な空間。厚い絨毯を敷きつめ、品の良い応接セット。はるか正面に豪華なマホガニーのデスク。その向うに、うしろ向きになった浜口社長の頭が見える。テレビ受像機が数台、壁にセッティングされ、ビルの外回り、ロビー、廊下等を映し出している。その中央に映画スクリーン。映っているものを見て、泉ドキッと立ちすくむ。ブルーフィルムである。浜口社長は背中を向けたままスクリーンに見入っている。そして、ゆっくり向き直る。
浜口「(眺めている)……」
浜口、目を細めて、視線を泉の足元からパンアップさせてゆく。
浜口「気に入った。……度胸もいい、器量もいい。さすがは目高組の看板だ。……気に入りましたよ」

28 乾杯!

ウイスキーの四つのグラスとジュースのコップが打ち合わされる。――目高組の事務所。

「やったやった！」「凄っげえ！」と明とヒコが眼を輝かせる。
政「ほ、ほんまに松の木組に奪られていた、昔のシマが戻ってくるんか」
佐久間「ああ。新組長を祝って、浜口さんからの引出物だ」
ヒコ「バンザイ！」
佐久間「もう一度、組長に乾杯だ」
男たち「乾杯！」
政が急に涙ぐむ。
泉「どうしたの？」
政「へえ。こない事務所が活気づいたんは何年ぶりやろと思ったら、急に泣けてもうて」
ウウッと泣く。みんなも引きこまれて、しんみりなる。
佐久間「……おまえたちにも苦労かけたな」
明「そんな、兄貴まで、ヤバいスよ。これからじゃねえの、目高組は」
泉「そうよ。これからよ」
と泉、ついはげましてしまう。
泉「キヨツケーッ」
男たち、直立不動。
泉「みんな元気を出しなさい。ヤクザなのにめそめそする子は嫌いよ。理解した？」
男たち「理解しました！」
泉「結構――（ニコッ）」
その時、外からカタカタと乾いた連続音がして、窓ガラスが砕け散る。
佐久間「伏せろ！」
佐久間、叫びながら、泉を抱えて床に倒れこむ。
泉「何？　どうしたの？」
言ってる間にも電球は破裂し、天井に蜂の巣みたいな穴が開き、木片としっくいが雨のように降りそそぐ。
佐久間「機関銃です。動かないで！」
泉、佐久間の厚い胸の中で大きく瞳を見開いている。息の通う近さに佐久間の顔がある。泉、じっと体を堅くして、見ている。
佐久間は泉の視線に気づいて離れる。その時、天井がモロに落ちてきて、佐久間はまた泉を抱えこむ。

29　退学です！　と女先生が絶叫する

校長室に出頭した泉に、保科校長が朝刊を示す。
――暴力団の抗争。都内で機関銃乱射！
と大見出し。破壊された事務所から、佐久間にガードされて出てくる所が写っている。
泉「あの、私は被害者なんですけど。襲われたんですから」

女先生「暴力団と関係してるような不良は、わが校には置いておけません！」
校長「あのね、念のために訊ねるんだが、どういう関係なの、暴力団と？」
泉「一応、組長ってことですけど」
校長「え？」
泉「（ハッキリ）組長です！」
校長と女先生、絶句し、顔を見合せる。
校長「（絶叫）退学！」

30 校門に向って泉がぶらぶら歩く

イズミ！　とトリオが教室の窓から顔を出している。
周平「俺たちが復学の署名運動やってやっから！」
智生「弱気になるなよ！」
泉、笑って手を振る。
黒木刑事が校門に寄りかかっている。
「泉星さんですね」
泉「星泉ですけど」
黒木「新宿署の黒木といいます」
泉「刑事さんですか？」
黒木、頷いて警察手帳を出す。
泉「ああ、昨日のことで？」
黒木「昨日の？」
泉「違うんですか？」
黒木「えーと、亡くなったお父さんのことで一寸……」
泉「父の？」
黒木、ぶらぶら歩き出す。

31 パーラー

黒木「お父さんは海外出張の帰り、成田空港を出たところでトレーラーにはねられた」
泉「そう聞いてます。連絡がきた時には、父はもう死んでいたんですから」
黒木「ところが、実はですね、突き飛ばされたらしいんです、トレーラーに向って」
泉「……それは……殺されたと言うことですか？」
黒木「……たぶん。目撃者の証言もありますし」
泉、ショック。
泉「なぜ？……なぜ父が……」
黒木「それをこれから調べるわけです」
泉、混乱。
黒木「貿易会社にお勤めでしたね、お父さんは」
泉「ハイ」
黒木「外国へはよく行かれた」
泉「年中でした。外国にいる時のほうが長いくらい」
黒木「おみやげなんかとは別に、荷物を持って帰るようなことはありませんでしたかね。こんな小さな包みかも知れませんが」

泉「いいえ」

黒木、首をかしげて泉を見ている。信じないらしい。

泉「いったい何を調べていらっしゃるんですか?」

黒木「(咳払い)あのね、お父さんがそうだというんじゃありませんよ。けどね、空港で殺人が起る場合には、十中八九密輸がからんでるんです」

泉「密輸? 何の?」

黒木「(首を振る)……分りません」

泉「あの、つまり、仰言っている意味は……父が密輸を……? (黒木が黙っているので)嘘です! 冗談やめて下さい!」

黒木「謝りますよ。……すべてのものを疑うことから刑事の仕事は始まるんです。イヤな稼業です」

黒木、本当に嫌そうに言う。そして、

黒木「(笑う)私だって、信じていますよ、お父さんを」

それじゃ、と黒木はレシートをとって行きかけて、

黒木「途中、お宅のマンションに寄ってきたんですがね、あの女性、何者ですか」

泉「あ、マユミさんは……」

口ごもる。

泉「親戚の人です。一人じゃ心細いもので」

黒木、そう、と首をひねる。

泉「マユミさんが、何か?」

黒木「イヤ、前に見たことがあるんです。たしか手配写真で」

泉「……?」

黒木「本名土田恒美。窃盗、売春、万引き等の前科アリ。しかし、私の勘違いかも知れないな。じゃ、また」

と出てゆく。

泉、とり残されて、ぼんやりしている。

それから、ふっと立ってピンク電話に行く。ダイヤルする。

× × ×

泉のマンション。電話が鳴っている。——無人。部屋中引っくり返したように、無惨に荒らされている。

32

マンションのフロアに呆然と坐りこんでいる泉

タンス、引出しの中味はすべて床にぶちまけられ、ソファ、クッションの類は刃物で切り裂かれて、詰物が露出している。

周平「ひでえ、ひでえ」

とトリオが奥から戻ってくる。

周平「あっちはもっと無茶苦茶だぜ」

哲夫「カーペットから壁掛けまで引っくり返してあるんだから」
智生「偏執狂的だな、やり方が。金めあてでないとすると、何が目的だったのかな」
玄関のチャイムが鳴る。ハーイと立ってゆく。

33　玄関ドアの覗き窓の中に黒木が小さく歪んで立っている

泉、ドアを開ける。
黒木「吃驚しましたよ。署に帰るなり、あなたから百十番だって言うんだから」
泉「すみません。なんだか普通の泥棒じゃないみたいなんで」
黒木、フロアに上ってきて、
黒木「こりゃア……」
唖然とする。

×　　×　　×

検証を終えた黒木が鑑識用の手袋を脱ぐ。
黒木「プロの仕事だね。たぶん指紋も残ってないだろう。（と泉に）あの女性、えーと」
泉「マユミさん？」
黒木「どこへ行きました」
泉「それが居ないんです。学校から帰ってきたら、この有様で」
黒木「怪しいな。親戚だというのは、本当ですか？」
泉「……スミマセン。嘘ついてました。でも、父からの手紙を持っていたんです。私と一緒に暮らせという……」
黒木「一緒に暮らせね、増々怪しいな」
黒木は、マユミが犯人だと確信しているようである。
哲夫「しかし、これだけ荒らしといて何も盗って行かないなんて、変だなあ」
黒木「目的は別だろうね。犯人はこの室に隠してある何かを探して、徹底的に調べ尽した」
智夫「しかし見つからなかった」
黒木「ほう。（なぜ？）」
智生「目的の物を見つけていれば、こんなに焦って部屋中ひっくり返す必要はなかった筈です」
黒木「よろしい。中々シャープだ。私もそう思うよ」
泉「あの」
泉、ちょっと思いあぐねて、
泉「何かって……何でしょうか」
黒木「たとえば……麻薬……」
泉「麻……」
泉、そんなア……なぜ……？　と絶句する。
周平「ジョーダン。ジョークよ、イズミ。刑事さんも人が悪いよ」
黒木「ジョークじゃないんだ、残念ながらね」
黒木、真面目。みんな、黙りこむ。黒木、電話をクッションの下から引っ張り出して、ダイヤルする。
黒木「あ、黒木だが、鑑識たのむ。（と泉に）鑑識の捜査が終るまで、お茶でもつき合ってくれないかな」

34　ピザハウス

窓ぎわのテーブルに黒木と泉。
泉「運び屋？」
と泉が声を挙げる。
泉「パパが？」
黒木、黙っている。ショックが納まるかを待っている。
黒木「警視庁の×課に麻薬担当係があってね、念のため問い合せてみたら……」
黒木、つらい顔になる。
黒木「星貴志という人物のことは、ずっとマークしていたと言うんだ」
泉「……」
黒木「続けていいかね」
泉「……どうぞ」
黒木「イヤ、やめておこう。喋るのがイヤになった」
泉「続けて下さい。……同情はいりません」
黒木「ワインどう？」
泉「頂きます」
泉、ごくっと飲む。離れた席でトリオが見ている。
周平「おい、ヤベエ。イズミのヤツ、誘惑されちゃってんぞ」
哲夫「どうする。酒のむのやめさせようか」
智生「今ンとこ心配ないんじゃない。相手は刑事なんだし」
周平「甘いんだ、お前は。刑事だって男よ。我々のライバルよ」
哲夫「泉に近づく男はみんな敵なのじゃ」
智生「よく見ろよ。話はもっと深刻そうだぜ」
向うのテーブルで泉が顔を覆うのが見える。低く囁くように話す黒木。
黒木「お父さんは海外出張を利用して麻薬を日本に持ち帰っていた。それを捌く販売ルートも持っていたに違いない。犯人は横取りしようとして空港でお父さんを殺してしまった。しかしお父さんの持物にもマンションの中にも麻薬は発見できなかった」
泉「それは、事実なんですか」
黒木「推測です。原因と結果をつなげると、こういう結論になる」
泉「自信あるみたいですね」

黒木「……イヤミなくらいね」
　黒木、ニッと白い歯を出す。
黒木「イヤミな刑事です、私は」
　シッシッシッとマンガチックに笑ってみせる。
黒木「残酷な結論を、それを聞いたら一番傷つく少女に向って得々と喋っている、イヤミな刑事です」
　シッシッシッと自嘲。泉、ちょっと笑う。
黒木「オヤ、余裕の笑い。やるもんですねえ、お嬢さん」
泉「傷つかないと言ったら嘘になるけど、平気ですよ、私。なんとかやって行けると思いますよ」
黒木「そりゃア、よかった」
　その時、窓ガラスがコツコツ叩かれる。見ると明、ヒコ、政が顔をべったりくっつけて、百面相をしている。
黒木「何だ、あいつら。酔っ払いか」
泉「いいんです、うちの組員ですから」
黒木「え？」
泉「申し遅れました。ワタクシ関東目高組四代目組長、星泉デス」
　黒木、へええ、と吃驚する。

35　夜の道を泉と目高組の三人が賑やかに歩く

　三人はウイスキーのボトルを回し飲みしている。
政「こいつなんて嫉妬に狂って、あのヤロぶち殺してやるいうて……（笑う）」
明「ぶち殺してみたら刑事だったりして……（笑う）……ね、組長のこと、可愛いなんちゃってね、愛してるんスよ、このバカ。なあ、ヒコ」
ヒコ「そ、そんなこと、ないっス」
明「赤くなってやんの。本気かよ、バカ。高ネの花ってこと気がつかねんだから、オロカだよなあ」
　と笑う。ヒコ、足払いかける。
　明は道路にひっくり返ったまま笑い続ける。うしろから高校生トリオがしょぼくれてついてくる。
　そこへ政が寄ってくる。
政「あんね、キミたち、もっと元気出さなアカンよ。キミたち見てると、こっちまで何や寂しーく滅入ってくるんや。まあ飲めや」
　とボトルを突き出す。
泉「駄目よ、未成年なんだから」
周平「いいから」
　周平、ラッパ飲み。たちまち、オエッとなる。
泉「だから言ったじゃない。ガキねえ」
周平「く、苦しい。死にそうじゃ」
泉「死ねば、もう」
　と背中さすってやる。
周平「ど、童貞では死にたくない」

それを聞いて、目高組の三人、笑い出す。
政「童貞やと。懐かしい言葉や」
明「俺、中学一年の春だった、初めてトルコに行ったんは」
ヒコ「お前は特別。ほとんど病気よ、異常者」
明「エラそうに。婦女暴行の前科《マエ》持ちが」
泉「シャーラップ！」
明・ヒコ・政「ハイ！」
泉「時々どぎついのよね、オタクたち、私まで気持悪くなりそう」
明・ヒコ・政「今後気をつけます！」
智生「泉」
と声をかける。
智生「俺たち、そろそろ引き上げるけど」
泉「そう」
哲夫「よかったら、うちへ泊んないか。部屋なら幾つも空いてるし」
泉、そうね、と考えている。
泉「有難いけど、やめとくわ」
哲夫「どうして」
泉「べつに理由はありませんけどォ、もう少し賑やかな気分でいたいのね。……一人になりたくないわけ。今夜の私は、一人ぽっちになると、あさましく狂ったりしそうなのね。そういう姿を人様にお見せしたくないわけ、女の子としては」
智生「……分った」
泉「そんな簡単に分って貰いたくないわよ！（と情緒不安定に揺れている）」
遠くから暴走族が走ってくるらしい。
泉「だって、これは女と男の違いなんですから……分るわけないわよ、ユーたちに」
と歩き出す。
周平「イズミ！」
泉「おやすみ。アリガト」
近づいてくる暴走族。
泉「（ヒコに）ねえ、オートバイ乗せてくれないい」
ヒコ「へ？」
泉「走りたいの。ジトジトしてるのを吹っ飛ばしちゃいたいの」
ヒコ「OK！」
ヒコ、車道の真ん中に歩いてゆく。
ヒコ「とまれーッ！」
暴走族の爆走、危くとまる。
暴走族「てめ、死にてえのか、アホが」
と降りてきて、
暴走族「あ、アタマ、お久しぶりッス」

ヒコ「おめえらよ、根性出してやってっか」
暴走族「ハイ、めいっぱい走ってます」
ヒコ「よーし、一台借りるぞ。（と泉に）組長、どうぞ」
　暴走族、組長？　と泉を眺めている。
ヒコ「オラ、ぼけっと突っ立ってねえで、メットを差し上げろ、ドジ」
暴走族「ア、失礼しました」
　と自分のを脱いで泉に渡す。泉、ヒコのうしろに乗る。
ヒコ「しっかり摑って下さいよ」
　スタート。
泉「バイバイ！」
　走り去る。
暴走族「続けェ！」
　爆走開始。路上に政と明、トリオ、ぼけっと取り残されている。
政「今夜狂いそうって、あれどういう意味や」
　トリオ、黙って首を振る。

36　夜の道をヒコと泉のオートバイが突っ走る

ヒコ「冷めてえ！」
　声が風にちぎられる。それで怒鳴り合う。
ヒコ「組長！」
泉「なんじゃ」
ヒコ「俺の背中で雨が降ってるようです。ダボシャツがぐっしょり濡れて、風邪ひきそうです」
　泉、ヒコの背中で、ちょっぴり涙を流したらしい。
泉「大丈夫。もう晴れたから」
ヒコ「晴れましたか」
泉「晴れ上ってエ、とてもイイ気持です」
ヒコ「それではア、もっとスピード上げます」
　と爆走。
泉「ヒコ！」
ヒコ「ハア？」
泉「どうしてエ、目高組に入ったの」
ヒコ「べつにイ、理由なし」
泉「理由あり。組長の問いに答えよ、百字以内で」
ヒコ「他にイ、向いてる職業なかったもんね。勉強嫌い、働くのもっと嫌い。暴走族卒業して、ヤクザです。エリートコース一直線ですわ」
　ギャハハと笑う。泉もギャハハと笑う。

37　オンボロビルの暗い階段を泉が登る（翌日）

三階まで来て、ワッとなる。別世界みたいに輝いているのだ。まるで老朽ビルに超高層ビルのオフィスを継ぎ足した感じで、事務所のガラス扉には、ＭＥＤＡＫＡ　ＧＵＭＩ　ＯＦＦＩＣＥとある。

泉、扉を恐る恐る開けて、
泉「ワッワッ！」

38　オフィス内部

床から天井まで純白。デスクや応接セット等は黄色に統一し、清潔ムードというか、公園通りあたりの瀟洒なパーラーといった趣きなのだ。
佐久間・明・政「おはようございます！」
泉「どうしちゃったの、いったい」
佐久間「(ニヤニヤ) 組長の雰囲気に合せて、少女っぽく模様替えしてみましたんで。オイ、おコーヒー」
政「ヘイ！」
とサイホンでブルマンなどを淹れるのである。まだ壁面が未完成で、明がペンキを塗っている。
政「メイがデザインしましたんや。結構ナウいセンスありますやろ」
泉「ええ、最高」
明「俺、以前ペンキ屋に勤めたことあっから、そん時の経験生かしただけスよ」
と照れる。
泉「それにしても、改装費よくあったわね」
佐久間「お陰様で金回りがよくなりましてね」
とコーヒーを出す。
泉「有難う。ヒコは？」
明「あれ、組長も知らないんスか」
泉「昨夜マンションまで送ってくれて、別れたきり……」
政「あいつは鉄砲玉や。飛び出したら何処まで飛んでくか分らん」
その時、電話が鳴る。
明「ハイ、目高組。……そう……え？　なに？……もしもし……！」
佐久間「何だ」
明「それが、妙な男の声で、ビルの入口に置いといたって……」
政「何をよ」
明、首を振る。
佐久間「見てこい」
明、出てゆく。
佐久間「(気がかりで) まさかダイナマイトなんか仕掛けやしめえな」
泉「(不安) ……」
政「(笑う) 機関銃の次はダイナマイト？　そりゃないで」
言ってる所へ、うわーッという明の異様な叫び。泉たち、窓に走る。下の歩道で明が全身振りしぼるようにして泣いている。
明「ヒコーッ。アアーッ！」

39 ボロ屑みたいに投げ捨てられたヒコの死体

ビルの入口で泉、佐久間、明、政、無言のまま立ち尽している。

佐久間「松の木組だな。機関銃ぶちこんだ上に、一人ずつバラしにかかりやがった」

泉「（凝視）……」

ヒコの顔面、バーベキューみたいに焼けただれている。

泉「（呟く）ヒコ、仇をとってあげる。機関銃ぶちこまれて、大事な組員殺されて、黙って引っこんでらんないわよ。冗談じゃないわよ」

言いながら泉、ぐらっと揺れ、支える佐久間の腕の中に失神する。

40 マンションの建築現場

基礎工事の段階でミキサー車が入り、地面に鉄骨が物々しく打ちこまれている。奥のほうにプレハブがあり、松の木組出張所の看板がかかっている。

41 その中で泉が関根と対決している

関根「一人で来るとはいい度胸だ」

泉「組長同志、嘘のない話し合いをしたいんです」

関根、貫禄つけて頷いてみせる。

泉「うちの組員が一人、殺されました。ご存知ですね」

関根「ああ知ってる」

泉「今日はそのことで伺いました」

泉、正面から関根を見据えている。

関根「……」

泉「……松の木組が殺ったんじゃないんですか」

関根「バ、バカヤロ！　人聞きの悪いことを言うな！」

怒声を聞きつけて、組員たちがぞろりと入ってくる。

関根「いいか、よく聞け。機関銃をぶちこんだのは確かにうちの連中よ。しかしな、あれ以来、浜口社長の命令で目高組には小指一本出せねえんだ。今度の事件じゃ、サツにまで目エつけられるし、迷惑してるんだ、こっちだって！　分ッたか！」

泉「（じっと見ている）……分りました。それを確かめたかったんです。失礼しました」

泉、お辞儀して、行こうとする。

関根「そうは行かねえ。（と組員に）オイ、この生意気な小娘に礼儀を教えてやれ」

42 建設現場

泉の体が宙に上る。泉を頭上にかついで組員たち、ワッショイワッショイ走る。

組員A「いい尻してるぜ」

B「コンクリート漬けにするには勿体ねえ」

などと喋りながら、
A「それエ！」
いち、にの……と泉の体を穴の斜面に放り出す。
泉「キャッ」
泉、転って底まで落ちる。

43 穴の底にミキサー車から生コンが流しこまれている

泉、穴底から這い登ろうとしては、ずり落ちる。ニタニタ囃し立てる組員たち。

「組長さん、セーラー服汚れまっせ」「脱げ脱げ、ストリップやれ！」「脱いだら、コンクリ止めてやるぞ！」

疲れ果て、四つん這いになる泉。生コンが不気味に鼻先にせり上ってくる。

「早くしねえと埋っちまうぞ」「早く脱げ、裸になれ！」

泉、泥と生コンにまみれ、絶体絶命！

44 プレハブの中

電話が鳴る。
関根「（とる）関根だ。……ム？……なに？ 倅を？」

45 目高組事務所

佐久間「よく聞け。うちの組長の体にちょっとでも傷がついたら、倅の命はなくなるんだ」
明と政、関根の一人息子、旭ボンの向う臑を思い切り蹴飛ばす。
旭「ギャーッ。パパ、助けてよ、パパア！」

× × ×

関根「分った。そっちの組長は無事に返す。暴力はいかん。話し合いで行こう、話し合いで！」

46 穴の底

泉は膝近くまで埋って、もう動けない。

「脱げよ！」「ストリップやれば許してやるっつってんだよ！」

泉、首を振って拒否する。失神寸前。

関根の声「とめろ！ コンクリをとめろ！」

関根、叫びながら、泳ぐように駈けつけてくる。

47 泉のマンション

バスローブに身を包んだ泉が浴室から出てくる。佐久間、明、政にトリオがいる。

佐久間「どうです。ヤクザの怖さが身に沁みたんじゃねえですか」
泉「怖いとは思ったけど、逆にファイトも沸いてきたわ。ヒコを殺した犯人を捕えるまでに断固として斗い抜きますから」
明「待ってました。ヨウヨウ！」
政「可愛い顔してるけど、やっぱりヤクザの血は争えんもんや。いい根性しとるで」
哲夫「ボクは、どちらかと言うと、これ以上深入りしない方がいいと思う。女の子としては」
明「女の子じゃねえ、組長なんだよ」
哲夫、睨まれて、スイマセンと小さくなる。
政「兄弟分を殺された気持は、学生さんには分らんやろ」
周平「しかし、今日だって危機一髪だったしなあ」
トリオと目高組は、どうも対立気味である。
佐久間「……ヒコの墓を作ってやんなくちゃな」
佐久間がポツリと言う。

48　オンボロビルの屋上に卒塔婆が一本立っている

その前で線香を焚き、手を合わせる泉と佐久間。
佐久間「太っちょって男の名をどこかで聞いたことありませんか」
泉「太っちょ？」
佐久間「本名三大寺一《はじめ》。組織の大ボスでしてね」
泉「それが……？」
佐久間「あれから考えてみたんですが、ヒコは硫酸を一滴ずつ顔に垂らされて殺されたんです。そんなむごいやり方をするのは太っちょしか考えられねえんで。なにしろ有名な変態で……」
泉「でも、どうして、その、えーと、太っちょが……」
佐久間「麻薬です」
泉「……？」
佐久間「でかい麻薬の取引には必ず太っちょがからんでるんです。組長のお父さんが持っていた麻薬を太っちょが狙った。ところがマンションを探しても見つからない。で、目高組の組員を拷問して訊き出そうとした」
泉「麻薬なんてどこにもありゃしないのに！」
佐久間「……あるんですよ、きっと。太っちょが動いてるとしたら、麻薬はどこかにあるんです」
佐久間、不意に泉の肩を摑む。
佐久間「気をつけて下さいよ。二度とあんな無茶は困ります」
泉「あんな？　無茶？」
佐久間「松の木組に一人で乗りこんだりですね……」
泉「ヒコのためだもの。ヒコを殺されて口惜しくないの？」
佐久間「……口惜しいですよ。でもね、立場が違うでしょう。兵隊の補いはついても、組長の代りはきかねえんです」

泉「……冷たいのね」

　泉、すっと身を引く。

泉「ひどい。……差別じゃない、それは」

佐久間「……」

泉「そういう人だったの、佐久間さんて」

　佐久間、黙っている。泉はもっと何か言いかけるが、くるりと背を向けて去ってゆく。

49　泉が歩道をずんずん歩く

　オンボロ車が追いついてくる。

明「組長、乗って下さい。マンションまでお送りします」

泉「構わないで」

明「イヤ、それじゃ困るんスよ。組長をぴったしガードするように佐久間の兄貴から言いつかってんだから」

　泉、ずんずん歩いている。

50　泉のマンション（夜）

　教育テレビの英会話を泉がぼんやり眺めている。

　電話が鳴る。

泉「ハイ、星です。……もしもし……」

マユミの声「……イズミ」

泉「ハイ、星泉ですけど」

マユミの声「私……マユミ……」

　泉、えっ？　となる。

×　　×　　×

　マユミ、バーの片隅で受話器を握っている。

マユミ「なつかしくてさ。どうしてるかと思って。……シッカリ一人で生きてますか」

泉の声「……ハイ」

マユミ「よかった。……よかったね……」

×　　×　　×

泉「あの……」

×　　×　　×

マユミ「こちらはですねえ……まあ何とかしのいでるって所でしょうか……（笑う）急に消えちゃったから、気にしてるんじゃないかと思って……電話してみたんだけどオ……元気イッパイの様子ですね」

×　　×　　×

泉「あんまり元気じゃありません。世の中イヤなことばかりです」

マユミ「そう。……滅入ってるんですか。……会いたいな」

× × ×

× × ×

泉「……」

× × ×

マユミ「会って、許して貰いたいことがあるのね、あなたから」

51 バー・やどり木

薄汚れた場末のバー。

泉とマユミ。――マユミはもう酔っている。

マユミ「私ね、小学生の頃から、こういう所に出入りしてたのね、母親というのがバーをやっていたせいで。……中学でアル中、高校に入ってポン中。大学……大学行ったんだから、これでも一応」

泉、黙っている。嘘八百だと思っている。

マユミ「薬学専攻」

泉「……」

マユミ「クスリが自由になると思ったのね、そこなら。ところが甘かったわけ見通しが。結局、医局のヘロイン盗み出して、パクられて……それからは、もう人間失格。ボロボロ。……何人もの男が体の上を通りすぎて行き……つらかったわ、生きてるのが……」

泉、黙っている。構わずマユミは喋っている。

マユミ「クスリとお酒を一緒に飲んで車ころがしたの。……雨が土砂降りでさ……」

× × ×

土砂降りの雨の中を赤いスポーツカーが疾走する。

嵐の海岸道路。――スリップ、横転してガードレールを乗り越え、砂地に落下する。投げ出され眠るマユミ――顔の血をしぶく雨が洗っている。

マユミの声「その時、一台の車が通りかかって、半分死んでいた私を拾ってくれました」

× × ×

マユミ「……それが星貴志だったのです」

泉、え？　ウッソオという感じ。

マユミ「タカシは二重の意味で私を助けてくれたのね。なぜならア……その時私は愛を知ったのだから」

泉「よく出来たお話ですね」

泉は精いっぱい冷たく言う。

泉「まるで小説みたい」
マユミ「アハ（と短く笑う）……信用なさらないわけですね、お嬢様としては」
泉「あなたの本名は土田恒美。前科があるそうね、窃盗とか……万引き……」
マユミ「あいつが言ったわけだ」
泉「ええ。刑事さんが」
　マユミ、ふっと苦笑して飲む。
マユミ「それじゃ、マンション荒らしたのも、私の犯行？」
泉「……違うんですか？」
　マユミ、答えず、飲んでいる。全部私に背負わせたのか、と呟いている。そして低く、何か唄っている。

〽　涙じゃないのよ
　浮気な雨が

　泉、ハッとなる。一緒に口ずさむ。

〽　ちょっぴり　この頬
　濡らした　だけよ

泉「パパの好きだった唄。……偶然ね」
マユミ「……そう、偶然」

泉「それじゃ」
　立ちかける。
マユミ「イズミ」
泉「……」
マユミ「私……好きな男ができた」
泉「……」
マユミ「タカシで終ったと思ってたけど……また惚れちゃった」
泉「……」
マユミ「許してくれる？」
泉「どうして私が許さなくちゃいけないのですか」
マユミ「……タカシの娘だから。タカシからあなたのことを頼まれたのに、私は他の男に惚れちゃったりしてるから」
　泉、じっとマユミを見る。
泉「マユミさん……あなた偽者なんでしょう」
マユミ「……」
泉「……お芝居やめて」
　泉、出てゆく。

〽　どうせカスバの
　夜に咲く

マユミ、暗く唄っている。

52　マンションの朝

泉、玄関を出ようとして、ドキッとなる。
廊下に男が立っている。
円谷「あの、星さんのお宅ですね」
泉「ハイ」
円谷「お嬢さんですね、星さんの」
泉「失礼ですけど……」
円谷「私、円谷と申します」
名刺を出す。××商事第一営業課長・円谷重治とある。
円谷「お父様の事故のことで、お話しなければならないことがありまして」

53　マンション近くのパーラー

泉が思わず大きな声を出す。
泉「父を突き飛ばした?!」
円谷「申しわけありません！」
円谷は頭をテーブルにぶつけそうに下げる。
円谷「急いでおったんです。その便を逃すと重要な契約を他社に奪られてしまう。で、成田までタクシーを走らせて、飛び下りるなり夢中で走ったんです」

×　×　×

成田空港。ターミナル前の路上を全速で走る円谷。
前方から歩いてくる貴志とドンと衝突する。
「失礼！」と声をかけて、円谷は振り向きもせず空港内に走りこむ。

×　×　×

円谷「ぶつかった相手がよろめいたのは分ったのですが、まさかそこにトレーラーが走っていたとは。いや、トレーラーが走っていたのは知っていました。けれど……イヤ……しかし……」
円谷、テーブルに両手をつく。
円谷「許して下さい。私が星貴志さんを死なせてしまったんです！」
泉、ぼんやりしている。まだ話がよく呑みこめない。
泉「(思い迷って）仰有ってること、嘘じゃないみたいですね」
円谷「嘘じゃありません。家財産を投げ打って、いや場合によっては退職金を前借りしてでも補償に当てるつもりです」
泉「いえ、そのことじゃなくて」
円谷「ハ？」

泉「父は殺されたって聞いてたんですよね、刑事さんから」

円谷、ええッ？　と腰を抜かしそうになる。

54 高校の校門に泉が寄りかかっている

校舎から走ってくるトリオ。

55 ケンタッキー・フライドチキン

隅の方でコーラを飲みながら泉とトリオが話す。

泉「黒木さんの話では目撃者が連絡してきて、ある男が故意にパパを突き飛ばすのを見た、と証言したっていうのね」

哲夫「ところが円谷という人は、偶然にぶつかってしまったと言っている」

泉「それに目撃者がいれば、自分はその場で取調べを受けてる筈だとも思ってたわ。べつだん逃げ隠れしたわけじゃないんだからって」

智生「黒木さんにこの話は？」

泉「（首を振る）その前に頭の中を整理したくて。……円谷さんて、なんか信じられるのよね、会った感じが……嘘つける人じゃないと思うの」

智生「とするとオ……」

と、智生が考えながら言う。

智生「もし円谷さんの話が事実なら、第一に泉のパパは殺されたのではない。とすると麻薬の密輸容疑という線が薄くなる。そして第三に黒木刑事が言ってる目撃者の存在自体も、また疑わしい」

泉、ええッ？　と智生を睨む。

泉「それじゃ黒木さんが嘘ついてるって言うの？　マッサカあ。あり得ないわよ。どうしてそんなこと考えられるの。あの人は刑事で……それに……」

哲夫「ちょっと泉が弱いタイプである」

泉「ウッソオ。ジョーダン。変な想像しないでよ。どういう性格なんだろ、オタクら。教育方針疑っちゃうわよ、文部省の」

と泉、動揺している。

智生「べつに刑事さんを疑うわけじゃないさ。俺が言ってるのはロジックだよ。円谷さんの話を原点にしてロジックを組み立てて行くと、結論がそこに到達するというだけのこと。気にするなよ」

と智生は軽く言うが、泉には気になる〝ロジック〟なのだ。

56 歩道を泉が考えながら歩いている

乗用車がゆっくり並びかける。うしろのドアが開いて、男が顔を出す。

「組長」と呼びかける。

萩原「星泉さんですね」

泉が、え？　と立ちどまった時には、もう車の中に引きこまれている。

57 走る車の中

萩原「可愛い組長さんに手荒な真似はしたくねえんだが、こうでもしねえと危くて佐久間の兄貴と向い合えねえんでな」
萩原、痩せてニヒルなムード。偏執的な手つきで拳銃を磨いている。
泉「佐久間さんに何の用です」
萩原「佐久間さんに用でもあり、組長さんに用でもあり、まあ、二人揃って貰うのがこのさい都合がいいわけよ」
と一人で納得している。

58 坂の多い町の傾斜地にオンボロ木造アパートが建っている

露地をくる萩原と泉。
萩原「その気になりゃ、でかい組織の幹部にもなれるのに、仁義だ筋目だなどとツッパルから、見な、この暮らしよ」
アパートの窓という窓にはオシメやパンティ等が満艦飾に翻り、ただ一つうつろな片目みたいに人気のない窓が、佐久間の部屋らしい。
萩原「行こうか」
と泉を押す。泉、動かない。
萩原「組長さん……」
泉「あなた佐久間さんを殺しにきたんでしょう」
萩原「……（笑う）」
泉「だってピストル持ってるじゃないですか」
萩原「護身用だよ。兄貴って男は、昔は人斬りと言われてな、蛇みてえに手が早いんでね。……さ、行きましょうや」

59 アパートの裏階段を上る

二階のとっつき、西向きの六畳が佐久間の部屋で、カーテンもない窓が細く開いている。

萩原「組長さん、兄貴にね、萩原が来たと伝えてくれませんか」

泉、ひょいと顔を覗かせて、あっとなる。

泉「（見ている）……」

西陽に蒸れかえる畳の上で、唐獅子牡丹が濡れている。背中の彫物を汗に光らせて佐久間が動いている。脚が四本ある。白い二本の脚が開いて、またすぐからみつく。女だ。佐久間が女を抱いている。泉、反射的に身を引き、逃げようとする。

萩原「(押える) 逃げるこたねえでしょう。折角の見世物をさ」

泉の体を窓に押しつける。

泉「イヤ!」

と声に出す。佐久間、ハッと動きがとまる。見返る。

佐久間「組長……!」

その陰から女の顔が覗く。マユミである。

泉「(信じられない) ……マユミさん……」

マユミ「(アッとなったまま) ……!」

泉、二重のショックで声も出ない。その頬をかすめて

萩原の拳銃がぬっと突き出てくる。

萩原「久しぶりだな、兄貴」

60 児童公園

ブランコに泉とマユミが揺れている。二人とも黙っている。

マユミ「知らなかったわ、あの人が目高組の人だったなんて」

泉「……」

マユミ「ヤクザじゃないかなとは思ってたけど。……背中にあんなもの背負ってるし……」

泉は黙っている。そしてポツリと言う。

泉「……汚いよ」

マユミ「……」

泉「……ケダモノじゃない、まるで」

マユミ、黙っている。答えられない。

61 佐久間の部屋

蒸れかえっている。我慢くらべみたいに佐久間と萩原が坐っている。

萩原「クーラー入れる金もねえのかよ」

佐久間「……ねえ」

萩原「いい年してアパート暮らしでもねえだろう。ちっとは上を見ろよ」

佐久間「上なあ」

萩原「上昇志向がなくちゃ、いまどきの極道はつとまらねえんだぜ」

佐久間、手元の週刊誌をいきなり叩きつける。同時に萩原、拳銃を抜く。

佐久間「ゴキブリ潰しただけだ」

萩原「(ホッとなる) 兄貴とはやり合いたくねえからな。……今日きたのは、ボスからの伝言をつたえるためだ」

佐久間「ボス? 太っちょか」

萩原、頷く。

萩原「太っちょの手に入る筈のヘロインが、間違って目高

組に渡っちまったらしい。……返してくれ」
佐久間は黙って萩原を見ている。萩原も睨み返して、
二人は探り合っている。
佐久間「太っちょは何か勘違いをしてる。さもなきゃ、そっちに入った情報がガセなんだ」
萩原「間違いねえって言ってんだよ、ボスは」
佐久間「考えてもみろ。ヘロイン扱ってりゃ、こんなボロアパートにくすぶってやしねえ」
萩原「太っちょが信じこんじまってるんだよ。ヘロインは目高組にある」
佐久間「……ねえ」
萩原「返してくれ」
佐久間「ねえものは返せねえ」
萩原「あると思ってんだよ、太っちょは。万一返さねえ時には……」
佐久間「太っちょに会わせてくれ。俺から話してみる」
萩原「太っちょは誰にも会わねえ」
佐久間「……頼む」
萩原「頼むんなら、あの女に頼みな」
佐久間「あの女？」
萩原「兄貴が抱いてた、アレよ」
佐久間「……？」
萩原「知らなかったのかい。ありゃ、太っちょの娘だぜ」
佐久間「えっ？」
萩原「てめえの親父を嫌って行方知れずになっていた一人娘だ。そいつをみやげに連れて行けば、会ってくれるかも知れねえ」
佐久間、呆然。
萩原「さもなきゃ、ヘロインを探し出すんだな、何とかして。目高組が生き残れる道はそれしかねえ」
と立つ。

62 児童公園

マユミが一人、気だるくブランコに揺れている。

63 佐久間のアパート

赤い夕陽の裏階段に泉と佐久間が段違いに坐っている。
佐久間「そうですか。あれが組長と関りある、マユミって名の女だったんですか」
泉「偽のマユミよ」
佐久間「そうでしょうね。行きつけのバーで、何の気なしに拾った女なんです」
泉「知らなかったんですか、名前」
佐久間、頷く。
泉「普通、知り合いになったら、名前を教え合うもんじゃないんですか」

佐久間「……普通はね」
佐久間、ちぢみのシャツからはみ出た二の腕の刺青が不気味。
泉「（じっと見る）……普通じゃないのか」
佐久間、黙っている。
佐久間「イヤんなったでしょうね、ヤクザってものが」
泉「……」
佐久間「口じゃエラそうなこと言っても、腹の底はどろどろに腐っちまってるんです。手前で手前の嫌な匂いにやり切れなくて、もっと汚ねえもの、手前より腐ってるものにのめって行く。そうしねえと一日の終りが切なくてね、遠吠えでもしたくなるんです、狼みたいに」
泉「あの人も……マユミさんも腐ってるわけ」
佐久間「イヤ、あいつは……分らねえス、俺には」
泉「……」
佐久間「最初に出会った時、言ったですよ、アンタ似てる……」
泉「……」
佐久間「死んでしまったあの人に似てるって」
佐久間、横顔が暗く翳っている。
佐久間「私あ代りじゃねえんですか、あいつが愛した男の」

64　児童公園

影を長く引いてマユミがまだブランコに揺れている。

65　夜の街を泉が歩いている

妙にあてどない感じで家出少女みたいにさすらっている。
発狂しそうな熱帯夜である。

66　目高組事務所（朝）

泉が、オハヨ、と入ってくる。
明・政「オハヨッス」
佐久間「おはようございます」
佐久間、キチッと頭を下げる。
泉「えっと、今日のスケジュールは？」
と明に訊く。佐久間と目が合うのを何となく避けている。
明「例によってシマ内の見回りと、夜は浜口社長の招待でディナーをご一緒に」
泉「浜口って、あの浜口物産の？」
明「新組長になってから、まだ盃ごともしてねえんで、是非にもってんで」
泉「盃ごと？　なんだか結婚式みたいね」
政「ま、似たようなもんですわ。言うたら組と組との結婚ですわ」
泉「どこでお食事するわけ?」
明「それが、浜口社長の邸へ、組長一人で来てくれっつうんス」
泉「一人で?」
佐久間「そりゃ、やめた方がいい」
と佐久間が首を振る。
佐久間「年頃のお嬢さんを一人でやるわけには行かねえ」
泉「アラ、私は組長ですよ。このさい年令、性別は関係ないんじゃありません?」
佐久間「いや、しかし……」
泉「行きます。組長として逃げるわけには行きません!」
と、なぜか泉は佐久間に反抗的である。

67 浜口邸(夜)

サロン風の居間で浜口と泉がゆったりとくつろいでいる。
浜口「ディナーが気に入って貰えてよかった」
泉「見たこともないお料理が次から次に出てくるんですもの、もうお腹パンクしそう」
浜口「腹ごなしといっちゃ何だが」
浜口、自分でカクテルしたピンク色の飲み物を泉に渡す。
泉、一口飲む。
泉「美味しい」
浜口「そりゃよかった。キミのように素直に喜んで貰えると、ご馳走のし甲斐があるというものだ」
浜口、オーヨーに笑っている。
泉「お食事も一緒に頂いたし、これでもう浜口物産と目高組はシッカリ結びついたわけですね」
浜口「さあ、どうかな」
泉「……?」
浜口「組長同志はまだシッカリ結びついたとは言えないんじゃないかな」
泉「ハ?」
浜口「さて、そろそろ行こうか」
泉「どこへですか」
浜口「ベッドだよ」
泉「(ドキッ)ア、いえ、結構です。泊るつもりありませんでしたから、パジャマも持ってきませんし……」
浜口「パジャマなどいらん。裸で寝ればいい」
浜口、泉の肩を抱きにかかる。
泉「イヤ!」
払いのけて逃げる。が、足がもつれて四つん這いになる。全身が重く、視界がぐらぐら揺れている。飲み物にクスリが入っていたらしい。浜口はパイプをくゆらしながら、楽しそうに眺めている。

浜口「にらんだ通りだ。バージンだな」

笑う。泉、ソファにつかまって立つ。抱き上げる浜口。

泉「いやれす……ヤメテクラハーイ！」

必死に暴れる泉、ソファに投げ倒される。

浜口「（押えつける）暴れろ、暴れろ。……楽しいなあ」

うすく笑いながら、浜口の形相は物凄くなっている。

いきなりセーラー服を胸元から引き裂く。泉、悲鳴――。

「旦那様」と、いつの間にか中年の女中が能面みたいに立っている。

浜口「何だ」

女中「お客様でございます」

浜口「断れ。今とりこみ中だ」

女中「女のお客様でございますが」

浜口「女？　誰だ」

女中「マユミと仰言っております。三大寺マユミ、太っちょの娘だといえば分る筈だと」

浜口「なに？」

と言った時には、細っそりしたマユミの脚が部屋の中に滑りこんでいる。

泉「（見る）マユミさん！」

マユミ「思った通りね」

浜口、ヘッヘと笑って身繕いする。

マユミ「（泉に）早くお帰りなさい。表で佐久間さんが待ってるわよ」

泉「マユミさんは？」

マユミ「二人一緒には帰してくれないでしょう。ねえ、浜口さん？」

浜口、ニヤッと唇を歪める。

浜口「みすみすバージンを手離してやるんだ。その代償はたっぷりと頂かなくちゃな」

マユミ「（泉に）ほらね、こういう男なのよ。分った？これから気をつけなさいね」

泉、頷く。

泉「あの（言いかけて）……ごめんなさい」

マユミ「行きなさい。心配してるんだからアイツ、本気で」

泉「佐久間さん、ですか？」

マユミ「あなたにもしもの事があったら、ここに殴りこんで浜口と刺し違えるって、表に立ってるのよ」

泉「……」

マユミ「バカよね。骨の髄からのヤクザ者。……行ってあげなさい、早く」

泉、頷いて、ふらつきながら出てゆく。

浜口「（見送ってマユミに）これはこれは三大寺一家のお

嬢様」

オーバーに一礼。

浜口「何度口説いても落ちなかった女が、そっちの方から飛びこんでくるとはな。いったい、どういう関りなんだ、あのバージンと」

マユミ「義理というか、頼まれちゃったというか。……あんたみたいなケダモノにやられるのを黙って見ているわけには行かない。その程度の関りはあるわけよ」

とマユミはさっさと脱ぎ始める。

68 浜口邸の門

くぐり戸を開けて泉が出てくる。
佐久間「組長!」
佐久間が走り寄る。
佐久間「無事だったんですね」
泉、何度も頷く。
佐久間「よかった。……無事でよかった」
と抱きしめる。
泉「ごめんなさい。マユミさん、私の身代りに……」
佐久間「いいんです。あいつが自分から行くと言ったんです」
泉「いいの? ホントに、それでいいの? それが……男と女なの……。ねえ?」
佐久間「……終ったんです。あの女とは、もう終ったんですよ」
そう言うと、佐久間は泉を軽々と抱き上げて歩き出す。

69 浜口邸の寝室

ルイ王朝風の寝台に浜口とマユミ。マユミは長い髪が乱れ、肩が喘いでいる。
浜口「よかったよ。……最高だった」
マユミ「(喘いでいる)……」
よほど浜口がしつこかったらしい。
浜口「あんたを抱いてたら、太っちょに勝てるような気がしてきたよ。あんな怪物にはとうてい太刀打ちできないと思っていたが、急に勝ち目が見えてきたような気がする。……妙だなあ」
とマユミの体を撫で回している。
浜口「知ってるか。……太っちょが大量のヘロインを紛失したというんだ。それで目の色変えて探し回ってるというんだが……」
マユミ、黙って目を見開いている。
浜口「本当かね」
マユミ「知らないわ。何年も会ってない父親のことなんか……」
浜口「そうか。それじゃ別なルートから調べるか」

と浜口は、もう一度愛撫に移る。マユミ、いきなり平手打ち。
浜口「キミイ！」
マユミ「しつこいんだよ、スケベ！」
マユミ、シーツをまとって、さっさとベッドを下りる。

70 マンションの夜明け

ベッドで眠る泉、うなされている。外はようやく白々明け。

71 マンションの入口

黒木が通りをぶらぶら来て、泉の部屋を見上げる。酔っているらしく、体が揺れている。黒木、入って行こうとする。
明の声「刑事さん」
明が路上に駐めてあるオンボロ車から顔を出している。
明「やっぱしイ。ホラ、いつかピザハウスで組長と話してたじゃないスか。俺、見ちゃったんだもんね」
と下りてくる。
黒木「何だ、お前は」
明「目高組の組員でメイって駈け出しです。組長のガードを勧めております。ヨロシク」
と矢沢永吉風にやる。黒木、嫌な顔でそっぽ向く。
明「組長に何かご用スか。ひょっとしてヒコを殺った犯人が挙ったりして……」
黒木「残念ながら、あの一件は迷宮《オミヤ》入りだろうな。手掛りがまるでないんだから」
明、ハア、とガックリなる。
明「あの、失礼ですが、それじゃ、どういったご用件で……」
黒木「しつこいな。お前は私を訊問する気か。刑事なんだぞ、私は」
明「すんません。怪しい奴は絶対に通すなって佐久間の兄貴から……」
黒木「怪しい？　私のどこが怪しいんだ」
黒木、いきなり明をぶっ飛ばす。
黒木「言ってみろ。どこが怪しいんだ？」
と更にキックする。いつもの黒木とは別人のような凶暴さである。明、カーッと起き上ってくる。
明「てめ、それでも刑事かよ！」
黒木、ニヤッと笑って警察手帳をちらつかせる。そして、まだぶっ飛ばす。
黒木「組長をガードしてるだと？　ふざけやがって。俺は、あの娘に用がある。あの娘の口から直接聞き出したいことがあってな。文句あるか。ヨッ。文句あるか、チンピラ」

倒れて丸くなった明を偏執的に痛めつける。

黒木「(伸びた明を眺めて)すまんね。なぜか近頃私は気嫌が悪くてさ。……焦ってるんだよなあ」

と急に醒めた顔になってマンションに入りかける。

明「待て!」

明、ひょろひょろ立ってくる。ナイフを握っている。

明「組長には会わせねえ。手前みてえなヤロは絶対に会わせねえ。俺の大事な組長なんだ!」

と突っかかる。黒木、軽く外してナイフを奪いとり、スパッと斬りつける。

明「痛テッ」

明、腕を押えてふらつき、それでも黒木の前に立ちふさがっている。

黒木「(見ている)分ったよ。組長さんには改めてお目にかかろう」

黒木、ナイフを捨てて歩み去る。

明「(呟く)組長、ヤベエスよ。……なんか、ヤベエ感じですよ」

と入ってゆく。

72　フロアで明の傷ついた右腕に応急処置する泉

泉「ひどい怪我。また喧嘩したのね。誰にやられたの」
明「黒木って刑事……」
泉「え?」
明「イエ。組長はア、親しいンスか、あの人と」
泉「親しいっつうかア、何となく、イイ人でしょ。だから……」
と傷を見て、
泉「病院行こ。ついてってあげる」
明「イヤ、そんなア、いいスよ……かすり傷ですから、ホントに」
明が体を引こうとするのに、
泉「動いちゃ駄目」
と泉は真剣に手当てする。
明「し、しかし……ヤバイなあ(呟く)」
明、硬くなっている。すぐ目の下に泉の横顔があって、裸の胸に息がかかるのだ。
明「ア!」
と声を挙げる。
泉「痛い?」
明「イヤ、気持イイッス」
明、左手で脚の真ん中を押えている。
泉「じっとしてなさい。動くと傷口が開いちゃうんだから」
と泉はぎこちなく、バカ丁寧に包帯を巻き始める。
明「組長って……いい匂いですね」

泉「あら、私なんにもつけてないのよ」
明「そうスか。おふくろみたいな匂いがします」
泉「メイのお母さんに私が似てるわけ？」
明「いえ、とんでもないッス。俺のおふくろなんて、飲んだくれの、あばずれの、男好きで……」
泉「……？」
目が合う。
明「あ、イヤ、スンマセン。つまんないこと喋っちゃって……」
泉「私だってそうなるかも知れませんよ、大人になったら」
明「（ぐっとくる）……やさしいスね」
泉「あら、どうして」
と包帯がうまく結べないので、夢中になって、密着する。
明「……（痺れる）！」
泉の頬が胸に触れそうになる。のけぞる明。
泉「ホラ、また動くゥ」
と更にくっつく。
明「あ、あ」
と明は逃げ切れなくなって、左腕を泉の肩にまわす。
明「く、組長！」
泉「（ドキッ）……！」
明の左腕に力がこもる。
明「いい匂いッス。……おふくろの匂いッス……」
泉、じっとしている。明にアゲてもいいよな……ふとそんな気になっている。その時、明がガバッと飛び下る。
明「ス、スイマセン！　組長に、とんでもねえことを……許して下さい！」
泉「……」
泉、ぼうっと見ている。チャイムが鳴る。
泉、聴こえないみたいに、まだぼうっとしている。かわりに明が玄関に行く。ドアを開ける。
明「……！」
萩原が手下を二、三人つれて入ってくる。
明「な、なんだ手前……」
答えるかわりに萩原、いきなり拳銃をぶっ放す。はじけとぶ明の体。
泉「メイ！」
明、黙って泉をみつめたまま、死ぬ。
萩原「一緒に来て貰おうか」

73　車の中

泉「なぜ殺したの！　どうして撃ったのよ！」
萩原、煩さそうに泉の両手首を押えつける。

ボロボロ涙を流して萩原を睨みつける泉、また暴れだす。

74 山あいを走る車

75 車の中

涙でくしゃくしゃの疲れた顔で眠っている泉。

76 山荘風の大きな屋敷

の前に停った車から泉が押し出されるように降りる。

自動ドアが音もなく開くと、白衣の女が立っている。

萩原、親指を女の顔のまえにつきたてる。

女「お部屋でお待ちかね」

人のいない病院のような長い廊下を肩を押されて進む泉。

77 同・一室

磨き上げられたフロア、機能的なつくり、ちょっとSFめいたムード。

泉が一人、ぽつんと立っている。気配に振向くと、ドアの所に男が立っている。

泉「(見ている)……」

男は異様に肥満した上体を危なっかしい足どりで運んでくる。両脚とも膝から下がないのだ。

太っちょ「(じっと観察して)……お坐り」

泉、素直にイスに腰かける。男にはそれだけの威圧感がある。

太っちょ「美しいお嬢さんだ。とくに眼が輝いているのがいい。……私もね、同じような美しい瞳の娘を一人知っていたよ、昔のことだがね」

泉「あの……」

太っちょ「ところでだ」

と太っちょは、身の丈に合せた特製のイスに坐る。

太っちょ「例の包みはどこにあるのかな」

泉「……?」

太っちょ「ヘロインだよ」

泉「そんなもの見たこともありません」

太っちょ、不気味に押し黙って泉を見ている。

78 長い廊下を太っちょと泉が腕を組んで奇妙なアベックで歩く

79 地下射撃場

人型の板を背に手足を皮のベルトでとめられている泉。

太っちょ「あれはもともと私の物なのだよ。ちょっとした行き違いでそっちの手に渡ってしまったんだが……返して貰えんかね」
泉「返したくなくても持ってないんです。ないものは無理です！」
太っちょ、コツコツと足音響かせて泉の前を歩き回っている。そして、
太っちょ「なぜ私が両脚を失くしたか話してあげようかね」
とニコニコ笑う。
太っちょ「自殺しようとしたのさ」
泉「あなたが？　なぜ？」
太っちょ「死ぬことに理由なんかいらんだろう。強いて言えば……退屈したからかな」
泉「……」
太っちょ「三大寺組という大組織を作り上げた。政治家も実業家も頭を下げてくる。いってみれば闇将軍という扱いかな。要するに余りにも強大な力を持ってしまったわけだ。つまり余の辞書に不可能という文字はないという具合さ。……そうなると退屈でね」
泉「それで死にたくなっちゃったんですか？」
太っちょ「死ぬほどの刺激がほしかったと言い直してもいいな」
と太っちょは静かに泉に向い合う。
太っちょ「丁度この室だった。地雷を床に仕掛けてね、そいつをゆっくりと踏んづけた。……地雷というヤツは、踏んづけている間は爆発せんのだよ。足にかけられた重量が外れた瞬間に、ドカーン。……だからね、死にたくなかったら、地雷を踏んだ足は永遠に動かしてはならない」
泉「……」
太っちょ「私は三日間、地雷を踏んだまま立ち続けた。足の先から痺れが始まって、それが全身を犯してゆく。なんというか、死の恐怖と肉体の戦慄が入り混って……あれは快感だったよ。その快感で頭の芯まで痺れた瞬間、爆発が起った……」
泉「でも……生き残ったんですね」
太っちょ「そう。生きてしまったというか」
と近寄ってくる。
太っちょ「分るかね。本当の快感は死と隣り合せにあるものなのさ」
泉「分りません！　分りたくありません！」
太っちょがニーッと笑う。
太っちょ「分らせてあげたいな」
と背後に合図する。離れた壁際に機関銃を構えた萩原が立っている。
太っちょ「ヘロインはどこかな？」
泉、首を横に振る。太っちょは微かに頷き、コツコツ

とゆっくり離れてゆく。突然、タイミングを計ってい
たように、萩原の機関銃が火を吐く。凄まじい轟音に
包まれ、泉の体が踊り出す。ボディラインに添って、
セーラー服がボロ屑みたいにちぎれてゆく。

80　バー・やどり木

ドアを開けて佐久間が入ってくる。カウンターの隅で
マユミ、気だるくギターを爪弾いている。
佐久間「(坐って) ウイスキー・ストレート」
声にマユミ、ちらっと目を上げる。そして、そのまま
弾いている。
佐久間「ずいぶん探したんだぜ」
マユミ「……終った筈じゃなかったの」
佐久間、黙っている。
マユミ「それともオ、人なみに未練なんかを持つわけ、女
に?」
佐久間、黙っている。
マユミ「……何のご用?」
佐久間「頼みがある」
マユミ「私に?」
佐久間、頷く。
マユミ「オヤ、どういう風の吹きまわしかしら」
佐久間「うちの組長が太っちょにさらわれた」
マユミ、眉をひそめる。
佐久間「奴の言い分はこうだ。目高組が持ってるヘロイン
と、組長の命を引き換えにしようじゃねえか」
マユミ「……」
佐久間「太っちょは何か感違いしてるんだ。うちにはヘロ
インなんかありゃしねえ」
マユミ「(呟く) そうね、ありゃしないわね」
佐久間「そこで頼みてえのさ、あんたに」
マユミ「はっきり言ったらどう、太っちょの娘にって」
佐久間「頼む。……あんたの親父さんの山荘を教えてく
れ」
マユミ「教えたら、どうするの」
佐久間「会いに行く。話しをして誤解をとく」
マユミ「話して分らない場合には?」
佐久間、黙っている。
マユミ「太っちょ相手に話してケリがつくとは勿論信じち
ゃいないんでしょう?」
佐久間「その時は……」
マユミ「殺されるわけね、太っちょに」
佐久間「……奴はどこにいる」
マユミ「(首を振る) やめときなさい。命を捨てに行くよ
うなものよ」
とマユミはギターを弾いている。

〽　ここはチェニスか　モロッコか
どうせカスバの　夜に咲く

佐久間「(見ている) 俺の命はともかく、組長はアンタが愛した男の娘なんだぜ」
マユミ「だから……」
佐久間「……」
マユミ「傷つくなあ。露骨にイヤミじゃない、それは。……滅入るよ」
佐久間「……」
マユミ「……バイバイ」
マユミ、小さく指を振る。
佐久間「(も指でバイバイ)……」
出てゆく。マユミ、水割り、とマスターに言う。

81　山荘の一室

例のSFめいたフロアの中央に泉が立っている。妙に硬直したように見えるのは、足の下にプラスチック製の地雷を踏んでいるせいである。
太っちょ「どうかなお嬢さん、その様子ではもう腰のあたりまで痺れてきているようだね。危険だな。ひじょーに危い状態だ。その地雷は敏感だからね、体が揺れて重心が移動するだけでも爆発する」
太っちょは防護壁の陰で喋っている。
泉「太っちょのオジさん」
太っちょ「何だね」
泉「あなた精神病院に行ったほうがいいわ。私が持ってもいないヘロインを返せと言ったり、ヒトの苦しみを見物して楽しんだり、病気よ、完全に」
太っちょ「(笑う) お嬢ちゃん、どうして私がヘロインに執着するか教えようか。それはね、単に金儲けのためだけじゃない。ヘロイン中毒者を何十万何百万と増やして、そいつらが禁断症状で七転八倒するさまを見物したいからなのさ」
泉「悪魔！」
太っちょ「有難う。最高のホメ言葉だ」
太っちょは嬉しげに声を挙げて笑い、ふと黙りこむ。
室のドアを開けてマユミが入ってきたのである。
太っちょ「マユミ！」
泉「マユミさん……！」
マユミはまっすぐ泉に向って進む。
泉「来ちゃ駄目！　爆発する。私……私、もう限界だもの……」
ふらつく泉の体をマユミ、しっかりと抱きとめてやる。
マユミ「(太っちょに) パパ、電流を切って」

太っちょ「マユミ……」
マユミ「ヘロインの隠し場所を教えてあげる。パパ、早くして！」

82　山荘・テラス

眼下に紺碧の湖面を見下ろす優雅なたたずまい。
泉もマユミも王室の舞踏会で通用しそうなドレスで着飾っている。太っちょ流の貴族趣味といったところらしい。
泉「あなたがこの悪魔の娘だなんて信じられない」
マユミ「自分でも信じたくないのよ。でも事実なのね」
太っちょ「なにしろわしがこの手でとり上げたんだから。我ながら実に見事な手術だった」
と料理を平らげている。
マユミ「必要もない帝王切開しちゃってさ。（泉に）ママは生体解剖されたわけ」
太っちょ「そうして、わしの血を引いた娘がこの世に誕生したんだ」
とニコニコ、マユミを見やって、
太っちょ「わしがこの世に抱く唯一の愛、それがこのマユミなのさ」
と髪を撫でる。
マユミ「（泉に）分るでしょう、逃げ出したくなる気持」
泉「分ります。もし私がマユミさんの立場だったら、きっと同じことをしたと思いますわ」
マユミ「アリガト。……初めて意見が一致したわね」
泉「ア、ホントに。ごめんなさい。今まで私、何となくからってたみたいなのね、マユミさんにっつうかア、マユミさんの中のオンナに」
と泉、小さく舌を出す。言ってしまった、と呟いてみる。
マユミ「私の方こそイズミと暮らしてみて、自分のふしだらさを反省させられてしまいましたよ」
マユミは泉に握手を求める。
マユミ「ユーだってなかなか大したイイ女ですよ。女の私が保証するんだからね」
泉、握り返そうとする。その手をぽっちゃりした太っちょの手が圧え、両手に挟む。
太っちょ「わしだけ仲間外れというのが気に入らんな。（とマユミに）そろそろヘロインの隠し場所を喋ってくれんか。さもないと、このお嬢さんをもう一度……」
マユミ「ヘロインはマンションに置いてあるわ」
太っちょ「マンション、この娘の？」
マユミ「ええ」
太っちょ「妙だな。あそこは部屋中徹底的に……」
マユミ「探し方が悪いのよ。粉末を探したってありゃしないわよ。ヘロインは水に溶かして、ローションの瓶に入れちゃったんだから」
太っちょ「水……水になっていたのか……うーむ」
マユミ「溶解してもヘロインの純度は変らないの。これ薬学の初歩ね」
太っちょ、笑いだす。
太っちょ「さすがはわしの娘だ。（指を鳴らす）オイ、聞いたか黒木」
ハイ、と声がしてサンルームから黒木が姿を現わす。
泉「黒木さん！」
黒木、ニヤッと泉に笑いかける。
黒木「こんな所で会いたくなかったんだがね」
泉「……？」
マユミ「（泉に）この男は悪魔に飼われてる刑事さん。金のためなら平気で人を殺すわ」
黒木「さよう。ヒコというチンピラを拷問して殺したの、あれ実は私」
泉「……どうしてエ？……」
黒木「ヘロインがマンションになかったもんでね、組関係を当ってみたかったのさ」
泉「殺すことないじゃない！」
黒木「顔を見られてしまったんでね、やむを得ず……」
泉、呆然としている。

太っちょ「ヘロインも無事に戻ることだし、お嬢さんにサービスして、事件のいきさつをお前から話してやれ」
黒木「それじゃ遠慮なく」
と黒木、会食のテーブルに着く。
黒木「（飲みながら）あの日の成田空港は妙に警戒が厳重でね、それが事件の始まりでしたよ」

×　　×　　×

成田空港ロビー。
警察手帳を提示しながら税関を出てくる黒木。
黒木の声「ヘロインを受取った俺は、取締官から目をつけられているのが分った」
うしろから取締官が追ってくる。黒木、歩調を速め、人混みに紛れる。追ってくる取締官。黒木、ポケットの包みを、とっさに隣の男（星貴志）のバッグに投げこむ。その時、追いついた取締官に同行を求められる。
黒木の声「取調べを受けて放免されるまで三十分。その間に星貴志はトレーラーにひかれちまった」
マユミ「タカシは不審な包みがバッグに紛れこんでいるからって、迎えに来ていた私に渡したのね」
黒木「私がマンションを訪ねたのは、その翌日だった。驚いたね、ドアを開けて顔を出したのが自分のボスの娘なんだから」

マユミ「この間抜けな刑事さんは、邪魔だから私に出て行けと言うのね。出て行かないと私を逮捕して太っちょに引き渡すと脅すわけ」
泉「それで突然姿を消してしまったんですね」
マユミ「まさかこんな事になるとは思わなかったから……」
黒木「まあ、何というか、とんだ悲喜劇が一包みのヘロインをめぐって起ったわけですよ」
と黒木は面白がっている風である。
黒木「（マユミに）しかしヘロインがローションに化けておったとはね、さすがの私もいっぱい食わされましたよ」
黒木、立つ。
黒木「それじゃ私は。ヘロインを確認するまでは、どうも落着きませんでね」
と出てゆく。
太っちょが、さて、と妙に優しげに泉を見やる。
太っちょ「黒木がローションの瓶を持ち帰るまで、ゆっくり食事を楽しもうじゃないか」
とテーブル中央にあるドーム状の蓋を外す。その下に何やら黒い物がポコッと突き出ている。
太っちょ「これは世界一の珍味でな、めったに口にできる物じゃないんだ」
指をかけて、蓋でも外すように黒い物を取る。その下に灰色の軟体が納っている。
太っちょ「おー、美味しそ」
調味料をたっぷり振りかけ、銀のスプーンですくって口に運ぶ。
太っちょ「おー、おー」
太っちょは目を閉じ、陶酔している。
泉「（マユミに）何ですか」
マユミ「ノーミソ」
泉「え」
マユミ「猿のノーミソ」
泉、テーブルの下を覗きこむ。固定された猿がキョロキョロ目玉を動かしている。泉、ガタンと立つ。
太っちょ「どうしたの」
泉「（吐きそうになる）オ、オトイレ！」
太っちょ「ご案内しなさい」
機関銃をぶら下げた萩原が出て来て、泉をうながす。

83 廊下

泉と萩原くる。
佐久間の声「とまれ」
天井の通気孔から拳銃が突き出ている。
泉「佐久間さん！」

佐久間「(顔を出す) 動くなよ萩原。機関銃を捨てろ」
萩原「やりたかねえな。兄貴とはやり合いたくねえのよ」
佐久間「だったら機関銃を床に置け」
萩原、ゆるく首を振る。そして機関銃を抱いたまま床面を一回転し、振り向きざま天井めがけて掃射する。
射ち返す佐久間。
萩原「う」
萩原、利き腕を射抜かれてのた打つ。飛び下りる佐久間。
萩原「たのむ……殺さねえでくれ!」
佐久間「行きましょう」
機関銃を抱え、泉の手を引いて走る。前方にガードの男たちが現れる。機関銃の乱射。突破して走る。
が廊下を曲るたびに新手のガードたちが待ち構え、背後からも迫ってくる。脇廊下を折れる。――行き止り。
佐久間「糞!」
佐久間、ガードたちに向き直って機関銃を乱射。全弾射ち尽し、重い鉄扉を開けて一室に飛びこむ。解剖室である。
佐久間「(バリケードを築きながら) すんません。どうやら向うの網に引っかかっちまったようです」
泉「いいの。嬉しいわ。……佐久間さんともう会えないと思ってたから」
佐久間「組長!」
泉「駄目よ、死んじゃ。すぐに死んでカタをつけようとするの、悪い癖よ。直しなさい」
佐久間「(苦笑) こんな土壇場でお説教されるとは。……いい度胸だ……惚れましたよ、組長」
泉、ぼうっと頬が赤くなる。うっとり微笑んでしまう。
佐久間「危い!」
鉄扉を焼き切った火炎放射器の舌が鼻先まで迫る。
佐久間、泉を抱えて奥へ逃れる。
雪崩れこんでくるガードたち。佐久間、拳銃で渡り合うが、たちまち射ち尽してしまう。
太っちょ「無駄な抵抗はやめなさいね」
と白衣に着替えた太っちょが出てくる。
太っちょ「おあつらえ向きの室に逃げこんでくれたものだ。改めて生体解剖をやり直すとするか」
と嬉しそうに揉み手する。
太っちょ「つかまえろ!」
ガードたち、泉に向って殺到しようとする。その時
――
マユミ「待ちなさいよ」
マユミが太っちょに拳銃をつきつける。
マユミ「この娘は帰すという約束でしょ」
太っちょ「マユミや。お前も甘いな。これほどの素材をわ

しが手離すと思ったのかね」
マユミ「パパ……」
太っちょ「（ガードに）素っ裸にして解剖台にくくりつけるんだ！」
言ったとたん、ストッと音がして、太っちょの胸に血が滲み出す。
太っちょ「マ……マユミ……」
ドタッと倒れる。一瞬静まりかえる室内。
誰も動かない。
マユミ「出てって」
とマユミが静かに言う。
マユミ「三大寺組は解散よ。……出てって」
男たち、肩を落とし、無言でぞろぞろ出てゆく。
泉「マユミさん……！」
マユミ「変だね。……パパのこんな優しい顔、生れて初めて見たような気がする」
太っちょはうっすら微笑を浮かべ、ひどく悦楽的に息絶えている。
佐久間「（泉に）どうします。黒木を追いかけてみますか」
泉「今からじゃとても追いつかないわ。それよりもヘロインを持って帰るのを待つ方がいいと思う」
と泉は太っちょの傍に膝をついて、
泉「（マユミに）あの、私でよかったら、祈ってあげたいんですけど……」

84 同・応接室

萩原が受話器をとってダイヤルする。
萩原「（低く）もしもし……私、三大寺組の萩原という者だが……社長を出してくれ。……急ぐんだよ！」

85 解剖室

解剖台を臨時の祭壇にして、花で飾った太っちょの死体に泉が、神と精霊の御名により、云々――と祈る。
マユミ「ありがとう。どうせ天国なんかに行けっこないけど……嬉しそうな顔してるわ、パパ」
佐久間「有難いお祈りでしたよ」
泉「学校がミッション系だもんで無理矢理暗誦させられたのね。気安めにしかならないけど……」
と立ち上る。
佐久間「それにしても黒木の野郎遅いスね」
マユミ「念のためにマンションに電話してみたら？」

86 太っちょの室

泉、マユミ、佐久間。
泉「（ダイヤルして）……出ないわ……」

87　**泉のマンション**

フロアを血みどろの黒木が這っている。電話が鳴っている。必死に手を伸ばす。電話、切れる。ガックリとなる黒木。電話、また鳴る。

黒木「(とる)……もしもし……」

88　**太っちょの室**

泉「もしもし……誰なの？　黒木さん？」

89　**泉のマンション**

黒木「(喘ぐ)や、やられた。……浜口物産にヘロイン……奪られた……」

90　**太っちょの室**

泉「もしもし、黒木さん、しっかりして！」

91　**泉のマンション**

黒木「……ハ、萩原の野郎が、裏切りやがった……畜生！」

泉の声「黒木さん、怪我してるのね、そうでしょう？　だったら、もう喋らないで」

黒木「イ、イズミくん……あんたイイ娘だ。……好きだったよ……バイバイ……」

黒木、ガチャンと受話器を置く。そして死ぬ。

×　×　×

フロアに泉と佐久間と政が立っている。

泉「どうしてなの。たったひと握りのヘロインのために、どうしてこんなに人が死ななきゃならないの」

佐久間「金ですよ。それが何億円て金に化けるから、みんな狂っちまうんです」

政「浜口のヤロ、今頃ローションの瓶を並べて、笑いがとまらんやろな」

泉の目がピカッと光る。

泉「佐久間さん、一緒に行ってくれる？」

佐久間「どこへです」

泉「浜口物産」

佐久間「……？」

泉「殴りこみよ！」

92　**超高層ビル**

その入口にオンボロ車がたどり着いて、泉、佐久間、政が降り立つ。

93　**エレベーターの中**

三人、押し黙っている。政が急にもじもじ始める。

佐久間「何だ」

政「なんや、小便ちびりそうで」
佐久間「アホ、途中で下りろ」
と停止ボタンを押しかける。
政「イ、イヤや！　わし、死ぬも生きるも兄貴と一緒やで」
と政、妙に切ない目で佐久間を見つめる。
泉「あのね、一度訊こうと思ってたんだけど、オタクひょっとしてエ、クルージング？」
政「へえ。片思いのクルージングですわ。兄貴の方がぜーんぜんその気になってくれへん」
佐久間「こいつ、大阪代理戦争で一人殺しちゃいましてね。私も丁度その頃服役してましてて」
政「でえ、刑務所の同じ房で寝起きするうち、その、何ちうか……惚れましたン、このシトに」
と政は少女のごとく恥じらうのである。泉は、ハアーッと感心して、
泉「……病気ね、ほとんど」
政「ホンマ、切ないもんでっせ恋患いちうのん」
言ってるうちに三十五階につく。

94　フロアに降り立つ泉と佐久間と政

例によってドーンといかめしい大机。マネキン人形みたいな受付嬢が控えている。
佐久間「目高組の……」
受付嬢「ハア？　メダカ？（露骨に軽蔑）」
佐久間「社長に……」
受付嬢「お約束は？　お約束がございませんと面会は……」
佐久間、いきなり受付嬢の襟首つかんで引き上げる。
佐久間「目高組の組長が会いてえと仰言ってるんだ。それだけ伝えろ。分ったか」
受付嬢、ガクガク頷く。

95　廊下を進む三人

つき当りの扉でガードマンが遮る。
ガード「(佐久間に) 何だ、それは」
佐久間、小脇に重たげな風呂敷包みを抱えている。
佐久間「機関銃だよ」
ガードが、えっ？　と目を剝く間に政が扉を開け、泉を先頭に押し入る。

96　秘書室を突っ切り、社長室に入る

マホガニーのデスクの向うで浜口が上機嫌で笑っている。
浜口「やあやあ、ようこそ。まあ、かけ給え」
と応接用のソファを指す。そこには既に関根と萩原が

坐って、祝杯を上げている。
佐久間「萩原、てめえ目高組を見限って太っちょに取入ったと思ったら、今度はヘロインをみやげに浜口物産の社員かよ」
政「腐れ外道ちうのや、お前みたいのは」
萩原「（せせら笑う）すんませんな、上昇志向が強くて。お陰で今日から浜口物産の幹部だぜ」
浜口がまあまあ、と仲裁に入る。
浜口「イズミくんが望むなら、むろん幹部に迎える用意はあるんだ。なにしろヘロインと太っちょの首と、私が一番欲しいものを二つ同時にプレゼントしてくれたんだからな」
浜口、声を立てて笑う。デスクの上には〝ローション〟の瓶が並べられ、背後のスクリーンにはエンドレスのブルーフィルムが映っている。
浜口「よろしい。ここは一つ大奮発して、太っちょのシマの一部を目高組に任せよう。これで目高組も一人前になれる。なあイズミくん？……イズミ……」
泉、軽蔑して浜口を眺めている。
浜口「何だ、その目は？」
泉「イズミ、イズミって厚かましいのよね、イモっぽいオジンのくせして」
浜口「イモ？　オジン？」
浜口、傷ついて形相が変る。関根と萩原が両脇に走り寄る。
泉「私ね、ケチな縄張りなんか欲しくありませんの。本当に欲しいものはア……」
浜口「な、なんだ！」
泉「ヘロイン」
浜口「なに？」
泉「そこにあるヘロインを全部頂きます」
浜口、陰気に黙りこみ、ちらりと壁際の用心棒に目をやる。一瞬早く佐久間が拳銃を抜いている。
佐久間「両手を頭に上げろ。こっちへ来い！」
歩いてくる用心棒二人、うしろに回った政が銃把で殴り倒す。
浜口「貴様ら、何をやってるか分ってるんだろうな」
浜口、怒りに震えている。
浜口「こんな大量のブツをお前らが捌けると思ってるのか」
関根「そ、それに、俺たちだって黙って引っこんじゃいねえぞ！」
佐久間、黙って風呂敷包みを解く。現れた黒光りする銃身を見て、浜口たち蒼白になる。佐久間、作動レバーを引き、泉に手渡す。
浜口「ま、待て。……待ってくれ！」

泉、腰溜めに機関銃を抱き、引金をひく。凄まじい衝撃と反動が銃身を震わせ、浜口も関根も萩原も床へ這いつくばって、見栄も外聞もなく縮み上る。粉々に砕け散るローションの瓶。泉は暴れ回る馬のような銃身に振られながら、デスクも掃射する。電話機が、インターホンが、メモ台が、卓上ライターが、そして壁のブルーフィルムとテレビ受像機が、砕け、宙に舞った。
　——全弾射ち尽して静寂が戻った時、デスクからは数億円の水が滝となって、浜口たちの頭上に流れ落ちている。
泉「（ニコッ）快感」
佐久間「行きましょうか」
　機関銃を放り捨て、泉たち出口に向う。その時、
萩原「糞！」
　萩原、立ち上って拳銃を抜く。
政「兄貴、危ない！」
　政、佐久間をかばう。同時に萩原、発砲。射ち返す佐久間。萩原、額の真ん中に風穴あけてぶっ飛ぶ。
政「あ、兄貴……」
　政、佐久間の腕の中で揺れている。
政「抱いてくれ。……しっかり抱いてくれ」
佐久間「政！」
政「ああ……ええ気持や……」
　政、ずるっと崩折れる。
泉「政！」
政「わし幸せや……組長と兄貴と……す、好きなシト二人に、こないシッカリ抱いて貰うて……わし……わし……」
　死ぬ。佐久間が低く、バカヤロと呟く。そして政を両手で抱え上げてやる。泉も行きかけて、
泉「（振り返る）死ねば、オタクら！」
　浜口と関根、立ちかけていたのが、慌ててまた床に這いつくばる。

97　**取り外される目高組の看板**

98　**オンボロビルの屋上に目高組の看板・代紋・神棚等が次々に投げられる**

　夕暮。泉の手で火が点けられる。
　燃え上る〝目高組〟。
　泉と佐久間と、二本の卒塔婆と、それから政の死体がそれを眺めている。
泉「終ったのね」
佐久間「ええ、ヒコもメイも政も死んで、目高組はこれでお終いです」

泉「ごめんなさいね。私が組長になったばかりに組を潰してしまったみたい」
佐久間「とんでもねえス。お陰で最後の一花をドーンと花火みてえに咲かせることが出来ました。あの世に行ったあいつらも、きっと先代に賞めて貰ってるでしょうよ。……お礼申します」
と律気に頭を下げる。
泉「イヤだ、他人行儀ね」
佐久間「もう他人スよ」
泉「……？」
佐久間「組がなくなりゃ、組長はもとのセーラー服の女学生。私は……」
泉「佐久間さんは……どうするの」
佐久間「東京を離れて、どこか田舎町でひっそり暮らしてみようと思います」
泉「それじゃ、ヤクザは……？」
佐久間「もう斬った張ったの稼業からは足を洗います」
泉「わっ、ホント？」
佐久間「へえ。ヤクザの世界は所詮うしろ向きです。仁義だ侠気《オトコ》だなんて力んでみても、本音は先へ進むのが怖いんです。だからけっして前を見ようとしねえ。臆病なんですよ、ヤクザ者は。……そのことをね、組長から教えて貰いましたよ」
泉「（深く頷いて）組長はやめて。……目高組はもうなくなったんだから」
佐久間「それじゃ、お嬢さん……お達者で」
泉「佐久間さんも……」
泉、手をさし出す。
泉「約束して、シッカリ堅気になるって」
佐久間「シッカリ堅気になって、もう一度、あのマンションをお訪ねしますよ」
と佐久間は泉の手を強く握りしめて、ビシッと直立する。
佐久間「誓います、組長！」
泉「ホラ、またア」
と二人、笑い合う。

99 タイトル

――それから数ヶ月。

100 学校のフェンシング部

ひじょーに強い剣士が一人いる。哲夫、智生、周平、またたく間に一本とられる。
周平「参ったア！」
と尻もちついて、
周平「強いよ。強すぎますよ。それでも女か、おめえ！」

面を外す剣士、泉である。
泉「失礼ね。これでも人並みに胸はあるんですから。オタクらこそ意識しすぎじゃない、シトの胸ばっか狙ってさ」
智生「ヤベエ、バレたぜ」
泉「受験勉強ばっかじゃ、強い男の子になれないわよ、ホラ、根性出しなさいよ、三銃士の諸君！」
と面をかぶって、構える。
周平「ようし。今度こそ俺が男だってとこを見せてやる！」
と周平、ムキになって挑戦してゆく。
哲夫「（智生に）ハリキットルのお、彼女」
智生「まだ組長気分が抜けないンじゃねえの」

101　校庭

泉とトリオ、帰り仕度でくる。
哲夫「そういえば、ホラ、マユミさんつう、変ったシト。彼女、どうした？」
泉「アメリカ行っちゃった」
智生「アメリカ？　やるもんだなあ」
泉「今頃ニューヨークで一人暮らし……じゃなくウ……金髪の恋人つくってたりして」
周平「その点、泉は楽だわな」
泉「何が」
智生「他をアタらなくてもさ、三人確保してあるわけだもん、恋人」
哲夫「そうそう」
泉「わア、恋人って、ひょっとしてエ、ユーたち」
周平「当り前じゃ！」
哲夫「我々を置いてエ、誰がおるか！」
泉、笑いだす。
哲夫「オッ、笑ってる」
智生「余裕あるもんですねえ、なかなか」
周平「それともオ、オチョクッとるんか、我々を！」
泉「そうじゃないの。久しぶりにユーたちの冗談聞いたら、突然なぜか嬉しくなって、笑いがとまらなくなっちゃって……」
と笑い続ける。
周平「（ボソッ）冗談じゃねえつうのに」
泉たち、いつの間にか校門に来ている。人相の悪い男がぬっと立ちはだかる。
男「星泉さんですかね」
泉「（ドキッと警戒）……」
刑事「私、警察の者だけど……」
手帳を示す。
智生「イズミ、また何かやったのか？」
泉、慌てて首を振る。

刑事「実は死体を一つ見て頂きたいんですが」
泉「死体？　どうしても見なきゃいけないんですか」
　刑事、お願いします、と頷く。

102　**死体置場で泉が愕然と立ち尽くしている**

目の前に死体になった佐久間が横たわっている。
　傍で刑事が淡々と喋っている。
刑事「昨夜遅くヤクザ同士の喧嘩がありましてね」
泉「ヤクザ？」
刑事「ええ。で、この人が仲裁に入ったらしいんですわ。その時、片方のヤクザが突き出したドスで胸を一突き……。ほとんど即死でしてね」
泉「(じっと見ている)……この人もヤクザなんですか」
刑事「え？　イヤイヤ、北海道から出張で東京に来ていた……」
泉「北海道？」
刑事「えーと、一寸待って下さいよ」
　と遺品の中から一枚の名刺を持ってくる。
刑事「どうぞ、読んでみて下さい」
名刺——〈M建設工業㈱　稚内支社営業一課　佐久間真〉
裏を返すと——新入社員のご挨拶です。出張で東京へ来ましたが、相憎お留守でしたので。いずれまたお目にかかる日を楽しみに……。
　と書いて、とぎれている。
刑事「この人は名刺を郵便受けか何かに入れて立去る積りで、気が変ったんでしょうな。時間を置いてもう一度訪ねてみようと思い直して、暇潰しに繁華街をぶらついていた。そこにヤクザ同士の……」
泉「やめて下さい」
刑事「あん？」
泉「この人はヤクザの喧嘩を見ていられなかったんです。放っとけばどちらかが無駄な血を流さなきゃならない。それを承知で背を向けるわけに行かなかったんです。それで……」
　泉、泣きそうになる。
刑事「失礼ですが、仏とはどういうご関係……？」
　泉、答えず、身をかがめて、そっと佐久間にくちづけする。刑事は驚いて、ハーッ、そういうご関係、と口の中で言う。

103　**警察を出て——**

104　**すこし傾いた陽の下を泉が走る**

泉の声「生れて初めてのくちづけを中年のオジンにあげてしまいました。……ワタクシ、オロカな女になりそうです。……マルッ」

泉、走ってゆき、突如ぶざまにすっころぶのである。

——完——

魚影の群れ

松竹／松竹富士／一四〇分／一九八三年一〇月二九日

スタッフ

製作　織田　明
　　　中川　完治
　　　宮島　秀司
原作　吉村　昭
監督　相米　慎二

キャスト

小浜房次郎　緒形　拳
小浜トキ子　夏目　雅子
依田俊一　佐藤　浩市
アヤ　十朱　幸代
エイスケ　三遊亭円楽
浅見　下川　辰平
新一　矢崎　滋
水産業者・岸本　石倉　三郎
おでん屋の屋台の親爺　工藤　栄一
重夫　伊勢　将人
大間漁協の職員　石川　慎二
伊布漁協の無線係　伊藤　裕平

1　夏の海が光って打ち寄せている

ごうごういう海の音をじっと聴いていると、それが自分の体の中から出ているような気がするんだ、と声がする。

俊一「体の中がざわついてきて、なんだかたまらないような気持になる」

俊一とトキ子がはまなすの海辺に坐りこんでいる。

トキ子「海が好き?」

俊一「……」

トキ子「漁師になる?……漁師になってくれる?」

俊一「なってもいいな。あんな店、いつまでやっててもしようがねえしな」

トキ子「マグロ釣りって大変なのよ。毎年怪我人が出るんだから。脚一本失くした人もいるのよ。海の中に引きづりこまれて死にかけた人もいる。……それでも、いいの」

俊一「おまえが好きだもんな」

俊一はなんだかチグハグな返事をする。

俊一「おまえも海も好きだもんな」

トキ子は、そう、と口の中で言って、俊一をみつめる。スーパーか何かに買物の途中らしく、サンダルに買物籠を傍に置いてある。その買物籠を持って、急に立つ。

トキ子「……来て」

と砂浜を歩きだす。

2　浜にポツンと舟小屋が取り残されてある

汐風の中に傾いて立っている。先に歩いてきたトキ子が、入口の板戸に寄りかかるみたいにして俊一を見返る。

トキ子「私の母親って人はね」

俊一「……」

トキ子「父さんを捨てて、若い男と駈落ちしちゃったの。……ずっと昔の事だけどね」

俊一「……」

トキ子「私、その母親によく似てるって言われる」

俊一「……何が言いたいんだ」

トキ子「怒らないで。なんでも分っていて貰いたいの、あんたには」

トキ子、俊一の胸に顔を埋め、それから仰向いて静かに唇をさし出す。

俊一「(くちづけして) 中へ入ろう」

トキ子「待って」

トキ子、自分から板戸に両手をかけ、二、三度揺らしてから、いっぺんに開く。

トキ子「(笑う) コツがあるんだ」

3　舟小屋の中は真昼の闇で、木洩れ日のような光が瞬いている

その底で重なった二つの体が動いている。

×　×　×

俊一「聴こえるのか」
トキ子「ウン」
トキ子は俊一の胸に耳をくっつけている。
トキ子「血管の中を血がサーッサーッて音立てて流れている」
俊一「聴こえるのか、そんなにはっきり」
トキ子、黙っている。そして、
トキ子「最初会った時、あなたが怖かった」
俊一「怖い？」
トキ子「怖くて、とても気になった。夜も眠れないくらい。どうしてあなたみたいな人がいるのかと思って」
俊一「俺はふつうの男だよ」
トキ子「ふつうでも、私には特別だった。……こうなる予感があったんだわ。それで怖いと思ったんだわ」
俊一「もう怖くないか」
トキ子、頷いて、不意に涙ぐむ。
俊一「（抱く）俺のこと、父さんにはもう話したのか」
トキ子「（首を振る）……」
俊一「いいのか……こんな風になっちゃって」
トキ子「私が誘ったんだもの……」
俊一「だから何だ」
トキ子は、いいの、と言って板壁の隙間に顔を寄せる。海が暮れかけた灰色になって鈍く光っている。
トキ子「……父さんが帰ってくる」
俊一「どうして分るんだ」
トキ子「帰ってくるって海が言ってるから」
とブラウスを着け始める。俊一は不思議なものでも見るみたいにトキ子をながめている。
俊一「そこまで送ってくよ」
トキ子「人が見るもの」
俊一「いいじゃないか」
トキ子「恥かしいもん、あんなことしたあとで」
俊一は、へえっとトキ子を見て、それから笑いだす。
トキ子「イヤだ。スケベな笑い方」
トキ子、パッと扉を押し開けて、閉める。
トキ子「さよなら」
俊一「（ちょっと慌てる）オイ、今度いつ会える」
トキ子「洋裁学校の帰り、店に寄る」
俊一が舟小屋から出た時、トキ子はもうどんどん砂浜を走っている。

4　大間の商店街（何となくわびしい）を自転車のトキ子が走る

タイトル――初めの夏。

5　大間港

に入る細道を曲りながら、遊んでいる子供達にトキ子が声をかける。

トキ子「マグロが釣れたよ。二百キロ」

子供達、わっ凄げえ、と自転車の後を追いかける。

6　大間港の岸壁

トキ子が伸び上るようにして手を振る。第三登喜丸が小さな港内に入ってくる所である。漁協の事務所附近に屯ろしていた仲買人たちもぞろぞろ寄ってくる。

「でけえ、でけえ！」と子供達が跳びはねながら言う。

「鯨みてえだ！」

第三登喜丸は四トン足らずの船体の横腹にマグロの巨体を引いて、ゆっくりと岸壁に近づいてくる。

「ウインチ頼んど」

と船の上から房次郎が怒鳴る。タオルのねじり鉢巻にマイルドセブンを横ぐわえにして、煙が目にしみるのか、ぶっきら棒なしかめっつらである。

ウインチの用意はもう出来ていて、船に飛び移った漁協の係員が房次郎を手伝ってマグロの顎の下に鉤の先端を打ちこみ、魚体のロープを解き、

「ヨーシ、揚げろ！」

鉄のロープがピンと張りつめて、マグロの全身が慎重に空中に引き上げられる。その巨きさに改めて岸壁の人々から嘆声が洩れる。蒼く光る魚体は沈みかけた夕日を跳ねて、一種荘重な気配を漂わせている。

7　房次郎とトキ子が晩めしを食べる

トキ子が終りかけているのに、房次郎はまだ焼酎のコップを離さない。

トキ子「父さん飲みすぎるよ。半分あけちゃったじゃない」

と焼酎の一升瓶を取り上げる。

房次郎「疲れたんだ。疲れると余計に飲みたくなるもんなんだ」

トキ子「大きかったもんね。今年一番じゃない」

房次郎は、ああ、と焼酎を取り返して、

房次郎「あれは相当に年くってるヤツだな。五年も六年も日本海から太平洋を泳ぎ回って、ハエ縄だの底引きだのなんか鼻で笑うようなしぶとい野郎だな」

トキ子「そんでも父さんには釣られちゃうんだね」

房次郎「なんぼ骨折れたもんだ」

とアクビする。トキ子は、ハイごはん、とめしを出す。
トキ子「ごはん食べたらお風呂入りなさい」
房次郎「ああ（とまだ飲んでいる）」
トキ子「顔から汐吹いてる。それに目ヤニ」
房次郎「ああ」
面倒臭い。
トキ子「父さん」
房次郎「なんだ」
トキ子「父さん、マグロ釣り出したの、幾つの時？」
房次郎「さあなんぼだったかの。気ついた時にはマグロ釣ってたもんな。ガキの頃から死んだジッちゃんの舟に乗って、マグロ追ってたもんな」
と飲む。
房次郎「初めて自分の船持ったのが二十三。これだきゃ忘れね。つぎの年おまえが生れて……」
と言いかけて、房次郎は急に黙りこむ。
房次郎「どしたんだ」
トキ子「何が」
房次郎「どして急にそんな事きくんだ」
トキ子、ウン、と言い出そうかどうか、迷っている。
電話が鳴る。
トキ子「ハイ、小浜です。……あ、どうもお世話様です。……ハイ……わあ、よかった……ハイ、これで借金払えます……ホントなんだから……ハイ、どうも……」
と切って、
トキ子「入札が終って、キロ三千円だって」
房次郎「何キロかかったんだ」
トキ子「百八十」
房次郎「百八十キロで、キロ三千円つうと、えーと……」
トキ子「五十四万円。よかった。これで一息つけるもん」
と台所へ行き、汁物のお替りを作ってくる。房次郎、食べ始めると、食事のスピードは猛烈に速い。
房次郎「三時間したら起してくれ」
トキ子「イカ釣りに出るの？」
房次郎「餌がなくてはマグロは釣れねべど」
トキ子「あしたはヤマセが吹くって……」
房次郎「分ってる。ヤマセが吹いたからって、マグロがいなくなってしまうもんでもねえ」

8　むつ市の商店街をトキ子が歩く

洋裁学校の帰り。

9　珈琲店寒流はスタンドだけの狭苦しい店である

カウンターの中で俊一がマンガ雑誌を読んでいる。客はいない。あまりはやっている感じではない。ドアを開けてトキ子が入ってくる。

トキ子「今日は寄らずに帰るつもりだったけど、来ちゃった」
俊一「（頷いて）コーヒー飲むか」
トキ子、ウン、と言って見回して、
トキ子「相変らずお客さんいないのね」
俊一「俺が不愛想だから、みんな逃げちゃう」
とコーヒーを出す。
俊一「父さんには、話したのか」
トキ子「……今は駄目」
俊一「どうして」
トキ子「津軽海峡にマグロがいる間は、なんだか少し気がおかしくなるみたい。マグロの事しか頭になくなっちゃって、それしか眼に見えなくなってしまうみたい」
俊一「そういうもんかな」
トキ子「そういうもんよ。漁師なんて、ろくな稼業じゃないんだから」
俊一「……そう思うのか、ホントに」
トキ子「（笑う）父さんの口癖よ」
ドアが開いて男の子が入ってくる。松葉杖を突いている。
俊一「やあ、ぼうず。脚の具合はどうだ」
少年は右脚に石膏を嵌められ、それを繃帯できつく包んである。
俊一「（トキ子に）車でひっかけちゃったんだ、この間」
トキ子、えっとなる。少年は俊一が、坐れ、と言ってても、ポスターなんかが貼ってある壁に寄りかかってトキ子を見ている。
しかしトキ子が吃驚したように見つめるので、目を伏せて、
重夫「ポキッと木の枝が割れるみたいな音がしたさ。気持いいみたいな音だったべ」
と面白そうに言う。
トキ子「出歩いたりして大丈夫なの？」
俊一「父親が出稼ぎでいないんだ。おふくろはホタテの工場にパートで出てるしな。俺が丁度いい遊び相手なんだ。（重夫に）な？」
少年ははにかんだように笑う。そして、くるりと戻ってゆく。

10　俊一とトキ子がむつ市の商店街を歩いている

俊一「父さんのことをもっと話してくれ。俺もなるからには、ひけをとらない腕のいい漁師になりたいんだ」
トキ子「ヤマセが吹くと、夏でも大間の町は濃いガスに包まれてしまうの。沖には白馬が走って」
俊一「白馬？」
トキ子「波頭が泡立って、凄い速さで走るんだって、まる

で白い馬みたいに」
俊一は、ふーん、と素直に感心する。
俊一「おっかないな」
トキ子「そういう時でも、父さんは海に出て行く事を考えている。それればかり考えている。そういう人よ」
と言ってトキ子は黙りこむ。すこし暗い顔になっている。
トキ子「あんたにマグロだけの人になって欲しくない」
俊一「漁師になれと言ったじゃないか」
トキ子「漁師になっても、マグロしか頭にない人になって欲しくない」
俊一「(うーんと考えて)……わがままなんだな」
トキ子「わがまま? そう思う?」
とトキ子は俊一を見る。それがあまり真剣なので、俊一はとまどって、
俊一「俺だってわがままさ。親が残してくれた店捨てて漁師になろうってんだもん」
トキ子「そうね。……私がいけないの?」
俊一「俺がきめたんだ」
二人は黙って歩く。バスターミナルが近くなって、
トキ子「あ、バス出ちゃう」
と走りかけて、
トキ子「ねえ」
俊一「……」
トキ子「話してもいいの? 父さんに話しちゃっても、ホントにいいの?」
俊一「ああ」
トキ子「ありがと。私ね……」
俊一「あ?」
トキ子は遠ざかりながら、
トキ子「遊ばれてもいいと思ってたの、あんたになら」
俊一「あ?……(ポカン)」
トキ子は、待ってえ、とバスに向って手を振り、走っている。

11　大間港

帰ってくる第三登喜丸をトキ子が迎える。

12　夕暮の道を房次郎とトキ子が歩く

トキ子は弁当や魔法瓶など七つ道具を入れた古い布袋を、房次郎に代ってひょいと肩にかついでいる。子供の頃から、そうやって父親を送り迎えしてきたのだ。
トキ子「あれからバッタリだね」
房次郎「ああ、バッタリだ」
トキ子「沖へ出る船もずいぶん減ったもんね」
房次郎「一回沖へ出たら三万も四万もあぶら代食っちまう

んだ、よっぽど自信なければ船は出せねべ」
トキ子「シーズン終ったのかな、マグロ」
房次郎「イヤ。あと一回か二回は群れが来る。いつかは分んねけど、近いうちきっと来る。それを待つんだ」
家が近くなる。小浜家は大間の町をはずれた、海沿いの土地にポツンと立っている。

13 父と娘の夕食

いつものように房次郎は焼酎を飲んでいる。
房次郎「月変ったら、尻屋へ行くかな」
とポツリと言う。
トキ子「尻屋?」
房次郎「ああ、尻屋だ。あっこだば津軽海峡から移動したマグロどが、夏の終りになっても岬の先っぽの方ぐるぐる回遊してるんだ。……行ってみるかな」
トキ子「北海道へは行かないの?」
房次郎「行ぎたくね。あっちの方から来ねでくれってしゃべらいでるもの、こっちから頭下げてまで行くいわれはねえべど」
トキ子「来ねでくれって言ってるのは伊布の港だけでしょう。他に港はなんぼでもあるのに」
房次郎「イヤなものはイヤなんだ」
と口調が激しくなる。
トキ子は、イコヂなんだから、まったく、と口の中で言って、台所へ立つ。
房次郎「なんだ。今なんて言ったんだ」
トキ子「いいえ、べつに」
と汁物を盛りつける。
房次郎「(呟く) 女房みてえな口ききやがって」
トキ子「今なにか言いました?」
と碗を運んでくる。
房次郎「イヤ、べつに」
と、ふーふー言いながら汁を啜る。
トキ子はじっと考えている。そして、
トキ子「父さん」
房次郎「あ」
トキ子「会って貰いたい人がいるんだけど」
房次郎「……?」
トキ子「男の人」
房次郎「男?」
トキ子は黙って頷く。
房次郎「何のことだ、男って?」
トキ子「依田俊一っていうの。むつ市でスタンドコーヒーやってて……」
房次郎「つまり……」
トキ子「……」

房次郎「好きだのな、その男ば」
トキ子、頷く。
房次郎「好きだのな……」
房次郎は妙にがっかりしたような調子で言う。混乱している。
房次郎「しかし……無理だべよ」
トキ子「……」
房次郎「町の男が漁師の所さムコさくるっつうのは、……やっぱり、その……不自然だべな」
トキ子「漁師になるって言ってるの、あの人」
房次郎「あの人？」
トキ子「私と一緒になるためなら、店をたたんでも漁師になるって言ってくれてるの」
トキ子は必死な感じになっている。
トキ子「だから、会って貰いたいの」
房次郎「……」
トキ子「父さん……お願い」
房次郎はまた焼酎に切りかえて、ぐいぐいやっている。
房次郎「……イヤだ」
トキ子「どうして……？」
房次郎「どしてもこしてもねえ。会いたくねんだ」
と立つ。
トキ子「父さん！」
房次郎「イカ釣りさいぐ。支度してけろ」
と奥へ行く。
トキ子「(呟く) なぜなのよ」
トキ子はぼんやり坐りこんでいる。

14 夜の海

海面に立ちこめたガスの向うが夢みたいに明るんでいる。満艦飾に灯を点したイカ船が沖合いで操業している。その中に第三登喜丸もある。房次郎がガンガン演歌のカセットを鳴らしながら、イカを上げている。

15 むつ市の商店街を房次郎が歩いている

16 酒屋でコップ売りの酒を飲みながら道を訊ねている

17 寒流に房次郎が入ってくる

俊一、カウンターの中から、いらっしゃい、と言いかけて、あっと思う。
房次郎「あんた、依田さんか」
俊一「ハイ」
俊一には、もう相手が分っている。
俊一「僕が依田俊一です」
房次郎「わし、小浜房次郎です。トキ子の父です」

俊一「入って来られた時、すぐ分りました。海の匂いがしましたから。ア、どうぞ、かけて下さい」
房次郎「イヤ、ここだばお客さんもいて、何だから……」

18　近くの大衆食堂

片隅のテーブルに房次郎と俊一。俊一は緊張で固くなっているし、房次郎は向い合ってしまうと上手く喋れない。それでコップの焼酎をむやみに飲んでいる。おかわり、と俊一が代りに注文する。
俊一「ついでに僕にも一杯」
遠慮してジュースを飲んでいたのだ。
房次郎「漁師というもんは……」
房次郎がやっと口を開く。
房次郎「ろくな稼業ではねえ」
俊一「ハイ」
俊一、ゴクンと飲んで、ちょっとむせる。あんまり強い方ではない。
房次郎は、ろくな稼業ではねえ、とくり返して黙りこんでしまう。
俊一「しかし……僕は漁師になりたいと思います」
房次郎は答えないで、じっと何かを考えている。
房次郎「トキ子は……」
俊一「ハイ」
房次郎「あれは可哀そうな娘なんだ」
俊一「……」
房次郎「俺はマグロに血まなこでろくに面倒みてやったこともねかったし」
房次郎は飲んで、何か言葉を探している。
房次郎「……脆い所があるんだ。知らね男にちょっとやさしくされただけで、どっと縋りたくなる。そういう所があるんだ」
俊一「……」
房次郎「けんど……それは……世帯を持つのとは話が違うでば。あんたは調子よく漁師になるなんて言ってるけど……」
俊一「なります。だから漁師のイロハから教えこんで下さい」
房次郎は黙って首を振っている。
房次郎「依田さん」
俊一「ハイ」
房次郎「……トキ子に手え出したんか」
俊一「……」
房次郎「もう抱いてしまったのか」
俊一「……すみません」
房次郎はずっと俊一を見ている。怒っている。一触即発という感じで。しかし――、房次郎「あやまるような事を何でやったのよ」
と静かに言う。
房次郎「今更詫びるくれえなら、アンタ……」
俊一「約束したんです」
房次郎「……」
俊一「結婚の約束をしたんです。それで……許して下さい」
房次郎、じっと見ている。いきなり手が出る。俊一はイスごとぶっ飛んで、店内騒然となる。
俊一「（坐り直す）許して下さい。僕たち一緒になります」
房次郎、睨んでいる。それから、もう一杯、注文する。店の者は恐がって寄ってこない。房次郎、立って行って、コップに二つ焼酎を持ってくる。
房次郎「飲め」
と俊一の前に一つ置く。
俊一「頂きます」
と飲む。切れた唇にひどくしみる。
房次郎「（も飲んで）駄目だ」
俊一「……」
房次郎「マグロのことは教わって身に着くもんでない。駄目だ」
と立つ。ポケットから皺くちゃの札を摑み出してテーブルに置き、出て行く。
俊一「頼みます」
房次郎はもう答えない。そのまま出て行く。

19　海沿いの道を俊一のボロ車が走る

助手席にトキ子。後部シートとトランクに蒲団や鍋釜等、生活用具を満載している。
俊一「俺は決めたんだ。何とかしてあの人の船に乗せて貰う。あの人みたいな漁師になるんだ。そのためには大間に住み着かなくちゃなんね」
トキ子「でも……」
トキ子は不安がある。
トキ子「父さん、ウンと言ってくれないと思う。……きっと怒るだろうな」
俊一「ウンと言ってくれるまで粘るさ。それしかしようがねえよ」
と俊一は決めこんでいる。

20　大間町・釣具屋の前に俊一の車が駐まっている

俊一とトキ子が蒲団なんかを運び出している。それを見ながら、買い物に来た漁師と主人・工藤が話す。
工藤「うちの離れを貸したんだ」
漁師「二人して住むのか」
工藤「まさか。トキちゃんにはちゃんとした家があるでば」

漁師「そすたら何なんだ、あの若いの」

工藤「しらね。むつの釣道具屋の紹介で、急に飛びこんできたんだ」

漁師「トキちゃんのコレでねのか」

と親指を出す。主人は、さあ、分んね、と首をひねっている。

21　釣具屋の離れ

独立した棟になっているが、長い間使っていなかったらしく、埃っぽく汚れている。

畳を雑巾がけし終ったトキ子が一息つく。

トキ子「何とか住めそうね」

俊一「ああ、上等だよ」

と俊一も一服つけて、

俊一「とうとう大間に来てしまったな」

トキ子「心細くない？」

俊一「どうして」

トキ子「大間は寂しい町だし。……それに先のことなんか考えたら、つらくなるんじゃないかと思って」

俊一「おまえがいるじゃないか」

と肩を抱く。キスすると、トキ子はくすぐったそうにくっくと笑って、

トキ子「ヤーダ」

離れる。

トキ子「世帯道具にかこまれてさ、なんか新婚さんみたいなんだもん」

と笑う。笑ってから、急に真面目な顔になり、

トキ子「来てくれて、アリガト」

くちづけする。

22　大間港に第三登喜丸が入ってくる

船の上で房次郎、アレッとなる。岸壁で手を振るトキ子の隣に俊一が立っているのだ。

房次郎「（呟く）あのヤロ……」

23　着岸した第三登喜丸から弁当類の入った布袋をトキ子に放り投げ、房次郎が岸壁に飛び移る

その前に俊一が進み出る。

俊一「先日は失礼しました。怒られるの覚悟でやって来ました。何とか、その……よろしくお願いします！」

頭を下げる。房次郎は黙っている。そのまま俊一を無視して歩きだす。トキ子、ちらっと俊一を見やり、父親を追う。俊一は立去ってゆく二人を見送っている。

それから興味深げに波に揺れている第三登喜丸にじっと目をやる。居合せた港の連中がみんな見ている。

24

翌日の大間港

房次郎とトキ子がやってくる。房次郎、足をとめ、舌打ちする。

第三登喜丸の前に俊一が立っている。俊一、ニコッと白い歯を見せて、会釈する。タオルのねじり鉢巻に毛糸の腹巻、ゴム長をはいて、一人前の漁師のカッコである。

房次郎「なんだありゃ。十年も船さ乗ってるようなカッコしゃがって」

と房次郎は不機嫌になり、俊一を黙殺して第三登喜丸に乗船し、

房次郎「（トキ子に）綱とけ」

と言ってエンジンを作動させる。

トキ子「行ってらっしゃい」

手を振る。俊一は拍子抜けした感じでトキ子の傍に突っ立っている。

房次郎は操舵室から、離れろ、離れろ、と身振りしながら、遠ざかって行く。

25

翌日も俊一は待っている

しかし房次郎はなかなか姿を現わさない。

登喜丸の隣で漁具を縫っていた漁師が声をかける。

漁師「お前さァ……」

俊一「ハア」

漁師「小浜さん待ってるのか」

俊一「ええ」

漁師「小浜さんだら多分今日は来ねぞ」

俊一「……？」

漁師「わがらねのか。このヤマセだ。沖さ出たらこんなちゃっこい船はひとたまりもねべどよ」

俊一「……」

漁師「お前も浜の者だったら、それくれの事ァ常識だろうに。なんぼヨソ者であってもよ」

俊一、一言もない。そこへトキ子が走ってくる。

トキ子「ごめんなさい。今日は父さん船出さないって」

俊一、黙って頷く。漁師が声をかける。

漁師「トキちゃん、この若い衆はおめえの彼氏か」

トキ子「（躊躇するが、頷く）……」

漁師「漁師になるのか」

俊一「（トキ子に代って）そうです」

漁師「難儀だのう。めったにねえ難かしい海だすて、この辺りは。ヨソから漁師が来たって、まるで漁にならねんだ。それくらい気難かしい海なんだ。まして素人ではなァ……」

と大きな声で笑う。

漁師「ま、頑張ってみるべし」

26　㋕製材所

敷地の中を房次郎が歩いてきて、作業場の入口に立つ。中では大きな電気ノコギリが回転して、丸太を板に割っている。

房次郎「エイスケ！」

奥の方で働いていた男が顔を上げ、近づいてくる。西森エイスケは房次郎と同年輩、かなりひどいビッコをひいている。

エイスケ「やあ」

房次郎「今、仕事忙しが」

エイスケ「そんでもね。……何か用だか」

房次郎、ああとぶらぶら歩きだす。

27　作業場の裏手は海になっていて、房次郎とエイスケがぶらぶらくる

房次郎「脚は痛《や》まねのか」

エイスケ「冬になると、時々な」

とビッコをひいて歩いている。

エイスケ「……用って、何だ」

房次郎「はあ噂が耳に入ってるべ」

エイスケ「ああ。いい話でねのか。いまどき自分から漁師になろうなんて若い衆、珍らしいぞ」

房次郎「無理だ、今からでは」

エイスケ「年、なんぼだ」

房次郎「二十六」

エイスケ「二十六か。……ちょっと遅いが、遅すぎるってこともねべな。おまえの船に乗せて、みっちり仕込めば……」

と言いかけて、

エイスケ「そうか。おまえ、船に人のせるの、大嫌いだったもんな」

と岩に腰を下ろす。

房次郎「気に入らねんだ、とにかく」

房次郎も腰を下ろす。

房次郎「押しかけ女房というのはあるけど、押しかけムコつうのは聞いたことねえもんな」

エイスケは黙っている。ちょっとぼんやりして海を眺めている。

海は重苦しくガスがこめている。

エイスケ「漁師にとって、船下りるというのは、人生下りるようなもんだ」

と不意に関係のない事を言う。

エイスケ「わいだば人生下りてしまってさ、何というかこの、欲がねくなったぶん、人のことがちっとは分るような気がするんだ。……房次郎よ、言ってもいいか」

房次郎「なんだ」

エイスケ「トキちゃんの母親のことだ」
房次郎「……」
エイスケ「アヤさんのことだ」
房次郎「……」
エイスケ「あの人はおまえから逃げた。何で逃げたのか俺は知らねけど、今度はトキちゃんが逃げてくように思ってるんでねのか。それが怖いんでねのか」
房次郎「……そうかも知れね」
房次郎は素直に言う。エイスケには心許せるのだ。
房次郎「あの時、あいつが駈落ちしてしまった時、俺は長い間狂っていたもんな。……今でも狂っているかも知れね」
エイスケ「トキちゃんなら大丈夫だ。父親を見捨てたりはしねえ」
房次郎「そうかな」
エイスケ「そうだな」
房次郎、何か考えている。
房次郎「……生きてるのか死んでるのか……」
エイスケ「アヤさんか?」
房次郎、黙っている。ぼんやり海を見ている。
エイスケ「海はいい」
エイスケ、わざと明るく言う。
エイスケ「俺は陸で暮らすようになって初めて分ったんだ。海はいい。……乗せてやったらどうだ、若いのを」
房次郎、黙っている。

28　大間港

第三登喜丸の前にしゃがんで、俊一が待っている。出漁してゆく他の船を眺めている。
俊一「(立つ)……」
房次郎とトキ子が岸壁をやってくる。
トキ子「こんにちは」
俊一「(トキ子に)やあ」
俊一は房次郎に何か挨拶したい。しかし房次郎は無言のまま船に乗りこんでしまう。やっぱり駄目か、と俊一はトキ子と顔を見合せる。
房次郎「なに愚図愚図してんだ。早く乗れ!」
房次郎が船の上から怒鳴る。
俊一「ハイ!」
俊一、直立不動みたいになる。それから慌てて船に飛び乗る。
もうエンジンがかかっている。
トキ子「あんた!」
トキ子が俊一に赤いナップザックを投げる。
トキ子「お弁当入ってるから。それからお茶と、果物も!」
俊一「わかった」

トキ子「ちゃんと食べるのよ。漁師は体が資本なんだから！」
とロープを解き、
トキ子「行ってらっしゃい！」
トキ子は大きく手を振る。

29

凶暴な感じの海

波の壁に向って鼻面突っこむみたいにして第三登喜丸が進む。
凄まじい波しぶきに船体が洗われている。操舵室から突然俊一が出てくる。船べりにしがみついて吐く。ひどい船酔いである。嘔吐が続いて、立上れない。そして揺れる船体から放り出されまいとして、ただ必死に船べりにしがみついている。

30

生餌のイカが海面を元気よく泳ぐ

微速エンジンにした第三登喜丸の上から、房次郎が操っている。
その足元に俊一がぶっ倒れている。
房次郎、弁当を食べ始める。俊一はぶっ倒れたまま、死んだような目で、それを眺めている。房次郎、弁当をたいらげ、お茶を飲む。空は晴れ上って、しごくのんびりした様子である。

房次郎「お前、弁当食わねのか」
俊一は弱々しく首を振る。口もきけない。
房次郎「もったいね」
と房次郎はナップザックから俊一の弁当を取り出し、「なんだ、俺のより上等でねえか」と言って、悠々と食べ始める。ぼんやりそれを見ていた俊一、急に半身を起して船べりに這う。また嘔吐に襲われたのだ。

31

釣具屋の離れ

蒲団に長々と俊一がのびている。
俊一「なさけねえな。漁師が船酔いしちゃ、商売にならねえな」
トキ子「初めてだから、仕方ないわよ」
と額の濡れタオルを替えてやる。
トキ子「でも、海がこわくなったんじゃない？」
俊一「そんな事はない。海もおまえも好きだ。以前よりどんどん好きになってゆく」
トキ子「変な人ね……」
俊一「……？」
トキ子「海と私がいつも一緒なのね」
と顔をのぞきこむ。
トキ子「片方だけ切り離して、たとえば私だけを好きだって、言ったことないのね」

俊一「そうかな」
　俊一は眩しそうにトキ子を見ている。
俊一「……両方大事なんだ、俺には」
トキ子「(頷く) ……」
俊一「……眠ってもいいか」
トキ子「ウン。私、帰るから」
俊一「眠ってもいいか……(眠っている)」
　トキ子はじっと俊一の寝顔をみつめている。

32　沖を走る第三登喜丸

微速エンジンの第三登喜丸が大波に激しくローリングしている。船べりにへたりこんだ俊一が吐いている。その目の先、海面の暗い所を巨きな魚影がよぎる。

33　漁場

俊一「(叫ぶ) マグロだ!」
　房次郎は無言で生餌のイカを操っている。
俊一「マグロがいます!」
房次郎「うるせえ。だまってろ」
　房次郎は念力でもこめるみたいにして、びゅっびゅっと生餌を泳がせる。いつ喰いついてくるか知れぬ巨大な魚に対して、神経を張りつめている。しかし、マグロは現われない。

34　房次郎が弁当を食う

房次郎「お前、目《マナグ》がいいな。遠目はきく方か」
俊一「ハア」
　俊一は船べりにへたりこんだまま、動けない。
房次郎「俺なんか、もう目は見えねんだ」
俊一「見えない? それじゃどうやって……」
房次郎「匂いで分るんだ、奴等のいる所は」
俊一「匂い? マグロが匂うんですか」
房次郎「奴等に食い散らされた小魚の臓物とか血が匂うんだ。そこだけべったりと海が凪ぎるしな。奴等の体が波を圧えつけてしまうんだ。どんな荒れた海でも、奴等がいる所だけ油を敷いたようにべったりとして、匂うんだ」
　房次郎、ナップザックから俊一の弁当を出して、渡す。
房次郎「食え。無理してでも腹に入れねと、体が保たねぞ」
　俊一、口に押しこむようにして食べる。そして、たちまち戻してしまう。

35　夕暮の大間港

岸壁にトキ子が迎えに出ている。入港してくる第三登喜丸。船べりに倒れている筈の俊一がいない。と見ていると、操舵室からひょいと俊一が顔を出す。

俊一「オーイ」
トキ子、パッと明るくなる。
トキ子「お帰りなさーい」
と両手を振る。

36　小浜家への道

房次郎とトキ子が歩いている。
トキ子「俊一さん、父さんのこと尊敬してるのよ。父さんみたいな漁師になりたいって、よく言うもの」
房次郎「俺みたいになったらオシマイだ」
トキ子「……」
房次郎「あいつが俺みたいになったら、おまえが不幸になる」
トキ子「……母さん、不幸だったの？」
房次郎、黙っている。そして、
房次郎「あしたは朝から出てみるかな。あぶら代だの何だの、またツケが溜ってるんだど。もう一匹何とかして釣り上げねばの」
と別なことを言う。

37　沖合いを第三登喜丸が進んでいる

38　漁場

激しい潮流に押されながら、房次郎が船を大きくゆっくり旋回させている。
房次郎「（見ている）……」
はるか北方の海面すれすれに白いものがひらめいている。海鳥が群れて騒いでいるのだ。房次郎はエンジン全速、舳を半転させると、北へ進路をとる。
俊一「マグロですか？　見つかったんですか？」
房次郎は答えず、操舵室を出て船の後方に行く。俊一も後を追う。後尾で房次郎はゴム草履から長靴にはきかえ、漁具の点検をする。
房次郎「いいか。この先、俺の傍にくるんじゃねえ。離れて見てろ」
俊一「あの。何か手伝うことないんですか」
房次郎「（じろりと見て）ねえ」
船首に激突した波がしぶきになって降りそそぐ。房次郎はバケツに海水を汲んで大きな容器にざっとかける。容器の中には釣糸であるナイロンロープが円状に何十層にも畳まれてある。
房次郎「よく覚えておけ。マグロが鉤にかかると物凄い勢いで突っ走る。綱も凄い勢いで突っ走る」
俊一「ハイ！」
房次郎「ぼやぼやしてると巻きこまれて、大怪我するぞ」

俊一「ハイ！」
マグロの群れを間近にして俊一は昂奮している。
俊一「近いんですか、マグロは」
房次郎が小さく舌打ちを洩らす。目指す海上には既に幾隻かの漁船が先着している。
房次郎「北海道の船だ」
と停船してしまう。
俊一「行かないんですか」
房次郎「奴等が荒してしまった。マグロは海の底にもぐってしまった」
俊一「しかし、この周辺にいるんでしょう？」
房次郎は鋭い目で海面を見渡している。そしていきなり舳をめぐらすと、全速エンジンで走り出す。前方には、ただ荒れた海だけがある。しかし房次郎は何かを見定めたように、まっしぐらに船を進める。
房次郎「あそこだ。あの下を奴等ァ突っ走ってるんだ」
房次郎が指さして教えるが、俊一には何も見えない。かえって感嘆して房次郎の顔を見てしまうのだ。エンジンが微速に切り換わる。房次郎は素早く軍手をつけ、手綱で生簀のイカをすくい取り、鉤の刃先をしっかり食いこませる。
房次郎「どいてろ！」
房次郎、鉤を海に投げ入れる。びゅっびゅっと釣糸を操ってイカを泳がせる。とたん、青黒いマグロの鼻先が海面をかすめる。その時にはイカを呑みこまれて、跡形もない。ポリ容器の中の釣糸が飛沫を跳ねて宙に舞う。その瞬間、鋭く短い叫びが上る。俊一がのけぞるような仁王立ちで叫んでいる。鉢巻が見る見る赤く染まってゆく。釣糸が俊一の頭を経由して凄い勢いで走っている。容器から跳ね出した釣糸が俊一の額に巻きついて、皮膚を破り肉に食い入っているのだ。棒立ちの房次郎。反射的に釣糸を摑むが、またたく間に軍手が焼け、船べりに叩きつけられる。俊一の体も均衡を失って同時に倒れこんでくる。倒れた俊一の頭を一めぐりして、釣糸はまだ速度を緩めることなく海の中に走っている。異様な声を挙げて俊一が房次郎にしがみつこうとする。
房次郎「我慢しろ！　漁師なら我慢しろ！」
房次郎は倒れたままリモコン操作でエンジンを全開にし、マグロを追う。マグロの速度を上回ることで、釣糸にたるみが生じる。その僅かな時間を利用して俊一の額から釣糸を取り除くのだ。
俊一「すいません」
と俊一が房次郎の腕の中で言う。
俊一「自分がぼやぼやしてるもんでこんな事になっちまって」

房次郎「黙ってろ」
　糸のはずれた俊一の額から新しい血が溢れてくる。
俊一「マグロはどうなりましたか」
房次郎「あれの事はもういい。あっちが強かった」
　房次郎は立って操舵室に入り、無線のマイクを握る。
房次郎「大間漁協、大間漁協、こちら第三登喜丸……」
浅見の声「アー、こちら大間漁協です。マグロ上りましたか、ドウゾ」
房次郎「救急車の手配頼みます、ドウゾ」
浅見の声「第三登喜丸、アー、今なんて言ったんですか、ドウゾ」
房次郎「至急、港に救急車を……」
　と言いかけて、房次郎はアッとなる。三百米先の海面を巨大なマグロが、釣糸を引きずって跳ねたのである。
浅見の声「救急車？　アー、モシモシ、何か起ったんですか。怪我ですか、急病ですか……モシモシ……」
　房次郎はもう操舵室を飛び出している。ポリ容器に残されたわずか一握りの釣糸に飛びつくと、全力で押える。そして引き戻しにかかる。人間と魚の死斗が始まったのである。
俊一「なんとかしてくれ」
　俊一、血に染まった顔で房次郎を見ている。
俊一「父さん……」
　しかし房次郎はもう俊一を見ようとしない。その余裕もない。
房次郎「こらえてくれ。……こらえてくれ」
　と言って、釣糸を引く。
房次郎「あいつを逃がすわけに行かねんだ。どしても上げねばねんだ」
　と両手で釣糸を絞るようにして、一握りづつマグロを引き寄せる。数百米先で暴れているのを、あやすようにして数センチ刻みで手元に手繰り寄せる。操舵室では無線が房次郎を呼んでいる。
浅見の声「第三登喜丸、第三登喜丸……何があったんですか。応答願います。……第三登喜丸……」

×　　×　　×

　一時間経過している。

　釣糸を押えたまま房次郎は肩で息をし、喘いでいる。体力の限界がきている。その時、百米前方で魚体が跳ねる。マグロも疲れて、海面近く浮いてきているのだ。房次郎は全身で釣糸を手繰る。

俊一「たすけてくれ」

　俊一が倒れたまま両腕で頭を抱えこみ、弱々しくのたうっている。

俊一「なんとかしてくれよ」

39 大間漁協

職員や関係者たちが集って騒然となっている。無線マイクにしがみついている浅見。

浅見「第三登喜丸、第三登喜丸……応答願います……」

そこへトキ子が駈けつけてくる。

浅見「あ、トキちゃん。オヤジさんの船で何か事故が発生したらしいんだ」

トキ子「事故って、あの……」

ザーザーという雑音の向うから、微かに俊一の声が聴こえてくる。父さん……父さん……なんとかしてくれ……たすけてくれ、と言っている。トキ子、ひったくるようにマイクを取る。

トキ子「父さん、父さん、聴こえる？　私、トキ子。……いったい何があったの。……俊一さん、どうしちゃったの……モシモシ、父さん！」

無線は雑音がひどくなり、応答もない。

トキ子「(浅見に) どうしたんですか。何が起ったんですか」

浅見「ああ、最初いきなり救急車頼むって無線が入ったんだ」

トキ子「救急車……」

トキ子は青ざめて坐りこんでしまう。

漁協の職員「こちらから救助の船出したらどんだ？」

浅見「現在位置も分んねもの、手の打ちようがねえでばし」

浅見もイラ立って、喧嘩ごしになっている。

浅見「(マイク) アー、こちら大間漁協です。緊張事態発生につき、各漁船の協力を求めます。……こちら大間漁協……」

40 魚体が船に近づいている

二百キロ近いマグロが巨体を海面に現わして、左右に走りまわる。房次郎はその動きに逆わぬように泳ぐにまかせ、釣糸をゆるめてはまた手繰って、相手の疲労を誘う。魚が疲れているように、房次郎も疲労の極限に達している。マグロはやがて円を描くように船のまわりをゆっくり回り始める。その円運動の輪を房次郎はじりじりと縮めにかかる。俊一がうしろの床で呻いているが房次郎の耳には入っていない。魚との斗いに没入している。突如、魚体が跳ねて反転する。死物狂いで糸を切りにかかっている。が、糸は切れない。かえって、あがくたびに船に引き寄せられて行くようである。房次郎の手にいつの間にか手鉤が握られている。目前に、引き寄せたマグロの頭部がある。釣糸を握った左腕でマグロの動きを制御しつつ、手鉤の刃先を頭に叩きこむ。ふき出す血で海面を染めて、マグロは横腹をみせて浮き上る。その瞬間、房次郎は笛に似た息を吐いて坐りこんでしまう。精魂尽きた感じである。
房次郎「(呟く) やったぞ……やったぞ」
そして俊一の方を見返って、愕然となる。
そこには顔だか血塊だか判別つかぬものが転って、こちらを見ている。
房次郎「大丈夫か?」
房次郎は傍に寄って覗きこむ。
房次郎「……」
糸のように細くなり、血で濡れた俊一の目が、じっと房次郎を睨んでいる。
俊一「これで満足か……」
俊一、明らかに房次郎を憎悪している。房次郎は無言のまま立ち、操舵室に入る。
房次郎「(無線マイクに) こちら第三登喜丸……」
浅見の声「小浜さん。あんた、なして無線に応答しないのよ。こっちは大変な騒動になってるんだ、ドウゾ」
房次郎「今から約二百キロのマグロを引いて帰るがら。それから港に救急車の手配頼みます。以上」
トキ子の声「モシモシ、父さん、私、トキ子。俊一さん、怪我したんでしょう? どんな具合なの? 怪我ひどいの?……ねえ父さん……モシモシ……」
房次郎は無線を切る。
房次郎「(見る) ……」
俊一はもう死んだようになって動かない。

41 **大間港**

サイレンを鳴らして救急車が走り去っていく。船の上で房次郎は虚脱したようになっている。水揚げ場では釣り上げたマグロの入札が始まろうとしている。浅見がやって来て、声をかける。
浅見「あのマグロ、だいぶ身が沸いてしまってるな。値段のほうはあんまり期待しねほうがいいんでねか」
房次郎「……」
浅見「釣り上げるまでに時間食いすぎたな。すっかり身がこわれてしまってるんだ」
房次郎「……」
浅見「あぶら代にもなんねべよ」
房次郎がどんより浅見を見る。
房次郎「……助かるべか」
浅見「あの若い衆か?……助かるといいな」
浅見はまた水揚げ場へ戻ってゆく。

42 **病院の前におでん屋の屋台が出ている (むつ市の夜)**

長イスの端っこに房次郎がポツンといる。
ラジカセの演歌が鳴っている。

オヤジ「お客さん、何か食わせじゃ（おでん）」
房次郎があんまり黙りこんでいるので、オヤジが声をかける。
房次郎「……いらね」
とコップを口に運ぶ。重苦しい。オヤジ（テキ屋風）も白けて、ラジカセを切ってしまう。急に静かになる。
それでも房次郎が黙りこんでいるので、
オヤジ「まだやってるな。……ずいぶん長え手術だして」
とぶつぶつ一人言をいう。房次郎の背中に病院の大きな窓があり、そこだけひどく明るい灯が光っている。
オヤジ「ヤロ、死んでまうかも知れねな」
房次郎「誰が」
オヤジ「……」
房次郎「誰が死ぬして」
オヤジ「いま手術されてる患者のことだ。俺ァこの場所ずいぶん長えけんど、こすて時間のかかる手術は初めてだ」
と見て、
オヤシ「ア、終った」
窓に慌ただしい人の動きが映っている。
オヤジ「怖がね、怖がね。俺ァ、病院ではくたばりたくねもんだ」
と一人で呟いている。房次郎は黙ってコップを口に運んでいる。
房次郎「……（コップを突き出す）」
オヤジ「（注いで）あんた、見かけね顔だけんど、どこの衆だ」
房次郎「……うるせえ」
オヤジ「……？」
房次郎「うるせえって言ったんだ」
と飲みかけて、ふと気配に振り返る。病院の塀の所にトキ子が立っている。
トキ子「（歩いてくる）……あの人、私のことが分らないの」
房次郎「……」
トキ子「意識が混濁しちゃって、私のこと見分けがつかないの」
房次郎「……」
トキ子「手当てするのが遅れたから、傷口が化膿しかけてるって。……化膿しちゃったら、助からないって」
トキ子、青い顔でじっと房次郎を見ている。
トキ子「……たすけてくれ、何とかしてくれって、あの人頼んでたじゃない。……そんなにマグロが大事なの……人間よりマグロが大事なの？」
房次郎「（何か言いかける）……」
トキ子「このままあの人が死んだら、父さん人殺しじゃない」
房次郎「……」
　トキ子は据わったような冷えた目になって房次郎を見ている。
トキ子「……人殺しじゃない」
　そして、そのまま戻って行きかける。
房次郎「トキ子……」
トキ子「……」
房次郎「これ」
　と房次郎は懐中から預金通帳をとり出す。
房次郎「病院に金かかるべと思って」
　トキ子は受け取って、もう一度じっと房次郎を見て、ありがとう、と妙にはっきり言う。さよなら、と言ったようである。

43　大間警察署

44　一室で房次郎が事情聴取されている

係官「事故であることは分ったけんど、その、重傷の怪我人を放ったらかしにして……」
房次郎「マグロがかかっておったです」
係官「だから、どすたと言うのよ。怪我人は死にかけてあったんだでや。人の命よりもマグロが大事なんか、あんたて人は」
房次郎「……糸は切れねです」
係官「そりゃあ、アンタが欲にマナゴくらんでるからでねえの。もしアンタが怪我してる側だったら……」
房次郎「そい時は、わいはいいですよ」
係官「……」
房次郎「……いいですよ」
　係官は、話にならんという感じで、
係官「小浜さんな、さいわい依田俊一は命とりとめたし、本人にも告訴の意志がないからこれで済むけど、もし死んでおったら、アンタ過失致死に問われてる所なんだぞ。そのことを忘れんようにな」
　と立つ。

45　大間警察署の玄関を房次郎が出てくる

それを見て、立ち話をしていたオカミさんたち五六人、慌てたように離れてゆく。房次郎のことが話題になっていたらしい。

46　港への道をエイスケが歩いている

47　大間港

エイスケが走る。

エイスケ「オーイ、房次郎！」

48　房次郎が出漁の支度をしている

エイスケ来る。

エイスケ「おい。トキちゃんが大間を出て行くぞ」
房次郎「……」
エイスケ「あの若い衆と一緒だ。今朝退院して、その足で出て行く所だ」

房次郎は黙ってエンジンの点検をしている。

エイスケ「とめねのか。……親子の縁が切れてしまうぞ」
房次郎「とめられね」
エイスケ「なに？」
房次郎「俺にはとめられね。どすることも出来ね」

エンジンを入れる。

房次郎「綱解いてくれや」
エイスケ「おまえ親でねのか、トキちゃんの」
房次郎「(怒鳴る) 親より男が可愛いと……引導渡されてしまったんだ」
エイスケ「……」
房次郎「綱解いてくれ」

エイスケ、ロープを解いて投げる。

エイスケ「バガヤロ！」
房次郎「ああ、バガだ。大バガだ、俺は！」

第三登喜丸は岸壁を離れてゆく。

49　海沿いの道をそば屋のバイクが走る

海際まで迫っている山肌はすっかり秋も終りの色になっている。

50　小浜家の前にバイクとまって——

51　玄関に出前持ちが入ってくる

出前持ち「おまちどさん。カツ丼にミソ汁」

居間に房次郎がポツンといる。

房次郎「そこさ置いてってけろ」
出前持ち「あのォ……勘定……」
房次郎「月末にまとめて払うじゃ」

房次郎は一人で焼酎を飲んでいる。それが寒々とした感じで、

出前持ち「ア、そんですか。……まいど」

と出て行く。

房次郎は塩漬けしたトビウオで擬似餌を作っている。翼をひろげた形に針金を仕込んで、生きて飛んでいるように見える。房次郎はシューッと声に出して、宙を動かしてみる。外はひどい風になって、わびしい。

52　十一月の荒れた海

第三登喜丸が波浪に翻弄されながら、危なっかしく浮かんでいる。

53　房次郎がしぶきを浴びながら擬似餌のトビウオを操っている

トビウオは威勢よく羽根をひろげて、ビュッビュッと海面を走る。しかし食いついているマグロはいない。

54　冬の大間港

凍るような風が吹き抜けて、人影がない。

漁具を抱えて房次郎がやってくる。

房次郎「(見る)……」

赤い小さなものが岸壁にいる。アノラックの子供が漁船を一隻ずつ見て歩いている。重夫である。重夫は途中で立ちどまって足踏みしたりする。耐え難い寒気なのだ。房次郎、ゆっくり近づく。

房次郎「ぼんず、そたら所突っ立っていると風にさらわれるぞ」

房次郎はゴムの合羽に頭巾、長靴も内側に毛のついた頑丈な物である。

房次郎「なにすてんだ」

重夫「第三登喜丸って船さがしてる」

房次郎「第三登喜丸？　何か用あるのか」

重夫「兄ちゃんが乗ってた船なんだ」

房次郎「兄ちゃん？　おまえの兄ちゃんか？」

重夫「ホントの兄ちゃんではないども……仲良かったんだ、僕と」

房次郎「……どこから来た」

重夫「むつ」

房次郎「一人でか」

重夫、頷く。

房次郎「何しに来た。兄ちゃんに会いにか」

重夫「兄ちゃん、もうここには居ねもん」

房次郎「居ねのに来たのか」

重夫は黙っている。

重夫「オッちゃんには関係ねでば」

房次郎「そうか。そんだな」

と笑う。が重夫はなんだか唇を噛むような感じになってしまう。

房次郎「ぼんず……」

来い、と肩を抱いてやる。

55　大衆食堂

熱い鍋焼うどんを前に、重夫がふーふーやっている。

房次郎「そうか。父さんが死んでまったのか」

房次郎は焼酎で、
房次郎「それで、寂しくて、船コ見に来てしまったのか」
重夫はうどんに熱中している。鼻水垂れるのを房次郎がチンとかんでやる。
房次郎「父さん、出稼ぎに行ってらのか」
重夫、頷く。
房次郎「死んだのは、事故か」
重夫「ケンカ」
房次郎「ケンカ?」
重夫「酒コ飲んで、ケンカして、死んでしまったって」
房次郎「ふーん」
重夫「事故で死んでくれたんなら、なんぼかでも銭コ入ったのに、まるでムダ死だって母さん泣いてあった」
と房次郎を見て、
重夫「オジさんも気をつけたほうがいいでば」
房次郎「あ」
重夫「昼間から酒コ飲んで、うちの父さんと同じだきゃ」
房次郎、ぷっと笑う。
房次郎「オジさんは強いから大丈夫だ」
と笑う。久しぶりに笑う。

56 食堂の前で水産会社の冷凍車に重夫を乗せてやる

房次郎「母さんが心配するがら、もうこったら遠くまで来るんでないぞ」
重夫「ウン」
房次郎「そのかわり、いつか天気のいい時にオジさんの船に乗せてやるしてな」
重夫「大きいの、オジさんの船?」
房次郎「おお、大きいぞ。第三登喜丸だ」
重夫「……?」
房次郎「オジさんの船が第三登喜丸だ。(と運転手に)むつのバスターミナルで降ろしてけせ」
冷凍車スタートする。重夫が手を振っている。
房次郎「窓閉めろ。風邪ひくぞ!」
見送って房次郎は急に寂しくなる。

57 夏の海

海鳥が群れて旋回している。

58 タイトル

一年後――。

59 小浜家の土間には焼酎の空瓶が山積している

無人の居間にテレビが映っている。房次郎は台所にいる。ハチミツと生卵を攪拌した特製のスタミナドリンクを作っている。それを喉に流しこんで、玄関に向う。

60　海沿いの道を房次郎が歩く

61　漁協の事務所に房次郎が入ってくる

浅見が机から顔を上げて、

浅見「ョォ、小浜さん、珍しいな」

房次郎は、ああ、と入口の長イスに腰を下ろす。前の壁に古びた日本地図がある。

房次郎「北海道さ行ってみるがなと思ってよ」

浅見「北海道？」

房次郎「去年は尻屋さ行ったたって、も一つよくねもな。今年は北海道へ行ってみるべしと思ってな」

浅見「北海道か」

うーん、と浅見は腕組みしてしまう。

浅見「北海道はいいけども、伊布の港には入らねでけねか」

房次郎は黙っている。

浅見「伊布の漁協では大間の船の乗り入れは許さねって言ってんだから。無理に入れば悶着になるして。なあ小浜さん」

房次郎「今の季節は伊布の沖が一番なんだ」

浅見「小浜さん、悶着は困るんだ。あんた一人の問題ですまねんだから。分ってくれや」

房次郎は、ああ、と頷いて、それじゃ、と出て行く。

職員の一人が浅見に声をかける。

職員「小浜のオヤジ、やる気でないのかな」

浅見「まさか。なんぼマグロを引いてってもよ、受付けて貰えねば丸損だべよ。釣ってから三時間が勝負なんだから、マグロは」

62　北海道・伊布沖

マグロ釣りの漁船が点々と散って動いている。

無線の声「こちら伊布漁協、こちら伊布の漁協です。各船ともどんな按配ですか。えー、第五光正丸、第五光正丸、どすた具合ですか、ドーゾ」

光正丸の声「駄目だ。マグロはいるけんど、さっぱし食いついてこね。他の船はどんだ？」

漁協の声「えー、それでは第一吉祥丸、第一吉祥丸、ドーゾ」

吉祥丸の声「アー、オラとこも同じだ。まるで手に負えね。ドーゾ」

漁協の声「えー、港には水産会社の冷凍車が待機しております。各船とも一層頑張って下さい。以上」

と言ってる所に、

房次郎の声「伊布漁協、伊布漁協」

漁協の声「こちら伊布漁協、ドーゾ」

房次郎の声「現在、百五十キロのマグロを引いて、帰港中」
漁協の声「百五十キロ？　わー、助かったじゃ。冷凍車カラで帰すかと思ってヒヤヒヤしてたんだ。やったなあ。船名と帰港予定時間をドーゾ」
房次郎の声「こちら第三登喜丸。ドーゾ」
漁協の声「第三登喜丸……て、えー？　アンタ、大間の船でないの？」

63　マグロを引いて第三登喜丸が走っている

房次郎「（マイク）こちら大間の第三登喜丸。約一時間後に入港の予定。ドーゾ」
漁協の声「ちょ、ちょっと待ってけせ」

64　伊布の漁協

無線係の職員が慌てて課長に相談する。
無線係「どうします、課長」
熊谷「駄目だ、駄目だ。大間の船なんか、とんでもねえ」
無線係は、ハア、とマイクをとる。
「待ちなよ」
水産業者が五六人、事務所の中で待機している。
水産業者岸本「そのマグロ断わってしまって、かわりのマグロが上ってくる保証はあるのかね」
進藤「頼むぜ、今が最高の高値なんだ」
熊谷「そんな事は分ってるよ。問題は……」
岸本「大間のマグロも伊布のマグロも、マグロに変りはないべ、商売させてくれや。頼むぜ課長さん」
業者たち、頼むわ、と迫る。熊谷は考えているが、
熊谷「（マイクとる）第三登喜丸、第三登喜丸！」
房次郎の声「こちら第三登喜丸、ドーゾ」
熊谷「アー、伊布漁協としては、第三登喜丸がマグロを水揚げすることは絶対に認めない。が、えー、そちらもあぶらや食糧の補給などの必要があると思われるので、入港は認める。えー、水揚げは認めぬが、入港は許可する。アー、ということだ、ドーゾ」

65　走る第三登喜丸

房次郎、ニヤッと笑う。
房次郎「（マイク）了解！」

66　伊布港

着岸している第三登喜丸から、ウインチでマグロが水揚げ場へ移されてゆく。その向う、熊谷が房次郎を引っ張るようにして、事務所の裏へ連れて行く。

67　事務所裏の空地

熊谷「（舌打ちで）暫くの間、港から消えててくれねか。

あんたのこと知れたら、伊布の漁師だって黙っていねからな。金はあした渡す。そのかわり、手数料はガッポリ貰う。何か文句あるか？」
房次郎「ねえ」
と房次郎は熊谷の肩を叩く。
房次郎「熊谷さん、あんたヤリ手だ。俺を呼んでマグロの釣り方教えさせたのもアンタだし、その後で俺たちをしめ出したのもアンタだ。なあ」
熊谷「伊布の漁師を保護するためだ。腕のいい大間の漁師がこの辺荒したら、伊布の漁師はなんぼのマグロも取れやしねえ。伊布を守るためだ、仕方なかったんだ」
と言って、熊谷は事務所へ戻ってゆく。

68 **海に近い大衆食堂**
房次郎が焼酎のみながらメシ食っている。

房次郎「焼酎おかわり」

ハイ、とおばさんがつぐ。それを飲みかけて、房次郎はアッとなる。表の通りをぶらぶら女がやってくる。ちょっと家から出てきたといった様子で、派手めなワンピースにサンダルつっかけ、買物籠をぶら下げている。

房次郎「(見ている)……」

女は道を向うからやって来て、食堂の前を歩いてゆく。

房次郎は息を呑んだようになって、じっと見ている。勘定をテーブルに置くと、無言で食堂を飛び出す。

69 **女は顔見知りの男に声をかけられたりしながら歩いている**
水商売らしい。房次郎、ついて歩く。そのうち、ふと女が振返る。

まともに目がぶつかる。

アヤ「……！」

アヤも一瞬、息が詰った風になる。いきなり背を向けると、走りだす。房次郎も走る。

70 **アヤは細い露地に逃げる。**
房次郎、追う。

71 **露地を何度も曲って、飲み屋横丁に出る**
アヤの姿が消えている。房次郎は焦ってウロウロする。そして振向くと、離れた所にアヤが立っている。じっとこちらを見ている。
房次郎「アヤ……」
アヤ「あんた……何しに来たの……」

72　スナックかもめ

カウンターにアヤと房次郎。まだ開店には間があって、妙にひっそりしている。

アヤ「怖かった。殺されると思った」
房次郎「なして殺すんだ」
アヤ「そんな気がしたの。……私、悪いことしてるもん」
房次郎、黙っている。そして、
房次郎「びっくりすた。おまえ、ちっとも変ってねもんな。時間があっという間に戻ってしまったみたいだった。悪い夢みてるみたいであった」
アヤ「悪い夢?……そう。私のこと探しに来たんでなかったの」
房次郎「……」
アヤ「当り前だよね。二十年だもんね。私もどうかしてる。私もさ、時間がとんでしまったみたい」
房次郎、黙っている。
アヤ「……あんた、老けた」
房次郎「仕方ねべよ。汐風に顔さらしてるんだがら」
アヤ「それで悔いはないんでしょうが」
とアヤはカウンターの中へ入って、煮物だの、開店の支度にかかる。
房次郎「店《ココ》、長いのか」
アヤ「そんでもない」
房次郎「どすて伊布なんかに来たんだ」
アヤ「いろいろ事情がありまして。北海道をあっちこっち……」
房次郎「(言い淀む)男か。……男のことでか……」
アヤ、黙っている。
アヤ「トキ子どしてます? 二十五でないの、今年」
房次郎「男と、大間を出て行った」
アヤ、ふーんとなる。
アヤ「やっぱり私の血を引いてる」
房次郎、黙っている。
房次郎「一杯、いいか」
アヤは、ハイ、どうぞ、とコップに焼酎をつぐ。
房次郎「覚えてら」
アヤ「忘れないよ。焼酎切らしたら、ぶん殴られたんだもの」
房次郎「(飲む)旨め」
アヤ、見ている。
アヤ「相変らず、手ェ早いの?」
房次郎「そんなこたね」
アヤ「言葉より先に手が飛んでくるんだもんね、あんたって人は。怖かった」
房次郎「……それで逃げたのか」
アヤ「……」

房次郎「それで俺に愛想尽かしたんか」
その時、ドアを開けて、若い男が顔を覗かせる。
男「ア、お客さんいたんか。(と房次郎に) いらっしゃい」
と言って、アヤをまねく。アヤはドアの外に出て、すぐ戻って買物籠からガマロを持って、また出て、戻ってくる。
アヤ「(呟く)……ごめんなさい」
房次郎は黙っている。しかし手が震えるような感じがある。
アヤ「私も飲んでいいかしら」
とアヤは勝手に注いで、飲む。
アヤ「ごらんの通りよ。あんた悪くないよ。……まちがいばっかりやってきたもん、私」
房次郎「……いくらだ」
アヤ「……」
房次郎「勘定」
アヤ「いいわよ」
房次郎「そうか。……すまねな」
と立つ。
アヤ「帰るの?」
房次郎「金いるんでねのか。……マグロ釣ったんだ。あした現金になる。俺には必要ねえ金だから……」
アヤ「いらない」
房次郎は、そうか、と行きかける。
アヤ「あんた」
房次郎「……」
アヤは何か言おうとして、言葉にならない。
房次郎、黙って出てゆく。

73 伊布の港

真夜中。暗く静まっている。

74 第三登喜丸の船底で房次郎が丸くなっている

船底は坐って頭がぶつかるほど狭い。裸電球が一つ。薄い蒲団に汚れた毛布。それに焼酎の一升瓶に茶碗だけ。
房次郎「(ふっと目をあける)」
コツンコツンと船の横腹に何かが当る。
房次郎「(聴いている)……」

75 岸壁からアヤが小石を投げている

76 第三登喜丸の操舵室から房次郎が顔を出す

アヤ「私……分った?」
とアヤが岸壁から声をかける。
アヤ「来てしまった」

房次郎「……酔ってるのか」
アヤ「ううん。そんでもない」
とちょっと揺れている。
アヤ「石コ投げてるうちにさ、昔を思い出してしまった。ヨソの港にいるあんたを訪ねて行って、よくこうやって合図したもんね」
と小石を投げる。
アヤ「そっちに行ってもいいかな」
房次郎は舳に行き、アヤの手を引いて上げてやる。アヤは、ああ、と息を吐いて、
アヤ「ちっちゃい船だね。もうちょっと立派なのに乗ってると思ったけど、昔とたいして変らないでないの」
房次郎「稼ぎがねえもんな」
アヤ「それも昔と変ってない。なんぼオガシっきゃ」
と言って笑う。おかしくてたまらないみたいに笑う。
そして、
アヤ「……抱いてけせ」

77　第三登喜丸が小さく横揺れしている

78　船底で房次郎とアヤの体が動いている

×　　×　　×

裸の体が一つの毛布にくるまっている。
アヤ「トキ子に会いたいな。今どこにいるの」
房次郎「和歌山の方だとかって、噂で聞いた」
アヤ「和歌山？」
房次郎「あそこは冬でもマグロが釣れるがら」
アヤ「漁師なの、相手の人？」
房次郎「漁師になりてって言ってあったんだけど……」
アヤ「漁師になりたいのに、なんで大間を出ねばなんねの」
房次郎「……俺が悪かったんだ」
アヤ、ふーんと見ている。
房次郎「俺はもともと依固地で暗いとこあるもんな。肝腎な時になると、自分で溺れこんでしまうもんな。全部の事を悪い方へ流してしまうもんな」
と房次郎はぼんやり天井を見ている。
アヤ「私はその暗い所がよかったんだ。あんたと寝ていると、その中に引きこまれてしまってさ、それが妙に安心できることだったんだ」
と強く抱く。
アヤ「ああ。帰っちゃおうかな。このまま船出して貰って、大間まで連れてかれてしまおうかな」
ね、そうしてくれる？　と目をのぞきこむ。
アヤ「でも無理だ。そんなに簡単に行く筈ないよね。おた

がい、軽い体じゃないんだもんね」
房次郎「行ぐか。ホントに行ぐか。……男のことは構わねのか」
アヤ「あんなの……」
好きで一緒にいるわけでないんだから、と寝返り打って、
アヤ「店なんかくれてやっちゃってもいいんだから」
と考えている。
アヤ「……ホントに許してくれるの。私のこと。私のしたこと」
房次郎「二十年も前のことだ」
アヤ「そうか。時効か」
そうだね、と頬ずりするようにして、
アヤ「私、あんたが好きだったもん。好きだったけど逃げてしまった」
房次郎「なすて」
アヤ「……」
房次郎「なすて逃げたんだ」
アヤ「……忘れてしまったじゃ」
房次郎「忘れてしまったか」
と見ている。アヤは起き上って着衣する。
アヤ「……明日まで待っててけへんか。明日の晩……あんたさえよければ、荷物まとめてくるはんで」
房次郎、頷く。

79 操舵室からアヤと房次郎が出てくる

とたん、ドカーンと花火が上る。若い男がギャハハと笑う。そしてもう一発花火を打ち上げる。
新一「オーイ、迎えに来たぞ」
と花火を振り回しながら歩いてくる。
新一「アヤよ、おまえが港の方さ行ったって聞いたもんで、ずっと待っておったんだ。退屈だから花火見ておったんだ」
と近づいてくる。
新一「そすたら何だかおっかなくなってしまってな。海で死んだ漁師たちを呼び寄せているような気がして、段々おっかなくなってしまったんだ。アヤが早く出て来ねか、出て来ねかと、ずっと待ってあったんだ」
と傍にくる。
新一「(房次郎に)オッサン、知らねだろうがよ、その女はいわくつきなんだぞ。松前で、漁師が一人、その女のために死んでるんだ。それでここまで流れてきたんだ。……いわくつきなんだぞ」
房次郎は黙っている。
新一「何とか言ったらどうなんだ。ヒトの女に手ェ出しておいて」

新一はズボンのチャックを開き、

新一「畜生、淫売が！」

と唾を吐き、船に向って放尿する。

アヤ「駄目。やめて！　あんた、よしてよ！」

アヤが船を降りて、とめる。が、殴り飛ばされる。

新一「ヒトの女に手ェ出しやがって。ホントなら火ィ点けてる所だ」

房次郎が岸壁に飛び下りる。と同時に、新一をぶっ飛ばしている。倒れたのを蹴る。

押えてきたものがはじけたみたいに、とことんやる。

アヤがしがみついて、とめる。

アヤ「やめてよ。死んじゃうでないの」

房次郎はそのアヤも殴りつける。

房次郎「淫売なんて言われてよ、今までどんな暮らししてきたんだ」

アヤはすーッと醒めて房次郎を見る。

アヤ「分ったよ。あんたちっとも変ってないよ。マグロと人間の区別がつかないんだ。鉤にかかったら按配よく泳がしといてさ、苦しがって暴れたら殴りつけるんだ。死ぬほど殴って、手の内さ入れておくんだ。変ってないじゃないか、ちっとも」

房次郎「……」

アヤ「もうおしまいだよ」

アヤ、立ち上るとふらふら歩きだす。新一も房次郎を避けるように遠回りして、よろよろアヤを追ってゆく。

房次郎「明日の晩まで……船とめておくはんで……」

しかし、アヤに聞こえたかどうか分らない。

80

伊布の沖

マグロ釣りの漁船が点々と散らばっている。漁師たちの無線のやりとりが聞こえる。

「オーイ、北海丸。そっちの調子はどんだ」

「よぐねなァ。今日はまた風がやけに冷めたいんでないか。早えとこデカいの釣って、陸さ上りてもんだ」

「今夜も行ぐのか、松前のピンクサロン」

「行ぎてなァ、最高だもんな。生尺に本番ＯＫだもんな。たまんねえでよ」

ギャハハ、と笑い合う。

81

その無線を聞きながら、房次郎が擬餌を泳がせている

青黒い巨大な物が海面をかすめる。同時にポリ容器から虹が立って、ナイロンテープが長い蛇みたいに宙を突っ走る。マグロが擬餌を呑みこんだのだ。房次郎はリモコンで舵を回しながら、エンジン全開、マグロの疾走にぴったり追随する。

×　×　×

もう二時間近く斗っている。百米程の海面にマグロが全身を現わして跳ねる。大物である。

房次郎「よーし、来い。暴れろ、暴れろ。おまえはもう俺のもんだ。俺の手の内さ入ってしまったんだ」

房次郎は疲労の極限にきている。脂汗にまみれ、喘いでいる。

房次郎「もっと近くへ来い。息の根とめてやるべよ。もう一度伊布の港に水揚げして、奴等に見せつけてやるして。来い。来い」

マグロは弱ってきたしるしに、ゆっくり船のまわりを旋回し始めている。その輪を縮めて、手鉤を脳天に叩きこむ。それで終りだ。もうほんの目の先に巨大な背中がある。それは海面を盛り上げて浮上し、翻って海中に消える。その動きを先刻から繰り返している。房次郎は左腕でロープをしごき、右手に手鉤を握る。白い歯を剝き、疲労で歪んだ房次郎の顔が笑っているように見える。——手鉤を頭上に振りかざす。その時、思いがけない激しさでマグロの巨体が空中に跳躍する。そして鋭く半転して、そのまま海面に落下する。房次郎ははじかれたように後方にのけぞり、素っ飛んで船べりに激突する。

房次郎「あ、あ……」

房次郎は信じられないようにマグロの消えた海を見ている。ナイロンロープが切られたのだ。

房次郎「ああ……ああ……」

泣いているような苦痛に満ちた声を挙げて、房次郎はいつまでも海を見ている。

82

夜中の伊布港

岸壁にアヤが立っている。足元に旅行鞄と荷物を詰めこんだ紙の買物袋を置いてある。房次郎を待っている。

岸壁につながれて、漁船の群れがひっそり揺れている。

その中に第三登喜丸はない。

アヤはいつまでも待っている。

83

大間の浜にはまなすが咲いている

この土地には珍らしく、夏の海が陽光に輝いている。

84

タイトル

——終りの夏。

85

海沿いの道を一升瓶ぶら下げて、ビッコのエイスケが歩いている

86

小浜家の玄関をエイスケが、ゴメンヨ、と入ってくる

相変らず土間に山積した焼酎の瓶。その上に埃がたまって廃屋を思わせる。テレビをつけ放しにした居間で房次郎がひっくり返っている。

エイスケ「上がるぞ」

とエイスケが上ってきて、

エイスケ「わーッ、臭せ臭せ。家中の物みんな沸いてまってるんでねのか」

と食卓の上の残飯などを台所へ運ぶ。

エイスケ「港ではお前のこと死んでまったんではないかって噂してるぞ。船も錆びついてしまって、もう、動かねんでねのか」

房次郎は、ああ、とテレビを眺めている。ひとまわり小さくなったみたいに、老けこんでいる。

エイスケ「どすたんだ」

房次郎「……」

エイスケ「伊布から戻ってきてからってもの、おまえなんだがおかしくなってしまったもんな。何かあったのか、伊布で」

房次郎は焼酎の栓を抜き、湯呑みについで飲む。

房次郎「アヤが……」

エイスケ「アヤ?……アヤさんに会ったのか、あっちで」

房次郎はゆるく首を振る。

房次郎「アヤに見えたんだ、マグロのヤロがよ」

エイスケ「……」

房次郎「糸切られてしまったんだ、そいつに」

エイスケは黙って房次郎を見ている。

エイスケ「糸切られたのか、おまえが」

房次郎「俺がだ。生れて初めて、やられた。……一度っきりではねんだ。それから二度も三度もな。……手鉤ぶちこむ所までひっぱりこんでは、さいごの一呼吸で糸切られてしまう。体に力がねくなった証拠だ。気も弱ってしまった。……そろそろ船下りるころだ」

エイスケ「バカヤロ」

とエイスケも飲む。

エイスケ「船下りて、何すんだ」

房次郎「……」

エイスケ「おまえに丸太ン棒相手のくらしがつとまるか。海離れてくらせるのか」

房次郎「……」

エイスケ「それでよかったら、船下りたらいいでばな」

房次郎、黙っている。

エイスケ「たまには港さ行ってみろ。新しい船があるぞ。第一登喜丸っていうんだ」

房次郎「第一……?」

エイスケ「トキちゃん夫婦の船だ」

房次郎「……」
エイスケ「おまえが長島なら、あっちは王で行くんだと」
　エイスケは、中々ジョッパリだの、あの若い衆も、と笑う。

87　大間港の岸壁を房次郎がやってくる

第一登喜丸という新造船の前に立つ。第一登喜丸は第三登喜丸よりひと回り大きくて、白い船体が真新しく光っている。房次郎が見ていると、操舵室から俊一がひょっこり現われる。
房次郎「（見る）……」
　俊一はすっかり変貌している。日焼けし、逞しくなっている。
　額には傷痕が薄赤い線になって刻まれ、縫合した部分の皮膚がちぢれて、凄惨な顔になっている。俊一は鋭い目で房次郎を一瞥すると、無言のまま操舵室にひっこみ、船を出す。
房次郎「（見ている）……」
　父さん、とうしろで声がする。買物籠を下げたトキ子が立っている。
房次郎「やあ……」
　うまく言葉にならない。
房次郎「船買ったのか」
トキ子「むつの店を売ったの。そのお金で」
房次郎「そうか」
　トキ子には家庭を持った女の落着きみたいなものが出ている。
房次郎「なんぼか釣れたか」
トキ子「（首を振る）和歌山とは海が違うから」
房次郎「この辺のマグロは一筋縄では行かねんだ。北海道の釣船やソ連のハエ縄船団なんかの仕掛けをくぐり抜けてきた、しぶといヤツばかりなんだ」
　トキ子、頷く。
房次郎「そのかわり、かかれば大物だ」
　港の連中が好奇の目で見ているので、ぶらぶら歩きだす。
トキ子「私たち結婚したの。和歌山で式挙げて」
房次郎「そうか」
トキ子「ごめんなさい。連絡もしなくて」
房次郎「……肩身狭くなかったか」
トキ子「え」
房次郎「父親も母親もねくて、肩身狭くねかったか」
トキ子「俊一さんも身寄り少ない人だから……」
　房次郎は、そうか、と歩いている。
房次郎「漁師の目《マナグ》になってきたな」
トキ子「……？」

房次郎「さっきの目《マナグ》だば、俺にケンカ吹っかけてる目であった」
トキ子は、そう、と立ちどまる。港の露地から通りに出た所である。
房次郎「どこさ住んでるんだ」
トキ子「前と同じ。工藤さん所の……」
房次郎「釣道具屋のか」
トキ子、頷く。
トキ子「でも、来ないで」
房次郎「……」
トキ子「私も行かないし、父さんの家」
房次郎「……」
トキ子「じゃ……」
トキ子、通りを歩いてゆく。

88 第一登喜丸が沖合いを走っている

無線の声「アー、こちら栄進丸、こちら栄進丸」
浅見の声「ハイハイ、こちら大間漁協です。ドーゾ」
無線の声「アー、たった今、百五十キロくれえのやっつけた。疲れて疲れて、もう死にそうだじゃ」
浅見の声「ハイ、おめでとさん。もうひと踏んばり、フルスピードで帰港願います。ドーゾ」
無線の声「了解！」

俊一は血走ったような目で海面を見渡す。何もない。ただ荒れた海だけがある。俊一はわけの分らぬ焦燥に襲われて、船を走らせる。

89 釣具屋の離れ

俊一が晩めしを食べている。
俊一「あの人に話したのか、カラダのこと」
トキ子「ううん」
俊一「どすて」
トキ子「どしてかな。言おうとしたけど、なんだかドキドキしてしまって」
俊一「自分の親にか」
トキ子「親でないもの。……親でないんでしょう、もう？」
俊一は黙っている。そして、
俊一「来年の春には孫が生れるって聞いたら、喜ぶんでねのか」
と一人言みたいに言う。トキ子はめしを盛ってやって、
トキ子「父さんが船出したらね、目を離さないようにしろって言うの。あとをついて行けばマグロに会えるって。大間では、そう言うの」
俊一「……俺にもそうしろってか」
トキ子「そんな意味で言ったんじゃない。……でも、大間の海に早く慣れなくちゃね」

俊一「分ってる。俺だって素人じゃねんだ。和歌山では何本となくマグロを……」
言いかけて、黙ってしまう。じっと一点を見ている。
トキ子「どしたの。具合悪いの？」
俊一「何だか、まわりがオカしな風に見える」
と額を揉む。
トキ子「すぐ蒲団敷くから」
と押入れから夜具を出す。
トキ子「明日むつの病院へ行こ？」
俊一「大丈夫だ。今日だって、あの人のマナゴはっきり見えた。漁師としての俺の力計っているようなマナゴだった」
と這うように蒲団に横たわる。
俊一「三時間したら起してくれ。イカ釣りに出る」
と、ぐったり目を閉じる。

90 強いヤマセが吹いている

大間港は濃いガスが流れて、出漁をとり止めた漁船が岸壁に雁首揃えたようになって、揺れている。

91 大衆食堂

俊一とトキ子が重夫をつれて、ラーメンを食べている。
トキ子「そうだったの。父さんと知り合いだったの」
重夫「僕があんまり寒がるはんで、熱いうどんを食べさせてくれた」
トキ子「ふーん」
重夫「船にも乗せてくれるって言ったんだけど、いつ来ても第三登喜丸は岸につながったままだった」
俊一「今度は第一登喜丸に乗せてやるして」
重夫は、うん、とさいごの汁まで飲む。ガラス戸を開けて、エイスケが入ってくる。
エイスケ「よお」
俊一、こんちわ、と挨拶する。
エイスケ「ひどいヤマセだの。こんなのが十日も吹いたら漁師殺しだ」
とラーメンとコップ酒を注文する。
エイスケ「ヤマセが吹くと人も妙に荒れるもんなんだ。昔はヤマセの日には赤い着物を着る衆がようけ出るって言ったもんだ。分るかい、赤い着物に白い着物」
俊一「分ります。監獄で着るもんでしょう」
エイスケ「そんだ。やり場のないような、殺気立った気分になってしまうんだな」
俊一は、分ります、ともう一度繰り返す。
俊一「自分も今、そんな気分です」
トキ子がちらっと不安な目で俊一を見る。
エイスケ「(笑う) まあ、漁師なんてものは、いつだって殺気立っているようなもんだがの」
とコップに口をつけて、
エイスケ「そういえば、さっき第三登喜丸が港を出て行った」
俊一、え、と立上りそうになる。
エイスケ「船を出しただけだ。沖の空気を体に入れに行ったんだ。なんぼ房次郎でもこの天気ではマグロは無理だ」
俊一「そんですか。あの人でも無理ですか」
トキ子「(エイスケに)この人、船出すってきかなかったの」
エイスケ「バーカ、可愛い女房陸に残して、幽霊になって戻ってくる気か」
とラーメンを啜る。重夫がじっと曲った脚を見ているので、
エイスケ「ぼんず、オジさんの脚、そったら珍らしいか」
重夫「僕も脚折ったことあるがら……」
エイスケ「この脚だは折れただけではないんだ。マグロ釣るロープに噛まれて、肉も筋もぐしゃぐしゃになってしまったんだ」
重夫、ふーん、と見ている。
重夫「オジさんも漁師であったんか」
エイスケ「そんだ。オジさんの船は弁天丸といったんだ。第三登喜丸と弁天丸はシノギ削るような競争相手であったんだがの……」
とエイスケは穏やかな顔で笑っている。
俊一「どすたんですか。船下りてしまって、主のいない弁天丸はどしたんですか」
エイスケ「燃やした。……未練残らねように、さっぱと燃やしてしまった」

92　荒れた海上に演歌がガンガン鳴っている

第三登喜丸が波の壁にのめりこむみたいに危うげに進んでいる。

操舵室の前に黒い物が蹲っている。房次郎である。黒いゴム合羽をかぶった房次郎が坐りこんで、じっと海を見ている。叩きつけるみたいな波しぶき。ガスった海上で、第三登喜丸はさまよっているように見える。

93　大間港

出漁の支度をした俊一が来る。
俊一「(見る)……」
岸壁にぼんやり房次郎が蹲っている。俊一は無視して、第一登喜丸に乗りこむ。

94　海の上

第一登喜丸で俊一がイカの生餌を泳がせている。イカは黒い墨を吐いて、沈んだり浮き上ったりする。近くにマグロがいるらしい。俊一につっかけからゴム長靴に履きかえ、釣糸のロープに水をぶっかける。房次郎とまったく同じ手順である。巨大な魚影が海面下をよぎって翻える。緊張し身構える俊一。しかし生餌は呑みこまれることなく、いつまでも泳いでいる。

95　夕暮の大間港

疲労を全身に滲ませて、俊一が第一登喜丸から岸壁に下りてくる。漁協の前のベンチには房次郎が浅見と坐って焼酎を飲んでいる。漁協のふるまい酒らしい。第一登喜丸がさいごの帰港船で、浅見もくつろいで一緒に飲っている。

浅見「第一登喜丸よ、焦ったらわがねじゃ。かかる時には黙っていたって、向うからかぶりついてくるもんなんだなあ」

俊一はちょっと会釈して、無言で通り過ぎる。

96　翌日の大間港

俊一がくる。房次郎が岸壁で陽なたぼっこしている。船に乗りこむ俊一に房次郎が声をかける。

房次郎「トキ子はどすたんだ」

俊一「……ホタテ工場さパートで出ています」

房次郎は、そうか、と眠たそうに目を閉じてしまう。

俊一「（見ているが）なすて船出さんのです」

房次郎「出したくねえから出さね」

俊一「（見ている）……」

房次郎「昔のことを思い出してるんだ。日に三本も四本もマグロを上げた頃のことを。……邪魔するな」

97　夕暮、第一登喜丸が空船で帰ってくる

漁協のあたりは水揚げがあったらしくて賑やかである。その中に房次郎がいる。漁師たちと酒をくみかわしている。その賑わいを避けるように俊一が足をひきずって帰路につく。

98　釣具屋の離れ

汗に濡れた俊一とトキ子の体が動く。

トキ子「見ておいて。……今の私をちゃんと覚えておいて」

とトキ子が喘いで言う。

×　　×　　×

ひっそり抱き合っている。

俊一「俺はあの人から笑われているような気がする。いや、漁師という漁師の笑い者になっているような気がする」
トキ子「駄目、そんな風に思っちゃ」
とトキ子は俊一をのぞきこむようにする。
トキ子「誰もあんたを笑ったりしない。あんたはもうこの土地の人間なんだもの。この浜で傷ついたり、死んだり、血を流したりして、この海にしがみついて暮らしてきた漁師の仲間に入ったんだもの。誰もあんたを笑ったりはしない」
俊一「気が弱ってるな、俺は」
とトキ子を強く抱く。
トキ子「お腹、大きくなってきたでしょ」
俊一、ウン、と頷く。
俊一「何とか一匹釣らねばな。何とかしなくてはな」

99 大間港

出港の支度をした俊一が来る。見るが、岸壁に房次郎はいない。
俊一はそのまま第一登喜丸に乗りこむ。

100 ホタテの缶詰工場

夜間の残業でトキ子が働いている。事務員が呼びにくる。
事務員「依田さん、電話だ。大間の漁協から」
トキ子「漁協から？」
事務員「マグロ釣ったんでないの。旦那さん。でっかいヤツ」

101 事務所の電話

トキ子「(弾んで) ハイ、依田ですけど」
浅見の声「ア、トキちゃんか。実は、第一登喜丸がな」
トキ子「ハイ」
浅見の声「行方不明なんだ」
トキ子「……」
浅見の声「帰港が遅いもんで無線で呼んだんだけど、まるで応答がねんだ。あんた何か予定聞いてないかね、その、北海道まで足延ばすとか」
トキ子「いいえ」
浅見の声「そうか。そしたらトキちゃん、急いでこっちさ戻ってけねかな。万一って事も……」
トキ子、切る。

102 大間漁港

トキ子が入ってくる。浅見が無線で呼びかけている。
浅見「第一登喜丸、第一登喜丸、応答願います。アー、こちら大間漁協。応答願います。第一登喜丸……」

浅見、トキ子を見返る。
浅見「海は静かだし、遭難する筈はねんだけどな。……どうする。オヤジさんに知らせるか」
トキ子「（首を振る）父さんには関係ねして……」

× × ×

朝になっている。ベンチで仮眠の浅見が目をひらくと、無線の前にトキ子が坐っている。じっと第一登喜丸からのコールを待っている。

浅見「トキちゃん、すこしは眠らねと体もたねぞ」

トキ子は、ハイ、と動かない。

浅見「海上保安庁にヘリ頼んでみっから、すぐ飛んでくれっかどうか分がんねけどな」

トキ子は、すみません、お願いします、と立つ。

103　海沿いの道をトキ子が歩く

だんだん小走りになる。

104　小浜家の玄関をトキ子が入ってくる

居間で房次郎が夏掛けをかぶって寝ている。その枕元にトキ子が坐る。しばらく寝顔をみつめている。
トキ子「父さん……父さん……」
房次郎、あ、と目をひらく。
房次郎「トキ子……どすたんだ」
トキ子「あの人が、帰ってこないの」
房次郎「……？」
トキ子「沖に出たっきり、一晩経っても戻ってこないの」
房次郎「連絡は？　無線があるでば」
トキ子は黙って首を振っている。その様子で事態が分る。房次郎がむっくり起き上る。
房次郎「俺にどうすろって言うんだ」
トキ子「探してください。父さんがこの海をいちばん知ってるから……何とかして……あの人を……頼みます」
と手をつく。房次郎、じっと見ている。立って電話をとる。
房次郎「アー浅見さんか、俺だ。……ウン、わかってら。今、トキ子から聞いた。……ウン……ウン……すまねけど、オラいの船にあぶら満タンに入れてけねか。勘定はあとで何とでもするして。……ああ、行ぐ……行方不明の倅を探しに行かねオヤジもねでば」
と切る。
房次郎「ヘリは今すぐは無理だと」
と身支度にかかる。
トキ子「（手伝いながら）父さん……」
房次郎「なんだ」
トキ子「……すみません」

房次郎は、バーカ、と玄関へ向う。

105 **第三登喜丸が遠い沖合いを走っている**

朝から走り続けて、もう陽は頭の上にある。

浅見の声「第三登喜丸、第三登喜丸、現在位置を知らせて
　下さい、ドーゾ」

房次郎「わがらね」

浅見の声「なすて分らねのよ、ドーゾ」

房次郎「現在位置なんかどんでもいいでば。鉤にかかった
　マグロがどっちの方角さ突っ走るか、イチかバチかで見
　当つけて追っかけてんだ」

浅見の声「すると第一登喜丸はマグロに引っぱられて
　……」

房次郎「昔俺が二日二晩行方知れずになったでば。それと
　同じだ。マグロのヤロにあっという間に引きずられて、
　無線も糞もねぐなったに違いね。それしか考えられね」
　と言って、切る。四囲は太平洋に近い海原が茫漠とひ
　ろがっている。

房次郎「(見る)……!」

はるかな水平線上に微かな点のような物が見える。房
次郎は舳の向きを変え、全速発進する。

106 **第三登喜丸が第一登喜丸をハッキリ視界にとらえて接
　近する**

房次郎「(マイク)こちら第三登喜丸」

浅見の声「大間漁協です。ドーゾ」

房次郎「第一登喜丸発見」

107 **大間漁協**

浅見「わーッ、みつかったか!」
　とトキ子の肩を叩く。

浅見「どんだ。俊一は生きてるのか死んでるのか」

房次郎の声「わがらね。しかし船は動いている。のろのろ
　走っている。野郎、マグロと綱引きやってるな」
　と唐突に切れる。

浅見「第三登喜丸、第三登喜丸!」
　と叫んで、

浅見「(舌打ち)しょうのねえオヤジだ。(トキ子に)よが
　ったな」

トキ子、こっくり頷くが、不安は消えない。

108 **第三登喜丸が第一登喜丸に接近する**

第一登喜丸の舳からナイロンロープが長く海中に延び
ているのが見える。船べりにもたれるように俊一が倒
れている。第三登喜丸はゆっくり併走する。

房次郎「俊一、どすた。ロップたぐれ。のんびり泳がしてるとマグロの身が沸いてしまうぞ。たぐれ、この糞！」

凄い形相で怒鳴りつける。俊一は立上ろうとして崩折れ、体ごとロープを引く。ロープを胸に巻きつけ、自分の体をクッションにして、マグロの衝撃から釣糸を守っている。房次郎はもやい綱を第一登喜丸に投げ、乗り移る。

房次郎「飲め」

俊一を抱くようにして、持参した冷水を飲ませてやる。

俊一「ああ、旨め」

と笑う。

俊一「漁師でねば、この味分らねな」

房次郎「んだ」

と房次郎も笑う。俊一が咳こんで薄赤いものを吐く。血である。それを見て房次郎は釣糸を切ろうとする。

俊一「切らねでけろ。俺も大間の漁師だがら。ここでロープ切ったら、男じゃありません」

房次郎は頷いて、俊一の体からロープを外してやる。とたん、シュッと跳ねてロープが疾走する。咄嗟に房次郎は手で掴む。素手である。煙に似たものが一瞬立ち昇ったと見る間に、走るロープが鮮血で染まってゆく。ロープは掌から腕へ上ってゆく。房次郎はロープのからんだ右腕をテコにするみたいにして、疾走をくいとめる。百米先でマグロが躍り上る。三百キロ近い。とてつもない大物である。

「畜生」

口走ったのは俊一である。よろよろ立上ると全身でロープを引き戻しにかかる。その背後では房次郎が手繰ったロープをがっちり押えて、反動に備えている。右腕が妙な具合によじれ、苦悶している。しかしロープをがっちり確保している。

×　×　×

マグロが船のまわりをゆっくりと回り始めている。一寸刻みにたぐられるロープ。マグロの動きは殆ど制御されている。

房次郎は左腕一本でロープを押えている。

俊一、手鉤を持ったままふらついている。

房次郎「おまえのマグロだ。脳天めがけて思い切り叩きこめ！」

ロープを引き絞る。瞬間、逆方向に魚の巨体が跳ねて、反転する。しかしその時には房次郎の手の中でロープは緩められ、マグロが海面に落ちて失速した瞬間、反動を利用するように思い切り引寄せる。

房次郎「今だ！」

振り下ろされる手鉤。いったん沈んだマグロの頭部から沸き出す血で海面が染まり、やがてそれを押し分けるようにして青黒い巨体が浮き上ってくる。

俊一「やった……」

俊一が崩折れる。房次郎も力尽きて、呆然と喘いでいる。

109　第一登喜丸が走っている

うしろに第三登喜丸をひき、横腹に巨大なマグロを縛りつけて全速で走っている。しかし船足は遅い。
操舵室にへたりこんで房次郎が無線のマイクを握っている。
房次郎「俊一の傷は重い。骨が折れて、内臓もやられてる。幾度も血を吐いた」
浅見の声「急いでけろ。マグロなんか捨てて、全速で帰港してけせ。救急車待たしておくして。ドーゾ」
房次郎「駄目だ。マグロを捨てることは出来ね。俊一が承知しねでば。俊一が釣ったマグロなんだ。俊一が決めることだ。……以上」
切る。操舵室から出る。波しぶきに薙ぎ倒されそうになる。ゴム合羽で包まれた船荷のようになって俊一が横たわっている。房次郎はよろよろ後尾に歩いてゆく。繋がれて走っている第三登喜丸をじっと見る。それから左手と歯を使ってもやい綱を解き捨てる。
房次郎「(見ている)……」
切り離された第三登喜丸が遠くなってゆく。房次郎は、ちょっと敬礼みたいなシグサをして、別れを告げる。
波しぶきが激しくなる。身軽になった第一登喜丸はぐっと速度を上げたようである。房次郎は俊一の所へ戻って、ゴム合羽の中にもぐりこむ。悪寒して震えている俊一の体を抱いてやる。
俊一「来年の春には赤ん坊が生れます」
と俊一が不意に言う。
房次郎「あ?」
俊一「赤ん坊が生れます」
と繰り返す。
房次郎「ホントか?」
俊一「トキ子のヤツ言わなかったですか。生れるんですよ、今四ヵ月です。男だったら漁師にします」
房次郎「そうか。トキ子がな」
俊一「ハイ。トキ子が母親になるんです」
と微笑する。それから、
俊一「なんぼで入札されるかな」
房次郎「……」
俊一「俺のマグロ、なんぼで入札されますか」
房次郎「三百キロはあるからの。九十万は下らねべよ」
俊一「九十万。マグロ一匹で九十万。楽だなあ。漁師という稼業はなんぼ楽なもんだな」
房次郎「んだ。マグロ漁師には極楽と地獄しかね。バクチ打ちと同じだ」
俊一はじっと目を閉じている。
俊一「オヤジさん、腕は痛まねすか」
房次郎「痛まね。もう口をきくな」
俊一「すまんです。自分がヘマなばっかりに」
房次郎「港に戻ったらな。三日ばかり酒コ飲んで踊りおって遊ぶべし。好きだだけ眠って、腰抜けるほど女房可愛いがって……」
俊一の顔がすーッと薄白くなっている。
房次郎「俊一！」
俊一はもう冷え冷えとしている。房次郎はじっと抱いている。
それから立上って、操舵室へ向う。

110 **操舵室**

房次郎、無線のマイクをとり、スイッチを入れる。
房次郎「こちら第一登喜丸……」
浅見の声「こちら大間漁協。ドーゾ」
房次郎「トキ子を出してけせ」

111 **大間漁協**

トキ子が浅見にかわってマイクを持つ。
トキ子「父さん。トキ子です」

112 **第一登喜丸**

房次郎「トキ子、落着いて、しっかりと聞いてくれ」

113 **大間漁協**

トキ子「……」
房次郎の声「俊一が今死んだ」
トキ子「(叫び出しそうになる)」

114 **第一登喜丸**

房次郎「生れてくる子は、もし男だったら、漁師にしたいって……」
トキ子の声「イヤだ！」

115 **大間漁協**

トキ子「イヤだ。漁師なんか、イヤだ！」

116 **第一登喜丸**

房次郎がマイクを切る。操舵室を出る。よろよろ俊一の傍へ戻る。へたりこんだまま、じっと動かない。

夕陽が赤い。
第三登喜丸を小さく置き去りにして、第一登喜丸が走ってゆく。

―完―

雪の断章　情熱

東宝映画／東宝／一〇〇分
／一九八五年一二月二一日

スタッフ

製作　伊地智 啓
　　　富山 省吾
原作　佐々木丸美
監督　相米 慎二

キャスト

夏樹伊織　斉藤 由貴
広瀬雄一　榎木 孝明
津島大介　世良 公則
那波裕子　岡本 舞
那波佐智子　矢代 朝子
カネ　河内 桃子
刑事・吉岡　レオナルド熊
風間修　斎藤 康彦
近井　酒井 敏也
川田　加藤 賢崇
同僚　森 英治
細野恵子　藤本 恭子
七歳の伊織　中里 真美
那波孝三　大矢 兼臣
那波夫人　中 真千子
お手伝・伸江　伊藤 公子
屋台の親爺　寺田 農
学校の先生　塩沢 とき
管理人・丸山　伊達 三郎
女の浮浪者　東 静子
管理人　高山 千草

1　夜の吹雪

暗闇の中を無数の小さい虫みたいに雪が舞っている。
その向うに美しい窓明りが見えてくる。

2　窓の中では那波家の人々がテーブルに着いて、ディナーの最中である

それは絵に描いたように幸福な家族の団欒の光景で、人々は美味しいスープを口に運びながら、こんな会話を交している。

裕子「伊織ったら遅いわねえ。ジュース一本買うのに一時間以上かかってる」

夫人「道に迷ったんじゃないかしら、外は吹雪いてるから」

佐智子「私のジュース飲んじゃった罰よ」

孝三「(ニコニコと)一晩中迷ってたら死んじゃうぞ」
とステーキの肉片を口に放りこむ。
「さよですわねえ」
と傍に控えていたお手伝いの伸江が金切声で、

伸江「みなし児のくせに、養って頂いてるご恩を忘れて一人前の顔をするんですものねえ。今夜のことはよい懲らしめになりますわ」

夫人「まったく可愛気がないったらありゃしない」

3　吹雪が激しくなっている

その下を小さな生き物が歩いている。七歳の少女伊織である。真冬だというのにオーバーもなく、セーターの上にビニールのコートを巻きつけ、破れた手袋に缶ジュースを一つ握りしめて、危なげに歩いている。吹き過ぎる風の音が笑っているように聞こえる。

4　那波家の人々がテレビを見て笑っている

食後のケーキに紅茶かなんかで、団欒の続きである。
那波孝三さんも、夫人も、長女の裕子も、末の佐智子も、伊織のことなんか忘れかえって、口をあけて笑っている。佐智子は伊織と同い年の七歳である。

5　豊平川の上で吹雪は渦を巻いて荒れている

橋の欄干を黄色い小さな物が動いている。
黄色のビニールコートを風にはためかせて、伊織が欄干の上に立っている。綱渡りでもするみたいに両腕をひろげて、そろりそろりと進んでいる。目の下は暗い川面で、水量を増して不気味な音を立てている。

〽　行こか戻ろか　オーロラの下を

と伊織が唄っている。唄いながら缶ジュースをゴクゴ

ク飲んでいる。
伊織「ごめんなさい。伊織は喉がカラカラで、また佐智子さんのジュースを飲んでしまいました」
そしてまた、
〽　西は夕焼け　東は夜明け……
と唄う。突然拍手が鳴って、吹雪の向うから男が一人現れる。
「うまいなあ。まるでサーカスの少女だ」
アノラックのフードをとると、その下は明るい青年の顔で、
雄一「どこから来たの」
伊織「……」
雄一「キミ、一人かい？　一人ぼっちでずいぶん危ない事するんだなあ」
と笑いながら傍へ来る。雄一は警戒を解いて抱き下ろそうとしている。
伊織「イヤ、近づかないで」
雄一「動くんじゃない。落ちたら死んじゃうぞ。死ぬって、分るか？」
伊織「死ぬのよ」
雄一「どうして」
伊織「ジュースを飲んでしまったから」
雄一「え？　ジュースを飲んじゃったからって、どうして死ななきゃならんのかね」
伊織「だって私のジュースじゃないんだもの。佐智子さんのために買ったジュースだもの」
と泣きそうになる。寒さに硬ばった体が安定を失ってグラグラ揺れている。
雄一「（近づいて）教えてくれないか。佐智子さんて誰？　お友だち？」
伊織「（首を振っている）」
雄一「キミ、おうちはどこ？　お父さんやお母さんが今頃心配してるぞ」
伊織は黙って首を振っている。そして不意に体が傾く。
雄一「あ」
落下してゆく伊織の体に雄一はしがみつくように手を伸ばす。

6　北一商事の社員アパート

アパートといっても北一商事は建設資材を扱う商社だから建物は立派で、マンションと言っても十分通用する。

その前の雪ならしをした空地で、伊織がボールを蹴っている。熱心に黙々と蹴っている。

大介の声「それで、拾っちゃったのか」
雄一の声「ああ、拾っちゃった」

7 雄一の部屋で、訪ねてきた津島大介と雄一がコーヒーを飲んでいる

二人は窓から伊織を見下ろしている。
雄一「俺の古いセーターを改造した。コートを買ってやろうとしても、いらないって言い張るんだ」
伊織は雄一の黒いセーターをマントみたいに首からすっぽり被り、時々すっころんだりしながら、孤独な遊びに熱中している。
大介「今まで買って貰ったことがないんだろう。一種の拒否反応かな」
それにしても、と大介はコーヒーの二杯目をカップに注ぎながら、
大介「みなし児か。困ったもんだ」
雄一「……」
大介「どうするんだ。犬や猫じゃあるまいし、保健所に引き取って貰うわけにも行かんぞ」
ああ、と雄一は伊織を見ている。
雄一「あすなろ学園という養護施設で育てられて、それから那波という家に引き取られたらしい」
大介「那波?」
雄一「そう。おまえの会社の部長さんだ」
大介「冗談言ってるのか? あの人は孤児を引き取るなんて慈善家じゃ……」
雄一「引き取られたのは五つの時だ。廊下の拭き掃除から食器洗い、庭の草むしり、あの子の手はアカギレで腫れ上ったうえに、爪にはヒビが入ってる」
大介「それで逃げ出して来たのか」
雄一「お嬢さんが飲み残したジュースをあの子が飲んじゃったらしい。熱を出して喉が乾いてたまらなかったんだそうだ。その罰として、代りのジュースを買いに出された」
大介は、ふーん、と伊織を見ている。
雄一「これだけ聞き出すのに三日かかった。人間不信というか、外に対してすっかり心を閉ざしてしまっている」
大介「……たった七つでか」
雄一「那波部長というのは、いったいどういう人なんだ」
大介「どういうって、切れ者だよ。北海道支社を牛耳ってる実力者だ」
そうか、あの子も犠牲者か、と呟いて、大介は窓を開ける。
大介「オイ、チビ、寒くないか」
伊織がびくっと脅えた目を上げる。
大介「俺はダイスケっていうんだ。ツシマ・ダイスケ。こ

れからダイスケと伊織は友達だ。仲良くするべし、な?」

伊織は脅えたまま、大きな目でじっと大介を見上げている。

8　那波家のダイニング

夕食の団欒。那波孝三氏は大皿に盛られた刺身をつまみながら、旨そうにビールを傾け、裕子と佐智子は小さなフォークで毛ガニの身を熱心にほじっている。

9　応接間

雄一と伊織が居心地悪そうにソファに坐っている。

雄一「(紅茶を) 美味しいよ。飲んでごらん」

伊織は首を振る。

雄一「紅茶、嫌いか?」

伊織「……好き。でも、飲んだら叱られる」

雄一「誰に?　どうして?」

伊織は顔を伏せて黙ってしまう。

ドアを開けて仲江が顔を出す。

仲江「伊織、ちょっと来て」

伊織「なんですか」

仲江「もうじきお食事が終るから、洗い物やってちょうだい」

伊織「……」

仲江「伊織!」

伊織「……イヤです」

仲江「イヤ?　あんた、いったい自分を何様だと思ってるの。このお邸のお嬢様だとでも思ってるの?」

雄一「ちょっと待って下さい」

仲江「何ですか」

雄一「この子は養女としてこのお宅に引き取られたんじゃないんですか」

仲江「(笑う) まっさかあ。メイドとして貰われただけですよ。お邸で養って頂く代りに、働いてそのぶんお返しをする。そういうことです」

雄一は伊織に目をやる。伊織は小さな荒れた手を恥じるように、そっと隠す。

仲江「この子はね、立場をわきまえないというか、下の佐智子お嬢様に一度叩かれたことがあるんです。そうしたら、まあ、叩き返すんですよ」

そして「養護施設のシツケがなってないんですよ。まったくもう」と出てゆく。

雄一「(じっと考えている) 伊織」

伊織「……(涙をこらえている)」

雄一「どうして佐智子お嬢さんに叩かれたんだ」

伊織「私が野原で摘んできたレンゲ草の花束を取り上げようとするの。だから私、イヤだって言ったの。そしたら……」
雄一「叩かれたのか」
伊織「……」
雄一「それで叩き返したのか」
伊織、頷く。雄一は、やったね、と笑う。伊織はちょっと吃驚して雄一を見上げる。自分の行為が初めて認められたのだ。
雄一「伊織」
伊織「ハイ」
雄一「荷物をまとめておいで」
伊織「?」
雄一「学校の教科書とか、必要な物をまとめておいで。……僕の家で暮らさないか」
伊織、信じられない。

10　ダイニング

伊織が入ってくる。

伊織「これ、ご注文のメロンジュース」

と持ってきた缶ジュースを佐智子の前に置く。それから通り抜けて、キッチンに附属した物置兼用の三畳間に入る。

11　三畳間で手早くランドセルに教科書をつめこんで

12　ダイニングにランドセルを背負った伊織が出てくる

那波家の人々に、
伊織「サヨナラ。お世話になりました」
とお辞儀して出てゆく。

13　街

雄一が自分のコートの中に伊織を包むように歩いている。

14　社員アパート（雄一の部屋）

四畳半で伊織が眠っている。雄一がそっと入ってきて、毛布を直してやる。

15　それからリビングに戻り、電話をとる

03のダイヤルを回す。
雄一「ああ、俺。……すまないけど、明日行けなくなっちゃったんだ」
恵子の声「どうして?」

16　マンションの一室で細野恵子が受話器を握っている

恵子「……会いたいわ。私たち三ヵ月も会ってないのよ」
雄一の声「分ってる」
恵子「寂しくてね、時々、婚約してるのが嘘じゃないかって気がするの。フィアンセって、もっと沢山顔を合わせるもんじゃないの。いくら札幌と東京に離れてるからって」

× × ×

雄一「だから謝ってる」

× × ×

恵子「……何があったの」

× × ×

雄一「実は、子供をね」
恵子の声「子供?」
雄一「拾っちゃったんだ」

× × ×

恵子「え? どういうこと?」

× × ×

雄一「だから拾っちゃったんだよ、みなし児を」

× × ×

恵子「そのみなし児って、女?」

雄一の声「え?」
恵子「女なのね?」

× × ×

雄一「ああ、女の子だ」

× × ×

恵子「そう、女なの。……それで、その女の面倒を見なきゃならないってわけ」

× × ×

雄一「女じゃない。女の子だよ。まだ七つだ」
電話、ガチャンと切れる。雄一、嘆息。

17 朝

雄一が寝室から起き出してくると、キッチンの流しで伊織が歯を磨いている。
雄一「オハヨ。ちゃんと磨くんだぞ」
伊織「(コックリする)」
雄一も一緒に磨きだす。二人は黙って歯ブラシを使っている。雄一はなんだか可笑しくなって笑ってしまう。
伊織「……?」
雄一「ずっと前からこうして暮らしてるみたいな気がして

ね、とっても変な気持だよ」

そこへ入口のドアを鍵で開けて、カネが入ってくる。

カネ「(伊織を見て吃驚) あらア」

雄一「紹介するよ。伊織っていうんだ。(伊織に) カネおばさん。食事を作ったり、掃除をしてくれる有難い家政婦のオバさんだ」

伊織は黙ってお辞儀する。

× × ×

雄一と伊織の朝食。カネが給仕についている。伊織は背中を丸め、両腕で食器を抱えこんで食べている。いじけた感じが強い。カネはそれを嫌な顔で見ている。
伊織「(食べ終って) あの、後片づけ、私やります」
雄一「いいんだ。そんなに気を使うな」
カネ「いいえ。やってくれるというならやって貰います。女の子なんですから」

× × ×

伊織が流しで水洗いしている。アコーデオンカーテンで仕切ったリビングで、
カネ「(声をひそめる) 悪いことは言いません。施設に戻すのなら今のうちですよ」
雄一「ああ、しかし決めちゃったんでね」
カネ「決めちゃったって、そんな無責任な」
雄一「無責任?」
カネ「だってそうでしょ。雄一さんは独身で、サラリーマンで、東京に実家がおありで。いったいどうやってあの子を育てるお積りなんです。具体的な話、結婚はどうなさるんです。お嫁さんとあの子を同居させるんですか。転勤の時には子連れで引っ越すんですか。無理ですよ、そんなの」
雄一「う—ん、無理だとは思う。しかし当分結婚はしない積りだし、転勤だって……」
カネ「失礼ですけどね、人が好すぎます。誰が生んだかも分らないような子を引き取って、もしも悪い血を引いてたらどうするんです」
雄一「悪い血?」
カネ「どうせ捨子するような親ですからね、ロクな人間じゃありませんよ」
雄一「カネさん、それは偏見……」
言いかけて、雄一はキッチンの方を振返る。ずっと聞こえていた水洗いの音がとまっている。カーテンを開けてみる。伊織の姿がない。
雄一「伊織!」

18　豊平川が流れている

川岸に雄一がぼんやり立っている。

雄一「(呟く)……無責任か」

無人の雪野原を寒い風が吹きすぎる。

雄一「……行っちゃったか」

妙に虚ろな気分で、ぶらぶら歩きだす。オーイ、と声がする。大介が向うから歩いてくる。背中に何か背負っている。

大介「雄一よ、たった一週間で家出されるなんて、父親失格だな」

雄一「(見ている)……」

大介「おまえの所へ行こうとして歩いてたらさ、ちゃっこいもんがふらふら来るじゃねえか。何かと思ったら伊織だもんな、たまげたぜ」

と伊織を下ろす。

大介「ホレ、ダメ親父の所へ行け」

伊織「(見ているが)オヤジじゃない」

雄一「伊織……」

伊織は雄一をにらんでいるが、いきなり雪をつかんで投げつける。幾度も幾度も投げつける。雄一の胸が真っ白になるほど。

雄一「伊織、気がすんだか」

伊織「……」

雄一「もっと投げろ。気がすむまで投げろ」

伊織は投げようとして、雄一をにらんでいる。

そして不意に雄一に向って走り出す。

胸にしがみつく。初めて、声をあげて泣きはじめる。

19　千歳空港への道路を相乗りオートバイが疾走する(春)

うしろに乗っているのはセーラー服の女子高生で、十七歳になった伊織である。

Ⓣ十年後

伊織「急いで。あと十分で着陸なんだから」

修「任しとけって」

とスピードを上げる。

20　千歳空港

伊織が駈けこんでくる。ロビーに出てくる雄一を見つけて、手を振る。

伊織「お帰りなさい!」

雄一も、やあ、と手を上げて、

雄一「なんだ、迎えに来なくてもいいって言ったのに」

伊織「ウン。でも来ちゃった」

と雄一のアタッシュケースを取り、それから、ふと外を見て、こわばる。ハイヤーを降りた家族づれが、大きなスーツケースを引いてターミナルへ入ってくる。
那波家の人々である。孝三氏の頭が薄くなり、夫人の髪にも白いものが目立つが、娘二人は美しく成人している。
雄一「相変らず仲の良い家族だな」
伊織「連休はハワイですって。佐智子さんがクラスでみんなに話してた」
雄一「そうか、下の娘さんは伊織と同じクラスだったな」
伊織「那波佐智子、札幌第一高校三年B組、志望大学、北海道大学英文学科」
雄一「北大志望か」
伊織「家庭教師を三人雇って勉強してるんですって。自分たちの家族さえ幸せなら、世界が滅びたって構わないという人たち」
雄一「(笑う) まだ十年前の恨みが消えないらしいな」
さ、行くべし、カネさんがご馳走つくって待ってるぞ、と伊織の肩を押す。

21　社員アパート・雄一の部屋

雄一と伊織とカネがすき焼の鍋を囲んでいる。カネが肉を敷きながら、
カネ「大介さん遅いですね。俺の分もよろしく、なんて電話よこしといて、ほんとに気まぐれなんですから」
雄一「あいつのことだから、すき焼の匂いをどこかで嗅ぎつけて素っ飛んでくるさ」
伊織「今頃アパートの階段駈け上ってんじゃないかな、すっごい勢いで」
言ってる所に、玄関のドアが開いて、と入ってくる。
大介「腹へったあ」
伊織「ホラ、やっぱり」
大介「なにが、ホラだ。さては俺に関してよからぬ噂をしておったな」
と上ってきて、
大介「お、旨そ」
と箸をとる。
大介「(雄一に) 本社でどうだった。うまく話はついたのか」
雄一「ああ、何とか」
大介「そうか、それはよかった、というべきかどうか分らんけど、これでおまえも北海道人ってわけだ」
とビールを注ぎ、
大介「さあ、カネさんも一緒に乾杯だ」
カネ「何ですか。何かいい事あったんですか」
大介「雄一のヤツ、東京でバカな事をやってきちゃったの

ね。そのお祝い」
伊織「バカな事？」
大介「そう。東京の本社に転勤という有難いお話を、断わっちゃったの」
カネ「まあ」
伊織も、えっ、と雄一を見る。
雄一「（苦笑）東京へ戻っても仕事がハードになるだけだからな」
カネ「でも出世コースに乗れるわけでしょう、勿体ない」
雄一「まあ、札幌の暮らしが身に着いてしまったというか」
大介「伊織のことだったら、俺が引受けて高校ぐらい卒業させてやるって言ったのによ」
伊織「あの」
雄一「なんだね」
伊織「私のことが原因で、雄一さん……」
雄一「そうじゃない。そんな単純な話じゃないんだ」
俺にだって色々と事情があるのさ、と飲んでいる。するとカネが、
カネ「そうですねえ、伊織ちゃんだって高校卒業したら何とかしなくちゃねえ」
伊織「何とかって……」
カネ「就職して、アパート借りるとか。年頃なんだから」
伊織「（ショック）年頃……私が？」
と思わず雄一を見る。雄一は黙って、何か考えている。
伊織「年頃って、よく分らない。……どういう意味なんですか」
カネ「どういう意味って、もう十七なんだし、そろそろ先のこと考えなくちゃね。いつまでも雄一さんに甘えてちゃいけねえ。高校まで行かせて貰ったんだし」
伊織「……ハイ」
カネ「私ね、伊織ちゃんが可愛いのよ。だから心配するの。雄一さんも大介さんものんびりしてるんですもの」
大介「のんびりねえ。いいんでないかい。俺は伊織をなるたけのんびり育てたかったよ。神経過敏でほとんど自閉症の子だったしな。伊織の将来だって、とりあえず大学に入ってからって思ってたしよ」
カネ「大学？　伊織ちゃん、大学まで行くんですか」
大介「（雄一に）そうじゃなかったのか」
雄一が、ああ、と頷いて、
雄一「伊織」
伊織「ハイ」
雄一「北大、自信あるか」
伊織「自信て、あの」
雄一「入学試験をパスする自信さ」
伊織「ありません！　ハッキリありません！」

大介「（笑う）正直だな」
雄一も笑って、
雄一「カネさん、めしにしてくれ」

22　札幌第一高校（夏）

授業が終って、帰宅する生徒たちで正門のあたりが騒がしい。その中に伊織がいる。
うしろからホーン鳴らしてバイクがくる。
風間修クンである。
修「イエイ、ちょっとょ、そこのお嬢さん、帰り車なんですがね、お安くしときますぜ。ススキノあたりまで如何スか」
伊織「残念だけど、帰宅してお勉強」
修「聞いてるよ。北大受けるんだってな」
伊織「まあ一応、チャレンジ精神てヤツで。万一受かったらゴッツァンです」
修「ホウ、そのお言葉だと、かなりやる気ですなア。マジに北大受かっちゃったりして」
伊織「ありがと」
伊織、と声がして、ポプラの並木の陰からセーラー服が現れる。那波佐智子である。
佐智子「風間くん、悪いけど、ちょっと外して。この人と女同士で話があるの」
修は、へーイ、分りやした、と走り去る。
伊織「なんですか、話って」
佐智子はぶらぶら歩きながら、
佐智子「驚いちゃったわ、あなたが北大受けるなんて。どういう積り？」
伊織「どういう積りって……私が大学受けちゃいけないの」
佐智子「他の所なら構わないけどね。北大の文学部って、ぴったし私と同じじゃない。ほとんどイヤガラセに近いくらい」
伊織「イヤガラセ？」
佐智子「そう、少しでも私の足を引っ張ってやろうという悪意にもとづく」
伊織「まっさかア」
佐智子「私ね、はっきり言ってボーダーラインすれすれなの。一人でも競争相手が増えたら、そのあおりで危いわけ。どうして今頃になって北大受けるなんて言い出すのよ。私に対するイヤガラセとしか思えないわ」
伊織「違いますよ。どうしてそういう風にしか思えないの？」
佐智子「あなたが私を恨んでいるから。私だけじゃなく、那波家全体をみなし児のひねくれた心で恨んでいるから」

伊織「ひねくれた？」
佐智子「そうじゃないの？　自分では素直でまっすぐだと思ってるわけ？　笑わせるわ」
と言い捨てて、立ち去ってゆく。伊織は傷ついて佇んでいる。

23　社員アパートの窓という窓から居住者たちの顔が出ている

那波裕子の引越しトラックが着いたところである。
裕子「（窓を見上げて）こんにちわ」
ニコッとする。
近井「あ、何かお手伝いしましょうか」
川田「僕たちどうせヒマですから、何でも言って下さい」
裕子「ありがとう。でも引越し屋さん頼みましたから」
引越し屋たち、慣れた様子で家具を荷台から運び出している。

24　雄一の部屋の窓から

大介「思ったより美人じゃねえか。あの那波部長にこんな娘がおったとは」
雄一「フカンで見ると、やけに胸が目立つしなあ」
大介「華やぐぜ、この灰色アパートも」
キッチンにいた伊織がどしんと二人の背中にのしかかるようにして、
伊織「（見る）フーン、ブラジャーで精一杯もち上げてるだけじゃない。お二人とも女に騙されやすいタイプで、心配ですなア」
大介「（ぷっと吹く）オイ雄一、おまえどういう教育やってんだ」
雄一「まあ、今のところ、非行に走るのを防ぐのに手一杯という有様でして」
伊織「ヤーダ、近井さんたちもう媚びてる」
近井と川田が裕子を手伝って、小物を運んだりしている。
大介「若い者は手が早くて、かなわねえや」
言ってると、カネが、
カネ「まあまあ、三人とも何ですか、子供みたいに。コーヒーが入りましたよ」
とカップをテーブルに置く。伊織は、さあ勉強勉強、とカップを持って自室に向いながら、
伊織「（雄一に）あの、あとで数学の分らない所見て下さい」
雄一「ああ、ついでだから物理と生物も大介に聞いておけ。なにしろ農学部だからな」
大介「これからは俺と雄一が特別コーチだ、しごくぞオ」
伊織「ハイ、頑張ります津島先生」

と一礼して、行く。雄一と大介はテーブルの上でチェスか何かの続きをしている。するとカネが急にしんみり、
カネ「なんだか夢のようですね」
雄一「なにが」
カネ「あんな小さかった伊織ちゃんが大学生になるんですものねえ。あっという間ですね、十年なんて」
大介「そういや、この十年なにをやってきたのか」
雄一「なにをやってきたのかねえ」
とゲームに熱中している。
カネ「伊織ちゃんですよ」
雄一「あ?」
カネ「お二人とも伊織ちゃんを育てるために費ってしまったんですよ、大切な十年を」
いきなり断定されて、雄一と大介はポカンと顔を見合せる。その時、ピンポーン、とドアチャイムが鳴る。
カネ「ハーイ」
と開ける。裕子が立っていて、
裕子「あの、下の部屋に越してきた那波です。よろしくお願いします。これつまらない物ですけど、ご挨拶がわりに」
と商品券をさし出す。
カネ「まあ、ご丁寧に。(呼ぶ)雄一さん」
雄一は面倒臭そうに立ってきて、
雄一「広瀬です。ご丁寧に、どうも」
大介「(も、うしろから)津島です。会社ではお父様にお世話になっております。むさくるしい所ですが、ま、どうぞお上りになって」
カネ「今、お茶いれますから」
裕子「有難うございます。でも片づけ物なんかがあるもので、すぐ戻りませんと」
と言ってる所に、伊織が出てくる。
伊織「夏樹伊織です。昔、お邸でお世話になりました」
裕子「伊織、大きくなって。噂は佐智子から聞いてるわ」
伊織「……」
裕子「北大受けるんですって」
伊織「ハイ」
裕子「そう……頑張りなさいね」
伊織「ありがとうございます」
裕子は、それじゃ、これからもよろしくお願いします、と会釈して出てゆく。

25 市場で伊織が買物している

威勢のいい魚屋のお兄さん相手に値切ったりして、一人前の主婦の感じ。
出て来た所で、「伊織」と声をかけられる。

裕子が、赤いスポーツ・カーから、顔を出している。
裕子「晩ごはんのおかず?」
伊織「ええ、今日はカネさんがお休みなので」
裕子「時には主婦の役目もするわけだ」
伊織「ええ」
裕子「お料理だけ?」
伊織「何がですか」
裕子「主婦の役目」
伊織はよく分らず、
伊織「お料理して、お掃除、洗濯、それから……(ハッとなる)」
裕子は面白そうに笑っているが、
裕子「男が只で女の子を育てると思ってるの」
伊織、ショック。
伊織「……でも雄一さんと出会えてよかったと思っています。あのまま那波家にいたら、私……」
裕子「ああなっていた?」
と指さす。市場の陰のゴミ置場で、女の浮浪者が残飯をあさっている。
裕子「いつもいるのよね、あの浮浪者。丁度伊織の母親ぐらいの年じゃない」
伊織「それ、どういう意味ですか」
裕子「自分で生んだ子を捨てたりして、伊織の母親がもし生きていたとしても、幸せじゃないだろうな、と思うわけ」
伊織「そんなことを言うために、わざわざ私を引きとめたんですか」
伊織、裕子から離れて、青物市場の方へ向う。その背中に、
裕子「お茶のまない?」
伊織「え?」
裕子「それくらいつき合ってもいいんじゃない。昔は家族同様の生活をしてたんだもの」

26 裕子の部屋

室内は高級マンション風に模様変えされ、とても同じアパートとは思えない。

裕子「佐智子から聞いてはいたけど、広瀬さんの部屋でおまえと会った時、やっぱり驚いたわ。へえ、これがあの伊織かって感じね」

伊織はコーヒーにも手をつけず、黙っている。

裕子「あのいじけてひがみっぽい子がこんなにすこやかに育ったのかって、ほとんど雄一さんを尊敬してしまったわ。おまえたちはよっぽど相性がいいのね」

裕子は急に改って、
裕子「私たち那波家はね、おまえの恩人なのよ。そのこと

を今後つき合って行く上でも忘れないでいて貰おうと思って」
伊織「恩人？　那波家の人たちが？」
裕子「おまえを貧弱な養護施設から救い出して、家庭というものを見せてあげた。それに那波家というものがなかったら、おまえは雄一さんとも出会えなかった筈よ」
伊織「違います」
伊織はほとんど挑むように言う。
伊織「私は雄一さんと出会っていました。どんな境遇にいたとしても、必ず出会っていたと思います」
裕子「オヤ、どうして？」
伊織「(言い淀むが) 私は……運命を信じますから」
裕子は声を立てて笑いだす。が不意に真面目に、
裕子「おまえは雄一さんが好きなのね。その気持がおまえを良い方に変えたんだわ」
伊織「……(ドキッとなっている)」
裕子「伊織、ひとつ頼まれて頂戴」
伊織「なんですか」
裕子「近井さんと川田さんが私の歓迎会を開いてくれるって言うんだけど、雄一さんを誘ってほしいの、なんなら大介さんも一緒に」
伊織「……」

27 裕子の部屋

雄一たちは入ってきて、吃驚して見回す。
大介「ウ……豪華」
雄一「なんか我々が急にみすぼらしく思えるな」
大介「家具なんか、全部新しくあつらえたんですか？」
裕子「ええ。知り合いのインテリアデザイナー頼んだの。なんだかんだで三百万くらいかかったかしら」
とケロリとしている。
大介「三百万？」
大介と雄一は思わず顔を見合わせる。
伊織「(呟く) 悪趣味ィ」
裕子は大きなテーブルに行って、かけていた覆いをとる。豪華な料理やシャンパンなんかがぞろっと並んでいて、
裕子「これ運んで下さる？」
大介「すっげえ。裕子さんが作ったんですか」
裕子「いいえ。取り寄せたのよ、ホテルのレストランから」
大介「あ、なるほど。さすがですねえ」
と白け気味で、
大介「(伊織に) さあ、メイド君、運ぼうか」
伊織「ハイ」
と頷いて、オヤッとなる。

伊織「裕子さん、まだ昔の癖が残ってるんですね」
裕子「え?」
伊織「ホラ、電話しながら必ずお水を飲むでしょう」
窓ぎわに置かれた電話のすぐ横に水さしが載っている。
裕子「そうなの。長電話の途中で喉が乾いて飲んでたのが、癖になっちゃって、電話に出ると自然に水が欲しくなっちゃうのね」
雄一「妙な癖だなあ」
と笑う。

28 **近井と川田の共同部屋で裕子が踊っている**

レオタードの全身を優美にうねらせて、ほの暗い光りの中で揺れている。カセットから流れる音楽は難解な現代音楽だが、裕子の動きには説得力があって、みんなシンと引きこまれて見ている。踊っている裕子には別人のようにひたむきな美しさがある。踊りが終って、みんなわっと拍手する。
大介「感激したよ。踊りを見てジーンとくるなんて、正直なところ初めてストリップを見て以来です」
と大介が照れくさそうに言うので、笑いになる。
近井「客が我々だけなんて勿体ないですよ。もっと大きな舞台かなんかで大勢の人に見せたいくらいだ、イヤお世辞じゃなく」

伊織も小さく頷く。裕子は、ありがと、と大きく息を弾ませながら、伊織のさし出す水割りをゴクゴク飲む。
裕子「ああ美味しい」
とお替わりして、
裕子「ほんとはアメリカか、せめて東京に出てちゃんと勉強したいんだけど、父が許してくれないの。自分の目が届かない所に行かせると、不良になると思いこんでるのね。もう十分に不良なのに」
と飲んで、ふらっとなる。
伊織「大丈夫ですか」
裕子「ウン。久しぶりに過激に動いたから体がびっくりしてる。ちょっと失礼していいかしら」
雄一「どうぞ休んで下さい」
裕子「部屋で少し横になればよくなるわ」
雄一「伊織、ついて行ってあげなさい」
裕子「平気平気、すぐに直るから」
と裕子はレオタード姿にシャツをひっかけて出てゆく。
見送って伊織が、ショック、と嘆息つく。
大介「伊織、何を考えこんでるんだ」
伊織「オロカだなあと思って」
大介「誰が」
伊織「私。……裕子さんのこと頭から嫌な人だと思いこんじゃってて。たしかに許せない所もあるけど、やっぱり踊っている裕子さんは凄く素敵なんだもの。人間て色んな要素があるんだなって、反省させられました」
川田「ウン。言われてみれば僕だって裕子さんを那波部長の娘としてしか見ていなかったもんな、反省」
雄一「なんだ、みんな裕子さんを見る目が改まって、歓迎会は大成功ってわけか」
大介「そういうこと」
と大介はなぜか一人で拍手する。
伊織「さあ、私も負けずに勉強勉強」
と立ちかけるのに、
川田「いまコーヒー淹れるから、眠気ざましに飲んでけば？」
伊織「そうですねえ……」
近井「こいつ、見かけによらずコーヒー淹れるの上手いの。おすすめ品ですよ」
大介「とか何とか言って、おまえたちは伊織を少しでも長く引きとめておきたいんだろう」
近井「バレたか」
と頭をかく。普段の気分に戻ったようで――。
雄一「裕子さんにもあげたらいい」

29　伊織がエレベーターに乗ってコーヒーを運んでゆく

30　裕子の部屋のドアをノックする

裕子が顔を出して、
裕子「なあに？」
伊織「コーヒーです。どうぞ」
裕子「（受けとって）これ飲んだら皆さんの所に戻るから、そう言っといて」
伊織「ハイ。……あの……」
裕子「なに」
伊織「踊り、素敵でした。感動しました。それを言いたくて」
裕子は黙って、メークのままのきつい目で伊織を見ている。
裕子「嫌だ」
伊織「……？」
裕子「伊織の目がやさしくなっている」
伊織「……」
裕子「誤解しないでよ。私はブルジョアのお嬢さんで、ゴーマンで無慈悲で、他人を踏みつけにして痛みを感じないエゴイストなの。おまえはそういう私や佐智子や那波家のすべてを憎んできた。いいこと。おまえに少しでも魅力があるとしたら、それは生れて初めて覚えた感情が憎しみだってことよ。分った？　だから変に軟弱な目で私を見るのはやめて」

その時、部屋の中で電話が鳴る。裕子はドアをバタンと閉めて、電話に向うようである。

31 伊織が近井と川田の共同部屋に戻ってくる

なかでは家庭用のカラオケが鳴っていて、近井と川田が〝銀恋〟かなんかをデュエットしている。伊織はいきなりそのテープをストップすると、別なテープをセットする。
伊織「すいません。唄わせて下さい」
〽 行こか戻ろか　オーロラの下を
伊織は十年前、吹雪の中で唄っていた歌を暗くうたう。そして間奏で、
伊織「私、北大絶対入りますから。那波佐智子さんを蹴落してでも受かってみせますから！」
いいぞ、と大介が叫ぶ。
〽 泣くにゃ明るし　急げば暗し……
と唄い終る。拍手。一礼して戻ってくる伊織に、
雄一「どうした。裕子さんと何かあったのか」
伊織は黙って首を振る。
伊織「私の問題ですから」
雄一「（見ている）何があったんだ」
そのとき大介がふと気がついて、
大介「裕子さん遅いな。具合でも悪くなったんじゃないかな」
伊織「私、見てきます」
と立つ。

32 伊織が裕子の部屋のドアをノックする

伊織「裕子さん……裕子さん……」
と呼んでみる。しかし内部は静まり返っている。ドアのノブに手をかけると、自然にドアが開く。
伊織「裕子さん。伊織です。入ってもいいですか？」
返事がない。伊織はちょっと迷うが、明りの点いたままの部屋に入ってゆく。そしてダイニングルームの入口で、オヤッとなる。
伊織「裕子さん」
裕子が床に倒れている。
伊織「裕子さん、気分が悪いんですか？　風邪ひきますよ」
と肩に手をかけて、ギョッとなる。

33　**近井と川田の共同部屋へ伊織がふらっと入ってくる**

そして真っ青な顔でガクガク雄一の所へ歩いてきて、腰が抜けたみたいにしがみつく。

伊織「（呟く）裕子さんが、裕子さんが……」

雄一「どうした？　オイ！」

伊織は何か言おうとして言葉にならず、青い顔でただ首を振っている。それを見て、異状を察したらしい大介が廊下へ飛び出してゆく。

34　**裕子の葬儀が寺の本堂で営まれている**

焼香者の長い列の中に雄一、大介、伊織の姿がある。

35　**祭壇の上で写真の裕子が微笑んでいる**

セーラー服に喪章をつけた伊織が合掌し、焼香しようとした時、佐智子の鋭い声が飛ぶ。

佐智子「人殺し！」

遺族席で佐智子が睨んでいる。

佐智子「自分で殺しておいて、よく焼香になんか来れたわね」

伊織は一瞬動揺するが、落着いて丁寧に焼香する。

その姿が更に憎しみをかき立てるらしく、

佐智子「やめてよ。おまえに焼香なんかして貰ったって、姉さんは喜びやしない。十年前の仕返しに毒を飲ませて、いい気味だと思ってるくせに。やめてよ！」

佐智子の言葉に参列者の間にざわめきがひろがる。

伊織は大勢の視線に耐えて遺族たちに深く一礼し、ゆっくり退席する。

36　**本堂を出た所に雄一と大介が待っている**

大介「伊織、すまん。助けてやれなくて」

伊織は顔がこわばって何も言えない。雄一が黙って肩を抱いてやる。

37　**学校帰りの伊織が歩いてくる（秋）**

前方の電信柱に長身の男が寄りかかってタバコを吹かしている。伊織を見て、

吉岡「やあ」

伊織「こんにちは、刑事さん」

吉岡「そう露骨に嫌な顔をしないでくれよ、刑事にだって感情ってものがあるんだから」

と苦笑する。

伊織「まだ何かご用なんですか。訊かれたことには全部お答えしましたけど」

吉岡「イヤ、ご協力感謝しますよ」

しかし全部かな、と呟いて、ぶらぶら歩きだす。

伊織「どこまで私につきまとうんですか」

と怒りながら、ついてゆく。そうさせるものが吉岡刑事にある。
吉岡「不思議なのはね、この殺人には動機が見当たらないということなんだ。殺人者はあの夜の歓迎会に出席した五人の中に必ずいる。しかし那波裕子を殺して利益を得る者はいない。ただ一人を除いては」
と伊織を見る。
伊織「私が……犯人だと言うんですか」
吉岡「……」
伊織「私が裕子さんを殺して、どんな利益があるんですか」
吉岡「利益じゃない。たとえば怨恨、あるいは復讐」
伊織「(睨んでいるが)刑事さん」
吉岡「ん」
伊織「考えることが、ほとんど那波佐智子さんと同じレベルですね」

38　**裕子の部屋**

あの夜のまま保存されている。ダイニングに吉岡刑事と伊織が立っている。
吉岡「那波裕子さんは青酸入りのコーヒーを飲んで死んだ。そのコーヒーを運んだのは君だ」
伊織「淹れたのは近井さんです」
吉岡「彼はみんなの見ている前でコーヒーを淹れたんだよ」
伊織「私以外に犯人はいないというわけですね」
吉岡は黙って伊織を見ている。
伊織「(暗い微笑)どうして私を捕まえないんですか」
吉岡「いつか、そのうち。こちらの確証がつかめた時……」
伊織は吉岡を見返しているが、オヤッとなる。
伊織「水さしが」
吉岡「……?」
伊織「片づいてる」
吉岡「どういうことかな、それは」
伊織「あの時、水さしのコップに水が半分くらい残ってたんです。倒れている裕子さんに水を飲まさなくちゃと思って、水さしを見たからよく覚えているんです。それが今は……」
コップは水さしのフタとして納っている。
その向うで、ゼラニウムの鉢植えが折れたように枯れている。

39　**雄一の部屋**

伊織が、只今、と帰ってくる。カネさんが夕食の仕度にかかっていて、カネ「お帰りなさい」
そのまま自室に行こうとする伊織に、
カネ「あ、さっき雄一さんから電話があったのよ。急な出張で東京へいらっしゃるんだって」
伊織「そう。いつ帰ってくるのかな」
カネ「さあ、何も仰有ってなかったけど」
そう、と伊織は自室のドアを開けて、オヤッとなる。
伊織「カネさん……」
カネ「あ、そうそう、お昼頃に警察の方が見えて、ちょっと伊織ちゃんの部屋を見せてほしいって」
室の中は泥棒に荒された跡みたいに、雑然と乱れている。
伊織「（呟く）ひどい」
怒りがこみ上げてくる。
伊織「カネさん、ここは私の部屋なのよ。私の許しなしには誰も入ることは出来ない筈じゃない、たとえ雄一さんだってカネさんだって。まして警察なんか……」
冗談じゃないよ、許せないよ！　と伊織は室に入ると、床に落ちている衣類やノートの類を外に放り投げ始める。
カネ「伊織ちゃん！」
伊織「嫌なのよ。あの人たちの汚い手が触ったと思うと、我慢できないのよ」
と投げ捨てて、頭を抱えこんでしまう。

40　伊織が荒された部屋の中を整理している

目を上げると、カネが入口に立っている。
カネ「手伝いましょうか」
伊織「いえ、結構です」
カネ「あら、綺麗に咲いたわね」
とカネは窓辺の植木鉢を見て、関係ないみたいに言う。
カネ「雄一さんはどうして伊織ちゃんを育てる気になったんでしょうね。聞いてみたことはある？」
伊織「……？」
カネ「こうして美しいお花が咲くから大事に育てたのですよ。育てられたら咲いてきちんと恩に報いるものです、花は花なりに。あなたも早くこの花のように綺麗な娘さんになりなさい。雄一さんも、きっと待っています」
それだけ言うと、カネは、
カネ「それじゃ、今日はこれで帰ります」
と出てゆく。伊織はショックで声も出ない。

41　浴室

シャワーから上ってきた伊織がふと鏡に目をとめる。
十七歳の女の体がそこに映っている。伊織はじっと見る。電話が鳴り始める。

42　バスタオルの伊織が電話をとる
伊織「ハイ、広瀬です」
雄一の声「ああ、俺だ。東京からかけてる」
伊織「ハイ」
雄一の声「帰りは明後日のいつもの便になる」
伊織「ハイ」

43　雄一がレストランから電話している
雄一「どうだ、勉強ちゃんとやってるか」
伊織の声「いいえ」
雄一「なんだ、やってないのか。勉強もしないで何やってるんだ」
伊織の声「シャワーを浴びていました。今、裸です」
雄一「……?」

×　　×　　×

伊織「体も心も汚ない手で触られたみたいで、それでシャワーを一時間も浴びていました」
雄一の声「伊織……何があったんだ。言ってみなさい」
伊織「(低く) 偽善者」
電話を切る。

44　雄一は伊織の最後の言葉に耳を疑っている
切れてしまった受話器を置き、テーブルに戻る。そこでは細野恵子がワイングラスを傾けていて、
恵子「どうなさったの。何か心配事?」
雄一「いや、何でもない」
とグラスを取る。恵子がカチリと音立ててグラスを合せてきて、
恵子「私たち幸せなカップルに見えるんでしょうね」
自嘲めいて言う。

45　教室で英語の授業が行われている
伊織がぼんやり窓の外を見ているので、先生が、
先生「夏樹……オイ、夏樹伊織」
伊織「ハ……ハイ?」
先生「窓の外にスーパーマンでも飛んでるのか」
笑い。那波佐智子がひときわ高く笑う。

46　伊織が歩いている (学校の帰り)
二人乗りのバイクが追い越して、前方でストップする。風間修くんのバイクで、うしろからメットをとりながら佐智子が降りてくる。
佐智子「私、風間くんと寝たわ」
伊織「……」

佐智子「彼言ってたわ。ファザコンで殺人容疑者で、キスもさせない女とはつき合いきれないって」
伊織はちらっとバイクの方を見る。修くんは困ったみたいに、空ぶかしなんかしている。
佐智子「それから刑事さんがね、犯人逮捕は時間の問題だって。どうやら北大受験は諦めた方がよさそうね」
と言って、佐智子はバイクに戻る。伊織はバイクが走り去るのをぼんやりと見送っている。

47 市場の前の電信柱に伊織が寄りかかっている

残飯をあさる女の浮浪者をさっきから眺めている。

48 千歳空港行きのバスに伊織が乗っている

市場で買った包みを膝にのせて、ときどき腕時計に目をやったりして、時間を気にしている。バスのずっと前方に、着陸してくるジャンボの機影が見える。

49 千歳空港

伊織が駈けこんでくる。ロビーに出てくる雄一を見つけるが、同時に、ドキッとなる。女が一緒にいる。細野恵子である。しかし雄一と恵子は醒めた感じでサヨナラし、左右に別れる。それを見届ける余裕もなく、伊織は外へ走り出ている。

50 雄一と伊織の夕食

雄一はビールを手酌で傾け、伊織はごはんを食べる。妙に二人とも押し黙っている。
雄一「これ旨いな」
伊織「そうですか」
雄一「面白いもんだな、カネさんにはカネさんの味があるし、伊織には伊織の味がある」
伊織は答えない。会話がとぎれたまま伊織は食べ終えると、食器をさっさと流しへ運ぶ。
雄一「めしにするかな」
伊織は戻ってくると茶碗に飯をよそって、雄一の前にストンと置く。
雄一「(苦笑)ご機嫌が悪いな。なにをへそ曲げてるんだ」
伊織「べつに」
と流しへ行って、ざーざー洗う。突然ドアチャイムが鳴る。
伊織「どなたですか」
大介「俺だ俺だ」
とガンガン叩く。伊織が開けると、泳ぐみたいに大介が入ってくる。
伊織「ごめんなさい、ごはん用意しなかったけど」
大介「いいんだ、食ってきた」
と伊織の肩を摑んで、

大介「伊織、元気か」
伊織「わっお酒臭い」
　大介はドスンドスンと上ってきて、
大介「おい雄一、ちょっとつき合え、半チャンだけでいいから」
雄一「ダメダメ、今夜は伊織の家庭教師だ」
大介「分ってる。けどさ、たまには伊織だって息抜きが必要だべ。明日からまた特訓やることにして、今夜は俺とつき合え」
　とひどくしつこい。
雄一「無理言うな。入試まであと何ヶ月だと思ってるんだ」
伊織「私のことなら構わないで下さい」
雄一「……?」
伊織「勉強くらい自分で何とか出来ますから、どうぞ麻雀いらして下さい」
　雄一は伊織の切口上な物言いに怪訝な面持ちだが、
大介「ヨーシ、伊織の許しが出たぞ。オイ雄一、行ぐべ」
雄一「(伊織に)大丈夫なのか、ホントに」
　伊織が黙っているので、雄一は仕方なく着替えに自室に入る。
雄一「(呼ぶ)伊織」
伊織「ハイ」
雄一「洗濯したシャツ、どこだ」
　伊織は雄一の室に行って、タンスの抽出しから出してやる。そのまま室を出て行こうとするのに、
雄一「待ちなさい。昨日、電話で妙なことを言ったな」
伊織「……」
雄一「たぶん何かの誤解だと思う。あとで話し合ってみないか」
　伊織は唇を噛むような感じで目を伏せている。
雄一「黙っていては分らんじゃないか」
伊織「(目を上げる。にらむように)」
雄一「俺には思い当ることがないのだ」
伊織「(かすれる)そうですか」
　身を翻すように出て行こうとする。
雄一「(腕をつかむ)伊織」
伊織「……放して下さい」
　言葉の冷たさに、雄一はどきっとしたみたいに手を引く。

51　教会の尖塔がそびえている

　入口の門の所に伊織が(行き暮れて)佇んでいる。

52　教会内部

　伊織が祭壇に向って進んでくる。

伊織「（額ずく）神様、助けて下さい。私は父親である人に、いえ父親以上に大切な人に、汚い言葉を吐いてしまいました。偽善者だとののしってしまったのです。私の心は醜くひねくれています。後悔しています。でも取り消して謝まろうとしても、意地を張ってしまうのです。悪い性格です。神様、私はあの方が大好きです。好きなのに逆らってしまうのです。……助けて下さい」

53 雄一の部屋

伊織が、只今、と帰ってくる。お帰りなさい、とカネさんがダイニングから出てきて、
カネ「（変にはしゃいで）丁度よかったわ。お客様なの」
伊織「……？」
カネ「細野恵子さん。雄一さんのフィアンセの方」
伊織「！」
カネ「お仕事の途中、わざわざ訪ねて来て下さったんですよ」
伊織はダイニングに上って、
伊織「こんにちは」
恵子「こんにちは。突然でびっくりしたでしょう？」
伊織「ハイ」
恵子「お坐りなさいな」
とどっちが客だか分らない。
カネ「私お買物に行ってきますから」
あとお願いね、と伊織に言って、出て行く。
恵子「暮らしやすそうなお部屋ね」
伊織「ハイ」
と硬くなっている。
恵子「（ふっと笑って）考えてみればおかしな話ね。この十年、一度もこの部屋に来たことがないんですものね」
とゆっくりコーヒーを飲む。
伊織「あの、雄一さん、帰りは遅くなると思いますけど」
恵子「いいのよ。（と見て）あなたにお話があって来たの」
伊織「ハイ」
恵子「雄一さんを私に返して」
伊織「……！」
恵子「あの人はあなたをいつまでも子供だと思いこんでるの。まるで親鳥みたいにね、ヒヨコの女の子を守っているつもりなの。でも違うわ。あなたは女として立派に一人前よ。いつでも雄一さんの手元を飛び立てる。……飛び立ってくれない？」
伊織「それは、ここを出て行けということですか」
恵子「……出来ればね」
伊織はじっと考えているが、
伊織「私は雄一さんに育てて貰いました。……雄一さんから出て行けと言われれば、いつでも出て行きます。でも

……」

恵子「私の言うことなんかきけないってわけ?」
伊織「……すみません」
恵子「強いのね(皮肉)」
そして沈黙。恵子はふと窓辺を見やって、
恵子「あら、お花が枯れてる」
植木鉢のゼラニウムが枯れて首を垂れている。
恵子「悪い水を差したんじゃないの。ゼラニウムはデリケートだから、水に少しの異物が混ってもポッキリ行っちゃうのよ」
伊織「水に異物?」
と眉をひそめる。何かがひらめいたようで——。
恵子「何を考えているの」
伊織「いえ、ちょっと気がついたことがあって」
恵子は、そう、と見ているが、
恵子「とにかく雄一さんを私に返してね。私はあの人のフィアンセなんですから」
と立つ。

54 カネさんが買物から帰ってくると、部屋の中でがんがんディスコサウンドが鳴っている

カネ「伊織ちゃん!」
ダイニングの床で伊織が踊っている。髪ふり乱し、必死というか、なりふり構わずといった感じで踊っている。
カネ「伊織ちゃん!」
と切る。
カネ「(ぼけっと醒めた伊織に)何やってるの。野原の一軒家じゃないんですからね。恵子さんはどうなさったの」
伊織「帰りました」
カネ「帰った?」
伊織「言うだけのことを言って、お帰りになりました」
カネ「そう、残念ね。ご馳走しようと思って奮発してきたのに」
と買物籠を置いて、
カネ「どんな話?」
伊織「え」
カネ「恵子さんとどんな話したのかしら」
伊織「カネさんとは関係ないと思いますけど」
カネ「あら、そう」
と気を悪くする。
カネ「あの方ね、有名な出版社にお勤めで、いま取材旅行の途中ですって。お綺麗で知的だし、雄一さんとはほんとにお似合いね」
伊織は答えない。なんだか虚脱したみたいに、ぐたっと床に坐りこんでいる。
カネ「恵子さんがお嫁に来て、あなたが養女に行って、このお部屋もやっと正常なかたちに納まるのね」
伊織はカネの言葉が耳に入らないみたいで、
伊織「(呟く) 分って下さい。私がやったんじゃないんです」
カネ「え?」
伊織「犯人はあらかじめ水さしの中に青酸を混入していたんです。その水をゼラニウムの鉢植えに捨てたから、急に花が枯れてしまったんだわ」
カネ「ああ、あの話?(と分って) でも青酸はコーヒーの中に入ってたんでしょう?」
伊織「コーヒーには後から入れたんだと思う」
カネ「後からって、いつ?」
伊織「死体が見つかって大騒ぎになった、その混乱にまぎれて……わからない」
と呟くみたいに言うと、伊織は部屋を出てゆく。
カネ「伊織ちゃん!」

55　花束抱えてポプラ並木の道を伊織が走る

56　東邦産業社員寮

伊織が入ってきて、管理人に、
伊織「おじさん、こんにちは」
小川「やあ伊織ちゃん。津島さんならまだ会社じゃないかね」
伊織「知ってる。留守の間にお部屋に花を飾ってあげたいの。鍵貸してくれませんか」
小川「……?」
伊織「今日は大介さんのお誕生日なのよ」
小川「そうかい、そりゃ知らなかった」
と鍵を出して渡しながら、
小川「津島さん、伊織ちゃんしかいないのかね」
伊織「何が」
小川「誕生日を祝ってくれる女性がさ」
伊織「さあ。自分ではススキノのプレイボーイだなんて威張ってるけど」
と階段に向う。

57　大介の部屋に入る

独身男の暮らしらしく雑然としていて――。

伊織はテーブルの上で用意したカードにメッセージを書く。

――お誕生日おめでとう。いつもお花を届けていたのに、今年はあの事件のショックで健忘症になっていました。ごめんなさい。大好きな大介さまへ、伊織より

――。

伊織は花を生ける容器を探す。そして窓ぎわに一輪枯れた花の挿してある水差しを見つけ、花を生けようとして、ハッとなる。それは裕子の水さしと同じ種類の物なのだ。

伊織の手から水差しが落ちて転がる。

58 **札幌駅**
北へ向う夜行列車のホームに伊織が佇んでいる。

59 **夜行列車の座席に伊織が坐っている**
車輛はがらんと空いている。検札の車掌が来て、
車掌「(伊織に)どちらまで行かれるの?」
伊織「……終点まで」
車掌「終点、××まで?」
伊織、頷く。

60 **夜明けの終着駅からパラパラと乗客が出てくる**
駅といっても周辺は広大な原野で、コカコーラの看板すらない。駅舎の軒下にポツンと伊織が佇んでいる。途方に暮れ、おまけに腹が減っている。しかし食堂なんかある筈がない。ポケットから有金出して見る。五百円札一枚と百円玉に十円硬貨が数枚。

駅舎の中では中年の駅員が美味そうに大きな弁当箱を平らげている。伊織は便所の傍の水道に行って、水をごくごく飲む。

61 **原野の中の細い道を伊織が歩いている**
カップヌードルをポリポリ生のまま食べながら、あてもなく歩いている。

62 **廃屋(開拓農家が移転したらしい)の床に伊織がまるくなっている**
破れた屋根から見える星空と満月が美しいが、寒さと空腹で伊織はそれどころではない。古新聞の束を台所から探し出し、体に巻きつける。ふと見ると部屋の隅に電話が置いてある。伊織は芋虫みたいに這って行って受話器を取る。電話はまだ生きているような、ジーという音を発している。伊織はちょっと迷うが、札幌ダイヤルをゆっくり回してみる。
伊織「(聴いている)……」
コールしている。突然、雄一の声。
雄一「ハイ、広瀬です」
伊織「(ドキッとして声が出ない)」
雄一の声「もしもし……伊織か? 伊織だな。もしもし、返事をしなさい。……伊織!」

伊織「（不意に涙が溢れてくる）」
雄一の声「今どこだ？　無事なのか？　寒くないか？　伊織、返事をしなさい！」
伊織は何か言おうとして、泣き声になってしまい、電話を切る。

63　雄一の部屋には大介とカネさんと、管理人のオジさんまで集っていて

大介「（受話器を置いた雄一に）伊織に間違いないのか」
雄一は黙って頷く。
カネ「変ですねえ。相手が雄一さんなのに一言も話さないなんて」
丸山「まさか誘拐されたんではないだろうね」
雄一はじっと考えているが、
雄一「あいつ、偽善者って言ったんだ」
とポツリと言う。
雄一「俺がこの前の出張で上京した夜、電話口ではっきり偽善者って言ったんだ」
大介「おまえのことか」
雄一「（頷いて）俺は身に覚えのないことだし、折りを見て伊織と話し合おうと思っていた」
大介「しかし、それが家出と関係あるのか」
雄一「俺と一緒に居るのが嫌になったから出て行ったんだろう。他に理由が考えられるか」
と雄一は憔悴している。
丸山「広瀬さん、そんなに自分を責めちゃいかんよ。あんたが伊織ちゃんを育てたんだから。いってみりゃ恩人なんだから」
しかし、その慰めも雄一には辛い。
雄一「カネさん、何か気がついたような事はないか。どうして俺が偽善者なのか。伊織とは女同士なんだし、何か思い当ることはないか」
カネ「伊織ちゃん、色々とショックな事が続きましたものねえ……でも、私には雄一さんも伊織さんも皆んな大事なんですよ、大好きなんです」

64　伊織が原野の只中をふらふら歩いている

伊織を包み込むように野火が燃えている。
伊織は疲労と空腹で倒れそうになりながら歩いている。
遠くの方にジープが見える。
猛スピードでぐんぐん近づいてくる。
駐ったジープから吉岡刑事が降り立つ。

65　列車の中で伊織が駅弁にむしゃぶりついている

向い合って吉岡刑事も駅弁を食べながら、
吉岡「あんまり手間をとらせないでくれんかね。湿原の方

に向ったというんで、てっきり自殺でもされるんじゃないかと、慌てたよ」

伊織は、すみません、と言ってから、

伊織「でも、どうしてあんな所まで私のことを……」

吉岡「キミは一応殺人容疑者だからね。行動は逐一マークされてるわけさ。何時何分、どこ行きの夜行列車に乗って、どこで降りたかまでね」

伊織、たちまち食欲がなくなり、窓に眼をやる。

車窓には野火のひろがりが流れる。

ところで、と吉岡刑事は咳払いなんかして、

吉岡「今度の家出はあの事件と関係があるんじゃないかな。たとえば裕子さんを殺した罪の意識に耐えかねて、とか」

伊織「(にらむ)可哀そうな人。刑事さんは人間がみんな罪人に見えるんですね」

吉岡「……」

伊織「私、誰が裕子さんを殺したか知っています」

吉岡「誰だね」

伊織「言えません。言いたくありません」

と横を向いてしまう。

66　札幌署の前に雄一が立っている

冷たい風が吹き始めた中を、さっきからずっと立っている。吉岡刑事に伴われて伊織が玄関から出てくる。

吉岡「さあ、お待たせしました。事情聴取なんかで手間取っちゃいまして」

と伊織を見やって、

吉岡「とにかく何も喋ってくれんのですわ」

と苦笑する。

67　雄一と伊織が豊平橋の上を歩いている

伊織は黙りこみ、雄一は話のきっかけがないといった感じで。

雄一「カネさん、うちの家政婦をやめたよ」

伊織「え?」

雄一「お嫁に行っていた娘さんのお産の手伝いで、釧路に行くそうだ。おまえによろしくと言っていたよ」

伊織「カネさんが、どうして急に、そんな……」

雄一「やめたいと言うんだ。殺人のあとは家出、まともな神経ではつき合いきれないと言うんだ」

伊織「……」

雄一「鉢植えの花とおまえを一緒にして、カネさんが何を言ったか、そのとき聞いた」

伊織「……」

雄一「偽善者か。そうかも知れん。そう言われて否定できる自信は俺にはないな」

ちょっと苦笑したように言う雄一の横顔を伊織は驚いたように見る。しかし目を合せるのがこわくて、また顔を伏せてしまう。
雄一「それから、細野恵子くんがおまえに言った話も聞いた。……傷ついたんだろうな」
伊織「傷つきました。でもその程度の傷なら子供の頃から慣れてるし。……（笑ってみせる）私って傷つき易いかわりに直るのも早いんです。みなし児の知恵です」
雄一「みなし児か。その言葉を伊織の口から聞きたくないな。俺に対して心を閉ざした時、おまえは必ず言うんだ、私はみなし児です。みなし児という言葉の陰に隠れてしまう。そして俺は伊織を見失う」

68 レストランのテーブルで雄一と伊織が向い合っている

雄一「一つだけ質問に答えてくれないか」
伊織「……ハイ」
雄一「誰が裕子さんを殺したか知っていると刑事さんに言ったそうだな」
伊織「（頷く）……」
雄一「誰なんだ」
伊織「（小さく首を振る）……」
雄一「俺にも言えないのか」
伊織「雄一さんだから……言えません」
俺だから？　と呟いて、雄一はじっと伊織を見ている。
雄一「伊織、俺はおまえを見失ったよ」
雄一はワインボトルを追加する。早いピッチで飲んでいる。
雄一「しかし手放しはしないぞ。おまえが北大に受かるまで育てるのが俺の責任だ」
伊織「責任……？」
雄一「ああ、拾ってしまった以上、育て上げなければならんだろう」
伊織「（傷つく）イヤです」
雄一「……」
伊織「北大なんか受けません」
雄一「……」
伊織「私は雄一さんのお人形じゃありませんから」
突然、雄一の手が飛ぶ。初めて雄一が伊織に手を上げた。
伊織「（呆然）……」
雄一「北大は受けるんだ。俺とおまえのつながりは、もうそこにしかないんだ」
雄一は悲しんでいる。

69 雪が降っている（冬）

夜の闇の中を無数の小さい虫みたいに雪が舞っている。

70　雄一の部屋

キッチンで雄一が包丁を使っている。慣れない手つきで野菜を刻み、肉と一緒にフライパンで炒めようとしている。

71　伊織の室をノックする

雄一「オイ、めしだ」

伊織がドアから顔を出して、

伊織「ご飯くらい私が作りますから」

雄一「そんなヒマがあったら一問でも問題を解け。あとで一週分の復習テストをするからな」

伊織「(げっそり) ハーイ」

と盆にのったチャーハンに野菜イタメ、インスタントスープの夕食を受けとる。

72　夜も更けて雄一が自室で高校数学の参考書なんか開いている

ノック。

雄一「(開ける) なんだ」

伊織「この問題どうしても解けないんですけど」

雄一「入りなさい」

伊織は、ハイ、と入ってきて、床のクッションに坐りこむ。雄一はデスクに向って、ウーンと唸りながら問題と取り組む。

その背中を眺めながら、

伊織「(呟く) 洗濯しなくちゃ」

雄一「ん」

伊織「シャツの襟が汚れています」

雄一「いいんだ」

伊織「よくありません。下着や靴下もついでに洗っちゃいますから、洗濯機のカゴに入れといて下さい」

雄一「余計な気を使うな」

伊織「気になるんです。カネさんも居なくなって、女手は私だけなんですから」

とその辺を片づけたりする。

73　ダイニングルームで夜食をつまみながら、今度は大介が伊織をしごいている

大介「いいか、二つのベクトルの積がゼロならそのベクトルは垂直なんだ。この公式は絶対なんだから、そこから考えを進めてみるんだ」

伊織「ハイ」

と言いながら、頭を抱えている。

雄一「オイ大介、職業まちがえたんじゃないか。厳しい上に教え方も上手いし、理想的な教師だ」

とコーヒーを出す。

大介「ヒトをからかってる場合じゃねえぞ。俺たちの頃よりレベルが上ってんだ。これくらいの問題が出来ねえようじゃ……」
伊織「先生、できました」
と解答を示す。
大介「（見て）やれば出来るじゃねえか。よし、お茶にするべし」
伊織は、やれやれ助かった、と伸びをして、窓に行く。
伊織「（ガラスを手で拭いて）わー、吹雪いてる。綺麗だァ」
大介「（も見て）思い出すなあ。伊織が雄一に拾われたのもこんな吹雪の晩だったぞ」
雄一は黙って揺りイスでコーヒーを飲んでいる。
伊織「大介さん泊って行きなさい。タクシーも走ってないし、歩いてなんかとても帰れませんよ」
大介「ウーン、そうだなア」
雄一「泊って行けよ、明日は日曜だし」
雄一がポツリと言う。

74　伊織がキッチンで朝食の仕度をしている

75　ダイニングの長イスでは大介が毛布をかぶって眠っていて

伊織が音を立てないように食器をテーブルに並べていると、
大介「オス」
毛布の端から眠そうな顔をのぞかせる。
伊織「十時」
大介「今、何時だ」
とカーテンをひらく。雪の反射の光が眩しい。
大介「ウ、きくーッ」
伊織「二日酔いでしょ。今朝起きてきたらテーブルの上でボトルが空になってたもの」
と大介の所に歯ブラシとタオルを運ぶ。
大介「オ、気がきくな」
と起き出すが、借り物のパジャマがはだけて、おへそがまる見え。しかし大介は平気で、キッチンを見渡して、
大介「俺、納豆が食いたい」
伊織「ハイハイ、ちゃんと買っておきました」
と冷蔵庫から出す。
大介「ネギを沢山入れてな」
伊織「分ってます」
と伊織は長イスの毛布や枕なんかを片づけに行く。

そして手早く床に掃除機をかける。ふと見ると、歯ブラシ使いながら大介がじっとこちらを見ている。
大介「かいがいしくよく働くなあ」
伊織「そんなことありません」
大介「いや、いつもそう思って見ていたけど、今朝は妙にしみじみ感じるな。どうしたわけかな」
伊織「おかしいわ、大介さん」
大介「おかしいか?」
伊織、頷く。二人はちょっと見つめ合う感じで。
大介「ウム、エプロン姿が元気に動き回っているのはよいものだ」
そこへ雄一が、オハヨ、と起きてくる。
伊織「オハヨーゴザイマス」
とちょっと固い顔になって、掃除機で雄一の足元をゴシゴシやったりする。

76　函館港に大介と伊織が立っている（年の瀬）

霧笛を鳴らして青函連絡船が出港して行くのを眺めている。
大介「寒くないか」
伊織「ウン」
とコートの襟を立てて、
伊織「驚いた。いきなり函館へ行こうなんて言うんだもの」
大介「雄一は東京だし、伊織だってたまには札幌を離れたいだろう。それにここは俺が昔住んだ町だ」
伊織「大介さん、函館の人?」
大介「中学二年の途中から高校終るまでここで暮らしたんだ」
連絡船がまた霧笛を鳴らす。
大介「高校の頃はバンカラでな、雪が降ってる海で泳いだりしたもんだ」
伊織「ウウ、凍えそ」
大介「そうでもないんだ。外より海の中の方が暖ったかいしな」
その頃は怖いものなんかなかったもんな、と呟く。

77　夜景を見ながらホテルのレストランで食事

大介「今頃、雄一のヤツもこんな風に食事してるかな」
伊織「美人のフィアンセと?」
大介「美人かね、あれが」
伊織「美人ですよ、やっぱ」
大介「どうも俺は好みじゃないんでな、あのタイプは」
伊織「あら、どんなのがお好み?」
大介「そりゃあ……美人で気立てがよくて、働き者で……」

伊織「（笑い出す）無理ですなあ。そのテの女は百年前に絶滅しましたから」
大介「絶滅か。しかし一人ぐらい残ってるんじゃないか」
と伊織を見る。それから照れたみたいに、
大介「ああ、忘れてた。ありがとう」
伊織「え」
大介「誕生日の花束」
伊織は、いえ、と口の中で言って目を伏せる。ドキッとなっている。
大介「どうせなら、あの水さしに生けてって貰いたかったな」
伊織「……」
大介「俺が部屋に帰った時には花は枯れかかってたよ、可哀そうに」
伊織「……ごめんなさい」
大介「吃驚したんだろうな、裕子さんのと同じ水さしなんで」
大介はさらりと言う、前から準備していたみたいに。
大介「ゼラニウムの鉢植えに青酸入りの水を捨てて急場しのいだ殺人者は、更に水さしに残っている青酸反応を消すために同じ型の水さしとすり変えた……ということかな」
伊織は黙っている。

大介「伊織の推理に従うと、裕子さんを殺した犯人は津島大介以外にないという結論に行き当るな」
伊織「……違うんですか」
大介「……」
伊織「違うと言って下さい。……違うんでしょう？　私の思いすごしですよね」
大介は伊織をじっと見ている。初めて見せる暗い悲しい目で見ている。
大介「伊織」
伊織「ハイ」
大介「時々な、おまえを拾ったのが雄一でなく、この俺だったらなと思うことがあるよ」
伊織「……」
大介「そうしたら俺の人生は変ったかも知れんと思うよ」
と飲んで、
大介「ホラ、綱渡りの芸人は必ずバランスを保つ棒を持っているだろう。雄一にとって伊織はバランス棒だ。あいつだって東京から都落ちしてくるについては色んな事情があったんだ。やけ酒ばかり飲んでた時期もあった。しかし伊織を拾ってからあいつは変った。こう、札幌の大地に根を張ったみたいに、さ。……だから、ひょっとして俺が伊織を拾っていたら」
と言いかけて、

大介「やめよう。こんな話をしに函館まで来たんじゃないんだ」

78　港に近い飲食通りを大介が伊織を引っ張って歩いている

大介「変っちゃったな。この辺に旨いオデン屋があったんだが。……オヤジ年とって店畳んじゃったのかな」
伊織「大介さん、もういいよ。お腹いっぱいだもの」
大介「お腹いっぱいでも、そこのオデンは旨いんだ。俺が高校生の時食ったオデンを伊織にも食わせてやりたいんだ」
と歩く。そして小路を抜けると、そこは岸壁である。
大介はすくんだようになる。暗い海が闇と溶け合って目の前にひろがっている。大介は黙って眺めている。
それから、
大介「伊織、みなし児はおまえだけじゃないんだ」
歌うように言う。
伊織「え?」
大介「俺だって中学生の時から親なしっ子だ」
伊織「ホント?」
大介「遠い親戚にひきとられて、ずいぶん肩身の狭い思いもしたっけよ」
伊織「知らなかった。……でも、どうして? どうして急にそんな話……」
大介「思い出したのさ、昔の土地に来て」
それから、伊織の肩をつかんで、
大介「いいか。一人じゃないんだ。伊織は一人ぽっちではないんだ」
と叫ぶ。そして、
大介「先にホテルに帰ってろ」
伊織「……?」
大介「俺はちょいとその辺をぶらついて帰るから」
伊織「……」
大介「聞こえないのか」
伊織「聞こえました」
大介「この先はバーとかサロンだとか、十八歳未満お断わりの世界だ。分ったな」
伊織は黙っている。
大介「命令だ。先に帰れ」
伊織「……ハイ」
大介は行きかけて、ニヤッと笑う。
大介「おまえの実力なら、北大大丈夫だよ」
そして背中を丸めて歩き出す。

79　大介が歩いている

岸壁は雪が横なぐりで、ただ波の音。バーもピンクサロンも、ネオンすら見えない。大介はまっすぐ歩いている。前方の海の中に長く突堤が延びている。

80

突堤の上を大介が歩いている

先端に瞬く青い光りの下に佇む。ここまで来ると、海は恐ろしい勢いで打ち寄せている。大介がふと見返る。

闇の向うから伊織の唄声が聴こえる。

〽 行こか戻ろか　オーロラの下を

じっと聞いている大介の顔が不意に歪む。

81

突堤を伊織が走ってくる

伊織「大介さーん」

しかし大介の姿は突堤の先端から消えている。

伊織「大介さん！」

伊織は突堤の端に立ち、海の中を覗きこむ。突堤の下の巨大なテトラポットの間に大介が蹲っている。

伊織「死なないで」

青い光の点滅の下で、大介は押し寄せる波浪にさらされ、危うげに坐りこんでいる。

伊織「大介さんが死んだら、私も死ぬ」

大介「……！」

伊織「おんなじみなし児だって言ったじゃない。一人じゃないんだって言ってくれたじゃない。大介さんだって一人じゃないよ」

大介「伊織」

伊織は突堤の上から手を伸ばす。

伊織「つかまりなさい。……命令よ」

大介が伊織の手を握る。

大介「伊織、無理だ。俺は生きられない。荷物が重たすぎるよ」

伊織「私がいるじゃない」

大介「……一緒に生きてくれるのか？」

伊織、小さく頷く。

82

北大の構内（三月）

大勢の受験者に混って、伊織が合格発表の掲示板を見上げている。

83

掲示板を離れて伊織が正門に歩いてくる

足をとめる。那波佐智子が刺すような目で伊織を見据えている。

佐智子「あなたの勝ちね」

伊織「……」

佐智子「なぜ笑わないの。勝者は敗者を嘲笑う権利があるのよ」

伊織「あなたを?……（首を振る）笑えないわ」

佐智子は、ところで、と伊織を追って、

佐智子「あなた津島さんの本名をご存知かしら」

伊織「本名?」

佐智子「小山内っていうの」

伊織「小山内?」

佐智子「亡くなった父親は小山内浩一郎といってね、元東邦産業北海道支社営業課長」

伊織「東邦産業?」

佐智子「知らなかったの?　私の父と勢力争いの挙句、負けて自殺したのよ」

伊織、ショック。

佐智子「大介さんはね、母親の姓を名のって東邦産業に入ったのよ。それはそうよね。ライバルの息子だと分っていたら、父が入社させる筈ないもの。でもバレてしまった以上、札幌には居られないわね」

伊織「……」

佐智子「大学を選ぶか津島さんを取るか、迷っちゃうわね」

伊織「佐智子さん、これだけは覚えといて。私は那波家の人たちに唾を吐きたいとは思ったけど、殺して自分の手を汚したいとは思ったことはなかったわ」

そう言って伊織は歩いて行く。その姿はむしろ暗い。

84　わーッという歓声と共に伊織の体が宙に舞う

大介が抱えて空に投げたのだ。伊織は厚く積った雪の中に落ちて、

伊織「つめたーい」

雄一が笑いながら、

雄一「やったな。えらいぞ」

と手をさしのべる。伊織が縋りつくと、ひょいとだき上げて、また空に投げる。

伊織「ひどーい」

と言いながら笑っている。ようやく嬉しさがこみ上げてくる。管理人のオジさんが駆けつけて、助け起してくれる。

丸山「おめでとう、伊織ちゃん」

伊織「ありがとう」

としがみつく。

85　屋台で

雄一「今日から伊織も一人前だ」

とビールを注いでやる。

大介「乾杯!」

雄一「乾杯」

伊織「何度目の乾杯なの。私もう目が回りそう」
大介「こういう乾杯は何度でもいいもんだ」
と亭主にも注いで、
大介「カンパイ！」
とやる。それから不意に、
大介「俺、九州に行くことになった。転勤だ」
雄一「ホントか？　どうして？」
大介「睨まれたのさ、那波部長に。形は役付きとして博多支社に栄転だがな」
雄一は、ふーん、となる。
雄一「札幌でおまえが築いてきたものが全部徒労となるわけか。それにしても博多とはなあ」
大介「あの人らしいやり方だよ」
と飲んで、
大介「伊織」
伊織「え」
大介「一緒に来てくれるか」
伊織「……」
大介「北大を受かったばかりのおまえには残酷な選択だと思う。無理にとは言わん。……来てくれるか」
伊織「……（頷く）」
大介「そうか」
とホッとしたように、

大介「（雄一に）すまねえな、人さらいみたいなことになっちゃって」
雄一「謝ることはない、伊織がついて行くと言ってるんだ。それにしても一番悪い人さらいに捉まっちゃったもんだ」
と苦笑する。それが少し寂しそうで。

86　雄一の部屋

雄一と伊織が帰ってくる。雄一は酔っていて、ダイニングの長イスにひっくり返る。
雄一「伊織、酒」
伊織「まだ飲むんですか」
雄一「いいじゃないか。今日ぐらい勘弁しろ。俺は嬉しいんだ。おまえは素敵なレディに育った。俺が勝ったんだ」
と言って、雄一は伊織の作った水割りで、
雄一「カンパイ！」
伊織「（冷えて）お風呂沸かしますか」
雄一「いらん」
伊織「私、入りますけど」
雄一「ああ、おやすみ」
伊織「……おやすみなさい」
と行きかける。

雄一「すまん。パジャマを出しといてくれないか」
伊織は雄一の部屋へ行き、タンスのパジャマを選ぶ。
雄一は一人で飲んでいるが、
雄一「伊織」
伊織「……ハイ」
雄一「少し弁明していいか」
伊織「何をですか」
雄一「細野恵子くんのことだ」
伊織「……」
雄一「彼女がおまえに言ったことを少し訂正したいんだが」
伊織は雄一のパジャマを手にしたまま黙っている。
雄一「彼女の家と俺の家はずっと親しくしていてな。俺が子供の頃からだ。それで何となく婚約というようなことになったんだが、彼女の性格とか考え方が微妙に俺と合わない。婚約解消を申し入れたよ。しかし彼女は承知しない。それからずっとトラブル続きで十年すぎた。分るか。フィアンセといったって、彼女と俺とは何の関係もなかったんだ」
伊織「……どうして今頃そんなことを言うんですか」
伊織は雄一をにらんでいる。
雄一「……」
伊織「九州に行ってしまう私には、何の関係もないじゃないですか」
雄一「そうだな。行ってしまうんだな」
伊織は手にしていたパジャマを不意に雄一に投げつける。
伊織「あなたは勝ったんでしょう。私をレディに育て上げて、それでご満足なんでしょう！」
そして伊織はバスルームに駆けこんでしまう。

87　暗いバスルームに伊織がしゃがみこんでいる

泣いている。

88　満開の桜の下で雄一と伊織と大介が三角のカタチになってキャッチボールをやっている（春）

雄一「いよいよお別れだな」
大介「まだピンとこねえよ。あした九州に発っちゃうなんてよ」
伊織「（雄一に）向うに着いたら手紙書きますから」
雄一「ああ、毎日書くんだぞ」
伊織「毎日ですかア」
雄一「当り前だ。遠くで心配してる俺の身にもなれ」
大介「オイ雄一、おまえも志願して博多に転勤させて貰え」
雄一「ああ、そうしたいよ」

と投げるのを伊織がそらす。転がるボールをひょいと手が伸びて、拾う。吉岡刑事である。

吉岡「やあ、ご無沙汰しています」

と歩いてくる。

吉岡「(大介に) 博多に転勤されるそうですな」

大介「ええ」

吉岡「(伊織に) 一緒に行くんだって?」

伊織、答えない。

吉岡「広瀬さんも寂しくなりますな」

雄一「そうですね」

とそっけない。

雄一「なにかご用ですか」

吉岡「いやあ、九州まで殺人容疑者を追って行くのは大変なんでね。今日は最後のご挨拶ですわ」

大介「まだ伊織を疑ってるんですか」

吉岡は答えず、伊織に、

吉岡「九州に行ってしまう前に訊いておきたいんだが、キミは誰が裕子さんを殺したか知っていると言ったね。水さしが変だとも言った。その先を話してくれないか。水さしのトリックをたどって行くと、キミしか知らない犯人の名前が出てくるんじゃないのか。……それは誰なんだね」

伊織「言えません」

吉岡「証言を拒否し続けると、九州に行っても警察につきまとわれることになるんだよ。それでも犯人をかばうのかね」

伊織は黙っている。

吉岡「現実をよく見なさい。キミの容疑は強いんだよ。このままでは、キミは一生殺人容疑者の汚名を背負って生きなければならない。たった十八歳で人生を葬ってしまうのかね」

伊織「……覚悟は出来ています」

伊織は吉岡の手からボールを取ると、大介に投げる。

伊織「いくらつきまとっても無駄ですから、帰って下さい」

雄一「刑事さん、伊織ばかり責めていないで、自分の頭で犯人を割り出したら如何ですか」

吉岡「イヤ、ごもっとも」

と苦笑して、

吉岡「しかし、どうなんでしょうね。そこまでかばって貰って、犯人はどんな気持なんですかね」

と吉岡はちらっと大介を見やり、

吉岡「結果として、犯人は裕子さんの命だけでなく、伊織くんの社会的生命も奪ったことになる。どうやって償いをつけるんですかね」

吉岡はちょっと会釈して、

吉岡「私は消えますがね。伊織くんの一生とひきかえに犯人は何を得るのか、それを知りたいもんですな」
と言い置いて、立ち去ってゆく。残された三人に重苦しいものがひろがる。

89　夜桜の下で雄一・大介・伊織が唄っている

〽　行こか戻ろか　オーロラの下を

三人はカップ酒を飲みながら、しみじみ唄っている。
伊織「この歌ね、私を捨てたお母さんが子守唄のかわりに唄っていたの。ヤーだなあ。これ唄うと寂しくなっちゃうよ」
そう言うと、伊織はカップ片手に立ち上って桜の樹のまわりをぐるぐる回る。
伊織「飲みたいよオ。桜の花びら飲みたいよ」
大介が、ヨーシ、と立ち上って樹を揺さぶる。闇の中を花びらが雪のように散り落ちる。それを酒に浮かべて、
大介「札幌をサヨナラする名残りの酒だべさ。飲むぞ」
雄一「一気!」
雄一と大介は一息に飲む。伊織はカップに浮かんだ一片の花びらをじっと見ている。それから、コクンと飲む。
雄一「大介」
大介「ん」
雄一「伊織を幸せにしてくれ」
大介「……」
雄一「幸せにしてくれるな?」
二人は見つめ合っている。まるで睨み合うみたいに。
伊織が低く唄いつぐ。

〽　燃ゆる思いを　荒野にさらし……

雄一と大介もそれに合せる。三人は肩を組んで唄っている。

90　リーンと電話が鳴る（雄一の部屋の朝）

荷物の整理をしていた伊織が受話器をとる。
伊織「ハイ、広瀬です。……え?　ハイ、私が夏樹伊織です……え?……そんな……ハイ……ハイ……すぐ行きます」
切る。呆然としている。
雄一「どうした?」
伊織「大介さんが……」
雄一「……」

伊織「自殺しました」

91　東邦産業社員寮の門を遺体を乗せた警察のワゴン車が走り出て行く

92　大介の部屋では現場検証が行われている

立っている雄一と伊織に吉岡刑事が近づいてきて、

吉岡「死因は青酸による服毒死です。今朝、起しにきた管理人が死体を発見しました。これが遺書です」

と封筒を伊織に渡す。

吉岡「遺書の中で彼は犯行を告白しています。やはり水さしの中に青酸を入れておいたんだね。部屋に戻った裕子さんの所に、間違えたふりをして電話したのも彼だしね。電話に出た裕子さんはいつもの癖で水さしの水を飲んだ。すべては計画通りに行った。しかし、伊織くんがコーヒーを運んで行くことまでは予想できなかった。伊織くんに容疑が向けられたことで、彼はひどく苦しんでいたんだね」

伊織は黙って大介の遺書を読んでいる。

雄一「なぜ殺したんです」

吉岡「彼の父親が那波孝三氏の策謀にかかって自殺したことはご存知でしょう」

雄一「ええ」

吉岡「(領いて) 彼の身辺は徹底的に洗いましたよ。……それにしても巧みなトリックでした。伊織くんに水さしのことを指摘されなかったら、私も彼には目を向けなかったでしょうな」

雄一「残酷な人だ。あなたは伊織を責めることで大介を追いつめて行ったんだ」

吉岡「津島大介を直接攻めても、彼は落ちませんからね。ただ一つのウィークポイントを攻め続けたわけです。それが警察のやり方ですよ」

それじゃあ、と吉岡は行きかけて、

吉岡「(伊織に) 読んだかね。返して貰うよ、重要な証拠書類だからね」

と伊織の手から取る。が、伊織が強くつかんでいるので、端が破れて手に残る。

そこには、こう書かれてある。

——チビ、うんと幸福になるんだぞ。

雄一はいい奴だ、雄一だけを頼って生きてゆけ。——

大介。

93　雄一の部屋

伊織が自室でダンボールに衣類を詰めている。雄一が顔を出して、

雄一「どうしても出て行くのか」

伊織「自信ありませんから。この部屋で今までみたいに暮らせるかどうか、自信ありませんから」

雄一は見ているが、そうか、と出てゆく。

伊織は作業を進めて、タンスがからっぽになる。

閉めようとして、奥の方に何か残っているのに気づく。

腕をさしこんで引っ張り出す。

伊織「(見る)……!」

それは幼い伊織のために、雄一が自分の黒いセーターを改造してくれたマントである。

94 雄一の居室に伊織が入ってくる

机に向っている雄一に、
伊織「あの」
雄一「ん?」
伊織「これ、有難うございました」
伊織が差し出す小さなマントを雄一はじっと見る。
雄一「取っておいたのか、そんなものを」
伊織「大切にしまっておいたんです」
雄一「それを返すというのか」
伊織「ハイ」
雄一「どうして」
伊織「……分りません」
雄一「素直じゃないな」
伊織「それじゃ、どうしたらいいんですか。ずっと持っていろと言うんですか。そんなの、つらすぎます」
雄一「つらい?」
伊織「だって……」
雄一「言ってごらん。自分の気持を素直に言ってごらん」
伊織「私はみなし児です」
雄一「それがどうした」
伊織「あなたが育ててくれたのです」
雄一「そうだ。だからどうした」
伊織「だから……あなたを愛してはいけないと思ってきました」
雄一「いけないとかいいとかじゃない。愛していないのか」
伊織は答えられない。雄一は黙って抽出しから鋏を取り出す。黒いマントを伊織からひったくると、いきなり刃を入れる。
ああと、伊織が悲鳴みたいな声を出す。
雄一「おまえに偽善者と決めつけられてから、俺は言葉を失ってしまった。愛という言葉のかわりにこんな事しか出来ないんだよ」
伊織はじっと雄一を見ている。それから低く。
伊織「キスしてください」
窓の外を季節外れの雪が降り始めている。

完

ヴィヨンの妻　桜桃とタンポポ

フジテレビジョン　パパドゥ　新潮社　日本映画衛星放送／東宝／一一四分／二〇〇九年一〇月一〇日

スタッフ

製作　亀山　千広
　　　山田美千代
　　　田島　一昌
　　　杉田　成道
原作　太宰　治
監督　根岸吉太郎

キャスト

佐知　松　たか子
大谷穣治　浅野　忠信
秋子　広末　涼子
岡田　妻夫木　聡
辻　堤　真一
巳代　室井　滋
吉蔵　伊武　雅刀
巡査　光石　研
環　山本　未來
矢島　鈴木　卓爾
キエ　小林　麻子
刑事　信太　昌之
百貨店店員　新井　浩文
職人1　有福　正志
職人2　山岡　一
職人3　宇野　祥平
客1　中沢　青六
客2　水上　竜士
客3　中村まこと
客4　田村泰二郎
編集者1　鈴木　晋介
編集者2　大森　立嗣
編集者3　眞島　秀和
編集者4　芹沢　礼多
若い巡査　笠松　伴助
金髪の娼婦　奥田恵梨華
芸者　宮地　雅子

1

荒涼たる墓地

古びた墓石の間を風、吹き抜ける。

カランカランと鳴る寂寥の音。

テロップ・津軽・金木——。

着物の裾を翻したキエ（若い叔母）に手をひかれて、大谷穣治歩いて来る。

穣治・五歳。

一面に林立する卒塔婆の列。その先端に満月のように飾られた鉄の輪。カランカランと風に鳴っている。

キエ「穣治さん、この鉄の輪はの、くるくる回してさ、止まってから、少しでも逆に戻ったら、その人は地獄に落ちるんだえ」

キエ、鉄輪をカランと回す。

くるくる回って、静かに止まる鉄輪。

キエ「穣治さん、やってみへ」

穣治、躊躇。そして必死に力一杯、回す。

静止する。が、その時、鉄輪、なにかの力に引かれるように、ギシッと逆に戻る。

青ざめる穣治。

キエ、明るく笑う。

キエ「そんなに力入れるんだもの。ほら、もう一度やってみなせ」

穣治、もう一度回す。

また、逆に戻る。

穣治「……」

キエ、怯えたように穣治を見ている。

穣治「……」

2

東京・小金井・月明かりの路・夜

大きな悪魔のような者が走っている。

二重廻しの袖をはためかせて、大谷が走っている。

いや、逃げている。

3

字幕

昭和二十一年・十二月——。

4

露地・夜

大谷、駆け込んで来る。

後ろを確かめ、焼け跡に立つバラックの一軒の玄関を開ける。

5

大谷の家・奥の四畳半・夜

寝ていた佐知、気配に目を覚ます。隣で二歳の子供、眠っている。

佐知、そっと起き上がる。

6 同・六畳間・夜

大谷、黒い二重廻しを着たまま、はあっはあっとすさまじく荒い呼吸とともに机や本箱の引き出しをかきまわし、小さなジャックナイフを手に摑む。そして、どたんと尻をついて、はあっはあっと息をつく。佐知、ひっそり入って来る。

佐知「おかえりなさいまし」
大谷「ああ、起きていたんですか」
　大谷、ひどくやさしい声で言う。心やましい時に出る癖である。
佐知「玄関の音で目がさめました。ご飯は、おすみですか？　戸棚におむすびがございますけど」
大谷「や、ありがとう。坊やはどうです」
佐知「少し、熱があるみたいで……」
大谷「あ、そう。お医者に連れて行ったらいいでしょう」
佐知「あの……そのお金がないんです」
大谷「ああ、金ですか。金にはいつも苦しみますね」
佐知「今日はいくらかお持ちではないのですか」
大谷「なぜ、金がある、と思うのですか」
佐知「たまに帰っていらしたから、何かあるのかと思って」
大谷「いや、ただ逃げて来ただけ……」
　その時、玄関で女の声がする。

「ごめん下さい」
　佐知、大谷を見る。大谷、そっぽ向いている。
女の声「ごめん下さい。大谷さん」
佐知「（大谷に）お客様のようですけど」
女の声「（鋭く）大谷さん！　いらっしゃるんでしょう？」
　大谷、仕方なく、玄関に出る。

7 同・玄関・夜

大谷、出て来る。

　立っている女（巳代）に、
大谷「なんだい」

巳代「なんだいではありませんよ。こんな、ちゃんとしたお家もあるくせに、どろぼうを働くなんて、どうしたことです。ひとの悪い冗談はよして、あれを返してください。でなければ、これから警察に連絡します」

大谷「失敬な事を言うな。ここはお前たちの来るところではない。帰れ！　帰らなければ、僕のほうからお前たちを訴えてやる」

　吉蔵、外からぬっと入って来る。

吉蔵「先生、いい度胸だね。よその家の金を、盗んでおいて。先生、私は見損ないましたよ」

　吉蔵、低い声だが、凄味がある。

　大谷、震えて、言う。

大谷「ゆすりだ」
吉蔵「……」
大谷「恐喝だ。帰れ！　文句があるなら、明日聞く」
吉蔵「大変な事を言いやがるなあ、先生、すっかり一人前の悪党だ。それじゃもう警察へお願いするより手がねえぜ」
大谷「勝手にしろ！」
　一瞬、憎悪の睨み合いになる。
　そこへ寝間着の上に羽織を引っ掛けた佐知、出て来る。
佐知「いらっしゃいまし」
　丁寧に頭を下げる。
吉蔵「や、これは奥さんですか」
　吉蔵、会釈しながら、ちょっと身をひくように佐知を見る。佐知、貧しさに負けない美しさがある。それに驚いたのである。
　巳代もショールを首からはずして、
巳代「こんな夜分にあがりまして」
　態度を改める。その途端、大谷、下駄をひっかけて外に飛び出そうとする。
吉蔵「おっと、そいつはいけねえ」
　吉蔵、大谷を後ろから押さえる。
大谷「放せ！……刺すぞ」
　大谷、ジャックナイフを振り回す。
　吉蔵、一瞬、身を引く。その隙に、大谷、二重廻しの袖を鴉のようにひらめかせて、走り出る。
吉蔵「どろぼう！」
　吉蔵、追おうとする。
　佐知、裸足で土間に降り、吉蔵を止める。
佐知「どうか、やめて。あとの始末は、私がいたします」
巳代「とうさん、奥さんがそう言うんだから、ね」
吉蔵「畜生！　警察だ。もう承知できねえ」
　言いながら吉蔵、力が抜けている。
佐知「すみません。どうぞ、おあがりになって。お話を聞かして下さいまし」
　吉蔵と巳代、顔を見合わせる。
佐知「私でも、あとの始末は出来るかも知れませんから、どうぞ、おあがりになって、どうぞ。汚いところですけど」
吉蔵「いや、そんな、ゆっくりもしておられませんが」

8　同・六畳間

　あがってきた吉蔵と巳代。あまりに荒廃した室内に絶句する。

　腐りかけているような畳、つぎはぎだらけの障子、落ちかけている壁、傷みの目立つ襖、片隅に机と本箱、それもからっぽの本箱。

佐知、かろうじて残りの生地で繕った座布団をすすめる。
佐知「畳が汚うございますから、どうぞ、こんなものでも、おあてになって」
吉蔵と巳代、恐る恐る座布団を尻のしたに敷く。
佐知、畳に手をついて挨拶する。
佐知「はじめてお目にかかります。主人がこれまで、たいへんなご迷惑ばかりおかけしてまいりましたようで、また、今夜は何をどう致しました事やら、あのようなおそろしい真似などして、お詫びの申し上げ様もございませんし」
と言ったなり、佐知、顔が上げられない。
涙がぽつぽつと畳にしたたる。
吉蔵「奥さん、まことに失礼ですが、いくつにおなりで?」
佐知「あの、私でございますか?」
吉蔵「ええ。たしか旦那は三十、でしたね?」
佐知「はあ、私は、あの、……四つ下です」
吉蔵「すると、二十、六。いや、これはひどい。まだ若い、綺麗な人のみなりじゃありませんよ」
巳代「私もさきほどから感心しておりました。こんな立派な奥さんがあるのに、どうして大谷さんは、あんなに、ねえ」
吉蔵「病気だ。病気なんだよ。以前はあんなじゃなかったが、だんだん悪くなりやがった」
吉蔵、嘆息をついて、佐知に言う。
吉蔵「私ども夫婦は、中野でしがない料理屋をやっておりますが。大谷さんが、はじめて店に来ましたのは、昭和十九年の春でした。うちが闇酒を扱ってるのをどこで聞いたか、裏口からこっそり入って来た時、つい焼酎をお出ししました」
佐知「……」
吉蔵「私には奇妙にあの晩の、大谷さんのへんに静かで上品な素振りが忘れられません」

9　回想・椿屋・店内・夜

すでに表戸は閉め、薄暗い電球の下のテーブルで焼酎を飲む大谷。

向かいに坐った秋子は飲まずに、じっと大谷の飲みっぷりを見ている。いや、見とれているのかも知れない。

大谷、静かに、大振りのグラスから、すーっと飲む。

そして、空になったグラスを亭主の吉蔵に向かって、振る。

吉蔵、仕方なく、二杯目を出す。

大谷、また、すーっと飲む。

静寂——。

吉蔵の声「魔物がひとの家にはじめて現れる時には、あんなひっそりとした、ういういしいみたいな姿をしているものなのでしょうか。その夜から、私どもの店は大谷さんに見込まれてしまったのでした」

10　回想・椿屋・店内・夜

大谷、裏口からひっそり入って来る。
吉蔵「あ、いらっしゃい……」
大谷、吉蔵の前に立つと、二重廻しのポケットから百円紙幣の束を出し、一枚抜いて吉蔵に握らせる。
吉蔵の声「私は驚きました。いきなり百円紙幣ですからね。その頃はまだ百円といえば大金でした。それを無理矢理、私の手に握らせて……」
大谷、気弱そうに笑う。
大谷「たのむ……」
吉蔵の声「百円ですよ。威張って言えばいいものを、あの人はなんだか気弱そうに笑うんです」
大谷、薄い笑いを浮かべて、すーっと焼酎を飲む。
ひっそりと寂しげな風情に吉蔵、気詰まりで、声をかける。
吉蔵「大谷さん、ご商売、小説家なんですってね」
大谷「え、ま……」
巳代「この間みえた出版社の方が言ってましたよ、大谷は人に書けないものを書くって」
大谷、はにかむように笑う。
大谷「それは……けなしてるんです……」
大谷、すーっと焼酎を飲む。まるで暗い底無しの沼に吸い込まれて行くようである。
そうしてあらかた十杯も飲み、不意に時間を訊く。
大谷「何時ですか」
吉蔵「え？　えーと」
大谷、立ち上がり、そのまま出て行こうとする。
吉蔵「あ、お釣りを今……」
大谷「いや、いい」
吉蔵「それじゃ、私が困ります」
大谷、ちょっと沈黙し、それからにやっと笑う。
大谷「それではこの次まであずかって置いて下さい、また来ます」
大谷、飄然と立ち去っていく。
後に残った吉蔵と巳代、なにか悪い予感で顔を見合わせる。

11　大谷の家・六畳間・夜

吉蔵、佐知に訴えるように言う。

吉蔵「奥さん、私どもがあのひとからお金をいただいたのは、あとにもさきにも、ただこの時いちど切り、それはもう、なんだかんだとごまかして、三年間、一銭のお金も払わずに、私どものお酒をほとんどひとりで、飲み干してしまったのだから、呆れるじゃありませんか」
佐知、思わず、噴き出す。慌てて口をおさえて、隣をみると、巳代もかなしいような笑った顔になっている。
吉蔵「じつはね、奥さん、今夜は、大谷さん、私らの店から五千円奪って逃げたんですよ」
佐知「五千円……」
巳代「もう、大晦日も近いし、すぐ今夜にでも仕入れのほうに手渡してやらなければ、私どもの商売をやって行かれないような、そんな大事なお金なんです」

12　回想・椿屋・六畳間・夜

巳代、集金した札束を戸棚の引き出しに納める。それを土間の椅子席で飲みながら、大谷が上目づかいに見ている。

板場から、ふと吉蔵、大谷の変な気配に気づいて目を上げる。

吉蔵の声「私もね、いやな目つきをするな、と思ったんですよ。その途端でした……」

大谷、不意に立ち上がる。

吉蔵「大谷さん……？」

大谷、そのまま六畳間にあがり、無言で巳代を押し退け、引き出しから札束をわしづかみにして、二重廻しのポケットにねじ込む。

吉蔵、巳代、一瞬、何が起こったのか判断がつかない。

大谷、平然と、店の外に出て行く。初めて吉蔵が大声を挙げる。

吉蔵「どろぼう！」

大谷、走って逃げる。

吉蔵「どろぼう！」

と追う。巳代も、追う。

13　大谷の家・六畳間・夜

吉蔵、佐知に訴えている。

吉蔵「やっとこの家をつきとめて、かんにん出来ぬ気持をおさえて、金をかえして下さいと言うのに、まあ、何という事だ、ナイフなんか出して、まあ、なんて大袈裟な……」

佐知、思わず、笑ってしまう。奇妙な可笑しさが込み上げて、ついに声を出して笑う。

つられて吉蔵も巳代も苦笑する。

佐知「ごめんなさい……」

佐知、笑いが発作のように止まらない。いつまでも笑いつづけて、涙が流れる。

×　　×　　×

ひっそりと佐知、ひとり坐っている。

佐知「……」

14　走る電車・朝

15　同・車内・朝

佐知、子供を背負って、坐っている。

なんだか諦め切ったように過ぎて行く景色を眺めている。

佐知の声「警察沙汰だけは許して頂いて、でも、五千円、五千円……私はお店に行くのが恐ろしい」

16　中野・椿屋・近くの道

佐知の背中で子供がむずがる。佐知、なんとかあやしてやって、見る。

目の先に椿屋、ある。

佐知「……」

バラックではあるが、なんとか料理屋らしい風情は保っている。

佐知、表戸を開けようとして、開かないので、裏の勝手口にまわる。

17　同・勝手口

佐知、そっと覗くと、巳代、忙しく食器洗いと料理の下拵えにかかっている。

佐知、思い切って、声をかける。

佐知「あの……」

巳代「(見て)ああ……」

その時、佐知、自分にも思いがけなく、すらすらと言葉が口をついて出る。

佐知「あの、おばさん、お金は私が綺麗におかえし出来そうですの。今晩か、でなければ、あした、とにかく、はっきり見込みがついたのですから、もうご心配なさらないで」

巳代「おや、まあ、それはどうも」

巳代、半信半疑である。

佐知「それまで私は、人質になって、ここにずっといる事になっていますの。それなら、安心でしょう？　お金が来るまで、私はお店のお手伝いでもさせていただくわ」

佐知、子供を六畳間に下ろし、

佐知「お店のお掃除、まだでしょう。私、やります」

佐知、バケツと雑巾を持って店の掃除を手際よくこなす。

巳代「奥さん、あなた思ったより働き者ね」

佐知「いえ、こんなの働いたなんて言えません」

佐知、体を動かしたことで、妙に生き生きしてくる。
佐知「なんでも使って下さいな。六畳も片づけましょう」
佐知、くるくると働いて見せる。

×　　×　　×

夕方――。
吉蔵、仕入れを終えて、帰って来る。
佐知、吉蔵がなにか言いだす前に、
佐知「私、五千円の人質で、こうして働かせて頂いてます」
吉蔵「(巳代に) どうなってんだ?」
巳代「なんでも、今日のうちに五千円届けてくれる人がいるんですって」
吉蔵、じろっと佐知を見る。
吉蔵「奥さん、お金ってものは、自分の手に、握ってみないうちは、あてにならないものですよ」
佐知「いいえ、それがね、本当にたしかなのよ。だから、私を信用して、表沙汰にするのは、今日一日待って下さいな。それまで私は、このお店でお手伝いしていますから」
佐知、苦しい。口からでまかせである。
しかし、明るく言い切ってしまう。
そういう不思議な生命力がある。

吉蔵「お金が、返って来れば、そりゃもう何も……何せことしも、あと五・六日なのですからね」
佐知「ええ、だから、それだから、あの私は、おや? お客さんですわよ。いらっしゃいまし」
職人風の三人連れ、入って来る。
職人1「や、美人を雇いやがった。こいつあ、凄い」
佐知「いらっしゃいまし……」
佐知、必死に笑ってみせる。
職人2「掃き溜めに鶴……」
吉蔵「すいません。まだ準備中で」
職人3「こんな別嬪がいれば、まずい料理なんかいらねえ。酒だけくれ」
佐知「はい、只今」
佐知、男たちに笑顔を向け、巳代に、
佐知「おばさん、エプロン貸して下さいな」
とグラスを運ぶ。
吉蔵「誘惑しないで下さいよ。お金のかかっているからだですから」
職人3「百万ドルの名馬か」
佐知、巳代から冷酒を受け取って、運ぶ。
佐知「名馬も、雌は半値だそうです」
職人1「けんそんするなよ。これから日本は、馬でも犬でも男女同権だってさ」

職人２「ねえさん、おれは惚れた。一目惚れだ。が、しかし、お前は、子持ちだな？」
佐知、あっとなる。
巳代「いいえ、違うんですよ」
巳代、とっさに六畳間で遊ぶ子供を抱く。
巳代「これは、今度私どもが親戚から貰って来た子ですの。これでもう、やっと私どもにも、あとつぎが出来たというわけですわ」
職人３「金も出来たし」
と茶化す。
吉蔵、呟くように、言う。
吉蔵「いろも出来、借金も出来」
巳代「……」
吉蔵「（客に）何にしますか？　寄せ鍋でも作りましょうか？」

×　×　×

夜が更けるにつれ、椿屋の店内、立ち飲みの客まであふれ、異様な活気に満ちている。

佐知という女ひとりのために男の客たちは殺気立つように、酒を飲むのである。

客１「ねえさん、名前なんて言うの」

佐知「佐知です」

客２「椿屋のさっちゃんか、握手してくんないか」

佐知「あら、嬉しい。こんな荒れた手でよろしいんですか」

客２「細い綺麗な手じゃねえか。ほら、チップだ」

客２、掌に十円紙幣を乗せて佐知の手を握る。

佐知「まあ、十円。嬉しい！」

客３「さっちゃん、おめえはそんなケチなチップで喜ぶようなタマじゃねえ。もっと上玉だ」

客たち、先を争って、お酌に廻って来る佐知に握手を求める。その手に全部五円や十円紙幣が乗っている。

もう二百円ほどチップが貯まったろうか。佐知、くらくらするほど嬉しい。

佐知「（巳代に）あの、チップはおばさんにお渡ししなくちゃいけないのでしょうか」

巳代「何言ってるの。全部あんたの物だよ」

佐知「あー、嬉しい！」

そこへ新しい客が入って来る。

男と女の二人連れである。

丁度空いたばかりの奥のテーブルに腰を下ろす。

佐知、ちらっと見る。

男はクリスマスのお祭りの、紙の三角帽をかぶり、ルパンのように顔の上半分を覆う黒の仮面をつけている。

女は三十四・五のやせ型だが、綺麗な女性である。

女が声をかける。
環「ねえさん、ちょっと」
佐知「へえ」
佐知、来て、
佐知「いらっしゃいまし。お酒でございますか」
その声で男、仮面の底から佐知を見上げて、ドキッとしたように、背中を向ける。大谷である。
佐知、その肩を軽く撫でて、
佐知「クリスマスおめでとうって言うの？　なんて言うの？　もう一升くらいは飲めそうね」
大谷「……」
環「あの、ねえさん、すみませんがね、ちょっとここへご主人を」

18　同・板場

佐知、来て、刺身を切り分けている吉蔵に、
佐知「大谷が帰ってまいりました。会ってやって下さいまし」

吉蔵「いよいよ、来ましたね」

吉蔵、佐知の苦し紛れの嘘を信じていたらしい。前掛けの紐をぐっとしめ直す。

佐知「あの、連れのかたに私のことは黙っていてください。大谷が恥をかくといけませんから」

吉蔵「分かってます」

吉蔵、大谷のテーブルに行く。

佐知、はらはらしながら見ている。

吉蔵と環、数言交わして、大谷ともども外に出て行く。

それを見送って、佐知、急にほっと気分が晴れる。

佐知「飲みましょうよ、ね、飲みましょう。クリスマスですもの」

佐知、グラスの酒をぐーっと飲む。

佐知「ああ、おいしい」

その一言で、客はわっと沸く。

客4「さっちゃん、いける口だね。俺の酒も飲んでくれ。どんどん注文してくれ」

×　　×　　×

閉店近く——。
吉蔵、一人戻って来て、佐知の傍に来る。
吉蔵「奥さん、ありがとうございました。お金は返して頂きました」
佐知「そう。よかったわね。全部？」
吉蔵「(苦笑) ええ、きのうの、あの分だけはね」
佐知「これまでのが全部で、いくらなの？　ざっと、まあ、大負けに負けて」
吉蔵「二万円」

佐知「それだけでいいの？」
吉蔵「大負けに負けました」
佐知「お返し致します。おじさん、あすから私を、ここで働かせてくれない？　ね、そうして！　働いて返すわ」
吉蔵「奥さん、酔ってるね」
佐知「酔ってます。とてもいい気持ち。私、お金になるんですね」
巳代「あらあら、奥さん、とんだ、おかるだわね」
吉蔵、佐知、巳代、声をあげて笑う。

19　大谷の家・奥の四畳半・夜

寝静まった深夜。

玄関の戸を音もなく開けて、大谷、入って来る。泥酔して、呼吸が荒い。

20　同・四畳半・深夜

大谷、はあはあ、と泥酔の荒い呼吸が止まらない。

佐知、起き上がり、電球を点ける。

佐知「お帰りなさい……」と静かに坐る。

大谷、蒼白な顔。じっと佐知の顔を見下ろしている。

佐知、痛ましげに見返す。

大谷、立ったまま、ぼろぼろ涙を流している。


佐知「あなた……」

大谷、突然、佐知の布団にもぐり込む。ひしと佐知を抱きしめてもなお、震えが止まらない。

大谷「ああ、いかん。こわいんだ。こわいんだよ、俺は。こわい！　助けてくれ！」

大谷、佐知の胸に顔を埋めて、ぬくもりを求める。

その行為の途中で、体が揩り合わされ、大谷の欲情にふと火がともる。

×　　×　　×

暗く、揺れる裸電球の下、大谷と佐知、倒れている。貧しい寝巻の襟元を掻き合わせる佐知の姿がみじめである。
佐知、呟くように、言う。
佐知「……あなたは誰なんでしょう」
大谷「……」
佐知「……私はあなたのことをよく知らないんです」
大谷「……」
佐知「あなたは強盗でもするように私をさらって、妻にしてくださいました」
大谷「……」
佐知「あなたは作家でお酒のみで、たまに家に帰ってくると、いつも何かに追いかけられている。……それが私にもおそろしい」

大谷「……」

佐知「……誰に追われているんですか」

大谷「……神様……かも知れない」

また風がしみこんで、電球が揺れる。

大谷と佐知、じっと目を見開いている。

21　同・台所・朝

佐知、大根の千切りで味噌汁を作る。大谷の突然の帰宅に気持ちが弾んでいる。

佐知「あなた、昨夜も何も食べてないんでしょう?」

22　同・六畳間・朝

貧しい食卓。湯気の立つ千六本の味噌汁と温かい麦飯がある。それにしなびた沢庵。

佐知、坊やに食べさせている。その姿は母子像のように幸福だが——。

大谷、二日酔いのせいか、魂の抜けた人のようにぼんやり眺めている。

大谷「あの五千円はね……」

大谷、ひとり言のように、言う。

大谷「さっちゃんと坊やに、久し振りのいいお正月をさせたかったからです」

佐知「お気持ちは嬉しいけど、ひと様のお金を盗むのはよくないわ」

大谷「僕はてっきり椿屋のやつ、警察に駆け込んだと思ってね、もう自棄のようになって、気がついたらクリスマスじゃないか。京橋のバーに繰り出して、ウィスキーを飲み、女給に、クリスマス・プレゼントだと言って無闇にお金をくれてやり、その先は記憶がないのですが、ママに訊くと、僕は、何処かから、クリスマスの三角帽子やら仮面やら、七面鳥まで持ち込んで来て、知り合いの方たちを呼び集め、大宴会をひらいたのです」

佐知「それも、記憶がないのですか」

大谷「時々、記憶があるのですが、つぎつぎに酒を飲むから、また記憶も消えてしまって……」

佐知「では、なぜ椿屋に五千円持っていらしたんですか」

大谷「そこなんだがね、日頃の貧乏を知っているママさんが不審がってね、お金の出所を訊いたんだ。僕は、盗んだ、と言った。そうしたらママが顔色を変えてね、大谷さん、あなたもう一度スキャンダルを起こしたら世間から抹殺されますよ、仕方ない、私がその椿屋までついて行きましょう」

佐知「ママさんに五千円出して頂いたんですか」

大谷「そういうことに、なるかな」

佐知「ひも……」

大谷「……」
佐知「（坊やに）て、言うのね、そういうの」
坊や、キキッと笑う。
大谷「……」
佐知、前夜手にしたチップを数えて、引き出しの奥に押しやる。
大谷、ちらっといやな目で見る。
大谷「では、行ってきます」
佐知「え?……」
大谷「家では仕事が出来ないのです」
大谷、たった今、佐知が引き出しに納めたチップの紙幣をわしづかみにする。
佐知「あッ……」
大谷「……ヒモだからね」
大谷、玄関に向かう。
佐知「ご飯、食べて行ってください」
大谷「有り難う。……食欲がないんだ」
佐知「（見ている）……」
大谷、たましいの、抜けたひとのように、足音も無く玄関を出て行く。
佐知、背伸びして見る。
冬の枯れた生垣の向こう、大谷、一張羅の二重廻しも寒そうに、幽霊のような、とてもこの世に生きるものでないように、歩いて行く。
佐知「……」

23 椿屋・六畳間・昼・開店前

大谷と吉蔵、花札する。
大谷、勝っている。椿屋の現金のあらかたが大谷の膝の上にある。
大谷、くーっと焼酎を飲む。
大谷「人間ヤケクソになると、変なものがついてくるな。花札のツキとか」
大谷、吉蔵の捨札に札を叩きつけ、めくる。
大谷「来たッ」
猪鹿蝶——。
大谷、場の有り金をさらう。
吉蔵「（脂汗）……」
大谷「これでツケは帳消しか」
吉蔵「まだ一万円、残ってますぜ」
巳代、板場から髪を直しながら、入って来る。
巳代「あら、大谷さん、豪勢だこと」
大谷「いや、ツキだけ。所詮、偽物……」
吉蔵「大谷さん、ひとつ大きな勝負しましょうか」
大谷「え……」
吉蔵「こっちが負けたら、ツケの一万円はなし」

大谷「こっちが負けたら……」
吉蔵「身ぐるみ剥ぎますぜ」
大谷「……今日は、ツイてるんだがね」
吉蔵「そのツキが本物かどうか……」

×　×　×

札が配られる。

めくられる。

大谷「（手札を見る）……」

吉蔵「（手札を見る）……」

吉蔵、ふと、巳代と目をかわす。

巳代「（独り言のように）化粧させて貰いますよ」

巳代、鏡台の前にぺたんと坐り、布の覆いを外す。

吉蔵、じろっと見る。

大谷、札を捨てる。めくる。外れる。

吉蔵、大谷の捨札を叩き、めくる。猪鹿蝶に松竹牡丹。

大谷、青ざめる。

×　×　×

大谷、有り金巻き上げられ、よろよろ立つ。

吉蔵「酒のツケはきいても、博打のツケはききませんぜ。その二重廻しも置いて行きなせえ」

大谷、二重廻しを脱ぎ捨てる。羽根を剝かれた鶏のようである。

大谷「これで、いいかい」

吉蔵、黙っている。

大谷、ひょろひょろ六畳間を降りて行く。

24　**同・戸口・昼**

大谷、出かかる。
後ろから巳代、声をかける。
巳代「大谷さん……」
大谷「……」
巳代「花札で博打打ちが使う、お軽って知ってます？」
大谷「（考えて、ハッとなる）……」

×　×　×

巳代が髪を直している鏡台に大谷の手札が映っている。

吉蔵から、丸見えである。

大谷「イカサマ……」

巳代、笑って、黙って、二重廻しを大谷に着せてやる。

巳代「また、おいで下さい」

大谷、あてもなく、出て行く。

25　**椿屋・夜**

客で賑わっている。

佐知、くるくると働く。
女（秋子）、一人入って来る。水商売っぽい、綺麗な女である。
秋子「（見回して）どうしたの、こんなに繁盛しちゃって」
吉蔵「ふん、女ひとり雇ったら、この景気ですよ。料理なんか二の次だ」
と秋子の席を作る。
秋子「（佐知に）ねえさん、お酒」
佐知「へえ。冷やですか、お燗しますか」
秋子「私は冷やに決まってるのさ、覚えておきな」
佐知「へえ」
佐知、板場に来る。
巳代、一升瓶からグラスに酒を注ぎながら、
巳代「あれが、秋ちゃんよ」
佐知「ああ……」
巳代「大谷さんに会いたくなると、ここに来るのよ」
佐知「大谷は、そんなにここに来てたんですか」
巳代「なにしろ二万円、ここで飲み倒したんだからね」
佐知「すみません……」
佐知、頭を下げ、お盆のグラスを運ぶ。
秋子「ねえ、近頃、大谷さんは、どうよ」
佐知「どうよ、って……」
秋子「作家の大谷穣治よ。あなた新顔で知らないの？」
佐知「いえ、知っております」
秋子「今日はまだ？」
佐知「はい……」
秋子「そう……待つわ……」
秋子、くっと飲む。

×　×　×

閉店——。
秋子、酔いつぶれている。
佐知、吉蔵に、
佐知「あのお客様、大丈夫でしょうか」
吉蔵「大谷さんに見込まれて、すってんてんになってこの寒空に泣いている人間が何人もいます。この秋ちゃんだって、大谷さんに惚れたばっかりに、いいパトロンには逃げられるし、お金も着物も貢いじまって、いまは貧しい長屋暮らしですよ」
巳代、秋子の肩をゆする。
巳代「秋ちゃん、起きて」
秋子「あんた、誰？　大谷？　じゃない、大谷は？」
巳代「今日は大谷さん見えなかったのよ」
秋子「あ、じゃ、お勘定して」
巳代「今日はいいから、早く帰って寝なさい」
秋子「今日はあるのよ。大谷の分まで払いますから」

秋子、財布から百円紙幣取り出して、投げる。
吉蔵「秋ちゃん……送るよ」
吉蔵、秋子を背負って、出て行く。
巳代、紙幣を拾って、
巳代「落ちぶれても、大谷さんのために見栄張ってるのよ」
佐知「……」
ひょっこり、入れ違いのように大谷、顔を出す。
大谷「閉店ですか……」
巳代「今、閉めたばっかりで」
大谷「(佐知に)帰りませんか」
佐知、黙って、頷く。

26　夜の道

子供を背負った佐知と大谷、歩く。
佐知「なぜ、はじめからこうしなかったのでしょうね。とっても私は幸福よ」
大谷「女には、幸福も不幸もないものです」
佐知「そうなの？　そう言われると、そんな気もして来るけど、それじゃ、男の人は、どうなの？」
大谷「男には、不幸だけがあるんです。いつも恐怖と、戦ってばかりいるんです」
佐知「そうですか。私は、親子三人で暮らしていければ、それでいいの。椿屋のおじさんもおばさんも、とてもいい人だし」
大谷「馬鹿なんですよ、あの人たちは、田舎者ですよ。あれでなかなか欲張りでね。僕に飲ませて、おしまいには、儲けようと思っているのです」
佐知「そりゃ商売ですもの。だけど、それだけでも無いんじゃない？　あなたは、あのおかみさんと何かあったでしょう」
大谷「……昔ね。おやじは、どう？　気づいているの？」
佐知「ちゃんと知っているらしいわ。いろも出来、借金も出来、といつか溜息まじりに言ってたわ」
大谷「僕はね、キザのようですけど、死にたくて、仕様が無いんです。生まれた時から、死ぬ事ばかり考えていたんだ。皆のためにも、死んだほうがいいんです。それはもう、たしかなんだ。それでいて、なかなか死ねない。へんな、こわい神様みたいなものが、僕の死ぬのを引き止めるのです」
佐知「お仕事が、おありですから」
大谷「仕事なんてものは、なんでもないんです。人がいいと言えば、よくなるし、悪いと言えば、悪くなる。ちょうど吐く息と引く息みたいなものなんです。おそろしいのはね、この世の中の、どこかに神がいる、という事なんです。いるんでしょうね？」

佐知「え？」
大谷「いるんでしょうね」
佐知「私には、わかりませんわ」
大谷「そう」
ふたり、静かに歩いて行く。

27　桜——

桜の巨木、一本、焼け跡に、奇跡のように咲いている。

28　椿屋・店内・夜

賑わっている。
隅の相席のテーブルに一人の青年・岡田。
編集者たち、五・六人、中央のテーブルを囲んで飲んでいる。
編集者1「大谷もなあ、死にたい、死にたいって、それを売物にして小説書いて、いったいいつ死ぬのかな」
編集者2「ポーズだよ、ポーズ。あの憂い顔で、死にたい、なんて言われたら、女の読者なんかイチコロだよ」
編集者3「第一、こんなに売れっ子になっちゃ、死ぬ気もなくなるだろう」
編集者4「ほんとに死なれたら我々としても困っちゃうしな」
と笑いになる。
佐知、それを耳にしながら、くるくると働く。
そこへ矢島、入って来て、編集者たちの席に混じる。
矢島「ねえさん、酒……」
と言いかけて、あれっとなる。
矢島「奥さん、大谷さんの奥さんじゃないですか」
岡田、ドキッと佐知を見る。
佐知、微笑で、矢島に寄って行く。
佐知「あ、矢島さん、いらっしゃいまし」
矢島「（編集者たちに）紹介しよう。こちら、大谷さんの奥方の佐知さん」
編集者たち、争って名刺を差し出す。さっきから、店に似合わない、ちょっといい女だな、という目でちらちら見ていたのである。
編集者1「奥さん、さっきの話、聞かなかったってことで」
と拝む。
佐知「奥さん、なんて言わないで。私、椿屋のさっちゃんですから」
矢島「いや、大谷さんに原稿料渡しちゃうと、家に帰らずに全部遣っちゃうから、時々、こっちがくすねて、奥さんに届けていたんだ」
佐知「お世話になりました。あら、ごめんなさい、お酒でしたね」

と板場に行く。
岡田、たった一本の酒を大切に飲みながら、そっと佐知を見ている。

×　×　×

閉店――。
矢島と編集者たち、ぞろっと帰りながら、
矢島「おや、降ってきたな」
佐知「有難うございました」
と送りながら、
佐知「あら、雨……」
と眺めている。
巳代「さっちゃん、ボロ傘でよかったら、持って行って」
佐知「すみません……」
と隅の岡田を見る。
佐知「岡田さん、傘ないんでしょう？」
岡田「いや、僕のことは……」
佐知「相合い傘はいや？　駅まで送るわ」

29　駅への道・夜

子供を背負った佐知、岡田と並んで歩く。
路傍に貧しい桜の木、はらはら散っている。
佐知「この子のことは、他のお客様には内緒よ」
岡田「ハイ……」
と歩く。
佐知「岡田さん、若いわね。学生さん？」
岡田「いえ、工員です。工場で旋盤まわしています。だから手が……」
岡田、洗っても落ちない汚れの手を見せる。
岡田「大谷さんの手は指が長くて、綺麗ですよね」
佐知「あら、大谷のこと知ってるの？」
岡田「僕、大谷さんのファンで、あの店に行けば大谷さんと会えると思って、ずっと通ってました。でも、いざご本人が目の前に来ると固くなっちゃって、口もきけないんです」
佐知「大谷の小説なんか、どこがいいのかしら」
岡田「大谷さんは、誠実です」
佐知「あら……どこが？」
岡田「たんぽぽの花一輪の誠実を私は信じたい、という一行を読んで、僕はもうこの人から逃れられない、と思いました」
佐知「ふーん、たんぽぽの花一輪の誠実……あの人、持っているのかしら」
岡田、答えない。
佐知、不意に、
佐知「私、小金井だけど、岡田さんは？」

岡田「(一瞬、躊躇して) あ、僕も同じ方角です」
佐知「じゃ、急ぎましょう」

30　走る電車・夜

佐知、岡田、並んで坐っている。
岡田、ドキドキと上気し、佐知、黙って、背中の子供を揺すっている。
その時、若い紳士が隣の車両から移って来る。辻である。
佐知、アッとなるが、辻は気づかず、向かいのシートに腰を下ろす。子どもの泣き声に、ふと見る。
辻「やあ……」
辻、立って来る。
辻「久しぶりだね。あれから、どうしてました」
佐知「はあ……」
辻「それ、あなたの子?」
佐知「はい……」
辻「隣、いいかな?」
と佐知の隣に坐る。
辻「僕は試験通ってね、弁護士になったよ」
佐知「おめでとう。一生懸命勉強なさってましたものね」
辻「あなたのお蔭だよ。ずいぶん励まして貰った。コーヒー一杯で一日中粘って、マスターに嫌な顔をされるのを、あなたが笑顔で庇ってくれた」
佐知「私の、精一杯の気持ちでした」
辻「……お子さん、幾つ?」
佐知「二つ、です」
辻「ほう。じゃあ三年も前に、結婚された?」
佐知、黙って、頷く。
辻「あ、こちら(岡田)がご主人?」
岡田「(慌てて) ち、違います」
佐知「私、中野の椿屋というお酒を飲むお店で働いていて、このかたはお客です」
辻「ああ……」
辻、ちらっと佐知のみなりを一瞥する。恵まれた境遇にないことは、すぐ分かる。
辻「そうですか……」
辻、内ポケットから名刺を出して、渡す。
辻「銀座に事務所を開いてます。なにかあったら……力になりますよ」
佐知「はい、有り難うございます」
辻、電車を降りて行く。
佐知と岡田、黙って坐っている。
電車、動きだす。
岡田「さっきの方は、失礼ですけど……」
佐知「(無言) ……」

岡田「あ、すいません。余計なこと言いました」
佐知「私の好きな人でした」
岡田「！……」
佐知「私はあの人のために百貨店で万引きをして……それで、大谷と結婚することになったんです」
岡田「ええっ！」
佐知「ああ、恥ずかしい……」
岡田「大谷さんと結婚したことですか？　それとも万引きしたことですか？」
佐知「絶対、死ぬまで秘密にしようと思ってたんですけど、今夜はお酒も入ってるし、お話するけど、びっくりしないでね」
岡田「はあ……」
佐知「私は貧しい家の娘でね、でも、好きな人がいたの」
岡田「さっきの弁護士さんですね」
佐知「その頃は貧しい人でね。何年も何年も司法試験に落ちて。冬だというのにコートも襟巻もないの。せめて襟巻くらい欲しいなって、あの人が呟いたから、百貨店に行って、ぼんやり襟巻を見ていたら、勝手に指が動いたのね。気がついたら、袂に襟巻一本入ってたの。素知らぬ顔して売場を出ようとしたら、店員に肩を押さえられて」

31　回想・交番

若い娘が連行されて来たというので、人だかりしている。辻、その群の中に混じっている。

辻「……」

大谷、ぶらっと来る。ひょいと交番の中を覗いて、佐知を見る。佐知、心細く、震えている。

店員「（興奮して）万引きした現場を押さえたんですから、間違いありません」

巡査「（佐知に）お前、認めるな」

青ざめ、放心した佐知の顔。

巡査、人だかりを気にして、佐知を奥の畳部屋に引っ張って行く。

辻「……」

辻、躊躇して、逃げるように背を向ける。

大谷、まだ立っている。

佐知の痛ましく、はかない横顔が胸に沁みている。

32　回想・交番・畳部屋

巡査、手帳にメモしながら、佐知をじろじろ見回す。
巡査「鈴木佐知……年は？」
佐知、ガクガク震えている。
巡査「これで、何回目だ？」
佐知「え？」

巡査「初めてじゃないだろ。嘘つくなよ」
佐知「私、牢屋に入れられるんですか」
巡査「だから調べているんだ」
佐知「私を牢屋に入れてはいけません」
　佐知、追い詰められ、必死の声を発する。
佐知「私は悪くないのです」
巡査「なに？」
　大谷、必死に聞いている。足が交番の中に入ってしまう。
佐知「私は二十二になります。二十二年間、私は親孝行いたしました。父と母に、大事に大事に仕えて来ました。ひとさまから、うしろ指ひとつさされたことがございません。辻さんは、立派な方です」
巡査「その辻という男のために盗んだのか」
佐知「辻さんは、寒いね、と言いました。私にはあの方を暖めてあげることもできません。せめて襟巻でも巻いて頂こうと……それが、なぜ悪いことなのです。私は、弱い両親を一生懸命いたわって来たじゃないか。私には仕事があります。二十二年間努めて努めて、そうしてたった一瞬、ふっと間違って、手を動かしたからって、それだけのことで、二十二年間、いいえ、私の一生をめちゃめちゃにするのは、あんまりです」
　佐知、ひたむきに言いつのる。
　大谷、その横顔を見つめて、美しいな、と思う。
　巡査、あっけにとられている。
佐知「私は、まだ若いのです。これからの命です。私は今までと同じようにつらい貧乏暮らしを辛抱して生きて行くのです。ですから……ですから……」
　大谷、すっと入って来る。
若い巡査「なんだね？」
大谷「あの娘の知り合いです。立ち会わせて下さい」
　大谷、若い巡査の制止を押し退けて入ってくる。
巡査「なんだ、貴様」
大谷「僕が、大谷です。その人に襟巻を盗ませた大谷です」
巡査「なに？　しかし、たしか辻と……」
大谷「それは、この人が僕の名前を出せないから、そう言っただけです」
　大谷のうしろから店員、顔を出す。
店員「襟巻はこちらの方に倍額で引き取って頂いたので、盗みのほうは、もう……」
巡査「しかし、警察としては……」
大谷「僕は貧しくもなんともない。父は青森県会議員の大谷葉蔵です。あやしい者ではありません。どうか青森に電話して確かめて下さい。この人の行いは僕が責任をとります。二度といたしません。許して下さい」

大谷、頭を下げる。

佐知、ぽかんと、見知らぬ大谷を眺めている。

33　回想・裏町・夕

大谷、佐知、歩く。
佐知「なぜ、嘘をついてまで私を助けて下さったんですか」
大谷「あなたが正しいと思ったから」
佐知「私、どうやってお礼したらいいか、わからない」
大谷「いや、出過ぎたことをしたようです。許して下さい」
佐知「許すなんて……」
佐知の家、近い。
佐知「私の家は、あんな貧しい借家です」
大谷「僕の住いは、もっとひどい……」
大谷、苦笑。
佐知、大谷に心を残して、
佐知「じゃ、ここで……」
大谷「あ、そうですね。……あの……」
佐知「……?」
大谷「辻という人は、あなたの恋人ですか?」
佐知「(首を振る) いいえ。たった今、どうしてあんな人が好きだったのか、さっぱりわからなくなりました」
大谷、思わず、ほおっと笑ってしまう。
大谷「そうですか……」
佐知「ありがとうございました!」
佐知、会釈して、家に向かう。
足を止め、見送る大谷。

34　走る電車・夜

並んで坐っている佐知と岡田。

岡田、明るく笑う。

岡田「……いい話ですね」

佐知「恥ずかしいわ。こんなの、やっぱり話さなければよかった。岡田さん、忘れてね」

佐知、パッと立つ。

小金井駅に着いたのだ。

佐知「じゃ、お休みなさい」

岡田「あ……」

岡田、一瞬、腰を浮かせるが、
岡田「お休みなさい。道々、気をつけて」

佐知「有難う……」

佐知、ホームを歩いて行く。

ガクンと動きだす電車から、岡田、見ている。

佐知が振り向くのを期待して――。

35　**大谷の家・六畳間・初夏**

大谷、まだ日があるというのに、酒に手を伸ばしている。

グラス片手に、椿屋に出かける支度する佐知をじろじろ眺める。

大谷「さっちゃん、浮気でもしたんですか」

佐知「え?」

大谷「あの店で働き出してから、日毎に垢抜けて、妙に色っぽい。着物まであつらえて、まさか、男ができたんじゃないんでしょうね」

佐知「そんな……あんなくるくると忙しい店の中で、そんなこと出来るわけないじゃないですか。それに着物はおばさんの若い頃のを頂いたんです。私がろくな着物一枚持っていないのを哀れんで、下さったんです」

大谷、ねちっこく、絡む。

大谷「しかし、男女の道は遠くて近い。じっさい、毎晩若い男と連れ立って帰ってるそうじゃないですか」

佐知「(笑う)ああ、岡田さん。方角が同じなので、親切心から送ってくれてるの。どうして、そんなに疑うの?」

大谷「妄想ですよ。僕も作家のはしくれで、妄想だけは強いんだ。今のあなたを見ていると、いつコキュになるかと思って冷や冷やする」

佐知「コキュって、何ですか?」

大谷「妻を寝盗られる間抜けな男のことですよ。僕のことですよ」

佐知「私は寝てなんかいません!」

大谷、ふっと嘆息ついて、

大谷「大事にしているつもりなんだがね。風にも当てず、大事にしているつもりなんだ。僕はいつでも、君の事ばかり思っているんだ」

佐知、黙って大谷を見る。

佐知「そんなに疑うんなら、なぜ、あの時、私を助けて下さったんですか」

大谷「えっ……」

佐知「他の男のために襟巻を万引きした私を交番から救い出して下さった。あの時、私を信じてくれたのではなかったのですか」

大谷「……信じたいんだよ。君はあの時のままの君だと。しかし……」

佐知「どこまで疑うんですか」

佐知、悔し涙が溢れる。

大谷「ほらほら、そうやって泣いて見せるところなんか、女郎を見るようだ」

佐知、ついに腕を通しかけていた着物をパッと大谷に投げつける。

佐知「椿屋に行かなければいいんでしょう!」

大谷、畳に倒れたグラスを慌てて、持ち直して飲み、
ついでに古畳に流れた酒をずるずる啜る。

36　椿屋・店内・夜

一杯の客。
佐知、笑顔でくるくると働く。
ガラス戸が開く。
佐知「いらっしゃいまし……」
と見て、あ、となる。辻である。
辻「探したよ、椿屋」
佐知「……」
辻「一杯、飲みたいんだが」
佐知「あ、どうぞ、こちらへ」
片隅のテーブルに案内する。りゅうとした背広の辻、
場違いである。
佐知「相席ですけど、ごめんなさいね。何に致しましょ
う」
辻「ビール……」
佐知「はい、おビール一本!」
相席の岡田が辻に、
岡田「ここは煮込みも旨いですよ」
辻「煮込み?　犬の肉でも使ってそうだな」
岡田「(絶句)……」

× × ×

立て込む客の間をくるくると働く佐知。辻、ビールを
飲みながら、見ている。
岡田、その辻が気になる。
辻「……」
岡田「……」
客の一団が去って、佐知、辻の所へ来る。
佐知「あら、ビールおしまいね。お酒にします?」
辻「うん、貰おうか」
佐知「燗します?」
辻「うん……」
佐知、くるりと奥へ戻り、袂で徳利をつまんで来る。
佐知「うちは次々に燗してるから、早いの」
と酌する。
辻「(呑んで)じつは……」
佐知「はい……」
辻「今日、見合いしてね」
佐知「あら……おめでとうございます」
辻「いや、まだ決まったわけじゃない。相手は……」
佐知、離れた客に呼ばれて、行く。
辻「……」
佐知、戻って来る。

佐知「それで、相手のかたはどんな……」
辻「一応、銀行の頭取の娘なんだが……」
佐知「銀行のご令嬢！　美人なんでしょう？」
辻「まあ、美人だ……しかし……」
と佐知を見る。佐知、また客に呼ばれて行く。
辻「……」
佐知、なかなか戻って来ない。
辻、立つ。
辻「お勘定……」
佐知「はい！」
と来て、
佐知「すいません。お相手できなくて。このありさまなので。××円です」
辻、百円渡す。
辻「釣りはいらない」
佐知「すみません。有り難うございます」
辻、出かかって、
辻「……見合いしている間、あなたの顔が頭に浮かんで、なかなか消えない」
佐知「……？」
辻「なぜなんだろうと思って、急に顔を見たくなった」
佐知「……」
辻「……それだけのことなんだ」

佐知「（困惑）……」
辻「じゃ」
辻、去って行く。

37　走る電車・車内・夜

子供をおんぶした佐知と岡田、坐っている。
佐知「大谷がね、疑うのよ」
岡田「え？」
佐知「私とあなたとの仲をね……」
岡田、黙りこむ。佐知への気持ちがある。
岡田「……」

38　同・隣の車両・夜

大谷、坐っている。坐って、じっと佐知と岡田を観察している。本物の妄想である。
大谷「……」

39　小金井駅・夜

佐知、降りて行く。
岡田「それじゃ……」
佐知「有難う……」
佐知、階段を降りて行く。
ガクンと発車する電車。

佐知を見送る岡田を大谷、見ている。

40

次の駅

岡田、降りる。
離れて大谷も降りる。
階段に吸い込まれて行く乗客たち。
終電である。
岡田、一人、ホームに立っている。
大谷、階段の陰から見ている。
岡田、ひょいとレールに飛び降りる。
大谷、唖然とするが、続いて降りる。

41

レールの上・夜

どこまでも続くレールの上を軽快に歩く岡田。
尾けて歩く大谷、下駄が線路の石を噛んで、転げそうになる。
岡田、振り返る。
岡田「大谷さん、ですか?」
大谷「(ぜえぜえ) あ、大谷です。岡田くん、ですか」
岡田「はい」
大谷、息が切れて、口がきけない。
大谷「あ……こんなに弱ってるとは、僕もおしまいですね……」

岡田「大丈夫ですか」
大谷「大丈夫なわけがない。いきなり線路に飛び降りて、いったいどこへ行くつもりなんだね」
岡田「僕は三鷹の工場の寮に住んでます。そこへ帰るところです」
大谷「君は小金井のひとつ先の家に住んでるんじゃなかったのかね。妻は、そう言ってたけど」
岡田「すいません。嘘をついてました」
大谷「なぜ、嘘をつくのかね」
岡田「……それは……すこしでも長く、奥さんといたかったからです」
大谷「つまり……惚れたってことですか」
岡田、黙って、頷く。
岡田「生まれて初めて、女の人を好きになりました」
大谷、じっと岡田を見ているが、
大谷「岡田くん……飲もう」
岡田「ハ?」
大谷「僕と、一杯、飲もう」

42

屋台・夜

並んで坐る大谷と岡田。
大谷、コップの日本酒をぐーっと飲む。
大谷「僕はね、ぐらぐら目眩するほど酔わないと、恥ずかしくて人と話もできない」
岡田「知ってます。先生のことなら、ずいぶん知ってます」
大谷「君、まさか僕を買いかぶってやしないだろうね」
岡田「はあ……」
大谷「これでも努力してるんだよ。らっきょうの皮を、むいてむいて、しんまでむいて、何もない。この猿のかなしみ、わかる?」
岡田、静かに、暗唱する。
岡田「……電気を消して、仰向けに寝ていると、背筋の下で、こおろぎが懸命に鳴いていました。縁の下で鳴いているのが、ちょうど私の背筋の真下あたりで鳴いているので、なんだか私の背骨の中で鳴いているようで、この小さい、幽かな声を一生忘れずに、背骨にしまって生きて行こうと思いました……」
大谷「きりぎりす、か……」
岡田「僕は、あの小説を読んで、泣きました」
大谷「……」
岡田「それから、タンポポの花一輪の誠実……」
大谷、酒を呷る。
大谷「ああ、頼む。それ以上、言ってくれるな。苦し紛れの戯れ言だよ。僕には、花一輪をさえ、ほどよく愛することができない。花びらむしって、それから、もみくちゃにして、たまらなくなって泣いて、唇のあいだに押し込んで、ぐしゃぐしゃに嚙んで、吐き出して、下駄でもって踏みにじって、それから、自分で自分を持て余す。自分を殺したいと思う……」
岡田「(答えられない)……」
大谷「君、僕の女房に惚れた、と言ったね」
岡田、一瞬、歯を食いしばるように沈黙する。そして、
岡田「奥さんを……下さい……」
大谷「(絶句)……」
岡田「(答えを待つ)……」
大谷、静かに、言う。
大谷「僕には、佐知がよく分からないんだ」
岡田「え……」
大谷「あれは、水が低きについて流れるように、からだのだるくなるような素直さを持っている。それが女の、生まれつき、かも知れないがね。どこかに、言えない秘密を持っているよ。泥沼を、きっとひとつ持っている」
岡田「……」
大谷「それでも、妻に惚れるかね……」
岡田、黙って、頷く。

43 大谷の家・夜

大谷、泥酔し、岡田に支えられるように、玄関を入っ

て来る。
大谷「佐知、お客様をお連れしたぞ。起きろ」
岡田「大谷さん、僕、もう失礼しますから」
大谷「折角来たんだ、女房の顔くらい見て行けよ」
　大谷、六畳間に岡田を上げる。
　奥の四畳半から、寝間着の佐知、起きて来て、電球を点ける。
　大谷、岡田、並んで立っている。
佐知「あら、岡田さん……」
　佐知、無意識に、寝間着の襟元をかき寄せる。
佐知「いったい、これはどうしたことなの？」
岡田「すいません、こんな時間に。大谷さんが、どうしても来いというもので」
大谷「佐知、この人はお前を小金井まで送ったあと、電車がないので、レールの上を歩いて三鷹まで帰ってたんだ。なぜ、だと思う」
佐知「(岡田に) なぜ？」
　岡田、絶句して、答えられない。
大谷「……惚れてるからに決まってるだろう。生まれて初めて恋した相手が、佐知、おまえだとは、不幸せだな」
佐知「……」
大谷「負けた。僕はこの青年の純情に負けた。今夜は一緒に寝よう」
佐知「私と、寝るんですか」
大谷「バカを言うな。僕と岡田くんとがひとつ布団で寝るんだ」

×　×　×

　煎餅蒲団をかぶって眠る大谷。その横で眠れない岡田。

44
同・奥の四畳半・夜
　子供に寄り添って、やはり眠れない佐知。岡田が自分に恋していると知った動揺で、何度も寝返りを打つ。
　むずがる子供をひしと抱きしめる。

45
同・白々明け
　佐知、厠に立って来る。
佐知「あ……」
　出て来た岡田とぶつかりそうになる。
岡田「すみません。無理矢理押しかけて来ちゃったみたいで」
佐知「……」
岡田「このまま帰ります。一番電車も動く頃ですから」
佐知「いいえ。このまま居て。あなたが居ないと、夜中に何かあったのかと大谷が疑いますから」
岡田「そうですか」

岡田、佐知と息の通う近さで立つ。

岡田「奥さん……」

岡田、思わず、キスする。

佐知「(拒絶しかかって、静かにしている)」

岡田、パッと離れる。

岡田「すみません!」

佐知「(固まっている)……」

その哀れな、はかない風情に、

岡田「(ついに)佐知さん……」

佐知「……」

岡田「僕と一緒になってくれませんか」

佐知「……」

岡田「僕は、こう見えても結構腕のいい旋盤工なんです。もうじき親父の工場継ぐんです。復興景気で儲かるし、奥さんに一生大事に尽くして、幸せにします」

佐知「……」

岡田「佐知さん……」

佐知、ふっと気配に振り返る。

六畳間を覗きに行く。

佐知「あ……」

大谷の姿、消えている。

46

同・表

大谷、二重廻しをひらめかせ、口笛吹いて歩いていく。

47

同・六畳間

愕然と、立ち尽くす佐知。

佐知「見ていたんだわ。大谷は私たちのことを見届けたんだわ」

岡田、言葉を失って、佐知を見ている。

佐知の受けた衝撃の強さが、(愛するゆえに)岡田の身にしみる。

岡田「佐知さん……僕が間違ってました。さようなら。二度と僕は、現れません」

岡田、頭を下げ、玄関を出て行く。

取り残されて、佐知、不意に、泣く。

佐知「あの人は、もう帰って来ないかも知れない……」

48

新宿のバー・表・夕

裏町のうらびれたバーである。

大谷、二重廻しを風になびかせて、歩いて来る。

突然、足を止める。胸苦しいのだ。大谷、込み上げて来るものを、両手で止める。

大谷「(見ている)……」

大谷の掌、血で濡れている。

49 バー・店内・夕

開店の支度をしていた秋子、ふと目をあげると、入口に大谷、音もなく、立っている。

秋子「いらっしゃい……」

大谷「ちょっと、手を洗わしてくれないか」

大谷、カウンターの中の流しで、掌の血を洗い流す。見ている秋子。

大谷、改めて、スツールに坐る。

大谷「ウィスキー……」

秋子、ウィスキーをグラスに注いで、出す。

大谷、くっと飲んで、咳する。

秋子、じっと大谷を見る。

秋子「また、死にたくなった?」

大谷、黙って、頷く。

秋子「いまごろになると、毎年きまって、いけなくなるみたいね。梅雨が近いせい?」

大谷「梅雨は嫌だね。……(ぽつり)誰かに、死ねと言われているような……」

秋子「誰が、言うの」

大谷「誰も。……誰か、いいひとがないものかねえ」

二人の目が、一瞬からむ。

秋子「私……いいよ」

大谷「……付き合って、くれますか」

秋子、自分のグラスにもウィスキーを注いで、くっと飲む。

秋子「いいわよ」

50 バーの二階・夜

秋子の私室である。

畳に延べた布団の上で、大谷と秋子、静かに重なって動く。

秋子、かすかに喘ぐ。

秋子「時々ね、焼け跡だらけの銀座あたりで、こなごなに血を吐いて、進駐軍のジープにでも轢かれてしまいたいって思う」

大谷「ウン……ウン……」

秋子「この手に爆弾があったら、その場で投げつけて、こなごなにしてしまいたい、自分のことも……」

二人の体、揺れている。

51 汽車・走る

52 同・車内・昼

大谷と秋子、黙って、揺られている。

大谷が横に置いた袋から睡眠薬の薬瓶が覗いている。

秋子「(ぽつり)小説は?」

大谷「書けない……」

53

温泉旅館・廊下・夜

磨き込んだ、広い廊下。
芸者の白い足袋がすっと歩いて来る。
芸者、膝をついて、襖を開ける。
芸者「今晩は……」
座敷に坐っているのは大谷と秋子である。

54

同・座敷・夜

大谷、秋子、芸者。
大谷、サザエの壺焼きを箸でつつく。
大谷「さんざええことした罰で、焼かれて食われる悲しさよ……」
芸者、受ける。
芸者「お上手！」
秋子「私たち、二人でいると心中しそうで危ないから、ついててくださいね」
芸者「承知しました。死に神が寄りつかないように騒いで遊びましょう」

×　　×　　×

芸者の三味線で、大谷、浄瑠璃を唸る。
笑って手を拍つ、秋子。
秋子「楽しいわ。こうやって死んでゆくのも、美しいものね」
大谷、懸命に、唸っている。
その、切羽詰まった横顔。

55

椿屋・裏口の五右衛門風呂・夜

佐知、腕まくりして、粗相した子供の下着を洗う。
狭い洗い場で、裸の子供、くしゃみする。
巳代、声をかける。
巳代「子供に風邪ひかせちゃ大変だから、一緒にお風呂入って行きなさいよ」
佐知「すみません。粗相して、畳まで汚しちゃって」
と子供の体をお湯で流す。
子供、またくしゃみする。
佐知、急いで帯を解く。

×　　×　　×

佐知、子供と湯に漬かっている。
佐知「高い、高い、ホラッ」
と子供を抱き上げる。
子供、けけけっと笑う。
佐知も嬉しくなって、ともに笑う。

佐知「高い高い高い、ほらッ！」
佐知、健やかな、艶やかな皮膚を持っている。
佐知「お父さまはもう三日も帰って来ませんねー……どこ行ったんでしょうねー……高い高いッ！」

56 山肌（群馬県）・昼

斜面に危うげに、大谷と秋子、坐っている。

大谷、鞄から睡眠薬の瓶を幾つも取り出す。

大谷「近頃は、薬局もうるさくてね。これだけ買い集めるのも難儀でね」

大谷、いろんな錠剤をブレンドして、秋子の掌に置く。

秋子「これだけ？　これを飲めば、死ねるのね」

大谷「あなたは抵抗力がないから、それくらいで十分です」

大谷、残った錠剤を水筒で、何度にも分けて、嚥下する。

秋子、着物の乱れを防いで、帯ひもを解き、膝を縛る。

秋子「お水、下さい」

秋子、薬を飲む。

秋子「あー、苦い。せめてウィスキーでもあればね」

大谷、笑って、懐からウィスキーの小瓶を出す。

秋子「あら、ちゃんと用意できてたのね」

大谷「最後、せめてもの、サービスです」

秋子、ウィスキーを飲む。

秋子「これで死ねたら、ずいぶん簡単ね」

大谷「ところが、そうでもないんだ。これでなかなか死ぬまでは大変でね……」

大谷、ひょろりと立ち上がる。

秋子「大谷さん、逃げるの？」

大谷「いいや、念には念を入れて……」

大谷、早くも薬の効いてきた足で、這い上がり、太い枝に兵児帯を解いて、結び、その先端を自分の首に結ぶ。

大谷「こうしておけば、薬が効いて体がずるずる滑り落ちるに従い、首吊りになる仕掛け……」

秋子、もう、いびきをかいて眠り始めた。

大谷、ウィスキーを飲みながら、澄みきった青空を眺めている。

大谷「（呟く）……グッドバイ」

大谷の手からウィスキーの瓶が落ちる。大谷、昏睡した。が、その時、一陣の突風が吹きつけ、弾みで、頭上をちょろちょろ流れていた水の際が崩れて、溢れ出た水が大谷の背中に流れ込む。

その冷たさに大谷、ポカッと目を開く。

大谷「（喘ぐ）……」

一瞬、何が起きたか、分からない。おのれの首をしめる帯の苦しさに、悶えて、必死に、解く。そして、呆然となる。
また、生きてしまった――。
大谷、飲み込んだ薬を嘔吐する。
秋子の体、ずるずると斜面を滑り出す。
必死に止める大谷。
遠くから、村人と一緒に、駐在の巡査が走って来る。

57 **荷車に乗せて、運ばれる大谷と秋子**

58 **椿屋・夕**

開店して、まだ客もまばらだが、佐知、テキパキと働いている。
男(刑事)、ぬっと入って来る。
刑事「この店にいる大谷佐知というのは?」
佐知「はい。私ですけど……」
刑事、警察手帳を示し、佐知を外へ、促す。
顔を見合わせる吉蔵と巳代。

59 **同・外・夕**

刑事、佐知に告げる。
刑事「大谷穣治というのは、あなたのご亭主だね」
佐知「はい……あの、大谷がなにか?」
刑事「心中したよ」
佐知「えッ」
刑事「谷川温泉の山の中で発見されて……」
佐知「主人は?」
刑事「助かったらしいが、女のほうが……」
佐知「(呟く) そうですか。主人は助かったのですか……」
刑事「女の生死はわからない。大谷は、殺人容疑で……」
佐知「殺人!」
刑事「水上署に留置されている」
佐知、衝撃――。

60 **同・店内・夕**

佐知、ふらっと戻って来る。
佐知「あの、電話をお借りしてもよろしいでしょうか」
巳代「どうしたの? 顔色真っ青じゃないか」
吉蔵「何があったんだ」
佐知、震える手で、辻の名刺を出し、ダイヤルする。
佐知「あ、辻先生ですか……私、佐知です。大谷佐知です」

61 **辻法律事務所**

辻、受話器を握っている。
辻「僕にご用ですか」

62　椿屋
佐知「主人が心中して……」

63　辻法律事務所
辻「心中？」
佐知の声「主人は助かったんですけど、殺人容疑で留置されました……」

64　椿屋
佐知「先生、助けてください」
吉蔵と巳代、愕然と顔を見合わせている。

65　辻法律事務所
辻、事務的に言う。
辻「僕の弁護料は高いですよ」

66　椿屋
佐知、受話器にしがみつく。
佐知「なんとかして、なんとしてでも、払います……お願いします」

67　辻法律事務所
辻、佐知の必死の声を聞いている。
黙って、受話器を置く。

68　椿屋
佐知「（混乱）……私、行かなくちゃ。あの人の身柄を引き取りに、行かなきゃ……」
吉蔵「あ、そうだな」
巳代「これから夜汽車で、子供背負っては、無理だよ」
吉蔵「いいから、行って来い。さっちゃん、女房だろ」
吉蔵、腹巻の財布から百円紙幣三枚抜いて、佐知に渡す。
吉蔵「家に戻って支度する余裕もないだろ。これ持って、行ってきな」
佐知、黙って頭を下げ、六畳間で子供を背中にくくりつける。
佐知「ぼうや、これから汽車ぽっぽ乗るのよ。楽しいわね」
巳代、たまりかねて、坊やを奪い取るように、抱く。
巳代「この子はうちで預かるから、風邪なんかひかせやしないから、心配しないで、行っておいで」

69　走る夜汽車
通路まで溢れ返る乗客たち。
その中に、押しつぶされるように、佐知、立っている。

佐知の声「大谷のことは、いつかはやる、いつかは分からないけど、自殺する、と思っていましたが、まさか心中とは、あんまり不意打ちで……」
佐知、ぐらっと乗客のリュックに押されて、倒れかかる。

70　水上署・玄関・朝

佐知、入って来る。

71　同・刑事室・外

佐知、入りかねて、声をかける。
佐知「あの、大谷の家内でございますけど……」
刑事「ああ、奥さんか。ちょっと、そこで待ってて下さい」
と面会室を示す。

72　同・面会室

がらんとした、コンクリートの部屋で佐知、大谷を待つ。

廊下に足音がして、大谷、入って来る。着流しの貧相な姿で、言葉もなく、離れた椅子に坐る。

沈黙――。

ついに佐知が言葉を発する。

佐知「おめでとう、って言うの、生き残って？　それとも、残念でしたって、慰めればいいの？」
大谷「僕は、どうしても死ねないんだ。今度だって、風の向きさえ変わらなければ……」
佐知「……」
大谷「……」
佐知「どうすれば、いいの。私と一緒に帰りますか」
大谷「まだ取り調べがあるんだ。女は目覚めたけど、殺人未遂の疑いがあるそうだ」
佐知「女性の方……どなたですか？」
大谷、一瞬、沈黙して、
大谷「あなたの知らないひとだよ」
佐知「そう。……私の知らないことがいっぱいあるのね」
大谷「そんなことはない。あなたが知らない僕の部分なんて、つまらない、どうでもいいことばかりです」
佐知、黙って大谷を見ている。
佐知「(呟く)……嘘、だと思う」
大谷「え……」
佐知「私、うぬぼれていました。あなたに愛されてるって」
大谷「……」
佐知「心中されて、嘘つかれて、どこに愛があるんでしょうか」

大谷「……」
佐知「夫に心中された女房は、いったいどうすればいいの。あなたはコキュになるのを恐れていたけど、夫を他の女に奪られた妻は、なんと言うんですか。ただ、こうして醜くうろたえるしかないんですか。あんまり惨め……」
大谷、沈黙。ぽつりと言う。
大谷「勝手なようだが、今は、責めないでくれないか」
佐知「……」
大谷「死に損なった今、言うのは変だが、なんだか生きられるような気がするんだよ」
佐知「……」
大谷「なんとか生きて行けそうな気がするんだよ。だから……すまない……許して下さい」
大谷、頭を下げる。
佐知、ガタンと立つ。
佐知「帰ります……」
大谷「ウム……」

73　同・廊下

佐知、歩く。
向こうから刑事に付き添われた秋子、来る。
すれ違いかけて、秋子、足を止める。
秋子、ふっと笑う。
佐知、グサッと傷つく。
刑事と共に離れかける秋子の前から、辻、歩いてくる。
辻「大谷穣治の弁護人です」
佐知、振り返って、
佐知「！　来て下さったんですか」
辻「あなたは、大谷穣治を助けたいんですね」
佐知「はい」
辻、じっと強い目で佐知を見る。

74　山肌

大谷と秋子の心中した斜面に、佐知、立っている。
夫が他の女と演じた心中という愛の痕跡を凝視する。
風、吹き上げる。
佐知、立っている。ふっと見る。
枯れた木の枝の下に、睡眠薬の瓶が覗いている。
佐知「（見る）……」
佐知、恐る恐る瓶を手に取る。白い錠剤がたっぷり残っている。
佐知「（呟く）死ぬって、どういうことなんだろう……」
佐知、震える掌に錠剤をあけ、口を近づける。
瞬間、ギャーッという悲鳴のような声が聞こえる。
鳥の声だが、椿屋に残してきた子の泣き声にも聞こえる。

佐知、ハッと手を止める。錠剤を投げ捨てる。

佐知「……」

佐知、あまりのつらさに、顔から表情が失せている。

75　夜汽車・座席

佐知、辻と並んで、黙って揺られている。

辻、ぽつんと言う。

辻「大谷という人とは、取調室で話をしたけどね……」

佐知「……」

辻「死に損ないの、ただの惨めな人だった。……しかし、その人の前で僕は妙に落ち着かない」

佐知「……」

辻「僕は……嫉妬していたんだ」

佐知「大谷にですか？」

辻「佐知という女が美しくなったのは、この男のせいだ、と思ってね」

佐知「……」

辻「……僕には、出来ないことだ」

佐知「……」

辻「昔、僕はあんまり貧しくて、きみの美しさに気づくゆとりもなかった。あとから来た、あの男にあっさり奪われて……」

佐知「……」

辻「僕は必死に勉強して、世間の階段を這い上がったよ。そこで、やっと気づいたんだ、きみの美しさに」

佐知「（呟く）……遅過ぎる」

辻「そうだ。遅過ぎた。……しかし、まだ奪い返せるかも知れない」

佐知「……」

辻「きみは夫を救いたい。僕にはその力がある」

76　銀座・並木通り

佐知、歩く。

貧しい身なりの通行人。

派手な嬌声を上げて、進駐軍のアメリカ兵に媚びを売る娼婦たち。フラれて、口紅を塗り直す。

佐知、不意に歩み寄る。

娼婦（金髪）「なんだよ」

佐知「お願いがあります。その口紅、私に売って下さい」

娼婦「ヤンキーからプレゼントで貰ったんだ。アメリカ製だよ」

佐知、黙って、百円紙幣を差し出す。

77　同・（焼け残りの）古びたビルの前

佐知、見上げて、壁に貼られたビル名の金属プレートを鏡にして、口紅をひく。

辻「お入りなさい」

78　同・辻法律事務所・前

佐知、ドアをノックする。

辻の声「どうぞ」

佐知、ドアを開ける。

執務していた辻、手をとめ、じっと佐知を見つめる。

79　同・事務所

デスクの前に立つ佐知、口紅が映えて、異様になまめかしい。

佐知「お金……ありません」

辻、じっと佐知を見つめる。ふと、かなしげに訊く。

辻「……きみは、もう僕を許したのか？」

佐知「……え？」

辻「襟巻を万引きして、きみが交番に連行される時、僕はそこにいた」

佐知「……」

辻「しかし、逃げた。関わり合いになるのが怖かった」

佐知「……」

辻「法律を学ぶ者として、少しでも自分のキャリアに傷をつけたくなかったから」

佐知「……」

辻「卑怯だと思うかね」

佐知「あなたは……正しかったんですわ」

辻「……」

佐知「だから、こんなに立派になられて……」

辻、一瞬、くしゃっと顔がゆがむ。

辻「立派？　この僕が？　銀行のご令嬢と見合いをしたから？」

佐知「ご出世なさるんでしょう？」

辻「令嬢と言ったって、進駐軍のアメリカ兵とさんざん遊び歩いて、捨てられたバカ女だよ。それを押しつけられたんだ。なにが出世だ」

佐知「……」

辻「着飾ったご令嬢と向かい合った時、僕は初めてきみの美しさに気づいたんだ。きみが欲しくなった」

佐知「……」

辻、泣くような、深い溜息をつく。

辻「どうして、こんなにきみが欲しいんだろう」

佐知、ふっと見る。

壁際に大きな革張りのソファ。

辻、ゆっくり立ってくる。

80　古びたビルの前（時間経過）

佐知、出て来る。

佐知「……」

佐知、歩く。唇の口紅がこすれて滲んでいる。崩れた髪。

貧しげな人の波――。

進駐軍の兵隊と娼婦たちを鈴なりに乗せたジープが追い抜いて行く。

声「グッドバーイ！」

金髪の娼婦がジープの上から佐知に手を振っている。

娼婦「グッドバーイ！　グッドバーイッ！」

佐知「グッドバイ……」

見送る佐知の顔に、ふっと微笑が浮かぶ。

佐知「グッドバイ！」

佐知、過去と決別した。

佐知、口紅を歩道の縁にそっと置く。

佐知、ぐい、と拳で口紅を拭いとり、歩き出す。

ぐんぐん歩いて行く。

81　**椿屋**

開店前の静けさ。

佐知、入って来る。

中央のテーブルで、煙草をくわえ、新聞を読んでいる大谷の姿。

佐知「……いつ釈放されたんですか」

大谷「今朝、ですが、さすがに家には帰りづらいし、あんな事をしたあとでは、どこに行っても迷惑がられて、ようやくここに辿り着いたってわけです」

吉蔵「大谷さん……よくご無事で……」

大谷「あ、いや、それ以上は言わないで。生き恥さらした身ですから……」

佐知「……お酒、飲みたいんでしょう」

大谷「有り難い。飲ませてください。冷やで一本、いや、一杯でいい」

佐知、板場に行き、コップに酒を注ぎ、テーブルに置く。

大谷の震える手がコップを持つ。

大谷、新聞をひろげて、佐知に見せる。

大谷「ほら、また僕の悪口を書いている。人非人だって」

と佐知を見て、微かに滲んだ唇に、

大谷「……なにをしてきた？」

佐知「人に、言えないことを……」

大谷「……そうですか。……やっぱりコキュになりさがったか」

大谷、酒を飲もうとするが、激しく手が震えて、歯にぶつける。

大谷「こんなに震えているのを見れば、わかるでしょう。僕がどんなに醜く動揺しているか。人非人でも傷つくことはあるんです」

大谷、ぐらっと立ち上がって、奥の吉蔵と巳代に頭を下げる。

大谷「僕は死ぬのも怖いし、生きるのも怖い……今はこの佐知が一番怖い。佐知をよろしくお願いします」

大谷、ゆらゆら出て行く。

奥の部屋で、坊やが泣き出す。佐知、一瞬、そっちへ向かおうとして、
佐知「おじさん、おばさん、坊やをお願い。十分だけ時間ください」

82　橋

街の裏側を流れる川の橋の袂。

大谷、二重廻しを引きずるように歩いて来て、はあっはあっと喘いで、欄干に坐る。

ぼんやり、汚い川面に目をやる。

どこにも行き場が無い。

ふと、袂の桜桃に手をやる。

大谷「……」

一粒、食べる。種をふっと川面に吹く。

大谷「……」

二粒、食べる。

三つ、食べる。

佐知、走って来る。

佐知「あなた……」

と大谷の手の中の桜桃に目をやる。

大谷「おかみさんが、国から送って来たって、くれたんだよ。坊やに食べさせなさいって」

佐知「……」

大谷「それを、この貧しい父親は、自分で食っている」

佐知、黙って見ているが、やがて一粒つまんで、口に入れる。

佐知「美味しい……」

大谷「うん……」

佐知「あなた……」

大谷「なんですか……」

佐知「人非人でもいいじゃないですか」

大谷「……」

佐知、ひしと大谷を見つめて、言う。

佐知「私たちは、生きていさえすればいいのよ」

それは、佐知が大谷と生きて行くという、宣言だった。

大谷、ホッと救われたように頷く。

佐知、大谷の手を引く。

佐知「坊やに、さくらんぼをあげましょう」

二人、椿屋に向かって歩き始める。

赤い夕陽に影を引きずって――。

桜桃とたんぽぽ

――終――

ゆきてかへらぬ

木下グループ／キノフィルムズ／一二八分／二〇二五年二月二一日

スタッフ

製作総指揮　木下　直哉
製作・企画　山田美千代
製作　小佐野　保
監督　根岸吉太郎

キャスト

長谷川泰子　広瀬　すず
中原中也　木戸　大聖
小林秀雄　岡田　将生
富永太郎　田中　俊介
鷹野叔　トータス松本
長谷川イシ　瀧内　公美
スター女優　草刈　民代
辰野教授　カトウシンスケ
中原孝子　藤間　爽子
勤め人　柄本　佑

1

泰子、目を開く

壁の高い所に小窓がひとつ。東側の窓にはカーテンが下りていて、部屋の中はほの暗い。
机の上に古びた異国人（ヴェルレーヌ）の写真が飾ってあって、泰子の視線と丁度にらめっこみたいになる。
泰子は着衣のまま寝ていたので、起き上がってからスカートの皺なんかを直す。向こう端にもう一つ布団が敷いてあって、そっちは既に脱け殻である。
カーテンを開き、窓を開ける。外は雨で暗い瓦屋根が濡れて光っている。

泰子「（見ている）」

大きな富有柿が一個、瓦の傾斜の中途に危うげにとまっている。
泰子は窓の手すりを乗りこえ、雨の中に足を踏み出し、体を伸ばして柿を手にする。

2

下宿の玄関の軒下に手荷物を下げ、片手に柿を持った泰子が立っている

弱い雨だが、濡れて行こうかどうしようか迷っている。
赤い蛇の目傘が道をくる。その下は黒の短靴にフラノ地の学生服で、変なカッコだなと見ていると、オハヨ、と傘の下から中也が顔を出す。

中也「学校へ行ったんだけどさ、雨ん中歩いてるうちに気が変わっちゃって」

と見て、

中也「あ、その柿……」
泰子「屋根の上に転がってたの」
中也「置いといたんですよ、ボクが」
泰子「……？」
中也「詩を作ろうと思って……」
泰子「柿で？……」
中也「毎日、そいつとにらめっこして、じっと見ているうちに、あ、分かったと思う瞬間がある」
泰子「……」
中也「それが、詩です」
泰子「……（わからない）」

中也、柿をとって、ガブリと噛る。
そして黙って泰子にさし出す。

泰子「（噛じる）……甘い」

中也は大きな目でじっと見ている。

中也「……帰るの」
泰子「（頷く）」
中也「帰って、どこ行くの。アテがあるんですか」
泰子「なんとかなるんじゃない」
中也「ひと事みたいだな」
泰子「なんとかなってきたから、今までも」

中也は、そう、と言って蛇の目を泰子に手渡す。

泰子「返せないかも知れなくてよ」

中也は、いいよ、と言って玄関を入り、階段をトントン登って行ってしまう。泰子、急に寂しくなるが、雨の中を歩きだす。

「ねえ」と声が降ってくる。二階の小窓から中也が顔を出している。

中也「ちょっと上がってかない。雨がやむまでさ、遊んでいきませんかァ?」

と大きな目をくりくりさせて、おどけた風に言う。

それを見上げて泰子もくすっと笑ってしまう。

3 下宿の八畳

コイ!と泰子が威勢のいい声を出す。座布団を挟んで中也と花札をやっている。

中也「うわァ、まいった。出す札があらへん」

と中也は悲鳴をあげて、

中也「(めくる)ギャッ、ひでえ、お月さん」

泰子はすさかず叩いて、うわッ凄い、月見で一杯、青タン赤タン、と数えて、

泰子「三十六文頂きます」

と手を出す。中也は銅貨を叩きつけるようにして、

中也「もう一丁!」

泰子「私、旅回りしていたことがありまして、アブレた時にはコレばっかりやってたの。あなた身ぐるみ剝がされるわよ」

泰子は立膝なんかしてはしゃいでいる。

× × ×

中也と泰子、花札に疲れてぼんやり煙草を吹かしている。

中也「いくら負けたの、俺」

泰子「えーと……三円五十銭」

中也は、ふーんと泰子を眺める。

中也「男と旅なんかしてさ、いわゆる関係なんかあったわけ」

泰子「何の」

中也「カラダ」

泰子「……一度だけね。それで、サヨナラ」

と、窓を開ける。

泰子「雨、やんだね」

中也「……」

泰子「そろそろ行こうかな。今夜の宿代も稼がせて貰ったし」

と膝元に散らばっている円札や小銭を集める。

中也「あのね」

寝そべったまま、中也がポツリと言う。
中也「よかったら、ここにいてもいいですよ」
泰子「……」
中也「宿屋の代わりにさ、使ってみたら」
口調が投げやりなわりに、目が真剣になっている。
泰子「そうねえ」
と考えて、笑い出す。
泰子「あなた本気？　これでも男と女なのよ。変じゃない、そんなさ……」
中也「腹へったな。……めし食いに行こう。旨いレストラン知ってるんだ」
と一人ぎめに立ち上がる。

4　レストラン

卓上にたっぷり注がれた赤ワインのグラスが二つ。
中也、カツンとグラスを合わせる。
中也「ぼくらの未来に！」
ぐっと飲む。つられて泰子も飲む。
泰子「美味しい……」
中也「フランス産だからね」
とビフテキを切る。
泰子「（しげしげと眺めて）失礼ですけど、学生さん、お幾つ？」
中也「十七」
泰子「十七？」
泰子、声を立てて笑いだす。
泰子「なんだ十七か、私より三つも下じゃないの」
中也「十七年も生きてれば大人ですよ、いい加減」
泰子「変な風体して、ヒトを小バカにした口をきくしさ。……十七か、なーんだ」
中也は取り合わず、ボーイを呼んでワインの追加を注文する。
泰子「こんな贅沢して、いいの」
中也「（ちょっと考えて）こんなものが贅沢かな。ぼくはもっと違う、もっと高級な贅沢を探してるんだが……」
泰子「それは……」
中也「詩……」
泰子「簡単なものじゃないの、あなたなら」
中也「バカにしちゃいけない。ぼくが書き散らしているのは詩に似たまがい物だ。ぼくの手はまだ詩を握りしめていない」
中也、生真面目に言う。
中也「いつかはつかまえてやろうと思ってるけどね」
泰子、不思議なものでも見るように中也を見る。
泰子「あなたって不良ね」
中也「どうして」

泰子「学校に行かないで遊んでばかりいるじゃない」
中也「しかしお姉さん、あんたの方がずっと不良だ」
泰子「どうして」
中也「わけの分からない年下の男の部屋には平気で泊まるしさ」
泰子「平気じゃないわよ。あなたを信用しただけ。お金がなくて行く所がなけりゃ、一泊でも二泊でもしますよ。女が一人で生きてるのが不良なら、私は立派な不良ですよ。あんたなんかよりずっと不良なんだから」

5　下宿の八畳・夜

押入れを開けて中也が布団を引っ張り出す。すこし酒が入っている。
中也「ああ、今日は面白かったな。むなしく遊びに費やした一日。秋風が身に沁みて、それはもう結構なさびしさでございました」
泰子「さびしいの？」
中也「遊びのあとはいつもさびしいですよ」
泰子「そうね、さびしいね」
と泰子は襖に凭れたまま、急に沈みこむ。
中也「ウン、楽しかった」
と布団を二つ、離して敷く。
泰子「(見ている) 布団、くっつけていいよ」
中也「！」
泰子「一宿一飯の恩義でござんす」
中也「(生唾のむ感じ)……無理しなさんな。お姉さん、また会う時の貸しにしとくよ」
泰子「(安心する)……」
結局、部屋の端と端に布団は離れる。泰子は電気を消して、着替えながら、
泰子「私に手を出したら承知しないからね。坊や」
中也「坊や？　坊やか」
中也は暗闇の中でくすくす笑う。

6　翌朝中也が目をさます

台所で泰子が鼻唄まじりに朝食の支度をしている。

黙って眺める中也。

泰子「(振返る) ア、目が覚めた。ごはん出来てますよ」

泰子は、さあさあ早く起きなさい、とやさしい母親みたいに言って、食器など運んでくる。

×　　×　　×

向かい合わせで朝食をたべる。納豆に味噌汁のみ。
泰子「私、お料理まるで駄目。作ったことないんだから」
中也「中々美味しい」
と味噌汁を啜って、変な顔になる。

中也「あ……これ……ショーガじゃない」
泰子「そうよ」
中也「ショーガの味噌汁?」
泰子「だって他に入れるものなかったし。いけない?」
中也「イヤ、中々美味しい」
中也はちょっと無理してショーガをガリガリ噛んで流しこむ。
泰子「私、これからマキノプロに行ってくる」
中也「映画の?」
泰子「ウン」
中也「映画女優になるんですか」
泰子「……すこしはお金になるでしょ、映画なら」

7 白塗り・高島田・腰元姿の泰子が長い廊下を小走りにくる

泰子「姫様! 姫様!」
と座敷の縁に指をつく。
「カット!」
監督が不機嫌な声を出す。
監督「アカンなあ。まるで腰元になっとらんわ」
泰子「スミマセン」
監督「(助監督に)もう一寸芝居できるコおらへんのか」
助監督「ハア、予定しておったんが急病になってもうて……スンマセン」
監督「しゃあないな。ちょっと休憩しようか」
ひと休みになる。泰子は、スミマセンと殊勝にお辞儀してセットの隅に行く。煙草に火をつけて、ふーっと吹く。
助監督がくる。
助監督「あんなあ、君の芝居はアチラ物なんや。シェークスピアなんや。君が主役やってどないすんねん」
泰子「私、いつでも主役のつもりですけど」
と泰子、タバコをふーっと吹く。
助監督「(絶句)……」
泰子「私、どうしてもナヨナヨできないんです。変なシナ作ったり、……駄目なんです」
助監督「(見ている)……アカンわ、こりゃ」

8 寺院添いの道を泰子が歩く

撮影所帰りで、襟元に残った白粉なんかを気にしている。

9 下宿近くの道を泰子が来る

オーイ、と声がする。見ると公園の植込みの向うを中也の体がスーッと滑ってゆく。
黒いマントを翻して、黒い妖精みたいに中也が滑走する。

泰子「(見ている)……」

植込みを抜けて、全身が現われる。中也はローラースケートに乗っている。そのまま弾みをつけて滑ってきて、ぶつかるみたいにして泰子に抱きつく。

中也「ああ、いい気持ちだ。こいつで遊んでると自分が風になったみたいでさ、楽しくなっちゃうよ」

泰子「楽しくなれるの?」

中也「ウン。気持が暗くしめった時にはローラースケートでひと滑り。それがボクの精神衛生法なのです」

10 川沿いの道

夕日で浅い水面が光っている。

ローラースケートに乗っている泰子。へっぴり腰だが、歓声を挙げて滑走する。中也は路上に蹲って、急にぼんやりと道を眺めている。

泰子「(走ってきて)……どうしたの」

中也「……あそこに僕がいるんだ」

橋の中央には忘れられたように乳母車が駐めてあって、中也はそれを眺めている。

中也「あの中に……」

泰子「……分るわ」

中也、不思議そうに泰子を見上げる。泰子は、分るわ、とくり返して乳母車をみつめている。

泰子、ぽつりぽつりと話しだす。

泰子「私の母親って人は神経がすごく壊れやすくてね……」

11 広島・本川の土手・夜

霧が立ち込めている。八歳の泰子の手を引いて、母親のイシが歩く。

イシ「死ぬ……死ななきゃ、ならない」

イシ、形相が変わっている。

12 同・水際・夜

イシ、河原の石を拾って袂に詰める。

イシ「泰子、ちゃんと沈めるように、石をたくさん詰めるのよ」

泰子「ハイ……」

泰子、石を袂に入れる。

川面に漂う屋形船から渋い声が聞こえてくる。

13 屋形船の中

〽 桜の花の咲き始め

人もうらやむ　きりょうよし

その名も片岡浪子嬢

叔、唄いながら、のぞきからくりを回している。

〽海軍少尉男爵で
川島武夫の妻となる
春ものどかに

客の一人が外を見て、声を上げる。

客「おい、川の中に、なんや女がおるで」

14 川の中

イシ、泰子をひきずってざぶざぶ入ってくる。

叔、船の障子を開けて、唄う。

〽逗子の浜辺は　波静か
片割れ月も　影寒し

イシ、袂の石を投げつける。

イシ「あんた、一緒に死んでよ。わたしをだましたんだから、生きていられない身にしたんだから、あの世まで付き合ってよ。ねえ」

叔「のぞいたのぞいた、大人は上の眼鏡で……」

叔、唄いながら、イシの帯にしがみついている泰子を見る。

泰子の声「母が死のうとしたのは、これが最初じゃなかったの……。死ななかったのは、川漁師の鮎とりの船に着物がひっかかったから……私、気の狂った母親の血をひいてる……」

15 中也と泰子は宮川町へ抜ける道を歩いている・夜

中也「……僕は昔が幸福すぎたからな」

泰子「昔って？」

中也「五つか六つの子供の頃」

泰子「……ずいぶん昔なのね」

中也「……お金貸してくれないか」

泰子「……」

中也「撮影所で稼いできたんだろ。貸してくれないか」

泰子「いいわよ」

泰子、封筒ごと渡す。

中也「(開けてみて) ああ、助かりますよ」

とポケットに突っ込んで、

中也「ちょっと女郎を買ってきます」

泰子「え……」

中也、もうスタスタ宮川町に近い路地に向かっている。

泰子「……」

待っている泰子。

路地に色街の灯がつき、女を漁る男たちの数が増している。なかには客引きの娼婦と間違えて、じろじろ泰子の顔を覗きこんで行くのもいる。ようやく中也が出てくる。

× × ×

中也「やあ、お待たせ」
中也は如何にも場慣れした様子で、おもむろにエジプト煙草の火を点ける。泰子、黙って見ている。いきなり平手打ちする。
中也「(笑い、歪む)……」

16 宮川町近くの通り

泰子、ズンズン歩く。うしろから中也、ニヤニヤついてくる。

酔った四五人連れが構いかけるのを凄い勢いで振り切って、泰子、ズンズン歩く。

行き過ぎてから、背後で何か只ならぬ怒声が響くのに見返る。

中也が先程の四五人連れと喧嘩になっている。

むしろ袋叩きというのに近く、それでも中也はしつこく立ち向かってゆく。


泰子「(見ている)……」

中也の顔が血で染まっている。酔った勢いで男たちも容赦しない。凄惨な感じになる。

泰子「人ごろし！ 人ごろし！」

泰子、叫んで駈け戻る。倒れた中也をかばって、人ごろし！ お巡りさん！ 人ごろしですよ！と連呼する。

しっかり中也を胸に抱いている。

17 下宿の八畳

壁に凭れて中也がケン玉をやっている。顔が青黒く腫れ上り、片腕を包帯で吊っている。

数え唄を口ずさみながら、古びた小さなケン玉で遊んでいる。

机の抽出しを整理する泰子。中には古い玩具類が詰っている。それを机の上に出して埃を払ってやる。

最後に赤い毛糸の小さな手袋が出てくる。

泰子「なあに、これ。好きな女の子でもいたの？」

中也「俺のだ。おふくろが編んでくれた。小学校五年生の冬だった。……その頃、俺は神童と言われていたもんだったが」

泰子「黄金時代ってわけですか」

中也「……美しい時代だ」

ケン玉の糸が切れて、玉が畳の上をころころ転がる。

中也は黙って、目で追っている。
大家の声「長谷川はん、撮影所から電話がかかってまっせ」
泰子「ハイ！」
大家の声「なんや、急いではるようですわ」
泰子「わッ、役がついたかな」
と弾んで行く。

18 撮影所の衣裳部屋

時代物の身なりした泰子がスター女優と向かい合っている。
泰子「二号とは何ですか。私がいつ二号やったと言うんですか」
スター「あら、もっぱら撮影所の噂よ。知らなかったの？　文士だか詩人だかの二号やってるって」
泰子「（カーッとなる）いい加減にして下さい。人を中傷して、どこが面白いの。いやらしい」
スター「いやらしい？　あんた私を誰だと思ってるの」
今度はスターさんがカッとなる。
スター「いつから私にそんな口きけるようになったんや」
衣裳部のオジさんが泰子の袖を引く。
オジさん「長谷川くん、謝りなはれ。逆うたら撮影所出入りできんようになるで」

19 寺院添いの道

撮影所の衣裳のまま、泰子、歩く。

20 下宿の八畳・夜

泰子が窓に凭れている。黒い帽子に黒いマントの中也が帰ってくるのを、じっと見ている。
泰子「オニイさん、上がってかない」
中也、二階を見上げて変な顔になる。泰子は時代物の女郎が着る衣裳で中也を招いている。
泰子「ちょいとォ……景気づけに上がってきなね。……よォ、オニイさん……」

×　　×　　×

いつものように端と端に寝ている。酒を飲んだらしく、日本酒瓶、オツマミの類が真ん中の境界線みたいにある。

中也「タバコとマントが恋をした……」

中也が低く呟く。

中也「その筈だタバコとマントは同類でタバコが男でマントが女だ」

泰子、目を閉じて聴いている。

中也「或時、二人が身投心中したが、マントは重いが風を含み、タバコは細いが軽かったので、崖の上から海面に到着するまでの時間が同じだった」

　泰子、じっと目を閉じている。

中也「神様がそれをみて全く相対界のノーマル事件だと言って天国でビラマイタ二人がそれをみてお互の幸福であったことを知った時、恋は永久に破れてしまった」

　中也、ふと黙りこむ。ひっそり仰臥している泰子を見やる。

　眠っちゃったのかと思って、そっと覗きこむ。

中也「……」

　泰子は目を閉じたまま涙を流している。

泰子「……面白いわ」

中也「ほんとに？……」

　泰子、目を開く。中也の顔が間近にある。

　泰子はアッとなるが、その時には中也が体ごとむしゃぶりついている。泰子、身をよじって逃れる。

　中也は命がけみたいな必死さでのしかかり、襟をひらき、泰子の胸に顔を埋めてしまう。

泰子「……（抱く）」

×　　×　　×

　二人、また端と端の蒲団に離れている。
　中也は昂奮が残っていて、大きな目を見開いている。
中也「あれ、嘘だったんだ」
泰子「……」
中也「女郎を買ったって言って、君が怒ったろ。あれ、嘘。本当は友人に会ってきたんだ。富永って詩人でさ……」
　泰子は天井を見ている。
泰子の声「私は、その時チャリンというオツリの音を聞いていたのです。体を与えることが世話になったことへのお礼なら、チャリンと音が出るほどのオツリが私に返ってくる筈だ。そのチャリンというオツリの音を私は聞いたのです」

21

泰子が針仕事をしている

　午後の光りが明るくさしこんで、幸福な家庭婦人のように見える。

　コンニチワ、と下で声がする。

「中原くんいますか」

　泰子黙って立つ。

22

同・玄関

　奇妙な青年が立っている。赤茶けた長髪がパーマをかけたように波打ち、派手なチョッキにジャケット、西洋人みたいなイデタチが無理なくキマッている。

　おまけに陶製の長いパイプをくゆらせている。

富永「富永です」

泰子「（頷く）ああ……」
何となく名前を覚えている。
富永「上がってよろしいですか」
泰子「ア、でも、中原は今……」
富永「留守ですか。その時は先に上って待っていてくれと」
泰子「ハア」
富永、さっさと靴を脱ぎかけている。

23 同・八畳

泰子がお茶を出す。富永は手をつけず、黙ってパイプを吹かしている。泰子も話すことがないので、針仕事を続ける。甚だしく不器用である。
富永「どれ、かしてご覧なさい」
富永は縫い物を取ると、手早く針を運ぶ。
富永「僕は宮川町で芸者の置屋に下宿してるもんで……まあその、女に囲まれて暮らしてると門前の小僧というか、まあ見よう見まねで……」
と巧みに縫い上げて、糸切歯でぷつんと糸を切ったりする。泰子、唖然としている。
泰子「失礼ですけど」
富永「何ですか」
泰子「詩人でいらっしゃいますの、やはり」
富永、笑っている。中也より、はるかに大人っぽい。
富永「えーと、これ」
富永は鞄から雑誌を出す。
富永「中原くんに渡して下さい。小林秀雄という男の評論が載っています。フランス象徴詩についての最高の批評だと思うので……」
泰子、雑誌をパラパラめくる。
泰子「……もう、お帰りですか（帰ってもらいたい）」
富永「え？　ああ、そうだな。（懐中時計を見て）さて、そろそろ……」
言いかけて胸をおさえる。こみ上げてくるものを抑えている。
富永「失礼」
泰子「お帰りですか」
富永「いや、一寸……」
と廊下の流しに立って行く。泰子はぼんやりしているが、富永の変に咳こむ気配に、廊下へ行ってみる。流しに顔をつっこんだ富永が、長身を波うたせて何か吐いている。
泰子「あの……」
泰子、声をかけようとして、振向いた富永の顔にギョッとなる。
口元にべっとり血が付着している。それを手巾で拭い、

水を流して、
富永「こんな具合なもんで、失礼しますよ。中原くんによろしく」
と富永、階段に向かう。泰子、ショックで挨拶も忘れている。
それから、恐る恐る流しを覗く。
泰子「(見る)……」
流しの端に、血が淀んで残っている。

× × ×

中也が流しの血を洗い落としている。
中也「富永が血を吐いているのに、君は黙って見てたのか」
泰子は八畳の真ん中で蹲ったようになっている。
中也「すこしでも部屋で休ませてやろうとは思わなかったのか」
泰子「……」
中也「富永は俺の大切な友達なんだ。この京都で、たった一人の友だちなんだぞ」
中也、泰子の肩をつかむ。
泰子「ごめんなさい！ 私、育ちが悪くて、お客様のもてなし方もわかんなくて……すみませんでした。お世話になりました」
中也「待てよ！」
と肩を抱こうとする。
泰子、荒々しくはねのける。
中也「(突き飛ばされて、柱に頭をぶつけながら)……君には愛がないのか。……人を愛する気持ちがないのか」
泰子「……私、泣きたい」
中也「……」
泰子「自分のためにも、人のためにも、いま泣きたいです。……でも涙が出ない」
中也「……」
泰子「……生れてから一度も泣いたことがないような気がする」
中也、泰子の激しい傷つき方に、困惑――。
泰子「さよなら」
そのまま背を向けて階段を降りていく。
中也「……泰子！」
中也、窓に走る。
中也「オイ！」
下の道を泰子が歩いてゆく。

24 同・別日

中也、富永が置いていった雑誌を読む。

アルチュル・ランボオ「地獄の季節」　小林秀雄訳

季節《とき》が流れる、城砦《おしろ》が見える。
無疵な魂《こころ》が何処にある。

俺の手懸けた幸福の
魔法を誰が逃れよう。

ゴオルの鶏《とり》の鳴くごとに、
幸福《あれ》にお禮を言ふことだ。

ああ、何事も希ふまい、
生《いのち》は幸福《あれ》を食ひ過ぎた、

身も魂も奪われて、
意氣地も何もけし飛んだ。

季節《とき》が流れる、城砦《おしろ》が見える。

幸福《あれ》が逃げるとなつたらば、
あゝ、臨終《おさらば》の時が來る。

季節《とき》が流れる。城砦《おしろ》が見える。

中也、じっと見つめる。
中也「これだ……捕まえたぞ！」
中也歓喜で、でんぐり返る。
目を上げると、階段の途中に泰子、立っている。
泰子「ただいま……何を捕まえたの」
中也「詩だ……」

25　夜の道

雪、降り積もっている。
中也と泰子、銭湯の支度をして歩く。
中也「あのさ……」
泰子「……？」
中也「東京へ行かないか」
泰子「東京？」
中也「富永が、療養で東京に帰っちゃったし、京都には、もう飽きた」
二人、暗闇の中へ向かっていく。

26　東京・新宿駅の雑踏の中を中也と泰子がくる

泰子「一緒には行かないわ」
中也「どうして」
泰子「デパートに行きたいの、日本橋の三越。一度見物しておきたいのよ」
中也「中村屋はどうするの。小林たちをすっぽかすのか。
みんな君に会いたがってるんだぞ」
泰子「……会いたくないもん」
中也「だから、どうして」
泰子「私……あなたの女でしょ。……年上の女、ハハァ、
これが例のアレか、思ったよりマシじゃねえか、ちょい
とモガですね、などと皆さん観察なさるわけ」
中也「いいじゃない、観察させてやれば」
泰子「気が向いたらね。今日はその気分じゃないの」
中也「富永が来るかもしれないんだがな。だいぶ具合がい
いらしいんだ」
泰子「関係ないでしょ、私とは」
と言って、停まっている市電にさっさと乗り込む。
取り残された中也、走り出した市電に向かって、
中也「バカヤロ！　いつまで東京見物やってんだ！　戦争
に来たんだぞ、俺は！」

27　松竹蒲田撮影所

スタジオでオーディションが行われている。
何十人もの若い役者が審査員の前に出て、渡された台
本を読む。
その中に、泰子いる。
泰子の番がきて、泰子セリフを言う。
失笑が出るほど下手である。が、中央の審査員（清水
宏）が、声をかける。
清水「きみ、大部屋でよければしばらく来てみるかね。へ
たくそだが、妙な魅力がある」
泰子「はい！」

28　中也の借家

泰子ひとりセリフの勉強している。
見ると、低い生垣の向こうを男が一人、新聞紙を雨避
けに走ってゆく。
見ていると、男はまた全速力で戻ってきて、行き過ぎ
かけて、アレッというように泰子を見る。そして、ま
た走る。それから玄関が慌しく開いて、
小林の声「奥さん、雑巾かして下さい」
泰子が出て行くと、先刻の男が濡れた下駄ばきで立っ
ている。
小林「足が泥だらけになっちゃって、いやあ、ひでえ目に
会っちゃった」
と手拭いで肩なんかを拭いている。
小林「中原は？」
泰子「留守です」
小林「待たして貰っても構いませんか」

泰子「……」
小林「奥さんでしょ、中原の。僕、小林です」
泰子「ああ」
小林「富永の容態が悪くなって病院に行ってたもんで、……雑巾かしてくれませんか」

×　　×　　×

小林、新聞を眺める。
泰子、台所でお湯を沸かしながら、小声でセリフ――。
泰子「わたしたちの今住んでいる家は、もうとうに、わたしたちの家じゃないのよ。だから私出て行くわ。誓ってよ」
小林「……奥さん」
泰子「(慌てて)今、お茶を」
小林「セリフ、チェーホフですね、桜の園。ほんとに女優さんだったんですね」
泰子「……」
小林「女優だなんて、中原の口からでると嘘っぽくて……失礼しました」
中也、帰ってくる。
小林「やあ」
中也「なんだ、来てたのか」
小林「人を家に呼んでおいて、待たせるとはどこの作法だ。おまけに奥さんはずっと背中向けてるし」
中也「うん、この人は人見知りなんだ」
と泰子に、
中也「お茶でも出してくれ」
泰子、台所に戻る。
小林「これ持ってきた」
と、ぼろぼろの鞄の中から原書を取り出す。中也、手にとって、
中也「ランボーか！」
ぱらぱらとめくって、
中也「これが、地獄の季節か」
泰子、台所でお茶を淹れる。
フランス語の朗誦が聞こえてくる。
泰子「(聞いている)……」
小林「そうじゃない」
と、中也のフランス語を直し、ともに朗誦する。
二人、楽しげに興奮している。
泰子「(聞いている)……」
泰子、お茶を持って戻ってくる。
中也の前にお茶を置く。
中也「小林のは？」
泰子「あなた、なんでそんなにはしゃぐの」
中也「小林のお茶は？」

小林「いや、俺は帰るよ」
中也「えっ？」
小林「奥さんはご機嫌が悪そうだから」
泰子「中原がこんなに子供みたいに喜ぶの初めて見ました」
小林「ああ、それで嫉妬してるんですか」
中也、キョトンと泰子を見る。
中也「嫉妬？　小林に」
泰子の気配が只事でない。
泰子「小林さん、あなたは中原が好きなのね」
小林「俺は中原が嫌いですよ」
泰子「……」
中也「……」
小林「中原の天才は認めるが、それにつきまとう何かが嫌だ。それが何かはわからんけど……」
中也、ニッと笑う。
中也「それは天才故の早熟の不潔さだよ」
小林「あ、そうか。不潔さだったのか」
小林、明るく笑う。
中也も笑っている。
泰子、中也のお茶を小林にぶっかける。
中也「！　泰子」
泰子「（小林に）帰ってください」

小林、立ち上がる。
小林「お邪魔した」
中也、追うように立ち上がる。
中也「ちょうど雨も上がった。出かけないか」
泰子「……」
中也「泰子、出かけるぞ。小林と」

29　陽光に輝く海面を一隻のボートが行く

小林が漕いでいる。
日傘さした泰子が舟尾に坐り、中也は小林と背中合わせに舳先で頬杖をついている。
泰子「富永さん、今頃病院で息ひきとってるかも知れない」
中也と小林、黙っている。
泰子「それなのに私たちボート遊びしてる……」
小林「遊びじゃない。こうでもしてないと俺たちは自分の生すら確認できない」
小林と泰子、間近に向きあって、オールのひと漕ぎごとに、お互いの視線が眩しい。
中也「死ぬってのも、そんなに悪くないんじゃないかな……富永は死の中に希望を見てるみたいだし」
泰子「……ねえ、どこまで行くの」
小林「どこまでも」

小林はオールのひと漕ぎごとに、目の前にいる女への欲情が高まるようである。それが限界まで達した時、頭の中で何かが爆発する。

音楽である。

モーツアルトのト短調が大音響で鳴り渡る。

小林「あ……」

小林、呆然と泰子の顔を見る。

この女のせいで、間違いなくこの音楽は鳴っていた。

小林「(惚れた)……」

30　撮影風景・喫茶店内部

泰子、ふられた女の役らしい。窓際で語らうアベックの所へ行き、いきなり色男を平手打ちする。
色男の役者さん「イテテ、ホントに殴ることないだろ。芝居なんだぞ」
泰子「ゴメンナサイ。つい本気になっちゃって、わけもなく捨てられちゃったんだもの」
スタッフの笑い。
色男の役者さん「冗談じゃねえや。人殺しの役がきたらホントに人殺しするのかよ」
と舌打ちする。
泰子「ゴメンナサイね」
もう一度本番になって、泰子は更に手ひどく色男をひっぱたく。

31　映画館

泰子が出演してる映画を劇場の真ん中で、中也が見ている。

その右隣に泰子。

左隣に小林。

色男の役者を泰子がひっぱたく。

中也、声を上げて笑う。

泰子「(いたたまれない)……」

小林「……」

色男の役者を泰子がもう一度、思い切りひっぱたく。

中也、声を上げて笑う。

泰子「(つられて笑う)……」

小林「(食い入るように、スクリーンの泰子に見入っている)……」

× × ×

映画が終わって、客席が明るくなる。
中也、上機嫌で立ち上がる。
中也「傑作だ！　笑いすぎて、腹がよじれた拍子に、詩が浮かんだ」
泰子「なによ、それ……」

中也「帰って、詩を書くよ」
小林「傑作を書いてくれ」
中也「(笑って) 泰子はあずけた。天才女優に手を出すなよ」
と、離れていく。
中也のいない席を挟んで、取り残される小林と泰子。

32 喫茶店

ステンドグラスの窓際に小林と泰子。
小林「あんなにヒステリックにやることはないんだ。もっと普段の君らしく、自然にやればいい。そうすれば、君の美しさが生きるんだ」
泰子「私が美しい?……」
小林「美しいよ。俺には十分美しい」
泰子「まるで口説いてるみたい」
小林「……口説いてるんだよ」
泰子、ドキッと小林を見つめる。
泰子「……中原が」
と、立ちかける。
その手をつかむ小林。
小林「また会ってくれ」
泰子「……」
小林「余計なことは考えなくていい」
泰子「……」
小林「俺にはただ君だけが存在する」
泰子「(黙って見ている)……」

33 街路樹

歩く小林と泰子。
小林「俺は俺の全生活をあげて君に惚れてるんだぞ」
泰子、黙ってついて歩く。
小林「なぜ黙ってるんだ」
泰子「よく聞いてなかったから」
小林「なぜ聞いてなかったんだ」
泰子「ウソ。みんな聞いてたわ」
小林が苛立って、泰子の肩を揺さぶる。
小林「どっちにつくんだ、俺か中原か」
泰子「きめられない、きめられない!」
泰子は頭を激しく振って、急に走りだす。
追う小林。

34 喫茶店・別日

窓際に小林と泰子。

泰子「私、本当は何でもスーッと進んでしまうんだけど、今度はバカなの。せんよりバカになったみたい」

小林は吐き出すように、バカ、と言う。

泰子「もう帰るわ」
と立つ。
小林「俺のことは好きじゃない。じゃ、なぜ会うんだ」
泰子「好きじゃないなんて、言ってない。わからないの。好きすぎて嫌いと言っちゃうのかもしれないし。私、バカなの」
泰子、行きかけて、小さな買い物包みを落す。
小林「(拾って)おみやげか、中原へ」
泰子、黙って取り返す。

35　中原の借家

泰子が帰ってくる。

36　家の中

暗い居間の向こうに書斎があって中也が机に向かっている。
泰子がうしろに立っても、中也は一心に原稿に向かっている。
泰子「(見ている)……」
中也はまるで泰子に気づかないみたいで。焦れた泰子は買い物包みを中也の背中に投げつける。
中也「ア、何ですか」
と中也は包みを開けて、
中也「ああ、歯ブラシ買ってきてくれたんですか。ありがとう」
とニッコリする。その笑顔があんまり無邪気なので、泰子は悲しくなって見つめてしまう。
中也「どうしたの」
泰子「あなた……東京にきて初めてやさしい顔したわ」
中也は、フン、と照れて、
中也「キミだって、初めてのやさしさだろう」
と立つ。台所へ行って早速、歯を磨く。泰子は畳の上に転がっている色々なビー玉を眺めている。
泰子「ビー玉してたの、一人ぼっちで」
中也「ああ」
泰子「また誰かと喧嘩したのね」
中也「……」
泰子「喧嘩して、口汚くののしって、やっつけて、相手を傷つけたぶん自分も傷ついて……一人ぼっちでビー玉やってたのね」
泰子はビー玉をカチンカチンと衝突させる。
泰子「中原中也の孤独はビー玉のかたちをしています」
黙って見ていた中也がいきなり歯ブラシを投げつける。
中也「分ったような口をきくな。しみったれた小説書きや批評家なんかと一寸遊んだからといって、孤独とか精神とかが分ったようなつもりになるな。俺は全生活をあげて詩を作ってるんだ」
泰子「全生活をあげて？」
　泰子、笑いだす。
中也「何が可笑しい？」
泰子「（突然、ヒステリックに笑いだす）全生活をあげて恋をする人もいるわ。そういう男の方がずっと素敵よ」
中也「誰のこと言ってんだ！」
　と、つかみかかる。
泰子「触らないでよ！」
　乱斗になる。
　泰子、異常な力で中也の首を締める。
中也「（失神しかかる）……」
　泰子、ハッと力を抜く。

×　　×　　×

　二人、精魂尽き果ててぶっ倒れている。
中也「俺がおまえに負けるのは惚れてるからだ。つい手加減しちまうんだ……俺としたことが」
泰子「……負けは負けよ」
　泰子はひどく醒めている。

37　駅・通路

　小林、円柱に凭れて、待っている。
　「お待たせ」と声がする。見ると、柱の後ろに泰子、立っている。
小林「やあ……（と見てギョッとなる）」
　泰子、顔に派手な痣を作っている。
泰子「中也とやり合ったの」
小林「……それで？」
泰子「やっぱり無理。あの人から離れることなんか出来ない」
小林「……」

38　バー

　カウンターで一人飲む小林。
小林「（呟く）季節が流れる……城砦が見える……無傷な心がどこにある……」
　バーテンダーが寄って来て、新しいウィスキーを注ぐ。
バーテン「今日はピッチが早いみたいですね」
小林「うん……いちいち面倒だから、ボトルごとくれ」
バーテン「ああ、そうだ。仏文の辰野先生が珍しい日本酒が手にはいったから、小林に飲ませてやってくれって」
　と一升瓶をどんとカウンターに置く。

39　水道橋駅・ホーム

　終電が近く、客もまばらなホームの端っこに泥酔した小林が揺れている。
頂戴物の一升瓶を小わきに抱え、その重さにゆらゆら揺れている。
小林「あ……」
小林、転落する。ホームの下はレールではなく、遠い地面に直結している。
小林、棒のように二十メートルを落下してゆく。
誰かが、叫ぶ。
声「落ちたぞー」

40 ホーム下・材料置場

小林、すぽっと材料の間に落下して、両目を見開いている。何が起こったか、分かっていない。
駅員たちが殺到してくる。
駅員「おい、生きてるぞ!」
小林「(耳の中でモーツアルトが鳴っている)……」

41 病室

小林、ぽかっと目をあける。
小林「……?」
泰子が覗き込んでいる。
泰子「お医者さんが言ってたわ。二十メートルも落下して……奇跡だって」
小林「おっかさんが守ってくれたんだ」
泰子「おっかさん……?」
小林「あの時、本当に思ったよ。おっかさんが守ってくれた」
泰子「……」
小林「一升瓶は胸の上で粉々に砕けていたし、体は動きがつかないし、大変な状態だとは思ったが、とにかくまあ生きている。おっかさんのお蔭だと……」
泰子「おっかさんがついてるのね」
小林「それからきみのことを考えた。泰子はいまごろ中原と喧嘩してるんだろう、と」
泰子「撮影所に電話がきたのよ、小林秀雄が死んだって」
小林「(苦笑)……」
泰子「なにもかもうっちゃって、ここに来たわ」
小林「うん……」
泰子「退院できたら、一緒にあなたの家に行く」
小林「……」
小林、じっと泰子の顔を見る。
小林「そうか。生きてて、よかったよ」

42 雨の中、泰子と小林が歩く

泰子の傘をさしている。

43　角の煙草屋・前

小林と泰子、来る。小林、軒下に入る

泰子「待ってて、荷物をまとめてくる」

小林「中原は?」

泰子「留守」

と言って、泰子、走ってゆく。

44　中原の借家

玄関をあけ、走りこむ泰子。階段を駈け上る。

45　二階の六畳

簡易タンスと押し入れ。泰子、大風呂敷をひろげ、衣類、化粧道具なんかをまとめ始める。

46　煙草屋の軒先で一見雨やどりの小林

ひゃーッというような奇声と共に鍔広帽子を目深な小男が走りこんでくる。中也である。

中也「やあ」

小林「……やあ」

中也「俺ンちに来たのか」

小林「あ……ウン」

中也「そうか、よかった。行き違いにならなくて」

小林、黙っている。

中也「青山の所へ行ったんだが、生憎留守でね。あのヤロ、居留守遣いやがった。俺のこと煙たがってやがんだ」

小林「……」

中也「それから中村屋へ回ったんだが、俺の顔みると皆んな変に黙りこみやがってさ。うっかり喋ると俺に言葉尻つかまれてからまれると思って、警戒してやがんだ。そんなに自信がなけりゃ、文学なんかやめりゃいいんだ。……小林」

小林「あ」

中也「フランス文学なんか噛じってる連中は、みんな君のエピゴーネンだよ。面白くねえや」

小林「おまえさんはすぐ相手の本質的な部分に切っ先を向けるだろう。おまえさんの言葉でいう魂ってヤツにさ」

中也「ああ」

小林「みんなが竹刀で剣術やってるのに、おまえさんはいきなり真剣振るって殴りこんでゆくわけだ。……煙たがられるわけだよ」

中也、大きく頷く。機嫌がいい。

中也「俺とシラ真剣で渡り合ってくれるのは、あんただけだ」

小林は答えず、空を見上げる。

小林「……よく降るな」

47　中也の借家の二階

大風呂敷をまとめ終えた泰子がヨイショと肩に背負って、階段を降りてくる。

泰子「（見る）……」

あけっぱなしの玄関に中也と小林が肩を並べて突っ立っている。

中也「どうしたんですか？」

泰子「……」

中也「どこかへ出かけるの？」

泰子、返事に困る。そして、ねえ、と相槌を求める。

小林「ウン」

中也がハッと黙りこむ。事態を了解した。

中也「そう」

泰子「……そうなの」

中也「（じろじろ見る）大きな荷物ですね。世帯道具全部ですか」

泰子「着物とか、鏡とか、お化粧道具とか、あとは……」

中也「茶碗とか、箸とか、コップとかは？」

泰子「……持てないもの、重たくて」

中也「困るでしょう、ないと」

泰子「そりゃ、困りますけど……」

中也「重くてもォ、持って行ったほうがいいんじゃない。やっぱり」

中也、奇妙にやさしい。

×　×　×

中也と泰子が一緒になってリンゴ箱に壊れ物を詰めている。落ちていた子供時代の赤い手袋を中也が茶碗の中に置く。

中也「ホラ、俺の心臓だ。茶碗に入れて食ってくれ」

まるめられた赤い手袋は丁度心臓のかたちをしている。

泰子「食べられない。……食べられないから出て行くのよ」

と中也の手に戻す。

小林は玄関の上り框に腰かけて、所在なく煙草を吹かしている。

48　歩く三人

泰子が大風呂敷を背負い、中也が重いリンゴ箱をかつぎ、小林は素手でぶらぶら歩く。

小林「（中也に）かわろうか」

中也「イヤ、いい。運んでやるよ。最後のご奉公だ」

と泰子を見る。泰子は無言で、ぐんぐん足を速める。

49　小林の借家は貧しげな平屋である

小林を先頭に泰子、中也とぞろぞろ玄関に入ってゆく。

50　玄関

リンゴ箱かついだまま中也が立っている。

泰子「お茶でも飲んでかない」

と部屋を上がった泰子が声をかける。

小林「ちょっと遊んでけよ」

中也「ああ」

中也はリンゴ箱をかついで上ってゆく。

51　荷物はそのままに泰子はとりあえずお茶を中也と小林に出す

泰子「疲れたでしょ」

中也「ああ、疲れた」

泰子「すっかりお世話になっちゃって」

と泰子、真面目に言う。

中也「お茶よりも酒がいいな。（と小林に）オイ、酒はないのか」

小林「あるよ」

小林、書棚のウイスキーを持ってくる。

小林「（泰子に）コップは台所の棚」

泰子、ハイ、と立ってゆく。

中也「（じろっと睨む）ハイ、か」

中也はお茶を飲みほして、湯飲みにウイスキーを注ぐ。

中也「この場合、何と言うのかね」

と湯飲みを突き出し、

中也「お人好しのコキュ野郎に乾杯！　とでも言っとくか」

とゴクッと飲む。小林は冷静に、泰子の持ってきたコップに注ぎ、ゆっくり口に運ぶ。

泰子「私も飲もうかな」

と注ぐ。ああ苦い、と飲む。中也が更に注ぐ。

泰子はそれも、コクッと飲む。そして三人は黙りこむ。

泰子「私が選んだのよ」

と不意に言う。

泰子「コキュとか、そんなんじゃないのよ。あなたより小林が好きになったのよ。それで決心したのよ。……自分で決めたのよ」

中也「きめたと思ってるだけだ。本当はこいつに決めさせられたんだよ。こいつはさ、そういう心理操作に長けた奴なんだ。それだけで世間を渡ってるような奴なんだぞ」

泰子は、自分で決めたのよ、と繰り返す。

中也の鉾先はもう小林に向いている。

中也「なんでも分ったような顔して理屈をこねてるけど、所詮理屈は理屈じゃねえか。生活のうわっつら撫でてるだけじゃねえか」

小林「中原、奇妙なことに、今、俺とおまえは同じ頭脳運動をしている。俺を否定するのはおまえ自身を否定することだぞ」
中也、湯呑みのウイスキーをぶっかける。
小林「（落着いている）おれはおまえの天才を信じているよ。しかし、それとこれとは話が違う」
中也「……」
小林「みっともねえ。……もう、よせ。おたがい醜くなるばかりだ」
中也は憤怒で震えている。つかみかかりそうになる。
泰子「中原さん……」
泰子がイヤに静かに言う。青いような、きつい顔になっている。
泰子「中原さん……」
もう、やめて、と目で言う。
中也「（睨んでいる）……」
湯呑みを叩きつける。
中也「その目はなんだ。まるで亭主の喧嘩をいさめてるようじゃねえか。……俺の女でもねえくせに」
泰子「……」
中也「おまえたち、今夜はどうやって寝るんだ。蒲団は一つっきゃねえんだろう。……そのうち届けてやるよ、俺たちの匂いの染みた蒲団をさ」
と出てゆく。黙って座っている小林と泰子。
泰子「……きちゃったわ、とうとう」
そう言って、泰子、すこし笑う。

52　東大・構内

小林、歩く。

53　同・辰野教授の部屋

小林、ノックもせず、ドアを開ける。
小林「おい、辰野、金貸してくれ」
辰野「この間のは、どうした」
小林「あんなものは、一晩で飲んじまった」
辰野「もう酒には貸さないぞ。きりがない」
小林「今度は生活費だ」
辰野「ほう……」
辰野、めずらしそうに小林を見る。
辰野「おまえに生活があったのか」
小林「女だ」
辰野「女？」
と、ますます珍しそうに見る。
辰野「中原中也といざこざを起こした、あの女か」
小林「そうだ。今は俺と暮らしてる。だから金がかかる。二百円貸してくれ」
辰野「二百円、そいつは大金だ。女にどんな贅沢をさせてるんだ」
小林「あいつは料理というものが出来ない。だから毎度出前をとったり、俺が料理屋に買い出しに行く」
辰野「料理を習わせればいいだろう」
小林「駄目なんだ。流しに向かうと吐き気に襲われる。万事その調子で金がかかる」
辰野「二百円か……」
小林「改造社のコンクールがあるだろう、評論の」
辰野「うん……」
小林「あれ、一等賞金が千円だ。それで返すよ」
辰野「一等になると決まったわけじゃないだろ」
小林「決まってる。俺が一等だ。ほかに誰がいる」
辰野、その自信家ぶりに呆れて、笑う。
辰野「わかったよ……」

54 小林の借家・六畳間

小林、机に向かい、論文の筆を走らせる。
泰子、離れて手編みをしているが、飽きて、家の中を見回す。
貧しい棚のうえに、小さな白磁の壺が飾られてある。
泰子「あの壺かわいいわね」
小林「(顔も上げず)がらくた市で見つけたんだが、本物の朝鮮白磁だ」
泰子「本物……」
小林「俺は骨董の目利きだからな。わかるのさ。骨董屋の親父はまるっきりのめくらで、偽物だと思い込んでいる。買いたたいて、十円で俺のものにした」
泰子「あなた、なんでも目利きなのね」
小林「まあ……そんなところだ」
と執筆に集中している。
泰子「ねえ……」
泰子、小林の背中にしなだれかかる。
泰子「私たち、同じ屋根の下で幾日も幾日も暮らしてるのに」
小林「うん……」
小林、手をとめない。
泰子、顔を寄せ、囁くように言う。
泰子「一度もしないのって、おかしくない?」
小林、困って、手をとめる。
小林「なぜか……その気にならない」
泰子「私に、魅力がない」
小林「いや……キミという女は、本当においしそうだ」
泰子「じゃ、なぜ抱かないの」
小林「そうだな……なぜかな」
泰子「はっきり言って。中原のせい?」
小林、向き直る。

小林「あいつ、毎日のように顔を出すだろ。俺たちがいつ出来たか、確かめるように」
泰子「私、中原に見せてやりたい」
小林「……」

55 **同・風呂場**

狭い、わびしい洗い場。

泰子、ぽつんと湯船につかっている。

泰子「(思い詰めて)……」

56 **同・土間**

泰子、濡れた体に浴衣をひっかけて、出る。

57 **元の六畳間**

走ってきた泰子、小林の背中にしがみつく。

泰子「(囁く)惚れたら……女は体ごと惚れるのよ。そんなことも知らないで論文かいてるの」

小林、振り返る。

そのくちびるに泰子、口づけする。

小林「泰子……」

小林、ようやく欲情する。抱く。

泰子「もっと強く……」

×　×　×

畳の上に、仰向けに倒れている小林と泰子。
泰子「私たち、やっと出来たわね」
小林「乾いた人間が水を欲するように、あんなにもキミを求めた」
泰子「……」
小林「その渇きの原因は中原だったんだ」
泰子「……」
小林「あんなにもキミに恋い焦がれたのは、言葉でなく、中原に近づきたかったんだ」
泰子「言葉でなく……」
小林「キミの体を透して、中原に触れたかった」
泰子「中原に触れることはできたの」
小林「うん。生身のあいつに」
泰子「わたしへの愛は続いているの」
小林「ああ、俺としたことが、こんなに愛に無防備だったとは」
小林、泰子を抱く。
小林「意外なんだよ。男の腕の中でキミはうさぎのように臆病で、犬のように従順だ。キミの本質が現れるんだ。そのキミの隠れた本質が男をとりこにする」
泰子「あー、また分析する。私のからだを裸にして、心の中まで分析するのね。私は作品じゃないのよ」
泰子、白磁の壺をつかむ。
泰子「この壺と私と、どっちを愛してるの」
小林「(一瞬、絶句)……」
泰子、壺を庭に投げつけようとする。
小林、全身で止める。
小林「泰子……」
泰子、震えている。
その震えが異常で、小林、抱きしめる。
泰子、震えが止まらない。

58　中也が柱時計をかついで歩いている

59　小林の借家

玄関を開けて、
中也「オーイ、小林いるかァ」
泰子が出てくる。
泰子「小林は留守ですけど」
中也は、ア、そう、と予期したように頷いて、
中也「お祝い持ってきましたよ」
と柱時計を泰子に手渡す。

60　居間

壁に立てかけた時計が音立てて時を刻む。泰子が中也に紅茶を運んでくる。
中也「ありがとう」
しかし泰子は紅茶を卓上に置くのに、異常に手間がかかる。一度置いたカップの位置を幾度も直すのである。その一変更がミリ単位なので、よけい異常めく。中也は砂糖を入れ、かきまわして飲み、
中也「ウン美味しい」
泰子は答えず、中也が今置いたカップとスプーンの位置を直す。
苦行に似た真剣さで、気が納まるまで直すのである。
中也「(見ている)……」
泰子「帰ってくれない?」
中也「……」
泰子「二人っきりでいると小林が気を悪くするし……あの人、晩ごはんのオカズ毎日買ってきてくれるのよ」
中也「ずいぶん気を使うんだな、俺との時は平気で客と二人でいたじゃないか」
泰子「あなたは嫉妬しない人だったから」
中也「嫉妬したさ。それを出さなかっただけだ。小林とおまえが二人きりでいた時だって……(と言いかけて)やめよう。それだけ君があいつに惚れてるってことだ。な

あ？」

泰子は黙って台布巾で卓の上を拭いている。木目にそって、端から端まで拭く。それを繰り返すうち、手首がしなって震えるほど力が加わる。それでも泰子はやめない。

たまりかねて中也が、オイ、と声をかける。

泰子「（ハッと目を上げる）今日は帰って。なんだか空気が濁っていて、息が苦しいの。……お願いだから、一人にして」

中也、見ているが、すっと立つ。

61 **玄関にきて中也、ドキッとなる**

乱暴に脱いだ靴が物差しで計ったみたいに他の下駄類と密着して、一列に並んでいる。

62 **居間で泰子は正座して柱時計とにらめっこしている**

63 **小林が買物籠ぶら下げて帰ってくる**

籠の中には分厚い原書と大根や納豆が同居している。

64 **家の中に上がってくる**

暗い。留守だと思って電球を点けると、足元に泰子が金縛りになったみたいに、正座のまま硬直している。

小林「どうした」

泰子「……時計」

小林「買ったのか」

泰子「中原が置いてったの、お祝いだって」

その時、柱時計がボーンボーンと六時をつげる。

泰子「（耳を塞ぐ）ああ、イヤイヤ。捨てちゃって。イヤな音だわ。捨てちゃってよ、早く！」

小林、躊躇する。

泰子「分からないの。中原が同じ音を聴いているのよ。同じ時計の音があっちの家とこの家で同時に鳴ってるのよ」

小林「……」

泰子「つながっちゃう。時計の音でつながっちゃう。……捨ててよ。壊しちゃってよ。早く！」

泰子は必死の形相になっている。小林、柱時計を抱え上げ、庭に叩きつける。

時計、狂ったように鳴り続ける。

泰子「止めて！　止めて！　止めて！」

泰子、朝鮮白磁の壺を投げつける。

壺が砕けるとともに、時計、鳴り止む。

泰子「ああ……切れたわ」

小林、絶句している。

65

中也の借家

居間で中也が同じ柱時計を壁に立てかけ、鳴り続ける時報にじっと耳を傾けている。

66

中也の借家の前に小林が来ている

小林、玄関の扉をひらく。

その前に静かに座っている中也。

ぽつりと声を漏らす。

中也「……天井に朱《あか》きいろいで」

小林、タバコを取り出そうとしてはっと見る。

中也の気配が変わっている。

……中也、朝の歌を詠み続ける。

中也「天井に　朱きいろいで
　戸の隙を　洩れ入る光、
鄙《ひな》びたる　軍楽の憶ひ
　手にてなす　なにごともなし。

小鳥らの　うたはきこえず
　空は今日　はなだ色らし、
倦《う》んじてし　人のこころを
　諫《いさ》めする　なにものもなし。

樹脂《じゅし》の香に　朝は悩まし
　うしなひし　さまざまのゆめ、
森並は　風に鳴るかな

ひろごりて　たひらかの空、
　土手づたひ　きえてゆくかな
うつくしき　さまざまの夢。……」

小林の目に驚愕の色が浮かぶ。
小林「それこそ聞きたかった言葉だ、旋律だ！」
……中也、途中ではにかんだように笑う。
中也「どうも狂っている最中に作ったから自信がなくてね」
小林「これこそ俺がずっと聞きたかった神の声だ。中原、お前天才だよ」

67

海棠《かいどう》の花

ひらひらと花びらが舞う。

その下に、中也と小林。

小林「泰子が近頃オカしいんだ」

中也「ああ、俺も感じてたよ」

と中也は当然みたいに言う。

中也「アンタが悪いんだ。俺と居た頃には、あいつは少なくとも神経だけは健康だったよ」

小林はそれには答えず、

小林「とにかく段々ひどくなるんだ。朝飯を作って食わせるだろう。大根の千切りの味噌汁を出す。そうすると大根を箸でつまんでだな、立方体のカタチが歪んでいると、もう受け付けない。千本のうち一本切りまちがえたら、もう駄目なんだ」

中也、ふふっと笑う。

小林「それから納豆をめしにかける。必ず一回の量が決まっていてな。十三個だ」

中也「何が」

小林「だから納豆の豆の数だ。一粒ずつ数えるんだ。一粒多くても少なくても許されない。神経が受けつけないんだ。異常だよ」

中也「異常にしたのはアンタだ」

小林「そうじゃない！」

小林、語調が激しい。憔悴している。

花びらがひらひらと散る。

黙って座り込んでいる中也と小林。

小林、ポツリと言う。

小林「……この花びらは散っているのか、散らしてるのか」

中也「……分ってんだろ、アンタには」

と言って、帰って行く。

68　暗い玄関を開け、小林が家に帰ってくる

真っ暗な居間で泰子が松井須磨子の「さすらいの唄」を唄っている。電球を点ける。

泰子は妙に崩れた感じで、べたっと畳に坐りこんでいる。

泰子「私の着物の裾は……」

小林「……」

泰子「畳の何番目の上に乗ってる？」

小林「(咄嗟に) 五十一番目」

小林は洗面器の消毒液に浸したガーゼで洋服の埃りを丹念に拭きとる。

小林「さて、めしを作るかな」

泰子「寒いから雨戸を閉めて」

小林、雨戸を繰り始める。すかさず泰子の質問がとぶ。

泰子「いま閉めた雨戸の音は数に直すと幾つ？」

小林「三千三百三十三」

泰子「違う！　ただの一じゃない」

泰子の顔がみるみる歪む。

泰子「なにも難しいこと訊いてないのに。なぜ嘘の答えを言うの」

小林「今日はね、疲れて頭の調子が悪いんだ」

泰子「私だって疲れてるのよ。一日中ジーッとあなたを待ってるのよ。あなただけを待ってるのよ。とっても疲れ

るのね」
小林は抱いて、頭をやさしく撫でてやる。
泰子は体をすりつけてくるが、悪寒しているようである。
小林「どうだい、久しぶりに三人で外に出てみないか」

69 遊園地の木馬に中也と泰子と小林が乗っている

泰子、はしゃいで乗っている。

70 観覧車の中から下の小林と中也に手を振る泰子

中也「思ったより元気じゃないか」
小林「今日は特別だ。おまえさんに会って神経が高ぶってるんだ」
中也「アンタは甘やかしすぎるんだ。俺みたいに扱えばいいのにさ」
と中也は泰子に機嫌よく手を振って、気をつけろ、落っこちるなよ、などと亭主然と声をかける。
小林「殴ったり蹴ったりか、感情むき出しに」
中也「そうさ。そうすりゃ神経症どころじゃなくなる」
小林「そのかわり俺のところから逃げてゆく。……くり返しだよ。同じことの。疲れるよな。まるでシベリヤ流刑だ」
中也「シベリヤ流刑？」
小林「バケツで水を汲ませる刑罰があるだろう。二つの水槽の間をさ、片方から片方へ水を移し替えさせる。そしてまたもとへ戻させる。永遠に終わることのない労働。俺たちの関係はどうやらそれに似ているようだ」
泰子が明るく手を振っている。

71 広場で中也がローラースケートにのる

黒いマントを翻し、黒い帽子の中也は絵本の中の妖精みたいで、
泰子「あの人、死ぬんじゃないかしら」
と泰子が不意に言う。
小林「え」
泰子「なんだか急にそんな気がしたの。地面の一センチ上を滑っていて、まるでこの世の人じゃないもの」
そう言えば、中也は余りにも巧みに滑りすぎるようである。
泰子「踊りたいな。踊りに行こうよ」

72 ダンスホール

フロアの真ん中で泰子がチャールストンを踊っている。
テーブルで見ている中也と小林。
小林「うまいもんだな」
中也「蒲田の撮影所で習ったんだろう。一応女優のはしく

れだからな」
小林「神経症でジーッと蹲ってるアイツと、チャールストンを踊ってるアイツと、女が二人いるようだ。分らんもんだ」
中也「分らないんじゃなくてさ、美味しそうだと正直に言ったらどうなんだ」
小林「アタリ。美味しそうだ」
と泰子に手を振る。それを見て、中也はムカッとなる。
中也「アンタって人は人生の美食家でさ。いつだってジョートーなものにしか目が行かないんだ。小説も詩も書けないわけだよ」
小林「それじゃ、あの女もジョートーというわけか」
中也「ジョートーじゃねえよ、ちっとも。だからアンタと一緒にいるのは間違ってるんだ」
小林、フン、と笑う。
小林「いいかげんにしろ。それじゃ、まるで返してくれと哀願してるも同じじゃねえか」
中也、カッと小林を睨む。
中也「(が笑う) 哀願でも何でもするよ。返してくれるんなら」
中也は言い捨てて、スタスタ泰子の所へ歩いてゆく。
そして踊りだす。
むちゃくちゃなステップで、しかし何となくフィーリングだけはぴったり踊る。
中也「こんなもんでよろしいですか」
泰子「よろしいんじゃありません」
そこへ小林も割りこんでくる。
小林「どこが面白いのかね、こんなもの」
とステップを踏んで、
小林「ウン、面白えや」
と笑う。泰子、嬉しくなる。中也は妙に底意地の悪い目で泰子を見ている。
中也「俺さ」
泰子「え」
中也「見合いするんだ、今度」
泰子「見合い？　結婚するの？」
中也「まあな」
とニヤニヤする。
泰子「誰と？」
中也「え」
泰子「相手の人」
中也「遠縁のお嬢さんでさ。これがイイんだな、中々。女房になるために生まれてきたような女らしい。おまけに美人ときてる」
泰子「会わない先から、どうして美人だと分かるのかしら」

中也は内ポケットから見合い写真を出して見せる。

泰子「あら……ホントにお美しい……」

と見ているが、ビリッと破く。

中也「オイッ」

泰子の頬に中也の平手打ちが飛ぶ。泰子は蹴り返し、乱斗になろうとして、周囲の人々にとめられる。

小林は白けて、さっさとテーブルに戻っている。

客の一人「何ですか、あの二人」

小林「つまりは愛情を交換し合ってるわけです」

小林、ウイスキーを苦く飲む。

×　　×　　×

カツレツを食いながら中也はじろじろ泰子を眺める。
中也「おまえ綺麗になったたな」
泰子「そうですか。お見合いの方と比べてるわけですか」
中也「お世辞じゃねえよ。（と小林に）アンタの目にはどう映ってるんだ。ヒトの花は美しいって言うからさ、俺の目が狂ってるのかも知れねえ」
小林「美しいとは思わないな。しかしエロチックではある。神経症で畳の上に蹲ってる女というのは、思いがけずエロチックなもんだよ」
中也「（傷ついて、泰子に）おまえ、小林とどうやって寝るんだ」
泰子「やめてよ」
中也「俺のときとは違うのか。いったいどこが違うんだ」
泰子「やめて」
中也「え、答えろよ。どこが違うんだ」
泰子、答えの代わりに、いきなりフォークで中也の肩を突く。
中也「バカヤロ。それが返事か！」
と中也はナイフを摑んで立ち上る。泰子は無言のまま、今度は本気で刺しにかかる。
反射的にナイフで跳ねのける中也。泰子の手からフォークが素っ飛ぶ。店内、騒然となる。
小林「やめろ」
小林が怒鳴りつける。
小林「おまえたちの喧嘩はまるで姦淫してるようだ」
小林、中也と泰子の襟首摑んで入口に引きずって行く。

73　電車通りを三人で歩く

ホントに見合いするの、と泰子が念を押す。
中也「ああ。クニからおふくろまで出てきちゃってさ、これは逃げられませんね」
泰子「見合いしたら、結婚するわけね」
中也「なにしろあの通りのベッピンさんですから」
小林「本気なのか？」

中也「本気。……人を不幸せにする女よりも、幸せにしてくれる女がほしくなったようです。年をとったせいですかね」
小林「人並みになったんだよ。まあ結構な話じゃないか」
前方から市電の最終がやってくる。
泰子「私……イヤだわ」
中也「キミには関係ない」
泰子「なんだか種つけするみたいじゃない」
中也「なにが」
泰子「あなたよ。さかりのついた牡牛が牝牛のところに連れてかれて、種つけされるみたいじゃない」
中也「種つけ！」
中也、泰子の肩をつかむ。
泰子「イヤなのよ。どうしてもイヤなのよ！」
と中也を突きとばす。不意をつかれて中也は線路上によろめく。
市電の警笛。
中也、動かず、妙にぼんやりと立つ。
市電、ブレーキをかけているが、急には止まらない。
中也「(見ている)……」
中原！と叫んで、小林、中也を引き戻す。
一瞬の間で走りすぎる市電。
小林「バカ！　死にたいのか！」
中也、ぼけっと放心している。

74　小林の借家

小林と泰子が黙って向き合っている。
小林「別れよう」
泰子「……」
小林「俺はこの家を出て行くよ」
泰子「……行かないで」
小林「君には俺と中原と、突っかえ棒が二本必要なんだ。中原という突っかえ棒がはずれたために神経症になった。ならばいっそ突っかえ棒なんかなくしてしまえばいい。そうは思わないか」
泰子「好きなのよ。……あなたのこと好きなのよ」
泰子、誠実が顔に溢れている。
泰子「どうしようもなく好きなのよ。だから甘えてしまうの」
小林「俺は突っかえ棒の一本にすぎない。一緒に居たら君は気が狂うだろう」
と立つ。
泰子「(縋る)行かないで」
小林、押しのける。
泰子「行かせないから！」
泰子は突如、凶暴な形相になる。

小林、泰子の頬をぴしっと打つ。
泰子「あ……」
ツキモノが落ちたようになる。
小林「俺と別れれば君の神経症も療る。保証するよ」
と出て行く。
泰子、黙って、遠ざかる下駄の足音を聞いている。

75 夕暮の公園

泰子がぶらぶら来る。昨夜からずっとさまよっていたらしい。
ベンチに腰かけて紙袋の菓子のパンを食べる。
それから水飲み場へ行くが、故障している。
男「よかったら、進呈しますよ」
近くのベンチに勤め人らしい男が坐っている。
勤め人「子供に買ってやったんですがね、あなたひどく喉が渇いておいでのようだから」
とラムネの瓶をさし出す。泰子、男の隣に坐ってラムネを飲む。男、新聞を眺めている。
泰子「何か面白いこと載ってます?」
勤め人「べつに。相も変わらず失業者が増大しているようです。金融恐慌の煽りですな」
泰子「お勤めですか」
勤め人「ええ。ちっぽけな会社ですがね。ま、なんとか首はつながってますよ」
と笑う。
泰子「(独り言ちて) 私はね、神経でつながろうとしましたの」
勤め人「は?」
泰子「男とね、神経と神経でつながろうとしたんです。カラダでつながったり、お金でつながったりするより、その方がずっと素敵だと思えたのね。でも男は逃げて行きました」
男、気味悪くなって、少し離れる。
泰子「まるで心臓を持って行かれたように孤独で……この世にひとり残されたように、うつろで……」
勤め人「……」
そっと離れる。
泰子「抱いてくれませんか」
勤め人「ハ……あ、あなた、正気ですか!」
と猛然と怒り出す。
勤め人「いきなりそんな……ふ、不謹慎じゃないか」
泰子「……」
勤め人「私は何もそんな積りでラムネをあげたわけじゃない。失敬な!」
勤め人、去って行く。
泰子「……」

泰子、ベンチに一人ぼっち。ラムネの残りをゴクゴク飲む。

76　小林の借家・夜

泰子、帰って来る。
灯がともっているので、小林が帰って来たかと思う。

77　同・居間

泰子が走りこんで来る。
中也がいる。
中也「やあ、お帰り」
泰子「……」
中也「小林は奈良へ行ったよ」
泰子は、そう、と中也を見ている。

78　夜の遊園地

広場で中也がローラースケートで滑走する。見ている泰子。
中也「あいつもまたずいぶん遠くまで逃げたもんだ」と笑う。
泰子「笑ってると転ぶわよ」
途端、中也、転ぶ。
泰子「(笑う) ほら、転んだ」

中也、猛然と滑り出す。
中也「俺はおまえを迎えに来たんだぞ！　遊びに来たんじゃない！」
泰子「……」
中也「おまえとやってけるのは俺くらいのもんだ！　おまえだって身に沁みて分っただろう」
中也、勝手に決めこんでいる。
泰子「京都の頃を思い出すわ。あの頃は楽しかった」
中也「あれは、子どもの時間だったんだ。ただ純粋に楽しかった」
泰子「そうか。子どもだったんだ。子どもの時間が終わったのね」
中也「……」
泰子「私、あなたの所へは帰らない」
中也「……」
泰子「一人でなんとかやってくわ。……あなたと小林と、ずいぶん遠回りをしたけど、やっぱり何とか一人でやってくわ」
中也「泰子……無理するな。俺とおまえは離れたら壊れちゃうんだ」
中也、爆発しそうな感情を必死に押えつけている。
泰子「……終ったのよ」
中也「何が」

泰子「私たちの不幸が」
中也「……俺たちの不幸」
泰子「終わったのよ……」
中也の気配、急に静かになる。
中也「終わったのか……」
中也と泰子、静かに向き合っている。
79　寺・境内

――八年後。
ロケーションで墓参りの場面を撮影している。
泰子、洗練された洋装。
水桶と花を持って、紳士と歩く。
監督「オーケー」
助監督「長谷川さん、お疲れさまでした」
泰子「お疲れ……」
泰子、ふと見ると、離れた所に、中也と小林が並んで立っている。
泰子「あらァ」
小林「やあ、暫く」
泰子「暫くじゃないでしょ、何年ぶり？」
と中也を見る。中也の側に乳母車がある。

80　中也が乳母車を押し、小林と泰子と、三人が歩く

泰子「男の子だったの……可愛かったでしょうね」
乳母車の中はからっぽである。
泰子「名前は？」
中也「文也。中原文也」
泰子「いい名前だわ」
小林「神童だったんだろうな、お前に似て」
中也、笑う。
三人は暖かな春の光りの中を、とってものどかに歩いている。
小林「ずいぶん昔みたいだな、あの頃がさ」
泰子「みんな変らない。ちょっとは変ったように見えるけど、ホントのところはちっとも変ってない。そうでしょ、小林先生」
小林は黙って、頷く。
小林「先生はよしてくれよ」
泰子「だって偉いんですもの。（と中也に）『一つのメルヘン』拝読したわ」
中也「うん……どうだった」
泰子「秋の夜《よ》は、はるかの彼方に、小石ばかりの、河原があつて、それに陽は、さらさらと　さらさらと射《さ》してゐるのでありました」

（字幕で）
陽といつても、まるで硅石《けいせき》か何かのやうで、
非常な個体の粉末のやうで、
さればこそ、さらさらと
かすかな音を立ててもゐるのでした。

さて小石の上に、今しも一つの蝶がとまり、
淡い、それでゐてくつきりとした
影を落としてゐるのでした。

泰子「やがてその蝶がみえなくなると、いつのまにか、今迄流れてもゐなかった川床に、水は　さらさらと、さらさらと流れてゐるのでありました……いいわ」
中也「ウン。おまえの批評を俺は一番信用するよ。こいつの権威よりもな」
小林、苦笑する。
小林「相変わらず悲しいよ」
中也「（呟く）……悲しいだけの詩にどんな値打ちがあるんだ……」
小林「そうじゃない。おまえの詩は、とてもそんなものじゃない」
泰子、笑いだす。

泰子「ホントにみんなちっとも変ってないわ」

中也「そう簡単に変わってたまるか」

中也は乳母車から哺乳瓶を出して、ミルクを吸う。異様な執着で、音立ててむさぼり吸う。

泰子は驚いて小林を見る。小林は、口に出すな、と目で知らせる。

中也「腹が減るんだ。この頃、むやみと腹が減るんだ」

と今度は乳母車からトーストを出して、かぶりつく。その表面が青く光っているので、よく見ると黴である。

泰子は思わずひったくる。

中也「何すんだ」

泰子「カビが生えてるじゃない！」

中也「ああ。青いバターを塗ったみたいでさ、とても綺麗だろう」

とまた取り戻して、かぶりつく。泰子、たたき落とす。

中也「泰子！」

かなしいような声を挙げて、突如中也が殴りかかる。

泰子、反射的に突きのける。

すると中也は、思いがけない脆さで地面にひっくり返ってしまう。

中也「（喘いでいる）……おまえは強いよ」

中也、起き上り、もう一度おまえは強いよ、
と泰子に言って、乳母車を押して歩いてゆく。

小林「(見送って）脳膜炎らしい」
泰子「……」
小林「結核菌が脳に入ってしまった……」
泰子「……」
小林「本当はとっくに入院してなきゃいかんのだが、あいつが嫌がってね」
中也の歩いて行く先に着物の女が現われて、一緒に乳母車を押す。
小林「あれが細君だ。いつも影から中原を守ってやっている」
泰子「……」
小林「いい細君だよ」
泰子、黙って見ている。中也と細君、寄り添うように歩いてゆく。

81 **撮影所**
泰子、セットの隅で本番待ちしている。
俳優課の職員が入ってきて、
職員「ア、お電話かかってますが」
泰子「誰から?」
職員「ハア、男の方で、何か急用らしくて」

82 **俳優課**
泰子、入ってきて受話器をとる。
泰子「ハイ、長谷川です」
ああ俺だ、と小林の声。
小林の声「中原が死んだよ」
泰子「……」
小林の声「昨夜から急に意識が混濁して、今日の昼前に……」
泰子「……」
小林の声「オイ、聞いてるのか。ちゃんと聞いてるか」
泰子「ハイ」
小林の声「死因は結核性脳膜炎、それに粟粒結核だ」
泰子「……」
小林の声「どうする。すぐに線香あげにくるか」
泰子「イヤ!」
泰子、切りつけるように言う。
泰子「死んじゃったあの人なんか見たくない」
小林の声「オイ、待て、切るな」
泰子「……」
小林の声「あいつの死顔を見てやれ。中原はな……濡れ雑巾を絞って捨てたような姿になって死んだんだ。見ずに逃げるわけには行かないぞ」
泰子、切る。

83 撮影所の構内

泰子、ぼんやり歩いている。
「長谷川さん！」と助監督が走ってくる。
助監督「本番です」
泰子、耳に入らない。
助監督「長谷川さん、お願いします」
と腕を押える。
泰子「あなた……」
助監督「ハ？」
泰子「中原中也を知ってる？」
助監督「いいえ。どこかの役者ですか？」
泰子「中原中也がね、死んじゃったの」
と泰子、正門に向かって歩いてゆく。

84 泰子のアパート

泰子、戻ってきて喪服を出す。着替えようとして、足元に赤い物が落ちているのに気づく。

古びた赤い子供の手袋である。

中也が、ホラ俺の心臓だよ、と言った時のカタチのまま畳みに転がっている。

泰子「(見ている)……」

泰子の目に涙が湧いてくる。畳に崩折れ、赤い心臓をつかんで、泣く。

噛み殺していた声が呻くようにしてあふれ、泰子、大声をあげて泣く。

85 火葬場

焼炉の前に中也の棺が置かれてある。友人の文学者たちが集っているが、数は多くない。

寂しい告別である。小林の姿も見えない。

「それではお別れして下さい」と係員が号令みたいな声を出す。

棺の小さな窓が開かれ、みんな覗きこんで手を合せる。

コツコツとヒールの音を響かせて、泰子が長い廊下を歩いてくる。みんなは故人と泰子の関係を知っているので、棺の前をあけ、泰子を迎えるかたちになる。泰子は未亡人に丁寧に会釈して、長谷川でございます、と挨拶する。

夫人「中原でございます。わざわざお運び頂きまして」

泰子「もっと早くにと思ったんですけど……ごめんなさい」

奥さんは黙って首を振る。感じのよい女性である。

泰子「あの、拝ませて頂けます？」

夫人「どうぞ」

泰子は棺に寄り、小窓からじっと死顔をみつめる。

泰子「(呟く)……終ったのよ、私たちの不幸が」

そしてハンドバッグから赤い手袋をとり出し、丹念に五本の指を伸ばして、窓の上にのせる。指をひろげた赤い片手は、小学生の中也らしく、とても小さくて可愛い。

泰子「サヨナラ」

泰子はくるりと背を向けて、コツコツと去ってゆく。それは、もうなんの未練もないといった姿で。

「冷てえな」

「嫌な女だよ」

といった囁きが、泰子の背中を打つ。

86 火葬場から続く道を泰子が歩く

葉の落ちた樹の根元に小林が坐って、ウイスキーの小瓶を飲んでいる。

小林「どうも中原の骨を見るのがかなわなくてね」

と泰子に声をかける。

泰子「あの人、死んでからまで悲しそうな顔してたわ」

小林「海棠の花がさ」

と小林は脈絡のないことを話しだす。

小林「ちょうど満開でな。中原と二人してその下に坐って、いつまでも黙っていたよ」

と飲む。

小林「花びらが間断なく散っていてな。これは散っているのではない、散らしているのだ。ひとひらひとひら散らすのに、きっと順序も速度も決めているに違いない。なんという努力と計算。……そう思って花びらを見ていたら、急にやり切れなくなった」

小林はかなり酩酊している。

小林「その時、あいつが、もういいよ、帰ろうよ、と言ったんだ。俺の頭の中をすっかり見透していやがったんだ」

と飲む。

小林「あんなに見えちゃ、悲しくもなるさ」

泰子「私の背中、曲ってない？」

と今度は泰子が変なことを訊ねる。

小林「曲ってるのか」

泰子「背骨がいくらかずつ曲ってるようなの」

小林「どうして」

泰子「突っかえ棒なしに歩いてるから……かな？」

とちょっと笑う。

小林「（見ている）……」

泰子「サヨナラ」

泰子、歩きだす。じっと見送る小林。

泰子、ズンズン歩いてゆく。

寒い風が吹いて、中也の詩句が流れる。

「骨」

ホラホラ、これが僕の骨だ、
生きてゐた時の苦労にみちた
あのけがらはしい肉を破つて、
しらじらと雨に洗はれ、
ヌックと出た、骨の尖《さき》。

それは光沢もない、
ただいたづらにしらじらと、
雨を吸収する、
風に吹かれる、
幾分空を反映する。

生きてゐた時に、
これが食堂の雑踏の中に、
坐つてゐたこともある、
みつばのおしたしを食つたこともある、
と思へばなんとも可笑《をか》しい。

ホラホラ、これが僕の骨――
見てゐるのは僕？　可笑しなことだ。
霊魂はあとに残つて、
また骨の処にやつて来て、
見てゐるのかしら？

故郷《ふるさと》の小川のへりに、
半ばは枯れた草に立つて
見てゐるのは、――僕？
恰度《ちやうど》立札ほどの高さに、
骨はしらじらととんがつてゐる。

―終―

自作解題

『「妻たちの午後は」より　官能の檻』（一九七六年）

原作は、中山あい子の短篇「いまは愛している」ですか。この頃、中山あい子は宇能鴻一郎や川上宗薫なんかと並んで官能小説の作家として人気があって、日活ロマンポルノでもたびたび映画化されていました。この映画はプロデューサーが伊地智啓さんですね。人妻が不倫して、男とやった後にタクシーで家へ帰るんだけど、その途中で男の生あたたかいものが漏れちゃう、そういう話をやらないかと言われたんです。そんな場面がこの原作にあったんですね。伊地智さんは原作の題名もいわずに「いやらしいだろう」「そうですね」ということで書きました。だから、設定と登場人物は原作と同じだけど、申し訳ないですが、筋とか原作のセリフとかはあまり使っていないですね。

静江（宮下順子）が「こぼれてきたわ、あなたのモノ」と言って、高校時代の恋人だった瀬木（古川義範）のアパートの共同トイレに入る。立ち上がり、ふと窓の外を見ると、原（花上晃）という男が公園のブランコに乗っている。女房（渡辺外久子）に逃げられて、彼女はその同じアパートに暮らしている。原は未練があって、会いたいんだけど会えなくて、通ってきてブランコに乗っている。それとは全く関係のない宮下順子がその男と目が合って、結局、原と寝ちゃう。ドブネズミのあれこれも原作にまったくない、オリジナルのものですね。この作品は当時としてはわりと自由にやれて、これが俺の映画かな、自分の性的な世界がちょっと見えたかなという感触があって、それで印象に残っていますね。

でも、西村昭五郎さんもよくやったなあ。あまり西村さんの得意じゃない分野ですからね。プロデューサーの伊地智さんからアイディアが出たっていうことは珍しいし、それはやらなきゃなあと思ったんですよね。伊地智さんとは何本もやっていますけど、最後まで汚れない人という印象があった。あまりロマンポルノっぽくなかった人ですね。

日活出身でプロデューサーに転身した人はみんなポルノっぽくなっていくんだけど、伊地智さんはずっと昔からの日活のプロデューサーという感じがした。結城良熙さんはムッシュ（田中登）とコンビだったからロマンポルノっぽかった。岡田裕さんは昔の日活の人という感じで、ちょっと別格でしたね。その後、伊地智さんは、相米慎二の映画をずっと相米が亡くなるまでつくります。伊地智さんは晩年九州・鹿児島を拠点にして映画をつくろうとしていたようだけど、それは無理だったのでしょうかね。

『青い獣　ひそかな愉しみ』（一九七八年）

このシナリオは、一九七七年に実際に起きた事件を題材にしています。開成高校生の家庭内暴力に耐えきれず、このままだと息子が犯罪者になってしまうことを恐れた父親が息子を絞殺してしまった事件ですね。当時、この事件を朝日新聞が取り上げて、本多勝一のルポを連載していたんです。武田一成さんがその新聞記事の切れ端を持ってきて、俺はこれをやりたいと言ってきた。

武田一成さんとは、『ひと夏の秘密』（七九年）とか『おんなの細道　濡れた海峡』（八〇年）など何本か一緒にやっていますが、プロデューサーからでなく、一成さんからやりたいと言ってきたのは、この一本だけですね。映画が出来上がって、試写を見たある映画批評家が、ぼくに向かって「あんた、危ないことするねえ」と言ったんです。どういうことかなあと思ったら、精肉店の息子の高校生（加納省吾）が貯蔵室の中に吊るされた肉塊にナイフで穴を開け、自分の一物をつっこんで射精するシーンを書いたんですね。つまり肉とセックスしちゃう。あの場面について、「どこかから文句言われるかもしれないよ」と。あそこで理恵（稲川順子）という女が肉を買いに来るでしょ。そのときに息子が自分のあれのついた肉を売っちゃうというのをやりたかった。その肉を食べてしまうのはエロいんじゃないかなと思ったんです。家庭内暴力というテーマは一成さんがやりたかったことだから、一応やってます。ただしロマンポルノですから、学のない夫婦にトンビが鷹を生んだみたいな学力優秀な東大を目指す息子がいて、一階で夫婦がセックスをしていると、息子が二階から下りてきて、「お前ら、なにやってんだ！」と怒鳴りまくり、暴君のようになっている、そういうひねった感じにしていますけどね。理恵はマンションの部屋に捕獲を禁じられている保護鳥を飼っていますが、当時ぼくは調布に住んでいまして、調布の繁華街の片隅に小鳥屋があって、時々前を通るたびに、これは怪しい感じだぞ、なにかに使えないかなと思っていたんです。それが密猟の鳥を扱っている鳥屋という設定になった。

一成さんはわりと脚本《ホン》に忠実に撮る人で、ホンをいじる人ではなかったですね。完成した映画を観て、ああ一成さん本気だったんだなと思ったのは、二階の勉強部屋の壁とか家の階段の途中に問題集を貼ってたりして細かいところにリアリティがあるんですよね。理恵のマンションの部屋にも密猟の鳥がひしめいていて、武田一成がここまでやるのかって驚きました。それまではそんなディテールにこだわる人じゃなかったから。そこまで踏み込んで、きたない世界を描く人ではないと思っていたんです。

ぼくの映画はよく肉と骨が出てくると言われますが、骨といえば、武田一成さんの『ひと夏の秘密』は牛の骨があちこちに埋まっている話でした。むかし広島にある屠場を見に行ったことがあるんです。屠場の工場の裏が広場になっていて、骨が山積みになっていた。あれは肥料にするのかどうかは知らないけど、ああいうのはなかなか日常では見ないですよ。そこで屠場の上に建っている病院という設定にした。

ぼくはシナリオを書き始める前はルポライターでした。広島の屠場もルポの取材で見に行ったんですね。一九七〇年から七一年にかけて「週刊サンケイ」で〈異能人間たち〉という連載ルポをやっていて、変な人ばかりに会っていたんですけど、その時の取材の記憶がその後に書いたシナリオに出てくるんですよね。最初の取材の時は怖かった。東大医学部に標本陳列室というのがあって、不具で生まれた子とか母親の胎内で死んでしまった胎児とかがホルマリン漬けになっているんです。びっくりしたのはホルマリンのなかで何かプカプカ浮いているものがあって、「これはなんですか?」と聞いたら、「夏目漱石の脳みそだ」って言うんですよ。それを見せてくれた教授は本郷のお屋敷に住んでいて、その家にいくと奇妙なコレクションをわんさか見せてくれました。部屋中にでかい蝶々みたいなのが飾ってある。それは刺青で、つまり人間の皮なんですね。彫りものをした人が、自分が死んでも焼かれたくないということで皮膚を残す。そういうのがズラッと並んでいて壮観でした。その教授のお父さんも大学教授で、二代にわたって人間の皮をコレクションしていた。取材でそんなのばっかりみていたんで、ぼくもちょっと頭がおかしくなっていたんでしょうね。

そういえば、大学時代に所属していた稲門シナリオ研究会で、ぼくが脚本を書いて大和屋竺《やまとやあつし》さんが監督で、『08 15』という映画をつくったことがありました。これは未完成で、どこかにプリントが残っているかもしれないけど。血液をテーマにしたアヴァンギャルドな実験映画で、屠場を撮りに大和屋さんと一緒に行ったんです。向こうも学生からの頼みだし一般には出ないものだろうと思って撮影を許してくれた。牛がぞろぞろいるのを、一頭ずつ連れ出して行って、いきなり振り向きざまに鉄のハンマーで眉間をバーンと打つ。すると牛がギャーと飛び上がってバサッと倒れて、血抜きのために鎖で引っ張り上げると血が滝のように落ちる。あたりはもう血の海。その生き血を屠場の人がグワーッと飲んだりしているんです。その一部始終を撮影しました。ただ、屠場の人からは「俺の顔を映したら殺すからな」なんて言われましたね。そういう経験もあって、『ひそかな愉しみ』の肉の場面がすっと出てくるのかもしれないけど、思えばそうした感覚をあの映画評論家はやばいぞって言ったんでしょうね。

『ツィゴイネルワイゼン』（一九八〇年）

ぼくが最初に鈴木清順さんの映画に関わったのは『殺しの烙印』（六七年）です。『殺しの烙印』は傑作でした。あの時は、ぼくと大和屋竺さんと曽根中生さんとで具流八郎というグループ名でホンを書いていました。三人でああでもない、こうでもないと言っている時に、清順さんがハードボイルド小説『悪党パーカー／人狩り』（リチャード・スターク）を持ってきて、これをやれと。だから『悪党パーカー』そのままの部分がありますよ。全体を三分割して、あたまを曽根さんが書いて、真ん中の中心部分はぼくが書いて、後半は大和屋さんが書いています。宍戸錠の殺し屋が炊きたての飯の匂いを嗅いで恍惚となるというのは、清順さんのアイディアでした。

次に、ぼくが単独で鈴木清順さんとやったのは、テレビドラマ「恐怖劇場 アンバランス」の一本『木乃伊の恋』（七〇年）。円地文子の「二世の縁・拾遺」が原作です。その後で、ぼくがホンを書いて、『殺しの烙印』と同じようなナンバーワンを目指す殺し屋が主人公の『愛欲の罠』（七三年）を大和屋さんが撮りました。『愛欲の罠』は、荒戸源次郎が主宰していた劇団天象儀館が製作で、主役の荒戸源次郎も熱烈な清順ファン、大和屋ファンでね。ただ、大和屋さんは「ヨーイ、ハイ」と言ったきり現場で寝てるんですよ。なんかもう映画への情熱がうすれてしまったという気がしてさみしかったですね。

そして鈴木清順さんが『殺しの烙印』から十年ぶりに撮った『悲愁物語』（七七年）を見た時に、ぼくは、ああ、清順さん、やばいと思ったんですよ。大和屋竺さんの脚本もよくないし、清順さん、ボケたなと思った。『悲愁物語』は女子プロゴルファーの話ですけど、ショックが大きすぎて、よく憶えてないんです。とにかくだめだと思った。あの頃は、こっちはシナリオライターとしていろいろと経験を積んでいて、どんどん伸びてゆく時期だったでしょう。だから、ぼくから見ると、『悲愁物語』はとても残念なものにしか思えなかったんですね。

『ツィゴイネルワイゼン』は、荒戸源次郎がプロデューサーになって鈴木清順監督でやりたいと言って持ってきた企画です。とにかくぼくとしては、かなり気合を入れて、清順さんの目を醒まさせたいと思って書いたのが『ツィゴイネルワイゼン』でした。でも『ツィゴイネルワイゼン』は目を醒まさせ過ぎですよね。清順さんは完全復活した。ホンが書き上がった時に、清順さんからお手紙をもらったんです。「お見事」と書いてありました。ああ、喜んでくれたんだなあと思いましたね。そういうことはこの一度だけ、二度となかった。

『ツィゴイネルワイゼン』は清順さんが内田百閒でやりたいというんで、「サラサーテの盤」をベースにして「山高帽子」「花火」とか他の百閒作品も加えてホンを書きました。イネ（大谷直子）が、私（藤田敏八）の家を訪ねて、「あの、中砂がお貸ししました本を、お返し頂きたいのです」と言って何度も訪ねてくるところが「サラサーテの盤」にあって、非常に怖いんですね。あれが怖くみえるために他の百閒作品もいろいろ持ってくるわけです。ところがホンが出来上がったら、内田百閒の著作権を持っている人が「こんなものに内田百閒の名前は出せない」と言い出したんです。最初に映画化を申し込んだ時は、問題なかったけれどホンを読んでびっくりしたらしい。結局原作者クレジットは無しということになりましたが。同じ頃、『おんなの細道　濡れた海峡』（武田一成監督）をやった時に、原作は田中小実昌の「ポロポロ」なんですけど、小実昌さんのほかの作品のいいところを集めて書いたんですよ。そうしたら小実昌さんが怒っちゃった。原作以外の作品も使われたのが不満だったんですかね。ぼくのホンを書く時の癖というか、原作者の他の作品もどんどん入れることが多いんですよね。それはもちろん作者にもよるんですが、百閒はさすがというか、一番頼れたというか、書いていて詰まったら百閒に戻ればいいという感じでした。だから、ホンの執筆にはそんなに時間はかかっていないと思います。

『ツィゴイネルワイゼン』で桜色の骨のエピソードが出てきますけど、あれは実話なんです。カミさんの母親の弟が北海道で失恋して自殺しちゃったんです。旅館での服毒自殺で、悶え苦しんだけれど旅館の部屋を汚さないようにと血を吐かなかったという。旅館の人たちは、この人は強い人だ、すごい人だと感謝したそうです。北海道の火葬場で焼いて、十和田にいる母親のところに骨壺を持って帰って開けてみたら、骨が桜色になっていたそうなんです。それは血を吐かずに飲み込んだ、その痕跡ではないか、と。それを『ツィゴイネルワイゼン』で骨のモチーフの一部として使いました。

『ツィゴイネルワイゼン』は東京タワーの下につくられたドーム型の移動式映画館シネマプラセットで上映して、大ヒットしたんですよね。荒戸源次郎は入場料の札束を掴み取りして、毎日博打場に行っちゃって、スッカラカンになってました。

清順さんは撮影現場では毎晩ホンに手を入れていたという話をききますけど、『ツィゴイネルワイゼン』と『陽炎座』（八一年）までは、ぼくの書いたホンのままに撮っています。ホンの通りに撮ってくれれば、うまい監督なんですよ。

『女教師　汚れた放課後』（一九八一年）

この映画は根岸吉太郎と初めてやった仕事です。プロデューサーが岡田裕さんだったから、予算的には少し自由に使えたのかもしれない。何年か前に、根岸が韓国の映画祭に呼ばれて行った時に、上映されたのが『女教師　汚れた放課後』で、突然外国で見せられて、びっくりしたと言ってました。ぼくは、最初に試写室で見たときには、ああ、できたねというぐらいの感じだった。でもなんだか気になって、その後劇場で見直したら感動しましたね、なかなかいいじゃないかって。原作はなく、まったくのオリジナルです。

スエ子（太田あや子）が秋田の坂田鉱山の出身で、その谷がゴミ捨て場になっていて、町の連中がゴミを捨てに来る。そしてスエ子が「それが楽しみだったのよ。町のゴミの中には人形とか、まだ使える電気製品なんか混ってるからァ…ヤマの子供たちはさ、ゴミ捨てが始まると、わーっと歓声あげて迎えに走るわけよ」という台詞を書いた時に、これはいけると思ったんですね。リアリティがあるんじゃないかと。スエ子が可愛がっていたウサギがイタチにやられて死んだのを鍋にして食べたことを知って、頭がおかしくなったというエピソードもそうですね。

後半、舞台は東京から温泉街に移るんですが、ホンではスエ子の父の末吉（三谷昇）は旅館の部屋の梁に紐をくくって自殺しようとする。映画では夜明けの海辺に変わっているんですが、そこでの三谷昇と風祭ゆきのセックスシーンは実に美しいですね。どうして旅役者が出てきたのかはわかりません、忘れてしまいました。ラストはスエ子と末吉の親子は旅芸人たちと一緒にバスに乗って巡業の旅に出るというところで終わりますけど、どこかで彼らを救いたかったんでしょうね。

ぼくはロマンポルノのホンを書いている時にキャスティングに口を出したこともないし、俳優に当て書きというのも一切したことがありませんけど、この映画の三谷さんはとてもいいですね。『青い獣　ひそかな愉しみ』の父親役も強烈でした。いつもひどい目に遭う役ばかりですけれども。

『セーラー服と機関銃』（一九八一年）

八〇年代の頭あたり、ぼくが渋谷の東武ホテルの喫茶室で何かのインタビューを受けていた時に、入口から浮浪者みたいなうす汚い男が入って来るのが見えたんです。で、近づいてきたらそれが相米慎二だった。曽根中生さんの助監督だったから、どっかで口をきいたことがあったかもしれないけど、きちんと接するのはそれが初めてでした。その時に、相米がこれをやりたいんですって持ってきたのが、赤川次郎の『セーラー服と機関銃』。とにかくタイトルがいいというのが一番印象に強くあったので引き受けました。

　公開当時に「シナリオ」誌に載った『セーラー服と機関銃』の初稿は三百七十枚ぐらいでしたかね。その後第二稿が「キネマ旬報」に載って、今回、決定稿（二百五十枚）が載るわけですね。三時間の編集ラッシュを見せられたときにはとにかく驚きました。延々と長回しで撮っているんですよ。どこで切れるんだっていう。で、相米になんでカットを切らないのって聞いたことがあるんですけど、生理的に切りたくない、カットが嫌いなんだと。全篇ワンシーン＝ワンカットの長回しでいけるのが理想のやりかたなんだと言ってましたね。

　この映画は空前の大ヒットでしたけど、ホンを書いている時は角川映画ということを知らなかったんですよ。ひょっとしたら日活なのかなと思いつつ書いている。あと原作にはないセリフの若者っぽさというのは、相米の前作の『翔んだカップル』（八〇年、丸山昇一脚本）のことが念頭にあったんじゃないかな。

　映画の中で使われている「カスバの女」はぼくのアイディアです。ノスタルジックでいいなあと思ったんだけど、あんな本気で歌うとは思わなかった。渡瀬恒彦と風祭ゆきのハードなカラミがありますけど、あそこは、とにかくロマンポルノの傷跡をどっかで残してやろうと思って書いたんですが、あんなに本気になって撮っているから驚きました。あそこだけロマンポルノですよね。相米は、その後日活ロマンポルノで『ラブホテル』（八五年、石井隆脚本）を撮りますけど、いい映画でしたね。あの映画ではあまり長回しはやってないんじゃないですか。だから、相米もちゃんとやればカットも割れるし、編集もできるんですよ。

『セーラー服と機関銃』については、この決定稿は初稿よりもかなり短いですけど、それでも完成した映画を見るとそうとうにカットされているとよく言われます。けど、なんせ長回しだから。最後のほうで、渡瀬さんが「ヤクザの世界は所詮うしろ向きです。仁義だ俠気だなんて力んでみても、本音は先へ進むのが怖いんです。……」という自分の心情を吐露するシーンがありますが、ああいうのは長回しが生きますよね。

　三國連太郎さんが扮する太っちょという暴力団のボスが足がないという設定で、シナリオもそうなってるけど、映画では実は足があったという展開になっている。あのへんはもう力尽きたというか話としてはもういらない部分なんですね。さっさと殴り込みに行って、機関銃をぶっぱなしていれば終わるぐらいのタイミングなんですけど、なにしろ太っちょの話をちゃんとやっちゃったから、枠を超えている。ただ、ここで太っちょが延々と語る戦争中、地雷を踏んだ時の「快感」というのが、ラストの薬師丸ひろ子の言う台詞「カイカン」につながってくるんですね。原作には、機関銃をぶっ放して「カイカン」という台詞はないんです。三國さんが足を出すのもアドリブらしいですね。あれはツライんですって。ずっと足を曲げているから血の巡りも悪くなるし、三國さんもいいかげんいやになったんじゃないですか。三國さんは相米のことを現場でいつも「アイマイ君、アイマイ君」と呼んでいました。「アイマイ君はなかなかいいよ」と言っていたらしい。

『魚影の群れ』（一九八三年）

『魚影の群れ』の原作者である吉村昭さんは、撮影していた青森まで来てくれて、記者会見のときも一緒にならんでいたんですが、それまで黙っていたのが、突然この脚本はすばらしいと言ってくれたんです。「感動した」とおっしゃっていましたね。原作者にほめられたのは、この時の一回きりです。わざわざ、それを言いに青森まで来てくださったのかなあと。このホンは原作とだいぶ変えてしまったので怒鳴られるかなって思っていたんですけど。吉村さんというのは行商人みたいなところがあって、青森のほうで小耳に挟んだエピソードを小説にしたと言っていました。そんな小品がこんな大作になったので驚いたんじゃないか。

原作は会話がみんな標準語になっているんだけど、あれはどっぷり津軽弁じゃないと駄目なんですよ。うちのカミさんが青森出身で、カミさんの実家によく遊びに行ってたから、ぼくは津軽弁はわりと知っていたんです。だから津軽弁に関しては、誰からも文句は出なかった。

この企画は、松竹のプロデューサーだった中川完治さんから来たものです。あの年は大間でマグロがなかなか釣れなかったんですね。だから撮影当初は作りもののマグロ、マグロの模型をつくらないといけない、とかそんな話からはじまってました（結局ほんものを釣り上げたようですが）。原作は映画化される十年ぐらい前に雑誌に発表されたもので、ホンをやってくれというのは、もちろん相米の指名です。原作では俊一（佐藤浩市）がマグロにひっぱられたまま漁船で力尽きてしまい、北海道の沖合に漂流する俊一の白骨化した遺体とマグロの骨が見つかる、そういう終わり方だったんですが、そのあたりはかなり変えてますね。あと、原作では、房次郎（緒形拳）と娘のトキ子（夏目雅子）を棄てて家を出て行った妻のアヤ（十朱幸代）は一切出てこないんです。だけど、ぼくは原作にはない、北海道の伊布にマグロを釣りに来た房次郎とアヤが再会するエピソードを加えました。

　ぼくのホンでは北海道の漁港・伊布の大衆食堂で房次郎が焼酎を飲みながら飯を食っている。すると表の通りを歩いているアヤを見つけて、後をつける。するとアヤも気づいて走り出すと、房次郎が追う……となってます。それを、相米は旅館の二階にいる房次郎が下の道を歩いているアヤに気づいて下まで降りてくるところまで、クレーンに乗ったキャメラのワン・シーン＝ワンカットで一気に撮って、雨の中をアヤがサンダルが脱げても走り続けて房次郎が追いかけるのをえんえん撮っている。相米が撮りたかった場面なんだろうね。『魚影の群れ』ではあそこのシーンが一番成功しているという人もいます。あのふたりの関係が見えてくるんだよね。あの十朱幸代はよかったですよ。とくに船底での緒形拳とのからみのシーンで、十朱さんが胸をあらわにしたのにはびっくりしました。よりを戻そうかと思い、夜中に岸壁で荷物を脇において、沖に出た緒形拳の漁船を待っている十朱さんが、タバコを吸いながら身体を揺らして「ちゃんちきおけさ」を歌っているシーン、あそこもいい。

　撮影中の大間に行ったことがありますが、ちょうどあの頃、夏目雅子が作家の伊集院静と大恋愛をしている最中でしたかね。夏目さんは十円玉をいっぱい積み上げて大間からよく電話をしていました。その光景をよく憶えていますよ。

　もうひとりの松竹のプロデューサーである宮島秀司さんが、「映画芸術」の相米慎二追悼号で『魚影の群れ』の脚本は、生原稿で読んで涙が止めどなく溢れるほどの秀作だった。この素晴らしい世界を、相米監督とどのように造りあげてゆくか、この時から会社との闘いが始まった」と書いていたのが印象に残っていますね。今思うと、あの頃は相米慎二が一番馬力・エネルギーがあったんじゃないかなと思いますよ。

『雪の断章　情熱』（一九八五年）

　冒頭、北海道の裕福な家に拾われて冷たい仕打ちにあっているみなし子の伊織を、ゆきずりで出会った雄一（榎木孝明）が救出して、自分で面倒をみることを決意する。そして、その親友の大介（世良公則）もあたたかく見守る――ここまででシナリオでは十八シーンありますね。それを相米はなんと十数分のワンシーン＝ワンカットで撮ってしまった。当時、冒頭の長回しは大きな話題になりましたけど、ぼくは最初に観た時はなんだか馬鹿にされたような気になりましたよ。ふつうにちゃんとカットを割って撮ってくれたらいいのになあとね。シーンの間に何年か時間もたっているわけですから。後で聞いたら、このシーンは東宝の一番大きなスタジオに大掛かりなセットを組んで、キャメラマン（五十畑幸男）がクレーンから別のクレーンに乗り移りながら撮っていたそうですけど、相米はそういうのが大好きなんですよね。『セーラー服と機関銃』の時にも、薬師丸ひろ子がバイクに乗るシーンで「照明の熊谷（秀夫）さんが道路脇に盛大にライトを炊くんですよ」って、もう体をよじって喜んでましたから。そういう大がかりなことが相米は嬉しくたまらないわけですね。

『雪の断章』では、ホンにはないんだけど、高校生になった伊織（斉藤由貴）が中原中也の「サーカス」の詩の一節「幾時代かがありまして／今夜此処での一と殷盛《さか》り／今夜此処での一と殷盛り　サーカス小屋は高い梁《はり》／そこは一つのブランコだ／見えるともないブランコだ　頭倒《さか》さに手を垂れて／汚れ木綿の屋蓋《やね》のもと／ゆあーん　ゆよーん　ゆやゆよん」を口ずさむシーンがありました。あれは相米による追加ですね。最初のほうで「まるでサーカスの少女だ」という雄一の台詞があるから、相米はそこからピエロとか人形とかのイメージを思いついたのかもしれない。いずれにしてもぼくのホンのとおりには撮らない。

相米とシナリオの話なんてしたことはないですよ。相米は映画評論家の山根貞男さんとの対談で「それは陽造さんのホンではスタイルがありますよね、いいホンで。黙っててもそのまま絵になるわけですよ。それをまずやらないってことなんです、僕とホンとの格闘は」と語っているらしいですが（「シナリオ」一九八二年一月号）、でも相米の口から格闘なんていう言葉も聞いたことはないんです。

『雪の断章』の企画は伊地智啓さんから来ました。伊地智さんは「田中陽造の文学性が私は好きなんだけど、相米がどう思ってるかは知らない。素っ気ないよね、人を見下したような、撮れるもんなら撮ってみろって言わんばかりの（笑）、ああいう書き方がプロデューサー的には面白くてね」と語っているそうですが（『映画の荒野を走れ――プロデューサー始末半世紀』上野昂志・木村建哉編、インスクリプト）、とんでもない、ぼくはそんな尊大なことは考えてもいないですよ。撮りやすいようにホンを書いているつもりなんです。だからぼくのホンはそのまま撮ってくれればいいんです。武田一成さんや根岸吉太郎はそのままホンのとおりに撮るタイプです。だけど鈴木清順さんや相米慎二は、そのまま撮るのは物足りないと感じているのか、なんとかいろいろ工夫するのが好きなタイプなんですね。

相米が死んだときはほんとうにショックでした。まだ五十三歳でしたしね。この先、自分はどうすればいいんだと思いましたよ。ずっと相米とやっていこうと思っていた矢先ですから。

ぼくが相米のために書いた最後のシナリオは『壬生義士伝』（原作＝浅田次郎）でしたけど、これはやりたくなかった。

つまらないですよ。田舎の侍が金欲しさに新選組に入ったという薄汚れた話ですよね。相米がそんなに執着するとは思えない原作ですよ。だから、もし時代劇を撮るんだったら、もっと違うものをやってもらいたかった。『壬生義士伝』の初稿は、病床の相米に届けました。相米が亡くなった後、別な監督が別な脚本で撮った『壬生義士伝』は、ぼくは見ていません。

『ヴィヨンの妻　桜桃とタンポポ』（二〇〇九年）

もともと太宰治については、この『ヴィヨンの妻』をつくる十年前に同じく根岸吉太郎監督で『人間失格』を撮る話があって、ホンを書いたことがあったんです。『人間失格』は、太宰が「これはすべて本当のことです」と告白して書いたものですけど、嘘をつかない人間の話ですから、やりづらくてね。そう言われてしまうと、こっちも嘘はつけないですよ。だから非常に不自由でした。結局、『人間失格』の企画は宙に浮いてしまったんですけど、その後、松たか子のために書いたのが『ヴィヨンの妻』です。上野かどっかで根岸に会って、ぼくが「ホンを読んで、やるかやらないか一時間で返事をくれ」と言ったそうなので、その時は根岸が監督することは決まっていなかったんじゃないかな。

太宰治の小説というのは、だいたいにおいてベタッとしていてダサいんですよ。でも、『ヴィヨンの妻』のような〈女のひとり語り〉のものはすごくいい。映画では『ヴィヨンの妻』以外にもいろんな太宰作品から設定や台詞を使っています。太宰の小説には、使いたくなるようないい台詞がいっぱいあるんですよ。たとえば、佐知（松たか子）が大谷（浅野忠信）と出会う交番のシーン。万引きしてつかまった佐知が「私を牢屋に入れてはいけません」「私は悪くはないのです」と強弁するところ（「燈籠」からの引用）とか、工員の岡田（妻夫木聡）が大谷と歩いているシーンで暗唱する「電気を消して、仰向けに寝ていると、背筋の下で、こおろぎが懸命に鳴いていました」とか（「こおろぎ」）。こんなにいいセリフを使わない手はない。ぼくの原作ありのシナリオでは、原作のセリフはそのまま使わないことが多いんですが、『ヴィヨンの妻』は例外ですね。

ただ「ヴィヨンの妻」をそのままにつくると、視点が佐知のみなので物語が内向してしまう。そこに新しい風を入れないと映画としてのふくらみが生まれない。そこで弁護士の辻（堤真一）というキャラクターをつくりました。

最終的には、佐知の「人非人でもいいじゃないですか」「私たちは、生きていさえすればいいのよ」という原作の台詞、これをどうしたら女優松たか子に違和感なく言わせることができるのか。そこに一番力を注いだし、それに賭けたつもりです。

『ヴィヨンの妻』は松たか子が賞を獲ったし、めでたしめでたしでしたね。松たか子は佐知というヒロインに合っていて、すごくよかったと思います。浅野忠信もよかったですよ、それまで演じてきたキャラクターとはだいぶ違いますから。ずいぶん抑えたんだろうね。

『ゆきてかへらぬ』（二〇二五年）

『ゆきてかへらぬ』は、実は四十年ほど前に書いたホンなんです。その前段階として、当時ぼくの学生時代からの友人である幻燈社のプロデューサー前田勝弘から頼まれて、東陽一監督の『ラブレター』（八一年）のホンを書いたんです。『ラブレター』はにっかつロマンポルノ十周年記念のエロス大作でした。詩人の金子光晴がモデルで、三十四歳年下の女性との三十八年にも及んだ愛人生活を描いた話で、原作は江森陽弘のノンフィクション『金子光晴のラブレター』。関根恵子が初めて成人映画に出たというのですごく話題になり、ロマンポルノ史上、最高のヒット作になったんです。それからメジャーの女優さんがだんだん脱ぐようになりましたね。それで文芸エロス大作の第二弾として企画されたのが、『ゆきてかへらぬ』でした。だから、もとはロマンポルノのホンなんです。一応、長谷川泰子の聞き書き本『ゆきてかへらぬ――中原中也との愛』（長谷川泰子述・村上護編、講談社）を参考にと言われましたけど、あまり使えるところはなかった。

当時は、幻燈社の製作だから、監督はおそらく東陽一だったんでしょう。キャスティングもほぼ決まっていました。ところが書き上げたホンを前田勝弘に渡したところ、三日後ぐらいたってから企画がぽしゃったんです。駄目だ、撮れないという。どうしてと聞いたら、このホンではお金がかかり過ぎると。主な登場人物は長谷川泰子、中原中也、小林秀雄の三人なんだから大丈夫だろうと言ったら、昭和初期の市電が映せないというんですよ。長谷川泰子が中原中也を市電に向かって突き飛ばすというシーンが撮れないとかいろいろ理由をつけられて、結局映画化は駄目になってしまった。

かなりの年がたって、なぜか久世光彦さんがどこかで、このホンを手に入れたらしいんです。久世さんが、シナリオ「ゆきてかへらぬ」を細かく分析した長いエッセイ（「そして、芝居は終わった」）を書いていることは知りませんでした（「新潮」二〇〇一年四月臨時増刊〈小林秀雄 百年のヒント〉）。「田中陽造が彼らの周囲に起こった事件や、それに伴う心理になどほとんど興味を持っていないことは、シナリオの最初のページを開いただけでわかってしまう。ここに書かれているのは、構図である。やがて幻になって消えていく一つの構図である。そしてたぶん、田中陽造のほんとうの底本は、――《僕は此の世の果てにゐた。陽は温暖に降り洒《そそ》ぎ、風は花々揺《ゆす》つてゐた……》ではじまる中也の詩篇「ゆきてかへらぬ」だった」……。

久世さんは、何度か事務所のほうに、ぼくに会いたいという電話をしてきました。自分が監督で、ぼくのホンで『ゆきてかへらぬ』を撮りたかったんでしょう。ただ久世さんはいつも決まってキャスティングするベテラン俳優が何人かいる。でも『ゆきてかへらぬ』は、年齢的に若くないとだめなんですよ。それで久世さんには、これは二十歳前後の生意気な青年と女の話なんで、今回はちょっとご勘弁願いたいと断った記憶がある。

そういうわけで『ゆきてかへらぬ』は、長い間ほとんど誰にも知られずに幻のホンみたいになっていました。ところが、二〇二二年頃に根岸からあれをやりたいと突然電話があったんです。会ってみると、根岸はぼくが書いた『ゆきてかへらぬ』の初稿を持っていたんですよ。根岸はニヤニヤしていましたけどね。

今回の映画化にあたって、ホンはいろいろ手を加えました。撮影稿ではカットになりましたが、小林秀雄が酔っ払って水道橋の駅のホームから下まで墜落して、怪我ひとつなかったという場面がありますね。そこで小林秀雄の役柄が〝立つ〟はずなんです。この場面で、小林秀雄と中原中也とが何かで相通じていることを書いたつもりです。

ホンは完全にオリジナルですが、小林秀雄が書いた「Xへの手紙」「中原中也の思ひ出」など中原中也をめぐる著作からも台詞をつくっています。たとえば、ラスト近く、小林が火葬場で再会した長谷川泰子と交わす会話での、「花びらが間断なく散っているのだ。これは散っているのではない、散らしているのだ。ひとひらひとひら散らすのに、きっと順序も速度も決めているに違いない。なんという努力と計算。……そう思って花びらを見ていたら、急にやりきれなくなった」。さらに「その時、あいつが、もういいよ、帰ろうよ、と言ったんだ。俺の頭の中をすっかり見透かしていやがったんだ」という台詞には小林秀雄の中原中也への深い哀惜が込められていると思う。

泰子の母親についての回想場面で出てくる鷹野淑は、「さすらいの大空詩人」と呼ばれた永井淑がモデルですね。学生時代の泰子が広島で出会って、その後泰子が中原に出会うきっかけを作った人だそうで。初稿ではもっと出番があったけれど、最終的には泰子・中也・小林の三人に絞るということで、この回想場面のみの登場です。泰子自身は忘れたいのに過去が追いかけてくるイメージですかね。

四十年ぶりに映画化が実現した『ゆきてかへらぬ』は、美術ほかスタッフ皆がすばらしいし、若い三人の役者もすばらしいですね。前回、ポシャった原因となった市電も出てきますし、もう予算オーバーもいいところみたいです。昭和初期って、いま再現するのに一番お金がかかるらしいんですね。時代劇であれば映画村とか場所があるけれど、昭和初期はもう何も残っていないから、一からつくるしかない。だから、今度の『ゆきてかへらぬ』で昭和初期の時代そのものが再現されているのは特筆されるべきでしょうね。

（取材・構成＝高崎俊夫）

著者略歴

田中陽造（たなか　ようぞう）
一九三九年東京日本橋生まれ。脚本家。早稲田大学文学部卒業後、日劇ミュージカルホールの演出部、週刊誌の記者などを経て、鈴木清順・大和屋竺・曽根中生らと共に「具流八郎」の集団ペンネームでシナリオ執筆を始める。『殺しの烙印』（六七年）がその第一作。単独執筆のデビュー作はテレビ作品『木乃伊の恋』（七〇年制作、七三年放映）。本書収録作以外の作品に『花と蛇』（七四年）『嗚呼!!花の応援団』（七六年）『おんなの細道　濡れた海峡』（八〇年）『陽炎座』（八一年）『居酒屋ゆうれい』『夏の庭　The Friends』（共に九四年）『最後の忠臣蔵』（二〇一〇年）など多数。著書に『田中陽造著作集　人外魔境篇』（文遊社）がある。

編集協力　株式会社パパドゥ

装幀　中島かほる
装画　石踊達哉
「吉祥鳳凰図」（六曲一隻屏風、二〇一〇年、部分）

日本音楽著作権協会（出）許諾第二五〇〇一二三一-五〇一号

ゆきてかへらぬ　田中陽造《たなかようぞう》自選《じせん》シナリオ集《しゅう》

二〇二五年二月二十一日初版第一刷発行

著　者　田中陽造
発行者　佐藤丈夫
発行所　株式会社国書刊行会
東京都板橋区志村一―十三―十五　郵便番号一七四―〇〇五六
電話〇三―五九七〇―七四二一　https://www.kokusho.co.jp
印刷所　中央精版印刷株式会社
製本所　株式会社難波製本

ISBN 978-4-336-07747-9

笠原和夫傑作選（全三巻）

Ａ５判／各約四五〇頁／①③五七二〇円②五五〇〇円

『博奕打ち　総長賭博』『仁義なき戦い』など日本映画史に燦然と輝く名作群をのこした日本最大の脚本家笠原和夫、初の選集がついに刊行。シナリオの第一級教科書にして、極上のエンターテインメントを全三巻に集成！

わが人生　わが日活ロマンポルノ

小沼勝

四六判／二九四頁／二二〇〇円

『花と蛇』や『昼下りの情事　古都曼陀羅』『箱の中の女』など独特のロマンティシズムに彩られた耽美的傑作を数多く手掛けた鬼才監督が日活ロマンポルノに捧げた映画人生を縦横無尽に綴る回想録！

映画監督　神代辰巳

Ｂ５判／七〇四頁／一三二〇〇円

『四畳半襖の裏張り』『赫い髪の女』など日活ロマンポルノの傑作、七〇年代日本映画ベスト作『青春の蹉跌』をのこした伝説の監督の全貌。評論、インタビューを集成した初にして決定版、空前絶後のクマシロ大全。

新編　日本幻想文学集成　第八巻

夏目漱石・内田百閒・豊島与志雄・島尾敏雄

Ａ５判／七五五頁／六三八〇円

夢の記述と夢の軌跡——アーサー王伝説を踏まえたファンタジー「幻影の盾」、ＳＰレコードにまつわる怪異をえがいた「サラサーテの盤」、超現実主義的手法で夢の世界を克明に記述した「夢の中での日常」他、全38編。

10％税込価格・なお価格は改定することがあります